THE STORY
OF TURNING
STONE INTO GOLD

点石成金记

戈壁老王 / 著

知识产权出版社
全国百佳图书出版单位
—北京—

图书在版编目（CIP）数据

点石成金记 / 戈壁老王著. -- 北京：知识产权出
版社，2020.10
　ISBN 978-7-5130-7031-7

　Ⅰ.①点…　Ⅱ.①戈…　Ⅲ.①短篇小说—小说集—中
国—当代　Ⅳ.①I247.7

中国版本图书馆CIP数据核字（2020）第113079号

责任编辑：卢媛媛　　　　　　　　责任印制：刘译文

点石成金记
DIANSHI CHENGJIN JI

戈壁老王　著

出版发行：**知识产权出版社** 有限责任公司		网　　址：http：// www.ipph.cn	
电　话：010 - 82004826		http：//www.laichushu.com	
社　址：北京市海淀区气象路50号院		邮　编：100081	
责编电话：010 - 82000860转8597		责编邮箱：luyuanyuan@cnipr.com	
发行电话：010 - 82000860转8101		发行传真：010 - 82000893	
印　刷：三河市国英印务有限公司		经　销：各大网上书店、新华书店及相关专业书店	
开　本：720mm×1000mm　1/16		印　张：22.75	
版　次：2020年10月第1版		印　次：2020年10月第1次印刷	
字　数：395千字		定　价：68.00元	

ISBN 978 - 7 - 5130 - 7031 - 7

一本金融教科书般的
小说集

橡橼

接到戈壁老王的书稿已是四月中旬，也是新冠疫情之后我编辑的第一本书。原本准备大干一场，以释放"禁足"期间压抑的活力，又听说书名叫《点石成金记》，心里再增加一点好奇，想看看古老的炼金术是如何复活的。

我先选读的自然是书名篇的《点石成金记》，故事开始就拖拖拉拉，不知道作者想说什么。如果没有前面好的预期，我是无法耐心看完这篇小说的。当我受罪般地翻到最后一页，我发现再怎样"标题党"，"点石成金"也就是个把戏，老王打着小说的旗号，实际兜售的是银行业务！

我的判断没有错，《点石成金记》的姊妹篇是《天衣无缝》，这篇小说更"奇葩"，大约一半的内容是在讲银行业务是如何操作的！我并不反对写银行业务，普及金融知识，但你可以用论文的形式去发表，你可以汇集成教科书去出版，干嘛非要编成小说来折磨我这个文学编辑呢？

只读了这两篇我已经差不多崩溃了。社里有严格的三审三校制度，这预审是怎么把关的，竟然让这样毫无文学性的书稿进了选题，我立刻找"上家"去"argue"，"上家"调出作者写给她的好几封邮件，再次证明我的判断是正确的。

老王就是个业余作者。他正式的职业为一家银行的电脑工程师，业余喜欢和田玉收藏与鉴赏。2011年，他参加银行业务创新活动，发表了一篇"第三方保证收购抵质押品贷款担保模式"的论文，惜未获业内回应，心存不甘。恰逢工商银行举办"聚焦工行·2011金融文学大赛"，老王遂又萌发用文学作品传播此创新方案的想法，孰料平生第一篇小说《点石成金记》完成后，即获铜奖。老王受此鼓舞，从此又将写小说纳入业余爱好，且一发难以控制，每年都抽空写一两篇过把瘾。

因此老王的笔法充满了不确定性。写人很少有中心人物，张三李四王二麻子似乎都是主人公，似乎又都不重要。老王辩解说，互联网时代，每个节点都是平等的。故事情节内容跌宕过悬，随意跳跃，一会儿讲政治，一会儿说经济，忽地写职场，忽地谈"家政"，把一个以人为中心的文学，除了塞进长篇累牍的金融教科书内容外，又杂糅了老王自感兴趣的计算机、数学常识。典型的如《枪与弹》，硬把"我"的父亲和一家银行的薪酬改革"捏"在了一起，不知该让人脑洞大开还是瞠目结舌？至于道具的应用老王则纯粹在显摆，明明在写"破罐子"，偏偏又要拿一枚小玉章做引子和结尾，让人摸不着头脑。

我无法判断老王的生活环境，所以对他的写作风格不能评价。唯一的线索是从小说里看出的，老王可能是个好吃好喝的老头儿，而喜吃喝的也常常是个好厨子。老王小说中提到新疆的一种美食叫抓饭，烹饪的方法似乎就是把羊肉、大米、胡萝卜、洋葱一锅焖。由此推断老王把文学当厨艺了，是可忍孰不可忍！

在找到知识产权出版社之前，老王还找过四五家出版社，结果可想而知。社里去年八月收到老王的来稿后，预审也犹豫了好久。疫情期间，老王又写了一篇万言"申诉书"，大意是说"大狗叫，小狗也叫"，为什么他这只"戈壁野狗"就不能出声呢？老王打着维护自己话语权的旗号，最终说服预审"甩锅"到了我的手里。

"argue"完"上家"再"argue""下家"，我对老王更不客气。

我说，这是一个阅读碎片化时代，你的小说铺垫太长，绕的圈子太大，读者没有耐心去读。老王说"千淘万漉虽辛苦，吹尽狂沙始到金。"点石成金是魔术，沙里淘金才是正路，这路就得弯曲绵长。

我指出，像"拿着屁股当脸亲"这样骂人的话是不能写的，老王说"陈忠实骂得，贾平凹骂得，我怎么就骂不得呢？"我心里只好暗暗回骂："好一个阿Q！"

我发现有篇小说与书名不相干，"那篇《真黑牡丹》的内容与金融一点关系都没有。"老王答复，"小说里的穆兰是我们银行的子女，她用的'谈判'技巧是得了他父亲的真传。我们金融作协说金融人就得写金融事。"可是这篇小说八竿子与金融打不着，这弯绕得也太牵强了吧？

我建议老王最好能找个名人给集子写个《序》什么的，老王说往金饭碗里盛苞谷面不般配，自己是个土陶碗，硬往里装上泰国米似乎也不合适。

老王自定了一个"三不"惯例，且说明了理由，即不入圈子——入不进去；不从潜规则——身上没有被潜规则的资源；不信"大V"大咖——他们也不信我。

我开玩笑问，"你们金融作协的小圈子也入不进去？"老王回答，"能，但我不入。他们搞活动评奖时，为了表明作品具有广大的代表性，往往会搭配评选一两个非会员的作品，这样我得奖的概率会高一点。"

哈哈，老王果然是戈壁滩的石子，无用，死硬，却还滚圆。

最终，我和预审一样，没能说服老王自己主动撤稿。

不管情愿与否，如今，这本小说集已经被"逼"出来了，我忽地动了恻隐之心，这本书好赖都是老王的处女作，总不能让它无声无息地自生自灭吧，既然找不来有名望的人为它站台什么的，就由我这个责任编辑为它说几句公道话吧。

原本以为金融是个神秘不可攀的职业，跟着老王的小说去学习，发现金融时刻陪伴着我们日常。我硬逼着自己细读老王版的金融教科书，似乎也学会了查账，学会了存贷汇，也知道了国际形势是如何影响金融决策的，也了解了行里行外非法骗贷、非法集资的手法，等等。十八篇小说对金融高管、底层员工，以及这个群体的家庭、工作、婚恋的描写，虽然浮光掠影，但也展现出了这个行业多姿多彩的一面。在故事"主题"方面，老王终将没有脱离"正义战胜邪恶"的文学主线。

原本以为新疆是个遥远、落后的地方，但是打开小说，扑面而来的是新疆人超前的思维，大胆的设想。老王说作为抗日时期的大后方，新疆曾有独立的财政金融权，国共两党分别在此进行过大规模的币值改革试验，结果是共产党的红色银行家毛泽民名垂千古，而国民党却遗臭万年，给历史留下了一张六十亿元的费纸钞。中华人民共和国成立后，新疆是最早、最大的移民省份，上海、北京的金融工作队，以及后来大批的支边青年，把新疆的金融推向了一个高地。老王应该去撰写一部新疆金融史。

在老王这个"疆二代"的笔下，少数民族同胞们聪明好学，乐生幽默，各民族之间手拉手，肩搂肩，亲如兄弟同胞，你爱我来我爱你，在他们相互打趣玩笑之间，完成了歌颂民族团结的严肃话题。

原本以为收藏是个爱好或者生意，但是在老王的笔下，收藏竟然关涉"主题"，字画有背景，石头能刻字，破罐子可以拿来做反对潜规则的"炸药"。

呵呵，写着写着我把自己绕进去了，难道老王真会什么点石成金的法术？嗨，光怀疑是没用的，还是走吧，现在就出发，跟随老王到新疆吃抓饭，到戈壁去淘金！

目录
CONTENTS

成 者 谓 贼

阚勇一直想不通，究竟招谁惹谁了，为了一笔保单，他是里里外外、上上下下不受待见。

"天哪，我怎么就嫁到你们家了？大大的'憨'字就写在那儿，我还往上靠，悔死了！"金楠楠一撒起泼来就拿阚家的姓来发泄，"满大街都是推销保险的，怎么就你上当？一年要交八千块呀，今后的日子该怎么过呀！"

阚勇的眼一刻也没有离开计算机屏幕，他好像没有听到金楠楠撕心裂肺的控诉，"钱我来想办法，工资奖金一分不少你的，我只是明人不做暗事，让你知道有这么回事。"

阚勇平静的话语一落，金楠楠也马上平静了下来。阚勇知道她既不知道保险是干什么的，也不想管它是干什么的，她真正关心的是自己的待遇，那就是老公能在银行上班，体体面面的工资奖金全缴老婆，她在商场姐妹面前头能永远扬得高高的。一听没动着她的福利，立刻闪人做头去了。

家里的风波好平息，单位的影响则不可估量，有时甚至能跨屋跨楼传播。比如开发科的科长张立伟，就经常会给新手讲阚勇过去的事情，"建机房时就他提的意见最多，什么要考虑今后的发展，最好把大小、电源负荷都留些余地，原本是想讨领导的好儿，却被领导说成'咸吃萝卜淡操心'。"

谁知阚勇硬是不记教训，他觉得"儿童终身险"是个好东西，平时听不到声响的他，那天主动给科里的人介绍了他买的保险，这下子给张立伟提供了更加充足的证据，"我早给你们说了，他阚勇就是勺子（新疆话即傻子）一个，放着股票不买买保险，二十年后一百块钱值几毛谁知道，五十年后人在天堂还是钱在银行谁知道。我看那个保险公司的也是个勺子，每天蹲在大门口屁都不放一个还想卖保险。你们说，这两个勺子咋碰到一起的？"

阚勇没有听到张立伟糟蹋他的话和同事放肆的大笑声，但是他知道他是如何认识谌墨的。那天，正在开发室写发行新股认购中签程序的阚勇断了口粮，手里攥个空烟盒就往外冲，刚走到电梯等待区，就看见烟雾缭绕的窗户边一个人拿了根烟向他示意，他想都没想，问都没问，接过烟就点上了，等狠狠地吸了两口后，才看到递烟的人似乎有点面熟，"噢，大门口的。"阚勇冒了句没头没尾的话，拿起窗台上的保险宣传单看了起来。

"哪儿的？"又是一句没头没尾的话。

"新大数学系的。"对方知道问话的含义。

"八农应用数学系的。"阚勇说完这话等于双方介绍完毕。

这个简单场景的背后，其实有一些推理判断在里面。谌墨见到阚勇手里的烟盒就知道他要去干什么，阚勇说的"大门口"是指在银行的大门口见过谌墨，再加上他手里的宣传单上别着谌墨的名片，因此所问的"哪儿的"肯定不是单位身份问题，而是指在哪里毕业的。因为两人的年龄相仿，好像都猜出对方是毕业没几年的大学生，没想到一切果然如此。

"八农"是新疆八一农学院的简称，两人的背景、行为和话语对接成功，接下来的事情就更简单了。

"来一份？还没人要。"

"咋算的？"

"15%的国债利率，高利率，复利算法。"

"你投了多少？"

"五岁的儿子，买了二十份。"

"三岁的女儿，来同样的份数吧。"

谌墨那天是被骗到五楼的，门卫实在忍受不了他每天坐在门口碍眼，就说计算中心的人多，把他支到机房门口去站岗了。谌墨知道这半个月已经惹人烦了，于是办完阚勇这唯一一份保单后，再也没有在银行露过面。

玩数字的人属于凉性，唯一的热源大部分来自烟头的那点火，阚勇和谌墨那天的火对火实属偶然，下一次发生的概率为零。然而生活中的偶然又是数学算不出来的，两个男人的火熄灭了，两个女人的火却点燃了。

事情缘于一个蛋糕。某一天金楠楠心情不好，就冲阚勇发火，"天哪，人家买保险都有礼品，你买的谁家的保险，保险员是谁，连颗糖都没见过！打电话问他要蛋糕，不然退保！"那段时间最流行的礼品是麦趣尔蛋糕。

当时奶油蛋糕的价格不菲，阚勇知道商场可能有人炫耀过这吃货，要在平时他会主动带娘儿俩到麦趣尔去一趟，"天哪"的问题就解决了，可是这次他先是交了七千多元的保费，然后又给家里装电话"费"了五千，这样就把他给一家软件公司开发程序挣的外快花光了，现在连抽烟的钱还要向金楠楠要，于是心情也不好，"保险是我自愿买的，不是人家强迫的！有本事你去打这个电话，保险单里什么资料都有！没见过你这样不讲理的人！"

人就怕受刺激，金楠楠真的按谌墨名片上的 BB 机号码打了一个传呼，用阚勇的名义。没有一分钟电话就响了，"有事吗，阚勇？"电话里有杂音，估计对方用了免提。

"我不是阚勇，我是他老婆。听说现在买保险给送蛋糕，我们家阚勇在你那儿买了那么多保险，怎么什么礼品都没有呀？"

"礼品都是保险员自己送的，公司里面没有这项开支，保……"电话里的男声突然变成了一个女人的声音，"有有有，有礼品！喂，你好，我是谌墨的爱人，我叫朱晓华，你是阚勇的爱人对吧？你贵姓？咱们约个时间，我请你们全家吃饭，顺便把蛋糕送去，好吗？"

周末，两个女人带着孩子，押着两个男人在餐厅见面了，阚勇耷拉个脑袋，恨不得找地缝藏起来，谌墨则是一脸茫然，似乎不知道今日见面为哪般。

两个女人倒是心有灵犀，一见如故，"哎呀呀，这么大的一个蛋糕，还是麦趣尔的，得多少钱哪！真不好意思，让你们破费了。"

"哪里，哪里，是我们家谌墨不懂事，小意思，小意思。哦哟，你家女儿好漂亮哎，卷毛头多可爱呀！亮亮，快过来见妹妹。"

"铃儿，叫哥哥。"金楠楠也把女儿推到了前面。

"我不嘛，"阚铃儿摇了摇头，"笑笑家的狗狗才叫亮亮呢。"

谌亮子于是围住阚铃儿"汪，汪，汪"地直叫，等她一本正经的圆脸笑了起来才作罢。

不用两个男人说一句话，实际上他们也只会抽烟发呆，两个女人的主场外交就取得了巨大的成功：金楠楠答应帮助朱晓华推销最难卖的"儿童终身险"。

朱晓华实话实说，她和谌墨以前是电子厂的，一个是出纳，一个是统计员兼质量检查员，工厂破产后双双到一家新成立的保险公司上班。"儿童终身险"是这家公司的开山第一斧，谁知砍下来只冒火星不见血，此时市场都在谈论一夜暴富的股票，没人理睬以前听都没听说过的人寿保险。

这个险种在本市上市一月，只卖出了寥寥几份，谌墨成交了两份且金额都是最大的，公司为鼓舞士气，放大血奖励了他，公费给他装了一部私家电话。朱晓华还告诉金楠楠，她早就想见一见阚勇，但谌墨就不给她约，今日一见就知道原因了，两个男人是半斤八两。

金楠楠根本不需要知道保险是什么，她只消拿着阚铃儿的保单在商场亮一圈，姐妹们马上就知道保险是时尚，是很贵的奢侈品，如果不给自己的孩子投一份保险，就是老公挣不上钱，就是亏待儿童，必须要给他们"上保险"，不能让他们输在起跑线上！

朱晓华的保单雪片般的飞来。当时一份三百多元的保费差不多快抵一个月的工资了，一般人也就投个一两份的险，阚铃儿保单的分量可想而知。所以金楠楠理解保险的第一个作用是有面子，第二个作用是有好处。

朱晓华果然不同谌墨，她知道自己必须主动出击，得下功夫拉住金楠楠这个下线。金楠楠不做生意不当官，却享受上了过节一小请，过年一大请，上马一提金，下马一提银，有滋又有味的保险待遇。

两家聚会的场景往往是这样的，两个女人先聊孩子再聊丈夫，浅笑尖声，手脚比划，永远有说不完的话题。至于保险业务的事往往三言两语一带而过，她们很清楚，只要心情好了，什么事都不是事儿。

阚铃儿因为姓氏在前，即使叫了铃儿依然闷声不响，谌亮子还算名副其实，见了面就吹唢呐般地围着铃儿转，直到把她惹哭或逗笑为止。

两个陪衬人是聋子的耳朵——摆设，他们的优点就是对酒不感兴趣，从头到尾有一瓶啤酒就能打发，缺点就是你一根我一支地不停抽烟，不好不坏的是话语不多，偶尔也参与一下两个女人的话题，可是说出的话却让听者难懂其意。

"儿童终身险"没多长时间就停办了。又过几年，那段低工资高物价、低收入高利率的日子过去了，反过来大家的收入提高了，物价降低了，此时利率又开始往下直滚，就差掉沟里了。保险公司开始发慌了，15%的利率，而且是复利，这样一笔不良负债还不把公司给赔死，于是和银行处置不良资产一样，公司要想办法处置不良负债，所用的方法与银行卖出资产相反：回购保险。

朱晓华凭借销售"儿童终身险"的业绩，以九牛二虎之力升任分公司营业部主任，位子刚刚坐稳暖热，东南风忽然变成了西北风，分公司给营业部下达了一大笔回购"儿童终身险"的指标，任务远远超过销售时的数量，因为全地区就设这么一个营业部作为回购点。

朱晓华的脸变绿了。她知道一正一反，一上一下的颠簸有多厉害，多少人都是在方向忽然急转时，脑子不转弯被甩下车的。想当不倒翁就要学做墙头草，她立即命令谌墨把谌亮子的"儿童终身险"退了，谌墨的脸真的气黑了，但胳膊扭不过大腿，他也是公司的员工，咬牙执行了公司和老婆的双重命令。但是对于让他动员阚勇退保的指令，他坚决彻底地否决了！

朱晓华现在不缺人，她派了两名保险员去做阚勇的工作，因为他是大户，谁知这两人到了阚勇的办公室后，话术没有调整，她们照例先表扬阚勇对保险的理解和支持，这顶大帽子一出，很少得到别人赞扬的阚勇激动了，他再也容不得对方张嘴，接着她们的话题边说边算，一口气把他对"儿童终身险"的看法表达了出来，"你们公司给老百姓送来了天大的福利呀，多少年难遇这么高的利率，让我锁定了！真正要说感谢的是我！"

两位保险员还能说什么呢？她们只好支吾两句走人。阚勇罕见地将客人送到了电梯口，一路还在不停地讲解保险的功能。就在这个空当儿，张立伟又给阚勇下了一个新定义，"阚勇这小子怎么这么贼？一下子买了二十份！"科里的人早忘了几年前"阚勇就是勺子"的话，选择附和科长当前的看法，又开始说阚勇"贼得很"！

朱晓华这边则是一计不成再生一计，她不得不动用能刮耳边风的金楠楠了。"天哪，哪有这么好的事，这才几年呀，就按已缴保费的双倍退还，见好儿就退吧，过了这村就没这店了。"金楠楠不光会闹腾，关键时刻也能细心地忽悠两下。阚勇的优点和缺点就是不发火，"行，保险你管，工资我管。"

金楠楠一算账就不吭声了，只好另辟蹊径。她这次该为朱晓华放血了，但是受益人却是自己。金楠楠在一周时间内连续购置了最新上市的电视机、洗衣机和电冰箱，最后还买了台乌鲁木齐很少用的立式空调机。一下子她又成了商场的明星人物了，这时候她才把底牌露了出来，"哎呀呀，想那么多干什么，儿孙自有儿孙福嘛，现在保险公司双倍退保，见好就收呗，先享受了再说。再说，为一份保险得操几十年心的，多不划算。"

金楠楠二十份的保险都退了，自己手上的一两份留着有何用？稀里哗啦地大家都要求退保了。朱晓华这次是派手下到商场的，来了几个人，一次就把退保的手续全部办完。事情刚完，金楠楠就接到了晚上吃饭的电话，朱晓华急于总结金楠楠的经验，并赶快推广落实。

两个女人没有忘记把陪衬人同时押来。这次她们可是只谈公事，谈到兴致之处，放浪的笑声把两个孩子都惊炸了。这些笑声似在宣示：离了臭狗屎，照样种辣椒！

两个接受无形审判的男人只能低头认罪。

"唉，成败萧何也。"阚勇显然是在说自己的老婆。

"唉，我真想自愿去世。"谌墨只敢说自己。

没想到这句话却让金楠楠想了一个晚上，回到家里她忍不住地问阚勇，"天哪，他怎么能说这种不吉利的话，'自愿去世'是什么意思？"阚勇深解谌墨话里包含的一切，却无法三言两语给她解释清楚，只好敷衍说："如果是自杀，保险公司就不给赔付了。"金楠楠还是没有想通，"可是他已经退保了呀？自然去世就行了，为什么要自愿呀？"

这可能是金楠楠平生第一次动脑筋思考一句别人说的话。

二十年后，阚铃儿在北京的一所医学院读完临床，毕业后原本想到美国继续学医，但是那里不给医学和商科的学生提供奖学金，于是阚勇让她改变方向，申请到了波士顿大学的生物信息专业，并顺利拿到了奖学金。

铃儿上大学时，金楠楠就想让她出国，原因是谌亮子高中毕业后就直接到美国读本科去了。可是屈指一算，银行的存款和两口子的后续收入远远落后，遂打消了这个念想。在专业选择上，金楠楠认为女孩子学个财经类比较合适，受到朱晓华的影响，她特别青睐保险专业，可阚勇坚持让铃儿把第一志愿填成了医学院。

铃儿出国前回了一趟家。这天晚上，一家三口准备商量下一步计划，金楠楠借口不懂看电视去了。阚勇先拿出一沓保险单给铃儿看，"这份是我和你妈给你买的'儿童终身险'，我们一共投入了72000元，保险公司已经返还了127600元。等你五十五岁的时候，保险公司每个月会给你的账上打入5200元，这份保单会终身为你打工发工资，我把受益人已经改成你了。我们还给你买了……"阚勇一份一份地将保单交给铃儿，最后又拿出一张信用卡说："这里面有三万美金，大部分是保险公司返还的受益款兑换来的，算是我和你妈给你的奖学金。我们对你的要求就是研究生毕业前，再拿下一个北美精算师的资格证书，这样你就具备敲开大保险公司门的全套本领了。"阚勇特意把自己做的事记在夫妻两人的名下。

金楠楠是听到"美金"二字后又从电视节目里回到会议桌上的，得知铃儿最终计划到保险公司工作时她简直都懵了，这父女俩变的什么戏法呀，"天哪，你们得告诉我，生物信息和保险有什么关系？精算师是干什么的？是不是谌亮子也想考的那种证书？"

阚勇懒得给她讲解这里面的关系，并且知道讲了也没用。这些年来阚勇的工资奖金和她自己的收入基本变成了一堆烂账，金楠楠管的钱不是听消息买股票亏了，就是被忽悠参与集资与期货骗了，反正手里总是不见现金。阚勇一提这些事，金楠楠就用"又不是我一个人参加了"来狡辩。好在铃儿还有耐心给她妈普及点学科与专业常识。

忽然阚勇的手机响了，来电显示是朱晓华的，他很纳闷，犹豫了一下还是接听了，"喂？嗯，嗯，谌墨参加吗？好吧。"他放下电话又通知金楠楠，"周六保险公司举办司庆活动，朱晓华邀请我们全家参加。"

　　保险公司的活动金楠楠是舍不得错过的，每次都不会空手回来。阚勇这次也破例决定参加，并不是朱晓华破例给他打了电话，而是他觉得该让阚铃儿接触一下有商业气息的活动。到了会场才知道，这次是分公司成立二十周年的庆典，邀请的嘉宾大部分是社会各界有头有脸的人物。

　　朱晓华是大会主持人，她现在是分公司排位第一的副总经理，今天穿了一袭红色的裙装，以资深美女的形象闪亮登场。金楠楠把眼睛都看直了，她差点没认出这是她经常见面的密友。金楠楠想找谌墨说话，可会场太大，扫了一圈没扫到。

　　就在金楠楠心不在焉地比较周围来宾的穿着时，主席台上的朱晓华念了一段话后突然宣布：“现在有请与分公司签订第一份保险合同的投保人阚勇先生，和拿下第一份保单的公司员工谌墨，荣登主席台就座！”话音一落，早有准备的两个礼仪小姐径直来到阚勇和谌墨面前，在热烈的掌声中，把两个呆若木鸡的男人押上了主席台。

　　副主持立刻拿着麦克风现场采访两位嘉宾，“请问此时此刻您有何感想？”话筒放在了谌墨的前面，“我没有想到会有今天的场景，真的没有想到，做梦都没有想到，公司没有忘记我们这些最基层、最普通的员工，我感到非常激动！”谌墨一口气说了这辈子最长的官话。

　　“谢谢，非常感谢像谌墨这样的老员工，他们为公司筚路蓝缕、以启山林的贡献，永远是我们保险大厦的基石。请您就座。”

　　“阚勇先生，听说您一直和谌墨来往，你们是朋友吗？”

　　“我们是学数学的。”

　　“哦，”阚勇的回答让主持人一下反应不过来，只好换下一个话题，“您不但是我们公司的最早客户，也是投保数额很大的客户，说明您对保险情有独钟，您能谈谈最初买保险的想法吗？”

　　还没等话筒放到他跟前，阚勇就回答了一句，“占便宜。”

　　主持人没有听清，“什么？便宜？阚勇先生认为我们公司的产品便宜，这充分说明我们公司是为广大客户着想的，说明我们的产品很有市场竞争力。”

　　阚勇急忙抢过主持人的话筒，认认真真地更正双方的误差，“我是说我买保险是为了占便宜，占保险公司的便宜。"全场哄堂大笑。

"阚勇先生说话真幽默呀！我们公司为能够给大家提供占便宜的机会而倍感荣幸。隆重请保险达人阚勇先生就座！"

阚勇终于并排和谌墨坐在了一起，他嘴唇蠕动了一下，"唉，我真想自愿去世。"

谌墨的嘴唇也蠕动了一下，"死占便宜，真贼！"

主 题

张扬落马的消息一公布，与金融有关的微信群几乎同步转发了这条信息，太震惊了！金融圈里像发生了一次大爆炸，这位业界公认的"高富帅"明星，怎么会瞬间陨落呢？

对于这类"高大上"事件，我既没有幸灾乐祸的兴奋，也没有假惺惺的惋惜，更不会有兔死狐悲的哀伤，因为我只是一家金融杂志社的小科员，它们与我没有一毛钱的关系。不过这次事情是个例外，无论怎样，我与张扬董事长总算有过一面之缘，准确地说，是我曾近距离观察过他一次。我沉思了一会儿，把这条消息发给了总编。

总编的微信立刻响了，他根本不需重复读这条消息，并知道我多此一举的意思。他回复了一张图片，图片是放在一处园林中的石头，石头上刻了一幅画，仔细看那幅画却是个变形的"酒"字，估计是哪个产酒胜地的公园雕塑。

我当然知道总编这条微信的意思，但是他日理万机，可能忘了两年前那次采访发生的故事，关于"酒"实际与张扬没有关系，而是孙宝年出精捣怪搞的闹剧。

那是我从柜台调到编辑部的第一年，我像只处在亢奋期的小公鸡，四处张望找事。忽然有一天早上刚进办公室，总编来电要我立即随他去采访两家保险公司的总裁，你说我会是什么反应？

我乐不颠儿地跟着总编出发了，路上他才给我交代具体的任务，大意就是保险A公司和保险B公司换了总裁，现在他们履新忙碌的差不多了，我们媒体该出场拜访他们一下，为以后的合作做点铺垫。我明白总编的意思了，这就是所谓的高层会晤吧。我忍不住地追问："这么重要的活动，您怎么就带我参加？"总编半开玩笑地回答："把你这个生瓜蛋子催熟一下。"

A公司与B公司像保险业的两家兄弟公司一样，这样的双子公司在各行各业都存在，并不为奇。A公司虽然业务规模比B公司大不了多少，但其他原因决定了它的老大地位，这也不足为奇。所以，当半年前B公司的张扬总裁调到A公司出任总裁时，媒体已经开始宣扬他获得了提升。这个结论不仅是基于两家公司的地位，更是从深层的人事布局分析得出的，就是A公司的董事长还有一年时间就要退休，张扬此时到位，明显处在等待接班的最佳人选位置。泛媒体时代嘛，哪个人不是战略分析家和评论家呢？

总编虽然级别不高，但在业界名气不小，这点也毫不奇怪，我们做传媒的，自己都不出名怎么去宣传别人？果然，一到B公司总裁的楼层，秘书吴大卫已在楼梯口迎接我们了。总裁就是孙宝年，我一边抓拍他与总编握手客套的场景，一边快速浏览他的外貌、动作和语言。那些喜欢指点江山的人士在"排兵布阵"时，给孙宝年的"定位"是临时拉套的过渡人物，最简单的证据就是他的年龄比现任董事长大，加之先前没有保险从业经历，人脉稀薄，估计这个位置就是他的天花板了。

我此时感觉眼睛和脑子都不够用了，但手忙脚乱中并没有忘记另一件任务，悄悄拍了一张沙发背后挂的一幅画。等宾主双方坐在沙发上，会见就算开始了，一点没有高层会谈的那种氛围。再细观孙宝年的衣着言谈，与第一眼印象并无二致，既没有显露出当过军人的果敢英气，也不见当过总行副行长的精明才气，就是一个普普通通、随随和和的中年男人，哪有一点高管的气场。

主编的表现也让我有点儿失望，你说他平时在下属面前没有架子算是优点，可对外也不摆谱就丢份儿了吧，在年龄相仿的孙宝年面前，专注听讲的样子像个小学生，边听边点头，一点派头都没有。关键是他们谈话的内容更让我失望，讲的全部都是孙宝年在前一家银行负责金融扶贫的事，与文化艺术毫不沾边。我当初进编辑部的时候竞聘的是艺术栏目的编辑岗，总编也是这样安排的，带我出来采访的目的也应该与这个主题有关吧，其他的内容我也不感兴趣。

我尚不敢提醒总编谈什么话题，也不敢扭头看背后的那幅油画，但我敢让思想转弯。我放下装模作样记录的笔，打量了一下孙宝年的办公室，除了我心头惦记的那幅画外，办公室并没有什么特色，面积还没有我见过的部门老总的办公室大。期间，孙宝年还亲自拿杯子给我们续了两次水，我心里并没有产生受宠若惊的感觉，不但觉得他适合倒茶的角色，而且突然想起小时候奶奶见我不学习就骂的话来，"猴屁股坐不住金銮殿"，我也不知道此时为什么想起了这句话。

突然，门口有人探了一下头，孙宝年马上叫那人进来，估计来人是有急事要办。我坐在离门最近的位置，因此撇下总编闪到了外面，目的是为了活动一下，不然我怕无聊到打瞌睡。谁知吴大卫也在门口，好像是在等那个进去的人，我俩顺便再打声招呼。

"你们总裁的办公室怎么这么小？"我没话找话。

吴大卫一脸苦相地摆了摆手，"还有更搞笑的事情呢！估计你们中午会在这里吃饭，待会儿你就见识到了。"

我马上觉察到吴大卫和我的看法一样，并觉得他有点面熟，顺口问了句是哪儿毕业的。这一问果然有情况，吴大卫不但和我是校友，而且就是我们中文系的，只是低我一级，他也说一见面就觉得好像在哪儿见过我，我俩赶紧交换了电话号码。

说话间来人出来了，我若无其事地又坐了回去，这次我不再无聊，思想转弯到吴大卫的话上去了。果然大约半小时后，吴大卫叫我们到公司的餐厅吃饭，大家相互客套了一下就一起进了电梯。电梯里我还是忍不住小声问吴大卫："孙总办公室的油画是谁画的？"

"什么油画呀，那就是一幅照片，是我一个爱好摄影的战友送的。"孙宝年的耳朵尖，直接回答了我的问题。

总编看了我一眼，"什么眼力，连画和照片都区分不出来。"

吴大卫连忙解释说，"许多人都把它当成油画了，孙总可高兴了，还给这幅照片起了个名字，叫《收获》。"到底是校友，关键时刻替我解了围。

公司餐厅和其他金融系统总部的差不多，进到大厅吴大卫刷了几下饭卡，然后往旁边的一个小门一拐，里面有条走廊，一排大约有五六个房间，估计就是公司接待客人的包间了。进入其中的一间小房子，里面有一个人站了起来，并招呼总编入座，孙宝年说："你们都是老熟人，我就不用介绍了。哎，李总，你们宣传部的其他人呢？今天的两个客人可是难得一见的文化人，不来可就亏大了。"

李总"嗯，嗯"地打哈哈，吴大卫赶忙打岔又替李总解围，"孙总规定不涉及商业秘密的接待，一般员工可以随部门老总一起陪客人就餐。"吴大卫朝着总编解释时，故意看了我一眼。我觉得虽然自古就是"兵对兵，将对将"，偶然出现不对等的情况也不算突兀，比如像现在总编带我出来，这就属于小兵见大官。

也许吴大卫看出了我不以为然的表情，又转头故意问孙宝年："上酒吗？"

"算了算了，我们下午还有采访工作。"总编连忙摆手制止。

孙宝年并不理会，"上呀！小刘记者应该是第一次到我们公司吧？"

"这是总编第一次带我出来。"

我很得意这句既回复了孙宝年的问话，也表明了我个人意见的回答。

吴大卫麻溜地从旁边的柜子中拿出一个玻璃瓶装的酒来，一边用启瓶器小心地开着瓶盖，一边开心地说："让你们尝尝孙总的土茅台。"

我目不转睛地盯住吴大卫手里的东西，除了瓶装啤酒外，现在的白酒哪有这样的封装，分明用的是老式压盖器压的，我小时候见人家做西红柿酱时用过，不用说这一定是瓶珍藏的老酒。

倒酒时，总编挪开了酒杯，孙宝年并不强求，接下来给他倒时，他说下午有会，也晃了过去，李总一看这情况，也学着孙宝年的借口拿开了酒杯。吴大卫再也不征求我的看法了，直接倒了个满杯，然后紧抱瓶子（生怕别人抢走似的）看着孙宝年，孙宝年瞪他一眼，"倒呀，你不陪小刘谁陪？要习惯喝这酒，对你有好处。"

吴大卫嘴里嘟囔着，"我就知道逃不了。"给自己的杯子倒满后又问，"先喝还是先吃？"孙宝年再瞪他一眼，"你以为会让你喝第二杯？喝，喝完专心吃饭！"

这是什么高档酒，连第二杯都不舍得让喝？我端起酒杯刚想闻一闻，并准备说句客套话，谁知吴大卫的杯子已经碰了过来，"欢迎学长访问我们公司。"话音一落仰头干光，然后把空杯对准了我，我一看这不是喝酒的场子，也并不需要礼仪，还是先品尝一下"土茅台"为上，于是学着吴大卫的范儿，一口将酒灌进了肚子。

一下子我的眼泪就被呛出来了！这是什么酒，又苦又辣，进到嗓子像刀子割喉咙。吴大卫却稳稳地拿起我的杯子，"再来一杯？"我一手捂嘴一手夺回了杯子。

"除了孙总，还有我，没人能喝第二杯。"吴大卫把酒拿到柜子的台面上，狠狠地将酒瓶盖压了几压，"不能跑味儿，下次接待人还要喝！"

稍缓过劲儿来，我发现李总在和总编交换眼色，总编露出幸灾乐祸的表情，我猜他是知道内幕的。只有孙宝年假惺惺地关怀说："快吃块肉，吃块肉就没事了。"说着还给我夹了一块红烧肉。

我顾不得让领导先动筷子的礼节，拣起肉就放进了嘴里，我得压一压那口酒的冲劲儿。嚼了几嚼，我终于顺了口气："真香！"

孙宝年一下子高兴起来，"刘记者算是品出这酒的好处的第一人，没有刚才的苦辣，就不会有现在的真香。不愧是学长，一口酒两个字就能点出名堂，小吴到现在还说不出这酒的好处，还得好好地锻炼锻炼。"

孙宝年的话让我一下忘记了刚才被戏弄的感觉。接着大家边吃边听他讲这酒的来历。这酒是孙宝年搞定点扶贫时，在中原的一个山村里发现的，以后每次路过都要捎带着买几瓶，中间夹杂着不少曲里拐弯的情节。估计吴大卫耳朵都听出老茧了，他又把酒瓶拿过来给我看，原来那个标牌并不是正规的商标，就是红纸上印了"红薯老白干"几个字，什么产地、度数等要素都没有。孙宝年依然很得意地说："我就喝这酒不过敏。"

吴大卫继续"出纰漏"，"我就不信！我又没见过您喝其他酒，怎么验证？"

"嘿，有你学长撑腰，你要和我较劲了是不？"

一瓶几元钱的红薯酒，加上这两人似真似假的斗嘴，还是给我（和总编）留下了很深的印象。

此时，总编的微信又来了，这次传来的是一幅梵高的《麦田上的鸦群》。

我就说张扬的事与酒无关，油画才是采访张扬时的主插曲嘛。可是我又心生疑问，我记得梵高一共画了几十幅关于麦田的作品，总编为什么选择这幅呢？

那天吃完午餐我们就告辞出来，然后直奔张扬的办公室。两家公司的大楼紧挨相邻，抬腿动脚就到了。一进张扬的办公室，又一幅画抓走了我的眼球，好在这幅画刚好在张扬的办公桌后面，在拍领导握手的照片时，那幅画也直接进了我的相机。

张扬本人我就不用描述了，年纪轻轻就做了一家集团级大公司的总裁，媒体直接称其为"少帅"，我们年轻人不拿他做偶像还能选谁呢？实际上，他本人比照片更吸引人，儒雅的谈吐，温润如玉的性格，以及略带倦容的表情，这些都是新闻照片难以捕捉到的。

张扬的办公室与孙宝年的相比，怎么说呢，根本不在一个档次上，除了宽敞明亮之外，布置也相当考究。坐在办公桌对面的沙发上望去，一座真人比例的青铜武士的雕像，比例协调的地球仪，高低合适的几盆植物，全部错落有致地摆放在一起，让人看着很舒适。那幅油画（这次我确认是油画）更是大小适当，特别是画面的内容能让人产生一种共鸣。

湛蓝的天空下飘着洁白的云彩，一条宽阔的大道伸向远处的山峦，高大的树木像一个个哨兵，所有的这些其实都是衬景，真正的主角是一望无际的麦田，是泛着金黄色的麦子。不，还有一个站在路边，双手叉腰，只留了一个背影的男人，他一定是眺望这些成果，准备收割这些麦子的主人。隔着数米的距离，看不到他的面孔，但那踌躇满志与欢愉的气息依然扑面而来，多么强的艺术感染力呀！

此时，另一幅照片出现在我的脑子里，画面的主题也是麦田，仅仅是麦田，一片被割了半截的田里空无一人，地上散乱地撂着几把镰刀，几个捆好的麦扎，焦灼的太阳炙烤着大地，远处是村庄、高矮不等的麦垛，以及运送麦子的马车。这就是孙宝年办公室挂的那幅照片，我虽然只是偷偷瞄了几眼，但大致的画面还是记得住的。虽然那幅照片与这幅画表现的内容都与麦田有关，但主题立意显然不在同一个层次上。

忽然，我发现一束阳光恰好将桌子和油画"框"在了一个画面之中，深色的桌椅、红色的国旗，在金色为主调的油画反射下，散发出一种特别的光感，我的灵感突然爆发，根本顾不得和谁商量，站起来直接向张扬发出了请求，"可以请您坐到桌子边去吗？我想给您拍一张照片。"张扬和总编都愣了一下，但一看前面的光线，张扬欣然答应，很配合地坐到了办公桌前。我"咔，咔，咔"地按下相机，又让张扬站立着照了几张，这才感觉过瘾、满意。

一番折腾反倒调动起了张扬的兴致，趁此机会邀总编和我一起近距离欣赏了一下桌子后的油画，"您可是这方面的专家了，多提提意见，给我们公司指导指导。"

总编谦逊地推辞，"赵大师的精品力作，我哪有资格品头论足。"

我仔细一看右下角，果然有油画界元老赵大师的签名。从他们的交流中可以判断，两人以前互有耳闻，由于各种原因而无缘会面，颇有点相见恨晚的架势。正说着，主管宣传部门的副总裁带着几个人过来了，张扬解释下午要主持一个会议，晚上还有一个重要的晚宴要出席，所以不能亲自接待我们了，话说得很诚恳，总编和我很感动。

接下来的活动就由副总裁主持进行，工作上的事在会议桌上谈谈就行了，不过是些例行套话，有实质内容的东西都留在酒桌上了，不然怎么叫"酒局"呢？晚上的接待依然是在公司餐厅举行，地方并不重要，重要的是谁出席，出席的人重要了，酒菜的分量自然就上去了。因为有张扬的反复交代，副总裁也知道总编的量级，国酒是必然要出来当家的。这种接待规格无法不让我与中午的待遇做一比较。孙宝年说接待客人的工作餐就多加了一个鱼和一个素菜，那个"真香"的红烧肉也是大锅菜，也许孙宝年猜到我们晚上还有"酒局"吧。我真得感谢中午的工作餐，不然如何消受得了这顿酒和肉。

我心里大概估算了一下，一瓶茅台的价钱可以购买上百瓶的红薯老白干，且三杯就抵得上一克黄金的价格。与其说酒壮男人胆，不如说钱壮男人胆，"一克金"入肚，也就相当于二十瓶红薯酒垫底，然后总编在我眼里立刻就变成一哥儿们，副总裁是个请客买单人，其他人都是我的听众。

我心里压抑了很久的话终于喷薄而发。我说我们金融行业就应该引进艺术营销之路，艺术与现代金融结合才能起飞，现代金融嫁接了艺术才能更加"高大上"。日本的保险公司在 20 世纪 80 年代就敢投资，有家公司花了大约四亿人民币购买一幅梵高的《向日葵》，别人以为他们是傻子、疯子，实际上此举所引发的轰动广告效应给这家公司的业务带来了巨大收益。

副总裁和他的部下大大赞赏我的看法，向我竖起了大拇指。

我说张总出手就是大手笔，赵大师的画得值个十来万吧。他们说得再加个零。我赶紧纠正说这是起拍价，成交价翻个十倍八倍的都不是问题，我不能在外人面前丢了气势。

我又说张总的那幅画艺术水准如何高超，寓意如何深远。他们说我评价得真准，赵大师不仅是个画家，而且还是风水大师，开始张总办公室挂的是一幅胡杨，赵大师说胡杨枝枝叉叉的不顺畅，恐怕让事业"节外生枝"，所以画了一幅《收获》，预示着张总的事业丰收一片。

我心想，画里的那个背影不就是张扬的化身吗？主题多么鲜明！哪像孙宝年挂的照片，一派散乱的农村景象，收获什么呀！

喝酒要有主题，有主题的酒越喝越多。那天晚上我喝了"几克金"，究竟说了多少话，总编又说了些什么，我们最后是如何收场、如何回去的，除了前面记住的那些，其余的都随酒飘散了。第二天，我挺着个疼痛欲裂的脑袋上班时，碰巧和总编打了个照面，他像什么事也没发生过一样，直接叫我到他办公室安排了两件任务：一个是根据昨天的采访情况写一篇文章，内容题材自选自定；另一件根本不算任务，就是告诉我美术馆正在举办丰子恺漫画展，希望我抽空看一眼，增长点知识。

因为宿醉难受，似乎也干不了其他事情，索性先去看画展吧。非周末和节假日，美术馆里的人寥寥无几，我就晕晕乎乎地随性乱观。谁知看着看着忽然发现，这些漫画中的许多题材竟然都与酒有关，什么"置酒庆岁丰""酒能祛百虑""把酒话桑麻"，这些是为喝酒找借口的。借酒抒怀的当然也少不了，"可叹无知己，高阳一酒徒""相逢意气为君饮"，大概就属于这类话题吧。最有趣的是描画酒后状态的，"三杯不记主人谁""田翁烂醉身如舞，两个儿童策上船""日暮影斜春社散，家家扶得醉人归"。看来民国时期的文人也好酒。

哦？总编莫不是借这些画讽刺我昨晚在"酒局"的样子吧？管他呢，只当如丰子恺所画所说："昨夜松边醉倒，问松吾醉如何，只疑松动欲来扶，以手推松曰去。"

"去"刚出口，吴大卫的电话就来了，"我被派到西部农村搞定点扶贫了！"

"什么时间？"

"昨天下午，你们刚走，孙总亲自和我谈的话！"

这"报复"也来得太快了点！当然，这也是吴大卫"作"的结果。他昨天出的"纰漏"不是一次两次了，他早就对孙宝年的不守"规则"有看法。请普通员工参加公务餐不说，他自己还经常到大厅里用餐，搞得在包间里的高管们很不自在。还有办公室的事，他硬把张扬的办公室分给秘书们用。他的红薯酒都成公司的笑谈了，说走了一个"张样子"又来了个"装样子"，谁都说他在作秀。

"张样子是谁？"

吴大卫不好意思地说这是张总的"雅号"，原来吴大卫是张总的秘书，张总离开时计划过段时间再调他到 A 公司，谁知孙总一来又安排他继续做总裁秘书，跟了一段时间后，才发现不守"规则"的领导最难伺候。

"处处与惯例不符，大到出差、调研，小到吃饭、上班，你都不知道该怎样安排，不但我们秘书很累，下面的人更不知所措，还经常坐不住，爱往下跑。我提出调动他还不批。也好，这次下去躲一躲，回来换个部门就可以不跟他了！"

"董事长不管？"

"就是因为董事长身体不好，才由他任性乱为的！"

我没来得及送吴大卫，他也很少在微信圈露面，等经常看到他在农村拍摄的大量照片时，时间已过去半年有余，应该是在中央发布"八项规定"之后。

相对于孙宝年的"歹毒"，总编对我算是厚道多了，对于昨晚张牙舞爪的表现，只罚我看了个画展。我当然心存感激，用心用意地撰写了一篇标题为《主题》的随笔交了上去。

"你这是什么主题？内在的逻辑在哪里？画个麦田，叫个《收获》，意境就深邃了？要我看胡杨的寓意更好，活着一千年不死，死后一千年不倒，倒了还一千年不朽呢！这都是千年基业了，寓意不深刻吗？可他为什么砍倒胡杨种上麦子呢？唯心主义！"总编劈头盖脸地就把这篇文章的"主题"问倒在地。

我的随笔当然是借油画《收获》来为张扬的"主题"鸣锣开道的，这正是我们媒体的价值所在，这种宣传难道有错吗？可总编居然说我"灌了几口猫尿就胡乱联想，乱拍马屁乱弹琴"，原来他也是个"记仇"报复的人。

总编看着我那张不服气的脸，最后还是缓和了一下语气，"论主题，我倒更欣赏孙宝年的照片，虽然不见人物，却更能揭示劳动带来收获这个主题。而张扬的《收获》更多表现的是个人的心情。此外，我告诉你，那个赵大师人品有问题，到处坑蒙拐骗，他的画是全靠炒作上去的，估价十万都高了。看画要多长只眼睛，要看到画面背后的东西。"

这篇精心炮制的文章算是泡汤了，我原想借这篇文章，再配上那天照的相，发表后能给张扬留点印象，为以后的进步积点高层人脉，谁知一下让总编看透揭穿了。顺便说一句，那天的相照得很出彩，连总编都很欣赏，但他最后还是决定先放一放再说。甚至在张扬如期转为董事长后，总编还是没有批准这张照片见媒。

接着出来一期杂志的卷首语是总编写的，标题是"普惠金融的春天"，他讲了一个中国普惠金融的故事，案例就是原来孙宝年所在的那家银行搞出来的，文中没提孙宝年的一个字，但银行的人知道他能到 B 公司当总裁，就是抓这个项目出的业绩。

本来是一篇表扬文章，可是总编又把批评的语调穿插其中。他用"听说鸡涨价，连夜磨得鸭嘴尖"两句话痛斥金融行业急功近利的现象，表面看是弘扬坚持搞普惠金融者的毅力，我却觉得他是言外有意，借题发挥，以此回应业内同行评价他"保守，不善变通"的说法。

我读着这两句话觉得好熟悉，突然想起，这不就是丰子恺漫画中的题词嘛，总编教新手的花招还真不少哩！

社里派我作为旁听代表参加对张扬的公开庭审，没想到那幅油画居然也是他犯法的证据之一。赵大师没有出庭，他是用录像作的证。《收获》的真正作者是赵的学生，一百多万的润笔费师生以三七开分了，当然老师拿大头。看到张扬那副垂头丧气的模样，我原本对他的一点同情也消散得干干净净。

总编发的梵高的《麦田》我查了查，那幅画是他举枪自尽前两星期画的，应该是他最后的绝唱。整个画面充满了躁动与不安，画中的道路像是摊开的手脚，愤然伸进麦田里，一群乌鸦骤然飞起，好像被枪声惊吓到一般。这是这位天才画家的最后收获。

我把张扬案件的最新消息发给了吴大卫，他却回复了一篇新闻报道，是关于他撰写的一篇"惠农保险"的论文获得全国金融创新奖的名单，看样子他是决定把张扬彻底给忘了。

张扬真的"扬长而去"了，但对于"宝年走运"的说辞我却不太赞同。我不是说孙宝年快到退休年龄了，不可能再得到提拔，而是通过那次采访，我认为他不是靠运气上升的，这点吴大卫的体会应该更深。

我自己也小有成就。最近艺术品市场行情低迷，我听从总编的建议加大了收购力度。一天我拿了一幅国画去向他讨教。

"我是第一次遇到没盖名章字号的画，是不是作者忘了？可我觉得画家表现的主题很严肃，对于这么认真的作品怎么会忘了钤印呢？"

总编仔细看了看说："这是典型的'文化大革命'期间的画作，1974年好像在批'白专道路'，所以画家不敢在作品上盖自己的印章。年号用公历纪年也是同样的道理，因为天干地支纪年法许多人看不懂。这个女军医的着装也符合那时的样款。你看两个主人公正在大山深处采药，女军医先尝草根，教旁边的藏族姑娘辨析中药材，为人民服务嘛。主题《根苦情深》很直接，揭示了'人民军队爱人民，人民军队人民爱'的意蕴。"

"是，我觉得那枚刻着'拥军爱民'四字的闲章就是主题，而且不会过时，所以决定拿下了。"

"这就把主题抓对了！很好，特殊时期的特殊证明，值得收藏。"

嗯，终于得到了金融系统书画收藏协会会长的首肯，我还是很满意的。

破 罐 子 难 摔

⁂

1

不知从什么时候开始，同事都叫玉来为"小来"，也不知是有意还是无意，大家都把发第二声的"来"字升了级，变成四声的音调，听起来就是"小赖"了。出纳部门几乎每年都有新来的年轻人，开始搞不清情况，就叫玉来为赖师傅，时间一久也跟着大伙儿叫起了"小赖"。现在玉来已过了知天命的年龄，依然没人肯给"小赖"升级，这对玉来而言可能是件好事，"小赖"总比"老赖"强点儿。

每个人都有在意和不在意的事物，玉来对此并不在意，谁愿咋叫就咋叫，谁愿咋说就咋说。按如此的性格来说，他本该是个老好人，可是偏又在某些地方在意了，而一在意就会较真，一较真就会惹麻烦，玉来人生的许多经历似乎就是这样。

玉来高中毕业没赶上"上山下乡"，也没赶上考大学，却赶上了银行招干，于是考进银行当了会计。玉来的师傅是中华人民共和国成立初期从旧上海新华银行援疆的职员，当年因出身不好，赶上新疆到上海招支援边疆的金融人才，他就赶紧报名"躲"了出来。还好，政治运动期间，新疆对这些人的冲击不算厉害，因为他们都是有本事能干活的人。玉来的师傅没有挨什么整，也没得到什么重用，玉来做了他的徒弟后不久便听到了师傅不少的传闻，于是就把很少让外人知道的一枚玉章拿给他看。

这是与玉来形影不离的私密物品，章子很小，钟形主体的上方套雕了一个小圆环，上下全长不到三公分，玉章上用金文体工整地雕刻着"学古"二字。造型与雕工很精致，让人一看便爱不释手。

师傅一边把玩着玉章，一边不停地赞叹："真正的和田羊脂玉，这么白润的玉质，太少见了！"反反复复地观看后，他断定这是一枚有身份的人的闲章。但当他询问它的来历时，玉来却含含糊糊地说不清楚了。

玉来出生时父亲已年过半百，这不算奇，奇的是他生下来舌头上就有一个白点，开始家里人都以为是婴儿易得的口疮，但出了月子还没见好，不大不小地长在舌边，一哭就能看得见。后来奶奶着了急，伸手进去摸了摸，也没什么异样，因此断定是个"胎里带"。奶奶迷信，认为这男孩生来就口中衔"玉"，将来一定是个人物。其实今天看来，那个白点可能就是个娘肚里长的脂肪瘤。

因为是老来得子，不仅是父亲，全家人对玉来都是宠爱有加。即便如此，由于家里人口多，父亲工资有限，玉来也得不到什么。倒是奶奶有一样稀罕的东西，一枚小玉章，是爷爷生前的随身物品。爷爷过世后，这枚章子被奶奶拴在了床头的灯绳头上，早晚拉完灯，她就会把灯绳头压在她的枕头底下。一直到玉来出生，奶奶才将这枚玉章从绳子上解了下来，戴在了小孙子的脖子上，没两年她也离开了人世。

奶奶早就说过玉来的舌头不尖，所以嘴不巧。其言成真，玉来等老人家去世时还没能完整地喊她一声"奶奶"。他总是把"子"发成"勾"，比如说筷子，从他嘴里出来就是"筷勾"，橘子就是"橘勾"，将吃说成"扣"，你说"吃，吃，吃"，他就说"扣，扣，扣"。哥哥姐姐还有一个逗他玩的招儿，问他："你的玉在哪儿？"玉来就伸出他的大舌头，再问："还有哪？"他就用小手从脖子上拿出那枚玉章给人看。这个游戏后来被妈妈发现，追着哥姐打骂，他们才罢手。妈说：只有狗的舌头才随便伸出，人的舌头是不能轻易乱伸的。

这些都是家里人团聚时哥哥姐姐讲的故事，等玉来长大后父母已不在人世，所以他无法给师傅说清楚玉章的来历。他舌头上的"玉"也没有再长，可整个舌头却长大了，所以它后来也就不明显了，也没人再要看它，但那枚小玉章却从此没有离开过玉来的身边。有一段时间脖子上是不时兴戴什么东西的，特别是男孩子，于是玉来就把它拴根绳系在皮带上，然后再藏在裤子口袋里，没事时就拿在手里把玩。

过了几天师傅才给玉来解释章子上刻字的来历。

"古代的《尚书·周官》中即有'学古入官，议事以制，政乃不迷'的说法，意思是学习古代人做官，议政来治理国家，政策不会有失误。这种说法有它的道理，但是后来孔子将这种思想放大成了'学而优则仕'，中国也从此进入了官本位的时代，社会上一切以官为中心，以官为转移，有官便有一切，失官便失一切。"

师傅讲什么事情都尽量说得清楚，"唐人的诗句里说：'学古三十载，犹依白云居。'宋人也有相似的诗句，'学古编简残，怀人江湖永。'甚至明成祖赐太子老师的诗中也有'斯文逢盛世，学古振儒风。'这些诗中的'学古'表面指的是学习古人的文化，背后的实质还是'学而优则仕'。"

"再看章子的形制，"师傅接着说，"有点像青铜器中钟的样子，钟在古代社会被寓意为平安，所以这枚章子的整个意思应该是'做官学古，平安终身'。"师傅最后说，"这枚章子的年代断不清楚了。你在银行也干了一段时间，应该知道印章的重要性，好好收着吧！"

师傅的一番话让玉来非常惊讶，他根本没想到一枚旧章子背后有这么多的说道。只可惜没过多久，师傅叶落归根，返回了上海。

最初的玉来春风得意，他先学出纳，没几天就跟师傅学会计和联行业务，没过两年又考上电大，三年学成，回到办事处就调进信贷股当了信贷员。可还有比玉来更幸运的人，他就是和玉来同期进办事处的王子龙。

江北银行当初是四级机构，最上面是总行，下设省行，然后是市中心支行，再下面就是办事处了，这和政府的机构设置是一样的。银行是个容易倒是非的地方，消息传得比电话还快。上班不久，玉来就听说王子龙是最有来头的人，他父亲是市财政局的局长。当时银行和财政彼此不分你我，因此都猜测他是走后门进来的。但玉来不信谣言，因为上电大是硬考硬的，王子龙一样上了学。

玉来和王子龙的关系一直很不错，当时电大班是委托昌吉一家财贸学校办的，乌鲁木齐的学生和全疆其他地方的学生一样都要住校。成人学校里多少有点帮派，玉来和王子龙来自同一个办事处，又是上下铺，他们自然会被同学划为一伙儿，聚餐、搞活动两人都是分不开的，但私下里王子龙经常说玉来"不够意思"。

王子龙说的"不够意思"就是指玉来的那枚"学古"玉章。当年，当玉来师傅鉴定章子的事传开后，办事处主任傅时雨都找玉来要观赏它。玉来的师傅虽然没有一官半职，可是连省行的行长都认识他，他说的话自然有人信。王子龙仗着和玉来的关系不错，提出要拿烟酒、手表、自行车，甚至是羊和玉来换这枚章子，这些都是当时紧俏和贵重的东西，可玉来说什么也不干。上电大时，王子龙又把玉来的宝贝宣扬了一番，全班同学都知道赵玉来有一枚非常了不得的玉章。

电大毕业后，傅时雨以重用有文凭的人为名，直接提拔王子龙做了信贷股的股长，王子龙把玉来调到自己手下做了信贷员，又把最有"油水"的一家企业交给玉来来管。

这家企业是市属瑶池酒厂，生产的山鹰特曲酒获得过轻工业部的金奖，不但成为地方名牌，产品更是供不应求，一度成为紧俏物资。厂长叫郝建设，是天津一家轻工业学校毕业的中专生，原来在厂里当技术员，后来直接被提拔成厂长，获奖的酒就是他把关酿造的。

郝建设是一个单纯的人，有什么就说什么，就是脾气有点犟。玉来第一次看酒厂的报表，就觉得资产结构不完美，成品库存居然占了总资产的百分之八十！要知道玉来的毕业论文写的就是资产结构问题，老师给的评语是"逻辑清晰，论据充分，结构完美"，当时是作为范文在答辩会上做重点交流的。到了厂子实地一查看，果然到处存储的都是酒，工人们说："郝厂长的命令，存不够年份的酒坚决不许出厂。"

玉来给郝建设建议，要么减少成品库存，要么限制产量，否则流动资金贷款超出了比例，银行不能再放新的贷款。可是郝建设说，好酒的秘密就是陈的香，减少库存的办法无非是把没有放够年份的酒提前卖出去，这和他做好酒的原则不一致，因此他决不让步。限产也是不可能的，这么好的行情，银行也舍不得让酒厂的烟囱停止冒烟呀。

　　玉来向王子龙和傅主任汇报这个情况，他们都是哼哼哈哈。玉来手痒痒，以酒厂的经营情况为据，又写了一篇资产结构的论文，并投寄给了一家全国性的金融杂志，论文很快被发表。这不仅是玉来的第一次，也是办事处的第一次，他因此被傅时雨叫去单独谈话。傅主任非常欣赏玉来的文笔，并跟玉来讲当时他在财贸学校上学时也喜欢写文章，只是现在工作太忙没时间写了，他鼓励玉来多写一点，对今后提拔和评职称非常重要。最后，傅主任提醒玉来，论文引用的资料是公家的，今后要注意多拉几个人共同写。傅主任说的也是，尽管论文里是说某企业，但知情的人都知道是指瑶池酒厂。

　　不知道玉来是没听懂傅时雨的话，还是他太自私，总之，文章他又写了几篇，纯粹是经济理论探讨，署名还是他一个人，他更加洋洋得意，但办事处的人开始说他"就知道个人逞能"。这话也有道理，行里的大学生又不是就玉来一个人，别人写的文章都是几个人合写，连写文章最多的傅主任每次都要带几个人，偏偏玉来是独自发表。等后来玉来知道他犯的错误时已经晚了，此时他给别人写文章，最后别人还疏远他，当然这是后话了。

　　酒厂的问题并没有因为玉来的论文得到解决，王子龙却下达了另一项任务，他让玉来抓住停放流动资金贷款的借口，不断找郝建设批买酒的条子。

　　按当时的正规渠道，酒厂的酒是按计划批发给各个商业批发站，商业批发站再分配给各零售商店，零售商店再按国家的牌价卖给老百姓。但因为山鹰特曲属于紧俏商品，这类商品在各个环节都有人设法卡一些卖给自己的人，所以在国营商店是根本买不到的。这个时候的个体商店开始红火起来，他们都有自己的渠道拿来紧俏的商品出售，当然价格远远高于国营商店的。

　　不用说王子龙所要的酒也是给自己的"关系户"搞的。玉来自己也找厂长批条子买过酒，不过每次就是一箱两箱的，然后分给办事处的同事或者亲朋好友办个事用。可是王子龙的胃口很大，一张口少则五六箱，多则几十箱，而厂长每年能自主分配的酒也是有限额的，而且厂里的"关系户"也不是银行一家，时间久了就吃不消了。每当郝建设拖着不肯批条子，王子龙就让玉来停止放贷款，搞得玉来非常为难。

　　还是酒厂财务科的人透露的消息，就是傅主任的"挑担"，正规的说法叫连襟，原来也是厂里的职工，现停薪留职开商店。玉来恍然大悟，才想到王子龙要酒原来是给傅主任的亲戚办事。

玉来经常开玩笑说郝建设是"老抠门"，可"攒着攒着窟窿等着"，就在瑶池酒厂如日中天的时候，这年九月，一批准备供应国庆、元旦、春节三大节的酒被一把不知从哪来的邪火烧了个精光，一些够年份的库存酒在救火时也受到了不同程度的损失。事故调查结果是有人因私怨而故意纵火，罪犯归案了，厂里解脱了责任，可银行贷款却出了问题。

瑶池酒厂一般是新粮下来时开始向银行申请贷款，用贷款从粮库买进旧粮，给粮库收购新粮腾出仓库，等待春节过后，酒厂就能收回大部分售酒的货款，然后用这些款项来归还银行的贷款。酒厂失火后，大部分库存的酒并没有受损失，完全可以重新包装后再卖，但是因为存储的年份不够，郝建设死活不让出厂。当年存有山鹰特曲的个体商店都发了一笔小财，可春节一过，银行傻了眼，到期的贷款还不了了。

玉来早就将酒厂的账算好了，按他们的库存商品，不但银行贷款的归还有保障，而且在玉来的眼里，资产结构反倒更加合理了。他将同意给酒厂贷款延期的报告迅速递了上去，王子龙没有意见，玉来当着他的面给郝建设打了一个电话，将同意延期的事告诉了他。

就在玉来准备给酒厂办延期手续的时候，王子龙突然通知玉来，酒厂到期的贷款必须立即归还，坚决不能延期或转贷！

玉来傻了眼，郝建设更是傻了眼。他急三忙四地带着财务科的人找信贷股，王子龙居然说从来没有同意给酒厂的贷款延缓！郝建设直接找傅主任，傅时雨推三阻四地不见他。傅时雨又指示王子龙起草了一份报告，将瑶池酒厂不按期归还贷款的事上告到了中心支行和市里。市里组织企业和银行开协商会，傅时雨、王子龙借口有事，办事处派玉来参加。

不知天高地厚的赵玉来又较起真来，再次搬出他所谓的资产结构理论，结合酒厂的实际情况，在会上公然提出了和自己单位不同的个人意见。会后的结果可想而知，玉来被中心支行和办事处一致批评为"胳膊肘子向外拐"，没几天就被调到出纳柜台工作，从此他就在这个岗位扎了根。

2

出纳过去在银行被称作"一百张",翻来覆去的事就是数一把一百张的钞票,属于手忙而心闲的工作,只要一百张不出错,只要当天账款核对相符,回家就可以放心睡大觉。

出纳工作又是有技术含量的工作。当时正值假币泛滥,人民银行为调动商业银行开展反假币工作的积极性,对商业银行缴收的假币按金额的比例进行返还奖励,行里又将这些奖金直接发到了每个出纳员的手中。当然,如果谁收上了假币,谁就要自己赔偿损失。玉来办事向来细心,他很快总结了一套识别假币的方法,所以月月收缴的假币最多,吓得一些单位的出纳不敢到玉来的柜台缴现金。

那时的工资奖金不是往卡里打,玉来老老实实地将死工资上缴给了家里的出纳——老婆,收缴假币得来的奖金就变成自己的小金库了。在别人以为玉来挨整的时候,玉来实际过的是"有闲有钱"的日子,只是他把闲和钱都花在搞收藏上了。

收缴假币能挣多少奖金呀?可是用这些微薄的收入搞点收藏还是可以的,二十年前的物价低,收藏品价格更低。问题出在玉来那双闲不住的手上,玩着玩着就不老实了,他又开始找事做,撰写有关收藏方面的心得体会,一些报纸和杂志开始不断发表他的文章,全国各地的藏友也和他联系。有一天中午休息时,他约好和一个收藏爱好者碰面,于是早早干完手头的工作,又急急忙忙地赶到了附近的一家小餐馆。

要见面的是个名叫郝晓丽的女人,玉来昨晚接到她的电话时,心想至少也是个中年妇女吧。可当玉来在餐馆里东张西望时,一个很年轻的女子冲他招手,他吃惊她至多是个"80后"。走到跟前刚一握手,玉来脱口问道:"你父亲也姓郝吧?"那女的"扑哧"一下笑出声来,玉来赶紧纠正说:"我是问你父亲叫郝什么来着?"女人回答说:"他叫郝建设,赵老师认识他吗?"玉来高兴地说:"老朋友了!我看着你就长得像他,特别是那个大鼻子。"

女的嘟囔说自己尽继承了她父亲的缺点。

郝晓丽的鼻子有点像蒜头鼻，大是大了点，但贴在她的圆脸上，再配上一个小酒窝，人立刻就生动可爱了许多。有了共同的"熟人"，特别是当郝晓丽知道玉来就是他父亲曾提起过的那位银行信贷员时，两人的谈话马上轻松热烈起来。

玉来从信贷岗位退出后，王子龙直接接管了瑶池酒厂的业务。由于银行不让步，郝建设又坚持不卖不够年份的存酒，在生产旺季到来时，酒厂的生产原料供应不上了。傅时雨让王子龙又给中心支行和市里写了一份调查报告，向他们建议在瑶池酒厂搞"责任承包制"，一包三年，这在当时是很流行的企业改革方式，大家都接受了。

搞责任承包有点像招标，想承包企业的人各拿各的指标方案，最后由市里财政、经委等部门组成的评委定夺，决定谁是承包人。如果是有贷款的企业搞这种改制，放贷的银行也是评委之一。瑶池酒厂的承包经过几轮淘汰，最终的两位候选人是郝建设和傅时雨的那位"挑担"，他停薪留职的合同到期了，在关键的时刻回到了酒厂。

最后的竞争是很激烈的，两位候选人的其他指标几乎不差上下，但在筹集资金方面，担任评委的王子龙拿出郝建设拖欠贷款的不良记录，将他拉下了老厂长的宝座。

新厂长上任后不负众望，他几乎不费任何力气，只是把郝建设辛苦攒下的殷实家底一卖，很轻松地就归还了拖欠银行的老贷款。仅凭着卖存酒这一招，他三年承包期的各项责任指标全部按时完成，然后拿着一笔让人羡慕不已的承包奖，彻底从酒厂辞职不干了。

关于这一切，玉来在银行不可能不知道，但是郝建设后来的去向就不清楚了。郝晓丽告诉玉来，他父亲下台后就离开了瑶池酒厂，被内地的一家酒企聘为工程师，一直干到退休。郝晓丽自己先随父母回内地，读了一个历史专业的大学文凭，谁知毕业后工作不好找，后来又回到了新疆，应聘到天酓酒业集团上班，现在是集团企划部的副总经理。

天酓酒业集团的前身就是瑶池酒厂。傅时雨的"挑担"在承包酒厂的三年期间，不但卖完了到期和不到期的存酒，还把厂里值钱能卖的东西全卖了，等他一走，被掏空的酒厂就垮了。市里没有办法，只好实施资产重组，一家靠做食品起家的民营企业收购了酒厂，并改名为天酝酿酒公司，后来越做越大，逐步形成了现在的天酝集团。天酝集团的董事长兼总经理叫谷运久，身价数亿，他不但是市里的名人，还是省级人大代表，身兼多个社会职务和头衔。

玉来现在只是一名普通的银行职员，很少关心社会和企业的变化，但是因为有过和酒厂打交道的经历，他对天酝集团和谷运久多少有点耳闻，但他还是不确定郝晓丽是以公司的身份还是个人的原因来找他。进入两人自己的话题时，郝晓丽才告诉玉来，她这次找玉来是想看一眼他收藏的一个储酒罐，如果看上了这个藏品，她就会建议公司进行收购。

玉来心中窃喜，但是多年在银行工作的教训、玩收藏积累的经验告诉他，凡事不可轻易露底。郝晓丽表面上快人快语，但是小小年纪就能成为一家大公司的管理人员，没有两把刷子怎么行？玉来尽量不谈自己的东西和观点，只是简单地询问了一些天酝集团的资产和经营情况，以及郝晓丽对那个储酒罐的看法，然后借口下午要上班，匆匆商定了看东西的时间，两人就分手了。临走时郝晓丽还告诉玉来，她父亲也准备回到乌鲁木齐，谷总有意要聘他做公司的质量总监。

河南一带的方言中有一个叫"躲金洞"的词，从字面上不太好理解，但如果听到两个很久没见面的河南老乡说："你躲到哪个金洞了？怎久不见！"你就能猜出"躲金洞"的大概意思了。职场失意后，收藏就成了玉来的"躲金洞"。多年后玉来从一份报纸上看到，欧美一些企业在招人时，有时会提一些古怪的要求，其中有一项要求就是看应聘的人是否有至死都不愿放弃的爱好，也就是人们说的"骨灰级的爱好"。别人不知怎样看待这种要求，玉来是深有体会的，因为有爱好的人就会有一个"躲金洞"，欧美人叫它"庇护所"，无论遭遇多大的事，你都会有一个别人找不到，更别想捣毁的藏身之处。

玉来招人不待见后，就苟延残喘地躲在收藏和田玉的深洞里藏了起来。因为起步早，东西便宜，假货很少，加上有羊脂玉的章子做参考标准，玉来很快就成为小有名气的藏家了。古玩市场上就是这样，哪个人识货、肯出现钱,有东西的人马上就会主动找上门来。你刚掏钱买了一块好玉,接着就会有一块更好的玉出现在你的面前。很快,玉来的小金库就捉襟见肘了。

玉来准备缓一缓收玉石的步伐,他想起师傅说过的话,玩玉最主要的是要了解玉文化,恰好大疆出版社和台湾地区的某文化公司联合出了一本叫作《中国和阗玉》的书,虽然当时海峡两岸关系还未缓和,但对玉文化的认同却促成了此书的出版发行,书中的字都是繁体的。玉来把这本书仔细读了一遍,不仅了解了中华玉文化,也了解了收藏的目的,他的收藏范围和理念也悄然发生了一些变化。

乌鲁木齐的文物商店坐落在南门的一个转角处,在老城改造前以此为中心,周边自然形成了首府早先的古玩市场。玉来家就住在市场附近,上下班都要路过这些地方,那些认识玉来的维吾尔族卖玉人就把玉来叫作"银行"。

有一年夏天的某天,玉来下班后赶着回家做晚饭,走到南门新华书店的门前,就听到背后有人喊:"哎,银行,银行,等一下!"扭头一看,是一位经常给玉来送玉石,名叫阿比布的维吾尔族小伙,他急忙将玉来拉到路边,指着前面几步远的古玩市场,用半生不熟的汉语说:"银行,我今天一个麻达有,你,我跟前一个忙帮一下。""麻达"就是麻烦事的意思,玉来听了半天终于明白了,原来是阿比布有一个同村人,听别人的话买了一个老乡家的瓷器,拿到城里想挣钱,可是跑了几天都没人要,现在钱花光了回不了家,想让玉来把这件瓷器买下来。

玉来对瓷器一窍不通,他本可以摆摆手一走了之,可是经不住阿比布的请求,就随他来到了古玩市场边上围墙的栅栏下。这里有一个稚气未脱的维吾尔族大"巴郎"(男孩),只见他一脸的茫然无奈,目光无神地坐在地上,旁边放着一个张开口的化肥袋子,里面露出半截子脏乎乎的圆形器。阿比布帮助巴郎将袋子褪下,整个瓷器就露了出来。玉来一看就笑了,虽然他不懂瓷器,可是再不懂也不会将这样的东西当收藏品,怪不得没人收它。

这件所谓的瓷器施酱黄釉,质地很粗糙,三十公分见高,形状像上下两只平底大圆碗盖在了一起,然后将对口的边沿一捏,形成了一个中间大、两头小的圆形罐。中间还捏了一个口径三公分左右的小罐口,凸出来像个小把。这件东西在玉来看来，感觉和小时候家里腌咸菜的缸有点相似，只是这个缸的个头有点小，缸口更小，而且怪怪地将口开在了旁边，这怎么腌咸菜呀！再仔细看还是个残器，圆罐边上明显有四处残破的痕迹，看样子像是原来有四个把手。

就在玉来暗笑这件残破的小咸菜缸时，他看到巴郎眼里闪出一丝希望的光彩。巴郎以为玉来欣赏这件东西，等阿比布给他一翻译，他又无力地坐到了地上。玉来也扭头要走，但阿比布又拉住了他，继续请求他把这个罐子买下来。

阿比布告诉玉来，这件罐子的本钱是二百元，现在只要掏一百元就行了。可是玉来不仅不懂瓷器，而且根本就没看上这件东西，他还是摆摆手要走。阿比布继续拉住他的手不放松，又用维语向那个巴郎子吼叫了几句，回头再次请求玉来："五十元，让他能回家，行不行？"

玉来看看那个把头埋在两腿间的巴郎，掏出一张五十元钞票给了阿比布，然后拉好化肥袋就要走，可是一提才发现这罐子死沉，阿比布又吼那巴郎子，两人一起扯起化肥袋，跟在玉来后面将罐子送到了家门口。玉来又掏出五十元钱给阿比布，阿比布开始不要，玉来说这是给巴郎路上吃饭用的，阿比布将两张钱转交给了巴郎，高兴地拉着他走了。

玉来也松了口气，他知道阿比布是那种热心肠的人，谁的忙都肯帮，他死心地给那个巴郎子帮忙，你也得成全他，而他也不会白让你付出。自古就有"黄金有价玉无价"的说法，一般人所理解的"无价"是指买卖时的价格，但是玉来为研究和田玉曾专门到和田去过一趟，他深知"无价"还有另外一个原因。

在没有用机械化方式生产之前，原始的和田玉采掘方法很简单，就是当地的农民在冬季农闲时，拿把铁锹、坎土曼（新疆地区少数民族的一种铁制农具，可锄地、挖土）到产玉的河床随意挖刨就行，甚至有时在河边放羊、行走也能捡到好石头，所以那时和田玉的第一手成本是非常低的。但是你要想拿到第一手的低价玉石，首先要懂维语，另外就是要有好的人缘，得让当地的人认可你，此时，石头本无价，人情就是价。以阿比布的性格和为人，他经常能得到低价的好东西，而他手上有了好东西，也一定先让朋友挑选，价钱绝对便宜，这就是阿比布的生意经，也是玉来收藏玉石后学会的生意经。

虽然玉来将罐子拿回来是准备扔垃圾箱的，但毕竟掏了百十元钱，同时也好奇这个罐子的样式，所以又从化肥袋拉出破罐子看了一眼。罐子表面油乎乎的，玉来懒得用手动它，就用脚使劲将它蹬倒。突然，他在接近罐的另一底面的边上发现了一行字，如果不是将罐子倒过来放，或者让它躺倒，有中间的宽沿遮挡，从上面就无法看到这些字迹。玉来心里一惊，赶紧蹲下身子辨认字的内容。

只见绕着接近罐底的周围刻有"太德六年管酒局使用"九个大字。从字的形成角度判断，应该是在瓷胎施釉前用硬东西写上去的，字迹很清晰，字体遒劲有力，特别是那个"管"字，居然是国家在 20 世纪 70 年代公布过，但后来又取消了的简化字。玉来心情很激动，他曾听藏友们说过，不论是什么古玩，只要是上面有字的，价值就会翻好几倍，特别是带明确纪年号的字迹，因为能证明物品的确切年代。可转念一想，他又觉得不踏实，首先如果这是一件老东西，怎么会有简化字呢？此外，"局"在古代多指形势和状态，近代的"局"字意指行政办公点，玉来能想到叫"局"的机构应该出现在清代末年，而"太德"又显然不是清代的纪年号。

太多的疑问让玉来急于再次见到阿比布，但阿比布就像人间蒸发了，玉来再也没有遇到过他。后来，玉来从别的藏友口中了解到，阿比布跟一个亲戚出国了。至于那个罐子玉来也打听到了，当时古玩市场的人见过的不少，都认为从纪年号和"管酒局"上看就是个假东西，他们查的结果和玉来查的结果是一样的，历史上有三国、南北朝时期常用"太"字打头的年号，含"德"字做年号的朝代较多，但将两个字合起来的年号却怎么也查不到。而"管酒局"更被大家视为扯淡的东西，没有人听过"管酒局"一词，倒是现在有个什么酒类管理局的机构。

听了市场上藏友的说法，玉来不仅没有解除疑惑，疑问反而更多了。他在想为什么人们要造这么一个破罐子？作假赚钱？好玩？工艺品？什么都靠不上边。忽然，玉来想起了郝建设，他是专业科班酿酒出身，也许能解开这个谜团，但玉来打听的结果是他不知道回内地什么地方了。

玉来是不把问题搞清不肯罢休的人，他原来是将罐子放在客厅的一个角落里，但老婆嫌它太难看，而且散发出一股难闻的味道，所以产生了和玉来最初一样的想法，天天说要把它扔进垃圾箱。玉来只好把它搬进了地下室。在那里，他又费了九牛二虎之力，从罐子的小口里掏出了好几公斤黑乎乎的细沙子，玉来猜测这个罐子可能装过煤油类的东西。

玉来虽然没有忘记这个奇怪的罐子，但一时也得不出什么结论，于是就让它沉睡在地下室了。

3

这个"赖"在玉来手里的破罐子虽然没有什么用处，却给他学习收藏知识带来了不少动力。玉来以前看收藏类杂志并不看有关陶瓷的文章，有这么个破罐子藏在心里，读起这类文章就格外仔细，还能记得住。

有一篇讲瓷器贸易的文章说，最早建立专门管理瓷器机构的是元代，那时朝廷在景德镇第一次设立了叫作"浮梁磁局"的机构，玉来到处查资料，在《元史百官志》中有记载：世祖即位，立朝仪，造都邑，定内外之官。其总政务者曰中书省，秉兵柄者曰枢密院，司黜陟者曰御史台。体统既立，其次在内者，则有寺，有监，有卫，有府；在外者，则有行省，有行台，有宣慰司，有廉访司。其牧民者，则曰路，曰府，曰州，曰县。官有常职，位有常员……

而叫"局"的机构有几十个，什么绣局、染局、石局、木局、金银局、玛瑙玉局等。这些局有隶属叫寺、司、府机构的，有在大都、上都、大同等地方设置的，有杭州织染局、建康织染局，还有什么东局、西局，一局、二局、三局的，级别有秩正四品、五品的，还有秩从七品、八品的，浮梁磁局排秩正九品。

管皇宫吃喝的官位也有叫局的，如尚食、尚药、尚醖三局，"醖"就是"酝"字，即酿酒的意思。与酒有关的局还有典饮局，秩正七品，掌醖造酒醴，以供内府，及祭祀宴享宾客赐颁之给。后又叫嘉醖局，秩五品。至元十七年，立掌饮局。大德十一年，改掌饮司，秩升正四品。延祐六年，降掌饮司为局。至治三年罢。泰定四年复立。天历二年，改嘉醖局。

玉来这才知道，元代是个大兴设"局"的朝代。但是在这些浩繁的史料中却没有查到"管酒局"，也没有查到"太德"的年号，虽然有叫"大德"的年号，但玉来再三核对罐子上的第一个字，它的确写的是"太"字，特别是"大"字下的那一点，"顿"得非常有力。

年号没确定，有"局"也不错。可自从猜测这可能是个与元代沾边的罐子后，家里却闹了一次不大不小的动静。

春节来临前，玉来家的地下室被盗，过年储备的面粉、大米、清油、天然气罐全被偷走。最可气的是玉来存了多年，一直舍不得喝的两瓶茅台酒也被翻腾出来拿走了，那可是玉来当信贷员时走后门买来的存货，他是把这酒当作荣耀和记忆而封存起来的。直到玉来看到那个疑似元代的罐子被从尿素袋子倒出来，好端端地躺在地上时，他痛惜的心才算找到安慰。

为了保险起见，玉来和老婆争取了许久，将罐子的小口用塑料袋绑扎密封起来，然后又在老式的立柜里腾出一点儿空地，终于将罐子又请回了家中。

后来，玉来在一本书法字帖上发现国家曾经公布的"管"字的简化字就是古人草书笔体，我们现在使用的简化字许多就是从古人的行书和草书笔体中演化而来的。这一下玉来又多了一个证据，更加确信这个罐子的确不是现代的。

随着古玩行业的兴起，收藏类杂志也红火起来，藏品的刊登量也大了许多，可以参考的文献和实物也就多了起来。有一篇研究西夏瓷的文章附了一张和玉来的罐子几乎一模一样的图片，起名叫"西夏褐釉扁壶"，只不过它的四个把儿是完好的。西夏是被蒙古骑兵所灭，但是蒙古人屠城时不杀工匠，从而把其他国家和民族的技术掳进自己的囊袋，这为它后来建立起世界历史上最大的帝国奠定了一定的物质基础。玉来的这个罐子莫不是西夏后裔所造？

古人其实很善饮酒，尤其是在元代，受蒙古人豪饮之风的影响，饮酒之风遍及城乡，有一位藏友收集了好几件书有"梨花白"的酒器，据考证就是元代磁州窑专门为名叫"梨花白"这种畅销酒烧制的盛酒器。在内蒙古乌兰察布市出土过一个鸡腿瓶,施黑釉并饰瓦楞沟纹,肩部露胎处阴刻"葡萄酒瓶"四个字,这种刻字手法和玉来罐子上的刻字方法极为相似。玉来越发相信,他手上收藏了一个元代的盛酒器。

十多年之后,一部名为《成吉思汗》的电视剧开始风靡全世界,玉来当然不会错过观看的良机。果然,导演没有忘记把喝酒作为重要的场景进行大肆渲染。其中一个情节就是成吉思汗怕喝酒误事,想禁止喝酒,但将士们不同意,成吉思汗和他们协商,规定每月可以喝两次酒。那么谁来监督执行这条军令呢?莫非"管酒局"就是干这事的?

彻底确定"管酒局"罐是元代人的杰作是半年前的事。一家文化公司聘请了几位全国有名的文博专家,"走穴"到乌鲁木齐为收藏爱好者鉴宝。玉来花了三百元鉴定费,将他的大罐带到了现场。

玉来是用一个大纸箱将他的罐子提到现场的,当轮到他将这个傻、大、残、粗的罐子搬到专家面前的桌子上时,台上台下都发出了一阵哄笑声。的确,这个罐子确实不适宜出现在这样的鉴宝场所,它要什么没什么,怎么会有人拿它来鉴宝?拿来的东西是破烂,拿东西的人脑子肯定有问题。于是,专家们没有一个动手的,只有一个面目和善的老专家问玉来:"你想鉴定什么?"玉来说:"我想知道这个罐子叫什么名称。"专家说:"它叫四系罐。"玉来问:"它是什么地方烧制的?干什么用的?"专家马上回答说:"是河北一带烧制的实用器,属于磁州窑系的东西。至于干什么用的,可以盛水,也可以装盐,总之是一种容器。"玉来又问:"它能盛酒用吗?"专家说:"当然可以,但是,没有确切的证据来证明它的明确用途。"

"我可以告诉您,这只罐子是用来装酒的。"玉来边说边将罐子翻个个儿展示给专家,罐子上的那行字露出了真容,几位专家争相凑过身子去辨认,然后热烈讨论起来。玉来接着问:"太德是哪朝的年号?"专家们掐着指头、背诵着历史朝代口诀,然后回答说:"应该是元代的。"玉来说:"可元代只有大德年号,并没有太德一说。"专家就是专家,他们一语道破天机:"古人的'大''太'是不分的,比如,明太祖也叫明大祖,所以太德就是大德。"

玉来恍然大悟，同时又深感惭愧，他再次体会到藏友们常说的"一窍不通，少挣几百"的含义，困扰他多年的一个字，专家一句话就解决了。专家们还动员他做一个鉴定证书，但玉来认为证书就是为了证明真假，他的罐子既然是真的，还需要证书干什么。专家说也是，造假的人是为钱而来的，没人会造这么一个不值钱的假东西。但是，专家又说，这个罐子上的字记载了很多信息，可以证明许多东西，有文物价值，叮嘱玉来好好研究保管。

专家的嘱咐与玉来的想法是不谋而合的，玉来不只是为了求证这只罐子的真伪，他在查找这个罐子的相关资料时就注意到了蒙元时期的酒文化，他觉得应该正确地认识蒙古人的饮酒文化，如果没有节制、没有管束地随意饮酒，他们的铁骑怎么能踏遍欧亚大陆，一直打到多瑙河边？还有，元代非常盛行饮用葡萄酒，而现代科学证明葡萄酒是有益于心血管健康的，玉来猜测，他手中的罐子是不是用来盛葡萄酒的？特别是那个凸出的小罐口，与欧洲人存储葡萄酒的橡木桶开口有点相似。

那么元代的历史上是否有"管酒局"这个机构呢？玉来没有查到，但专家说，文物证据要优于史料记载，《元史百官志》中有"大德十一年，改掌饮司"的记载，那么之前的"大德六年"叫什么它并没有记载，而玉来的罐子很有可能弥补这段历史空白。玉来又通过互联网查询发现，《新元史（民国）》和《元朝秘史》讲述成吉思汗时期的史事时，两次提到过"管酒局"，并且两次都与阴谋、惊险的事件关联，这让玉来对这个神秘莫测的机构更感兴趣了。

玉来把一系列的疑问、猜测，以及查找的史料，还有自己对蒙古人饮酒文化的见解，汇聚起来写成了一篇文章，投寄给了一家收藏杂志社。这篇文章的信息量很大，提出了许多新颖的观点，因此很快就被采用了。郝晓丽就是从这本收藏杂志上看到了玉来的储酒罐，并通过编辑部找到了他的联系电话。

由于玉来的文章对储酒罐的介绍非常详细，郝晓丽到玉来家看实物时也只是拍了几张照片，两人更多地还是交流对这件器物的新看法。临了，郝晓丽明确了天酝酒业收购这个罐子的意向，并让玉来报一个价格。

前面提到的那位收有好几个元代磁州窑酒器的藏友，当时也是不被大家所看好，可是几年前，河北、山西两家"梨花白"酒厂为了争当正宗，抢着收购这些酒具，这位藏友一出手卖了百十万元。玉来根据这个价格，再综合收藏市场高涨的行情，以及收入、物价的变化，提出了五十万元的交易价。

郝晓丽当着玉来的面拨通了谷运久的电话，将这个报价报告了他。电话里谷运久大吵大嚷，说一个破酒罐要价五十万，这个人肯定是疯了，并表明他最多出五万，然后让郝晓丽继续谈判。

玉来判断郝晓丽和谷运久的电话"表演"有两种可能，一种是唱双簧压价，对此玉来早有准备，交易就是你来我往地讨价还价，少了这个过程就没有意思了，这是玩古玩的乐趣之一。另一种可能就是谷运久对这个罐子的价值认识还不到位，对此玉来的底气更足了。他当场交给郝晓丽一份十几页纸的材料，请她转给谷运久。

玉来的第一个判断完全正确，当谷运久听到五十万的报价时，心里高兴得要死，他根据郝晓丽第一次向他报告的情况，一个规矩、死板、每日忙忙碌碌、脸上布满倦意的银行老职员形象就跃入了他的脑海，他断定吃草的羊是张不开狮子样的大口的，但他还是给自己设置了百万元的心理价位，谁知第一轮的报价就折了一半！商场如战场，谷运久深知兵不厌诈的战法，他得便宜卖乖，依然要做出讨价还价的架势，不可能让郝晓丽当场拍板成交。

可是玉来的第二个判断则完全相反了！

郝晓丽将玉来写的材料交给谷运久后，没来得及作解释就被另一个找董事长有急事的人打断了。谁知没过一会儿她又被叫了回去，这次谷运久变成了一个疯子，完全丧失了一个老男人在一个年轻女士面前的起码风度。他将郝晓丽交来的材料重重地摔在桌面上，然后不解气地又将它撕成了两半，边撕边骂郝晓丽泄密失职，是个吃里爬外的东西，哪里容她分辩一句！直到郝晓丽花容尽失，眼泪像开闸的洪水涌出来时，谷运久的火气才在骂咧咧的声音中小了下来。

玉来究竟写了些什么能让谷运久如此失态、发这么大的火气？原来玉来像孙悟空钻进了牛魔王的肚子一样，他"看"透了谷运久收购这个破酒罐子的全部心思，并拿捏住了他的心肝！

天酝酒业集团最初是靠做面包蛋糕起家的，完成原始资本积累过程后，谷运久抓住了一个重要的机遇，那就是瑶池酒厂的重组。

当年傅时雨那个"挑担"在承包期满后一走，酒厂就开始连年巨亏。一开始银行还给贷点工资款，后来银行也招架不住了，包袱就甩给了财政，等财政也招架不住时，破产重组就成了最重要的工作。其实，世间本无事，有事也都是有目的的好事之人造出来的事，瑶池酒厂的事无非就是这么个事。在瑶池酒厂气若游丝之际，正是谷运久的事业天天向上之时，他的面包、蛋糕什么都没有变，但自从被评为本地驰名商标后，它们就变成了银面包、金蛋糕了。那时每天下午都有几家分店卖断货的事发生，他不但日进斗金，而且连年成为市里的利税大户，各种名誉、头衔接踵而来。

树大招风，瑶池酒厂重组之事居然摊派给了谷运久。因为发不下来工资引起工人闹事，市政府出面做工作，想让谷运久将酒厂收购下来。谷运久当然不干，酒厂工人闹腾的事沸沸扬扬，他凭什么接这个烫手的山芋呢？市里有懂经济的人，反复给谷运久讲解怎样扩大再生产的道理。要在以前，谷运久肯定会想，这么好的事你们为什么不干？但自从他创业成功后才悟出来，在笼里被喂养惯了的鸟，外面有多少食它都不愿自己去觅，那时的人就处在笼中鸟的状态。谷运久最终接受了市里的意见，以"二项换二项"的条件接手了瑶池酒厂。

谷运久承担的二项责任是补发拖欠工人的工资，并妥善安排工人的再就业；承担欠银行的贷款债务。政府和银行给的二项好处：免去酒厂的三年利税；免除拖欠银行的贷款利息以及后三年的利息。除此以外，酒厂的所有资产划归谷运久的企业名下。

当时来看这是件多赢的事，政府甩掉了包袱，企业职工能够重新上岗，银行贷款有了着落，谷运久的事业得到了扩张。后来一回头才发现，最大的赢家还是当时被"抓大头"的谷运久。

才接管酒厂时，因为前任的过度榨取，厂里的设备老旧，生产工艺落后，没什么有价值的东西。但是酒厂当时地处郊区，圈了一大片土地，谷运久用这些空地建了一个新的食品生产基地，赚钱后更新了酒厂的设备工艺，正式把"天酝酒"的品牌推向市场。天酝酒投产时，正是国家粮食连年丰收的时期。粮食储备过大，粮价不高，国家鼓励用生产白酒的方式消耗多余的粮食，天酝遇上了白酒发展的黄金市场，谷运久的事业再上一层楼。

没想到更大的好事还在后面，随着城区的扩大，酒厂周围逐渐盖起了许多居民楼，政府又鼓动谷运久投资了一条公交专线。此时谷运久看到了更大的商机，他用老酒厂的地皮做抵押向银行贷款，在一个新的开发区购置了一块地皮，然后将酒厂搬迁过去，老酒厂大片的土地顷刻变成了寸土寸金的房地产。

谷运久的爹是从河南流浪到新疆的，祖辈三代都是双手写不出一个"八"字的农民，他自己当初也不过是一名街道食品厂的工人，怎么就糊里糊涂地成了大老板了呢？

最初他将发财的原因归于他爹赐他的好名儿，他将"久"字理解成"酒"，"久"还含有"久居"之意，这样他命中注定就该与"吃、喝、住、行"分不开，他想不通自己那个大老粗的爹怎么给他起了这么个天才的名字！可惜老人家过世时他还没有发达，没能让老人见到儿子今日的风光，他只能在每年的农历年三十到坟头烧香时，祈求老人在阴间继续保佑他！

后来新闻媒体宣传他时，总是把他说成一个少年老成、聪明胆大的企业家，亲戚朋友也说他小时候的脑袋瓜如何如何灵活。他自己虽然记不起这些事情，但是他是无法拒绝"聪明人"这个响亮无比的头衔的。

可是仅凭自己的初中文化程度，他感到越来越力不从心。为了保持他一贯聪明的形象，他不得不花高薪招募有才能的人加入集团公司。郝晓丽是从公司举办的一次酒文化征文大赛中被谷运久招聘来的人才，当初他并不知道她就是当年赫赫有名的郝建设的女儿，郝建设也不同意女儿回到新疆进自己原来工作过的酒厂，一切都是郝晓丽自己的决定。自她进入公司以来，天酝的企业文化和品牌宣传有了很大的起色，谷运久很满意，特别是她发现了玉来写的那篇元代酒罐的文章后，谷运久如获至宝，立刻安排她开展"寻宝"活动。

4

触发谷运久重视元代酒罐神经的，是一家名叫"西玉珠"的葡萄酒酒厂。这是几家风险投资公司合建的生产经销一条龙的大厂家，在充足资本的支持下，依托新疆独特的葡萄产地资源，西玉珠在短短的几年时间内已成了全国知名葡萄酒品牌，本地市场销量独占鳌头。

早在西玉珠没有创办之前，就有人建议谷运久大力进军葡萄酒市场，因为在这方面新疆有得天独厚的资源优势，具备进入全国或世界市场的可能，而白酒市场已经过热，天酝白酒别说走向全国，现在连本地市场都不断受到外来白酒冲击，市场形势岌岌可危。尽管天酝集团产业已多样化，但酒业依然是支柱，可因为谷运久的决策失误，天酝集团只将葡萄酒生产当作辅助品种来做，因此失掉了宝贵的市场机遇。

显然，葡萄酒事件证明谷运久并不是聪明人，他过去的成功靠的是政策和运气。这怎么能行？如果外人都这么看，他的名望、他的权威岂不受到挑战？不行！他必须要扭转乾坤，以维护自己绝顶聪明的形象，这是一项看不见的重要资本。两年前他开始不断加大对葡萄酒生产的投入，可是尽管天酝集团的葡萄酒生产能量扩大了，口感、质量也日益改善，销售却一直没有起色。集团高层研究多次，最后认定还是酒文化方面的短板拖累了葡萄酒的发展。

内部人这样说也就罢了，一个素不相识的银行出纳员，为什么也说天酝缺乏文化内涵呢？他怎么知道天酝内部讨论的情况？别说谷运久感到震惊，就是郝晓丽看了玉来所写的材料，也惊异玉来是怎样获取企业翔实资料的。只可惜她还没来得及将这些疑问汇报给谷运久，就被他认定是自己泄密给外人了，白挨了一顿冤枉骂！

玉来的材料实际就是一篇标准的企业经营分析材料，这是他当信贷员时练就的写作功底。文中关于天酝酒业的基本情况是他依据企业在一般宣传材料中介绍的情况，然后在网上找了一家与天酝规模相当的上市酒业公司，通过研究这家公司公开的报表来推测天酝的经营状况，反正国内企业竞争同质化严重，大同小异，没什么秘密与特色可言，所以玉来也就胡乱猜中了天酝的情况。这也证明，文化软实力已成为酒企最新的竞争法宝。

西玉珠葡萄酒在挖掘酒文化方面是下过苦功的。它一进入新疆市场就高调筹建了一个西域酒风情博物馆，并花重金从一名藏家的手中收购了一批古今中外的酒瓶。这个人称老胡的藏家与郝建设经历相似，是另一家老酒厂的工程师，此人从 20 世纪 50 年代援疆起就开始了他的酒瓶收藏工程，可想他的藏品是何等的丰富！除此之外，博物馆还有一件据说是用人的头骨做成的大酒杯，它是古代西域各国相互征战杀戮后，将俘虏头骨镶金嵌玉做成的战利品。凭借这些藏品，这家酒文化博物馆声名远播，吸引了来疆旅游的中外游客前去参观。博物馆与西玉珠的葡萄酒酒庄是一个整体，游客参观完博物馆之后，接着又到酒窖里品尝葡萄美酒，整个过程就是一次完美的酒文化体验。

如果玉来只是照抄西玉珠的营销模式，也不至于让谷运久如此激动，关键是玉来给天酝设计的方案简直是抄袭了谷运久的全盘想法！

玉来在做酒厂信贷员时，跟着郝建设学了不少的知识。比如人们常说的"酒肉朋友"是百分之百的贬义词，可郝建设却告诉玉来，"酒肉朋友"的原意是说"酒肉是朋友"。这句话表明，酒和肉混合在人的胃里便于消化吸收；另一方面，酒和肉其实都是粮食的精华，酿酒和养猪的人都知道，一斤酒三斤粮，一斤肉也是三斤粮，生产酒与生产肉耗费粮食的比例大致相同，因此酒肉才能成为"朋友"。郝建设还认为酿酒的第一要诀就是要讲"真"，不能掺假；第二个要诀才是"放"，酒越陈越香。而现在造酒的方法很少是固态发酵的酿酒法，不管白酒红酒，大部分的酒都是勾兑出来的，这是业界与消费者人人皆知的事实，这种状况早晚有一天要返璞归真，这也是人人皆知的趋势。

玉来告诉谷运久，要尽快改变经营方式，酒业经过数十年的高速发展，现在到了调整阶段，在这个阶段，价格战、广告战、包装战都不起作用了，酒企必须在酒文化上下功夫。而自古酒文化先讲"真"，酿"真"酒就要"德"为先，树"德"就要"管"自己，这样，玉来就把"大德管酒局"罐子的含义与现代酒业的经营方向联系在了一起。

"大德，1304——管酒局之酒。"是玉来为天酝系列酒设计的广告词之一，1304 是"大德六年"的公历年份。这句广告词里既有历史年份，又包含酿酒理念，以及营销管理酒业的模式。这还不算，玉来还策划了一个新商标注册方案，建议天酝集团申请注册"天酝管酒局"商标，在这个商标的统领下，建"管酒局"系列的酒品，开"管酒局"名称的自营专卖店、白酒和葡萄酒的酒庄，配合"酗酒有害健康""少喝酒，喝好酒"的饮酒理念，拓展"管酒局"系列的高端奢侈酒品……

一个"管"字好生了得，谷运久就是看中了这个"管"字！他想的可不只是玉来建议的"管自己、管好酒"，他还想"管别人、管市场"，他要借这个"管"字来显摆自己的威风！想想吧，谁不知道政府有个酒类商品管理局，老百姓直接就叫它"酒管局"，这"酒管局"和"管酒局"除了顺序外，一字也不差，如果将"管酒局"注册成自己企业的商标，那在业界该是多么气派、多么响亮的名称呀！

可是当谷运久叫法律部的人来论证这个商标时，他们明确告诉自己的老板：行不通！原因就是它和"酒管局"名称太相近，如果酒类商品管理局提出异议，商标局就不能批准"管酒局"这个商标。

法律部的人不知道有一个元代管酒局的酒罐子，而玉来不仅知道，而且还是这个罐子的主人，更重要的是他认为，如果有这么一个独一无二的罐子做物证，再在"管酒局"前加上企业自己的名称，如"天酝管酒局"，商标局就有比较充分的理由批准这个商标的注册，而这个看法恰好和谷运久的判断是一致的，谷运久每年都到国内国外考查，参加高端论坛讲座，他在经济法方面的知识不比专业人士差。

就这样，谷运久还在脑子里筹划的方案，竟然被玉来白纸黑字地复印了出来，他怎么能够不震惊，怎么能够不愤怒？此时，无辜的郝晓丽只好成为他的出气筒了。等谷运久冷静下来之后，他马上向郝晓丽道了歉，然后才认真地听郝晓丽讲述与玉来谈判的情况，以及玉来在她父亲做厂长时管过酒厂信贷的历史。

谷运久万分懊悔与郝晓丽表演的双簧戏，而现在再立马让郝晓丽回头去答应玉来提出的交易价格，不就服输了吗？不就默认了玉来的策划方案被天酝接受了吗？谷运久现在家大业大，他把自己的一双儿女和外甥、侄女辈都送到国外去上学，又高薪召集了一批硕士、博士做智囊，他不是付不起五十万块钱，而是不能接受被一个普通老百姓猜透自己心思的事实。尽管玉来曾经做过信贷员，可现在是出纳员，在谷运久的眼里，从高处走到低处的人是最没本事的窝囊废。

而玉来那双管不住的手，画蛇添足地写一份材料的目的又是什么？也是显摆！显摆他分析问题的能力，显摆他知识丰富、学富五车。五十万虽然在今天不是一笔大钱，但玉来还是怕别人说他倒卖古董挣了钱，那就太没有品位了。他写一份书面的策划方案交给天酝，一旦交易成交，他好显摆那是他出卖自己的智力所获，而非卖古董所得。

谷运久好像也猜透了玉来的心事，他宁肯多花钱，也不能在一个小人物面前露底，当然罐子更不能放弃，问题是这个叫赵玉来的银行出纳员手上，现在正握着注册"管酒局"商标的唯一一张牌，他还掌握了谷运久脑子里所思所想的全部，他将这张牌给谁，谁就有可能注册成功谷运久朝思暮想的那个商标了！

这该如何是好？情急之中他抓起电话，拨出了一个让他日后更加后悔的号码。

5

"谁？赵玉来！他怎么了？"傅时雨还没有肯定他是否认识这个人，电话另一边的谷运久就将酒罐子的事讲了一遍，但他有意回避了玉来写分析材料一事。他知道，不管傅时雨知不知道赵玉来，他都是傅时雨管的人，傅时雨现在是江北银行省分行的一把手，哪个员工不是他的部下呢？

傅时雨耐心地听谷运久讲完事情，依然没有明确承认他认识赵玉来，只是客气地询问谷运久需要他帮忙解决什么问题。问题明摆着，谷运久想买赵玉来手中的这个破罐子，但是他又不想让这个姓赵的知道他非常想得到这件东西，让傅行长想一个办法来达到这个目的。

谷运久觉得自己有钱有势，不想在一个银行出纳员面前丢份儿，却没有换位思考一下，位高权重的傅行长又怎么能低下身子向一个最底层的手下员工求助呢？问题还不在这里，问题的关键是傅时雨非但认识赵玉来，而且还非常了解这个人，他是坚决回避与这类人交往的。

傅时雨能从一名中专生走到今天的地位，为人处世讲究方法是他的制胜法宝，就以用人为例，他首先察看的是悟性。他研究古今中外对权力的阐述，感觉"权力就是秘密"最贴切，既然是秘密就不能说出来，但要达到目的还要做出来，如果有时确实既要说还要做，为了保守秘密就要"说归说，做归做"。因此，领导用人办事不能靠说，而主要靠部下去领悟，否则秘密就会暴露，而暴露了秘密就等于丧失了权力。

在傅时雨的管理团队里，几乎全是极有悟性的老总。以过生日这件小事为例，每年他的生日都会有圈子里的人悄悄操办，傅时雨会对召集人说："明年不许这样了，啊？"第二年召集人换了，来宾还是核心圈里的人，傅时雨又对新的召集人重复一遍去年说的话，大家再会心一笑，开宴欢庆。通过类似这种不断让部下揣摩自己真实意思的训练，傅时雨根本不需要每天扯着嗓子发号施令，他只要指东道西，言外有意地点那么几句，马上就有人领会他的意思，把事情办得符合他的心意。当他听到同级官僚抱怨工作如何辛苦忙碌时，他只是微微一笑，并不参与这个话题，心里却顶顶瞧不上这种能力的人。

做领导的凡事都要讲究方法，连玩都要与众不同，否则很容易授人把柄。傅时雨喜欢名人字画，但对本地画家的作品不屑一顾，他认为这些东西难上内地的拍卖行。而在新疆喜好清趣雅风的高层人士玩的基本都是和田玉，一些玉商为提高玉石的价格，经常会讲某某领导人多么多么喜欢和田玉，谁谁谁是靠送和田玉得到提拔的，有鼻子有眼。这些传说难辨真假，但傅时雨最初喜欢和田玉是真的，这与玉来的章子有直接的关系。当他第一次亲手贴近摩挲那枚小玉章时，一下就被它温润灵透的气质所吸引，谁知这么好的东西却明珠暗投，沦落在赵玉来这个榆木疙瘩的手里。他让王子龙想尽了办法都没能将它弄到自己手中，傅时雨从此恨屋及乌，再也不沾和田玉的边，怕这种石头给他带来不好的运气。

"玩丫头栽了跟头"的官员如过江之鲫，但玩石头也有玩栽了的官员，那都是他们不讲方法。傅时雨玩的是黄胄、范增这些大家的字画，当然要十分讲究方法。他花几百元钱买几张大画家的假画，造他们假的人多，所以假画好找还便宜，有人给他送字画，他不能不收时，就拿一张事先买好的假画回赠人家，以后万一有事，可以说成是交换。有时送礼的人用一张普通画家的画换了一张名家之画，还会说傅行长是"吃一碟子还一碗"的仗义之人。

功成名就的傅时雨再干一年就该退休了，他现在正尽情享受生活的乐趣，可就在这个时候，好几年没事的谷运久却给他找了一件不大不小的事，他又不能不办，只好找王子龙商量。王子龙现在的职位是人事部的总经理，至今没当上副行长不是傅时雨不欣赏他，而是傅时雨太欣赏他了，舍不得提拔他当实权没有现在这个位置大的副手。外人还说王子龙就是傅时雨的干儿子，所以傅时雨和王子龙谈话是用不着遮来挡去的。

"我早跟你说过赵玉来不是等闲之人。有几个人写的文章我让你查，你到底查了没有？猜都能猜到不是他们自己写的，不是那块料！"傅时雨越说越激动，"问题的严重性是赵玉来在行里练的本事用到了外面！这违不违反行里的规章制度？你们人事部门该不该查一下？"王子龙不断点头说："是，是，是，主任说到问题的本质上去了。"只有没有外人时王子龙才称呼傅行长为"主任"，这可以表明他们的关系历史悠久。傅时雨发了一通无名火后，才告诉王子龙关于天酝集团和赵玉来的破罐子之事，然后把问题交代给了他，自己背着手下班了。

又是这个赵玉来，一个老榆木疙瘩！一只呆呆鸟！一块又臭又硬的茅屎坑石头！王子龙领了任务后，一肚子的窝囊火不比傅时雨的小，可他非但不能发出来，还要腆个脸，想法找惹麻烦的人去说好话。

第二天一早，王子龙故意通过一层又一层的电话，通知玉来到分行的人事部找王总。等玉来交代完手中的工作，从营业部的出纳中心赶到分行时已经是中午时分，他还没来得及细看王子龙的大办公室，就被拉着去了附近一家装潢典雅的酒店。

到底是老同学，一坐下王子龙就兴奋不已地从皮包里拿出一枚玉章给玉来看。先不说那枚章子的料有多白，就个头也和故宫里展览的清宫玉玺差不多。这枚硕大的方形玉章很有气势，立体镂空雕琢的一条张牙舞爪的龙附着在章子上做纽把，握在手上沉甸甸的。玉来反复欣赏了一会儿，告诉王子龙这是一块俄料雕琢的玉章，玉料白净但不够温润细腻，雕工有点僵硬。王子龙说不就是一块石头嘛，哪来那么多讲究？还那么神秘！难道天下就和田玉是真玉？

玉来并不反驳他的问题，而是从自己的口袋里掏出了不离身的小玉章，放在大玉章上面让王子龙观看。玉来的章子太小了，个头还不到大玉章上面龙纽的一半，可是两者一比，小章子的玉料细腻如脂，邃密沉稳，造型比例协调，灵巧流畅，让原本威风凛凛的大玉章立刻显得苍白干巴，呆滞粗俗，连纽把上的那条龙都显得有气无力。

玉来告诉王子龙，和田玉和俄罗斯进口白玉的化学成分没有多大的区别，区别最大的是它们的结构，组成和田玉化学元素的颗粒要比俄罗斯玉的小一百倍，就这点差别决定了它们之间的品质优劣。玉来还告诉王子龙，别看就是一块简单的石头，要凭肉眼判断它的优劣，没有数年的磨炼是玩不转的。王子龙不服气，说他还有更好的玉件，下次见面还要比试比试。

玉来不想让王子龙难堪，给大玉章的估价是二十万，王子龙也实话实说是别人送的。讨论完玉章的事情，王子龙又问玉来为何同学聚会总不出席，玉来说没有人通知他，王子龙说以后他亲自通知他。然后再问玉来的工作和收入，听完这些情况，王子龙只怪玉来有事不吭声。

玉来并不掩饰自己的不顺，他告诉王子龙，他是想进步的，一直没有放弃对业务的钻研。前两年他给分行内部网写了不少有关业务和管理的建议，发表是发表了，采纳也采纳了，可是除了几十块钱的稿费，什么好处也没有。有几个新上任的老总，在没有提拔前曾私下托人找他写稿子，东西一出来就能获奖，今后还可以做评高级职称的论文，他不得不感慨人微言轻。玉来说这还不算，这几人升职后，见了面好像不认识他似的，有时还故意躲着走。玉来好长时间才想通，人家是把你当擦屁股纸，用的时候很舒服，用完了就嫌脏了，唯恐避之不及。

王子龙听完这个比喻后忍不住哈哈大笑，玉来这才问道："是不是你也需要写东西呀？没问题，别人的忙不帮了，老同学有需要的地方就说，别客气。"

看样子玉来也是学乖了，王子龙心想，形势总比人强，现在上下收入的差距越来越大，可能有人不喜欢当官，但没有不喜欢钱的人，这就是不断改革所取得的巨大成效。王子龙一看火候已到，马上接上了话茬："老同学就是知心呀。确实有人看上你的文章了，准确地说，是看上你文章中的东西了。不说你也知道，咱们行的老客户，你管过的天酖酒厂，想买你手上的一个罐子。"

"哈哈哈，"这下轮到玉来大笑了，"我以为是什么大事，不就是一个破罐子吗？这件事我和他们谈过了，他们过来拿就是了，劳你什么大驾呀！""他们不是嫌价格高吗？想让你让让价呀。"玉来心想，蒙谁呀，你们老总年薪都不止五十万，我那元代的罐子喊这个数就嫌价格高呀？但是玉来装糊涂，说五十万只是一个要价，看在老同学出面做说客的份上，让个十万、八万的没问题，让天酖来人谈就行了。

王子龙大喜过望。士别三日当刮目相待呀！当年自恃才高、倔强傲慢的赵玉来也变得这么乖顺了，看样子傅主任说的对，有些人就该压一压才能懂事。他当即回行里给傅时雨做了汇报，一身轻松地交了差事。

傅时雨一听是个五十万块钱的事，觉得谷运久小题大做了，虽然他是不情愿看到玉来有一点起色，但是眼下没时间再收拾这类小人。他立即给谷运久回了电话，自己也放松地开始翻看去年字画的拍卖图集。

谷运久谢过傅时雨后，心中也洋洋得意，他知道对付有想法的"刁民"必须用权力压制，别看那个姓赵的写的头头是道，却只能给他人做嫁衣——想在我这里卖弄聪明，没门儿！

玉来的心情也是相当不错，他看着王子龙离开的背影，莫名其妙地想起唐诗宋词来，"人间四月芳菲尽，山寺桃花始盛开。长恨春归无觅处，不知转入此中来。"这应该是白居易白司马所吟，而"山重水复疑无路，柳暗花明又一村。"就是陆游的唱诗了。玉来认为唐宋诗人都是心理大师，他们将心情体验描绘得曲里拐弯、忽上忽下，让后人不得不经常念叨它们几句。

在各方都沉浸在愉悦的心情中时，谷运久开始给郝晓丽安排下一步的工作。他告诉她说，江北银行的傅行长给赵玉来打了招呼，价格只要不超过五十万，郝晓丽可以现场决定一切。听到这个消息，尽管郝晓丽不了解为什么谷运久不让她直接和赵玉来谈判，还要多此一举找他的上级打招呼，但是事情能够办成她就有了业绩，心里面也是喜滋滋的。

可是玉来和她一见面就埋怨开了："不想要了？不要也回个电话，哪有这样做事的？"郝晓丽忙说："不是傅行长跟您谈好了吗？"玉来更加生气："谁是傅行长？他和这件事有什么关系？"郝晓丽张口结舌地答不上来，只好急忙拨通了谷运久的电话，谷运久一听情况，命令郝晓丽不要再提傅行长的话，直接答应赵玉来五十万的要价。郝晓丽挂断电话后说："赵老师您别难为我，一些情况我也不了解，我能做主的就是答应您提出的价格，五十万成交就行了，成吗？"

看到郝晓丽那副又急又无奈的可怜样子，玉来说："论辈分我是你的长辈，我不是为难你，这是我和傅行长的事，你尽管回去给你们董事长讲，傅行长没找过我，我也正想找傅行长办点事，等傅行长找过我了，然后再谈罐子的事，好不好？"话说到此，郝晓丽搞不清这件事怎么变得越来越复杂，越来越麻烦，她只好满腹狐疑、心情郁闷地空手而归。

6

局势的发展一直在玉来的预料之中，当他没有及时得到郝晓丽的回话时，就猜测他的材料道出了天酝的软肋，等他们承认了他的分析后，玉来就可以达到自己的目的，让天酝以购买策划方案的方式付款。谁知半路上杀出了个程咬金，王子龙找上门来了！他一出面玉来就估计与酒罐子的事有关，并且背后一定牵扯到傅时雨。

为什么玉来会这样想呢？他知道现在社会上就信服两招，办事不是靠钱就是靠权，要么权钱一起上阵。谷运久不是付不起那点钱，他找傅时雨出面就是为了彰显他的能量，可惜他错判了对手，他不知道这个银行小出纳巴不得想和自己的大行长过一招呢，而谷运久出的这步棋正好帮了玉来的这个忙。

玉来还有一个想法，他想拖延交易的时间，等待另一个潜在的客户出场凑热闹。他觉得就这样简简单单地卖出一件破罐子，还是不能显摆他的收藏知识，要是西玉珠酒业出来捧场岂不更妙？王子龙的出面恰好让玉来的这个想法也得到了实现。

果然，谷运久骑虎难下，再次弄巧成拙。他忍住内心的愤怒，堆砌出笑脸又一次拨通了傅时雨的电话，他求人办事时就这样，他相信对方通过声音能看到自己的脸部表情。可对方没等想象出他的表情，自己的脸先挂不住面子了。当傅时雨听出谷运久拐弯抹角地说出他没有见赵玉来的面时，傅时雨匆匆说了声"知道了"就挂了电话。

傅时雨并没有叫王子龙来核实情况，他相信王子龙说话和办事的能力，更相信他不敢欺骗自己，并且谷运久也暗示只有他出面赵玉来才会买账。

他认真地回忆了和赵玉来交往的过程，说实话，他除了能记住那枚让人过目难忘的玉章外，对赵玉来本人几乎没什么印象了。前两年在内部网上看到赵玉来的几篇文章后，他只是简单地嘱咐王子龙，此人决不可重用，因为他说过，这种"不上道"的人不会有什么出息。可是这个人又是怎样让谷运久给看中了呢？不行，他得问问谷运久，为什么非要买赵玉来的那个罐子。他将电话回拨回去，谷运久才原原本本地将罐子的事，他犯的错，以及不想让赵玉来知道他的真实计划的原因讲了出来，并再次恳求傅时雨务必帮这个忙，并明说了有情后补的话。

谷运久是先办事后找事的那种人，都是送完礼后再提要求，这种事前给办事人承诺好处的做法还是第一次，所以傅时雨也不好劝谷运久放弃收一个破罐子的想法，只好硬着头皮又把这个硬石头一样的球接了回来。

傅时雨再次找王子龙商量。王子龙极力反对傅时雨出面见玉来，他也知道傅时雨是不可能见玉来的，并且两个人心里都清楚，来者不善，善者不来，赵玉来答应王子龙的话不算数，明摆着就是要和他们两个人较劲找麻烦。

　　王子龙骂自己当初应该找个机会把赵玉来开除，或者逼他内部退养就好了，他用这种方式帮助傅时雨舒缓心中发不出来的怒气。骂归骂，可是他们心里明白，现在总行搞什么事权划分、规范用工，别看他们手握大权，却不能越级去管一个最基层的员工，所以用硬招肯定是不行的，即使能把赵玉来开除，谷运久托付的事仍然办不了。两人商量了半天，决定还是王子龙出面继续用软招应对。

　　这次王子龙是直接给玉来的顶头上司打的电话，出纳中心的那个年轻主任一听是分行王总的电话，激动得不得了，立马让玉来放下手头的工作去办事。

　　这次用不着拐弯抹角，两人直接就在办公室摊牌，王子龙开门见山地说，傅行长出差了，他知道玉来受到不公平的待遇，因此委托自己告诉玉来，如果玉来同意将罐子卖给天酝集团，行里会按"有特殊贡献"奖励或提拔他。玉来笑着说，他听说过行里提拔人和发奖金有很多名堂，但与自己无缘，也不去管它是真是假，但现在看来真的是这样。他让王子龙列出自己哪一条符合能被破格提拔和奖励的标准，王子龙回答不上来。玉来又说，也行，我就信老同学一回，做一做升官发财的梦，但是，王子龙必须代表人事部给自己出一个书面承诺书。

　　王子龙这次是想大骂赵玉来了，可是他知道如果这样做了，后果只能自己承担，此刻他感到自己充当的才是擦屁股纸的角色。玉来抽丝剥茧地分析傅时雨过去所做事情的真相，让王子龙感觉是在一层一层地剥自己的皮，每提一件事就心惊肉跳一回。他想不通的是，这些只有傅主任和自己密谋的事情，怎么让他赵玉来看得一清二楚？末了，玉来告诉王子龙，感谢傅行长的关怀，心意领了，但那个破罐子的价值不是他想象的那样简单，要想解决问题，必须得他亲自来见自己。

　　傅时雨气得七窍生烟，他做梦都没想到这样一个小人物敢和自己叫板，他恨不得将这个软硬不吃的臭石头碾碎！但他清楚，如果此时他再出面，别说赵玉来，就是王子龙也会瞧不起自己。可是给谷运久怎么回话呢？说不想见那个姓赵的，那就是拒绝给人家办事；说姓赵的不听自己的话，这话传出去他这个行长的脸往哪儿搁呀！玉来正是吃透了傅时雨的这种心理，才一箭双雕地提出让他见自己的要求。

傅时雨只好将这件恶心人的事情暂时拖了下来，这一拖却把谷运久担心、玉来盼望的事拖了出来，西玉珠酒业派他们的博物馆人员找玉来来了！

不愧是有大资本撑腰的专业文博人员，玉来还没开口，人家就开出了二百万的收购价！玉来瞠目结舌，"这，这，让我想一想，已经有人定购了。"好吧，来的两个人再提价，一下上到六百万！玉来心想他们不是疯了，就是说话不算数的办事人员，哪有这样谈生意的。见玉来开始一个劲儿地摇脑袋，他们放出了狠话，一个字一百万，酒罐上的九个字就是九百万！说完这话之后，他们不等玉来回答行还是不行，又一阵风似的扬长而去。

玉来见过故意搅局的人，甚至大型拍卖会上也有高价竞拍得手后，又耍赖不付款拿东西的，但没见过西玉珠这么离谱哄抬物价的，明摆着是不想让买卖成交，这当然也不是玉来盼望的局面。玉来知道西玉珠是虚晃一枪，不会再来找他了，但他也不着急，他的鱼钩上钓着个天酝呢。

谁知上钩的鱼也会脱钩，事情并没有按玉来想的那样发展。几天后，都市晚报上突然刊登了一篇报道，说本市一名收藏爱好者偶然捡到了一个破酒罐子，上面刻有元代的年号，据西域酒风情博物馆的专家介绍说，此酒罐上的刻字涵盖了许多珍贵的历史文化元素，拥有极高的收藏价值，一字百万是一个初步的估价。

这篇文章让谷运久傻了眼，让傅时雨和王子龙闭上了嘴，同时也让玉来咽下了一杯苦酒，真正的赢家是西玉珠酒业。

西玉珠早就听说天酝要在葡萄酒市场上与它一争高下，但天酝在品牌营销方面略输一筹，单凭博物馆这个短板，它就难与西玉珠抗衡。但是，西玉珠居安思危，试图一直在酒文化领域独领风骚，不想让其他竞争对手染指，所以它制定了一套自己的防御体系。玉来的论文发表后，那个卖给博物馆酒瓶子的老胡就把这个消息告诉了西玉珠，他们立刻派人实施了行动预案。

这个方案很简单，就是使劲抬高收藏品的价格。

他们知道，一件有价值的藏品不是那么容易成交的，当年和老胡的谈判进行得就很艰难，好在当时没有别人搅和，最后总算成交了，但付出的代价也不菲。现在他们博物馆的展品暂时还够用，并不打算再投资收购新的藏品，但当他们看到有价值的东西后，仍然抢先给出评论和估价，摆出他们已经收购或想要收购的架势，从而让持有藏品的人抱有幻想，让其他想收购的人望而却步，反正西域酒风情博物馆已名扬天下，他们的话就是金口玉言，等稳住了卖家和吓阻住了买家，他们再看情况，从容不迫地和卖家慢慢谈判，等把卖家的耐心磨尽了，再以最低价成交。即便以上的策略都失效了，博物馆通过发布藏品估价的消息，依然利用媒体给自己免费做了广告。

西玉珠的策略立竿见影地生效了，报纸上的信息一发布，天酝就不再派人找玉来了，找玉来的都是那些藏友的电话，不是恭喜发财，就是问钱到手了没有。没有不透风的墙，行里也传开玉来要发财的消息，有羡慕嫉妒恨的，也有不相信的，总之，玉来的耳根子再也清净不下来了。

尽管背了一把挣了九百万的名声，而实际一分钱也没有见到的日子不好过，可玉来既不能给西玉珠打电话，又不能给天酝打电话。他明白此时谁主动谁就被动，所以还是耐心等着吧，反正有成吉思汗的酒罐子给他撑腰，该硬就硬一把，傅时雨和王子龙不就被他逼得静悄悄了吗？

事情的所有进展戛然而止了，像是从没发生过什么事一样，只有无聊的电话还在不断地打扰玉来。他现在基本不接不熟悉的号码了，但还是有执着的人，中午休息时分，一个陌生号码响了三遍都让玉来给按断了，接着第四次变成郝晓丽的号码了，他赶紧按下接听键，对方却是一个男人的声音："嘛人嘛事吗，连个电话都不接。"嘿，玉来一听口音就知道谁来了，他高兴地喊道："郝厂长呀？你好，你好，我当然是小赵，早听晓丽说你要来，真的到乌鲁木齐了吗？"

下午下班后，两人几乎同时来到约定的酒店，寒暄过后，开始点菜，玉来让郝建设先点，郝建设说了句"小葱拌豆腐"，玉来笑着接一句"又是你的一清二白"，服务员愣了半天，才说没听说过这道菜，玉来说现在吃饭只讲味道和样子，营养、卫生、饮食文化只有到爪哇国去找了。点完菜两人又几乎同时拿出自己带来的酒，一看，两人又开始大笑，原来带的酒都是一样的：三星级的67度衡水老白干。

郝建设喜欢老白干的味道，关键是酒真价廉，只可惜新疆市场上还没有五星级的老白干。而玉来是因为老婆泡药需要高度酒，找了半天才在一个小巷里发现老白干批发部有符合度数的，顺手就多买了几瓶，酒瓶上的出厂日期是 2003 年，玉来还特意让郝建设检验了一下。玉来第一次品尝老白干时，一杯酒下肚就感到烈焰中烧，然后是全身筋骨松软，温舒通泰。老百姓说"衡水老白干，能喝不能闻"，广告上说"衡水老白干，男人的味道"，玉来心想，人有人品，酒有酒性，老白干纯干凛烈、直白本色的酒性恰似纯爷们不折不弯、不藏不掖、干脆豪爽的禀赋，可惜这样的男人就像"能喝不能闻"的老白干，有时只能在小巷里生存。

郝建设为自己过去连累玉来的事真心道歉，玉来说这与他无关，他告诉郝建设，自己前段时间也做了一回"小人"，把傅时雨、王子龙戏弄了一番，不过害得晓丽没有完成任务。郝建设说世上无非就是说真话和说假话、讲信义和不讲信义两类人，说假话和不讲信义的人吃的就是说真话和讲信义之人的饭，你要打破这种人的饭碗非常简单，就是自己也变成和他们一类的人，这就叫以其人之道还治其人之身。两人在一起就爱争论这些没头没脑的话。

终于谈到酒罐子的事了，郝建设问玉来："东西现在在哪儿？"玉来说："当然在我这儿呀！西玉珠只不过做个样子，吓唬吓唬谷运久罢了，让他做不成事。你当西玉珠真傻，拿九百万买一个破罐子？它现在不缺这个，是谷运久缺这个。"郝建设再问："那你想卖吗？"玉来想了想说："说不想挣钱那是假话，但君子爱财取之有道，如果有人真心要，我当然乐意出手，放在我手上能有什么用呢？"郝建设说："那，我就帮你试试？"玉来知道郝建设虽然不再叱咤风云，但在酒界的名望还在，端起酒杯就答谢了。

两个失落的老男人推杯换盏地掏着心窝子，一个干脆地说："来，端起老白干。"另一个长叹答："唉，想起老白干。"玉来故意把"老白干（gān）"说成"老白干（gàn）"，另一个再劝："别那么丧气，来，来，来，酒壮男人胆。"玉来一口喝干了底，重重放下酒杯，摇摇晃晃扶着桌沿站起来："干（gàn）掉老白干（gàn）！"

7

玉来"干（gàn）掉老白干（gàn）"的想法最终还是靠郝建设实现的。

郝建设因为女儿的劝说答应回天酝做质量总监，拉他回来也是谷运久塑造企业形象的一招棋，反正郝建设是退休的人了，也无所谓"好马不吃回头草"，再说天酝酒业早不是瑶池酒厂了。但是郝建设是经历过背诵"老三篇"时代的人物，他知道"不要吃老本，要立新功"的重要性。

他的第一个立功表现就是直接给谷运久说："还想不想要那个元代的酒罐子了？""要呀！可我头没吃肿！让西玉珠花那个冤枉钱去吧！"郝建设毫不客气地指出："你上当了！西玉珠哄抬价格的目的就是不想让你得到那个东西。我问过那个姓赵的，他们根本没再去找他谈判。"郝建设给谷运久详细分析了西玉珠的策略，建议他坚持品牌建设的思路，继续把那个罐子搞到手。

谷运久听从了郝建设的建议，但是他也清楚，这次他要为自己的"聪明"付出代价了。在郝建设的斡旋下，玉来和天酝真正像个做生意的样子了，热火朝天地讨价还价，你来我往地说事拉理，最后以三百万的价格，每年五十万分期付款的方式敲定交易。

谁知正式签订合同时又出了问题，天酝说这是个商品交易合同，可玉来却要签一个业务咨询合同，酒罐子是他免费捐赠给天酝集团的。这是怎么回事呢？玉来向他们解释说，他不知道这个破罐子算不算文物，如果算得上文物的级别，那么按照现行文物法的规定，任何有偿买卖都是违法的，因此只能无偿捐赠。这就是玉来给天酝写了一篇分析报告的真正原因，也就是说玉来三百万卖给天酝的是一个商业策划方案！

这不是还是说天酝集团"江东无人"吗？谷运久又气得嗷嗷叫。后来仔细一想，姓赵的这个做法是为双方着想，如果天酝通过买卖方式得到了一件文物，万一有人追究不也是违法吗？这些事情谁说的清楚呢，小心为妙呀！谷运久最终在合同上签下了自己的名字。

郝建设又来给谷运久算账了，他说这笔买卖天酽并没有吃亏，只要在媒体上宣布一下天酽现在是元代酒罐的持有人，大家就会认为天酽的实力比西玉珠强，天酽实际是用三百万的费用做了一个九百万的广告呀！郝建设这样做有他的目的。现在他通过让谷运久花钱的方式还完了赵玉来的人情，但他不能让谷运久再产生什么新的想法，这样对他和郝晓丽都不是什么好事，所以他必须找一个说辞来让谷运久相信这是一笔合算的交易。当然，能用这种说法宽慰谷运久的，只有郝建设这种懂"局"的老生姜。

谷运久不是一个小气的人，商人如果不懂要产出先投入的道理就成不了商人，可如果只要投入不要产出也不是商人的做派。谷运久关于酒罐子的设想正在逐步落实，只要"管酒局"的商标注册一批准，天酽无形资产的价值增值不可估量，郝建设的宽慰话是多余的。他现在生气的是傅时雨，这个喂不熟的老狐狸没办事不说，居然悄悄地躲了起来，至今没有给谷运久一个说法。

说曹操曹操没到，曹操的使者到了，傅时雨非但没有躲起来，还派自己的"挑担"上门要账来了。

当年瑶池酒厂的重组不只是给谷运久的事业带来了机遇，也给熟知酒厂情况的傅时雨带来了继续获利的机会。他的"挑担"留下的烂摊子实际由银行埋单了，谷运久接手酒厂的优惠条件之一就是免除过去和后三年的贷款利息。三年过后，谷运久正在大肆扩大生产规模，购买便宜资产，资金缺口很大，银行是他不得不求的单位。

傅时雨此时是中心支行的副行长，"一把手"是马上要退休的老革命，所以行里业务上的事基本是傅时雨说了算。这位说话和气、文质彬彬的副行长成了谷运久的贵人，他掌管贷款发放大权，马上就要成为正行长，今后的前途不可估量。最关键的是他对谷运久十分关心，几次主动约谷运久到行里谈事，每次都会给出一些很好的主意。

当谷运久按照傅行长的说法，把申请将酒厂历史拖欠贷款分批转正常收息贷款的报告递给银行后，迟迟没有得到批复。谷运久让人打听，原来是傅行长说时机不成熟，需要继续调研一下酒厂的实际经营情况后再议。

谷运久等不及了，免息贷款到期后，他就要开始按季向银行全额付利息了。他悄悄打听到傅行长家的住址，然后提着二十万现金直接上门拜访了。傅时雨岂是随便被收买的人？他谢绝了谷运久的重金，临走反送了谷运久两盒高档茶叶。

谷运久并没有白去，他从傅时雨的口里了解到他的亲戚就是承包酒厂的前任厂长，现在居家赋闲，继续看好酒厂的发展，想参与一点股份。顺着这个意思，谷运久找到了傅时雨的"挑担"，将二十万送给了他，对方也没有直接收下这笔钱，而是用这笔钱做了参与酒厂的股金。

说是入股资金，其实就是谷运久个人打了一个收条，说收到某某人入股现金二十万元，这是傅时雨"挑担"的意思，谷运久知道这也是傅行长的意思。从此，谷运久真正傍上了大款，只要涉及银行贷款问题，谷运久就会找到傅时雨的"挑担"，按事情的大小给他先付股息，然后再提拜托的请求，后面的事情自然是水到渠成。

傅时雨用这种方法参股了好几家民营企业的股份，当然都没有要正式的股权证。从去年开始，傅时雨预计自己随时会退居二线，就让他的"挑担"陆续退股了。

所谓的退股就是拿着那张入股的现金收条，换回本金以及收到股息的收条。原来，谷运久在给傅时雨的"挑担"付股息时，也要求他打一个收条，起初他不打，但谷运久说，你有入股的收据就可以享受股东分红的待遇了，这是合法的收入，你怕什么？如果不打这个收据，我今后让财务上提不出现金了，你也是老厂长了，知道从银行提现金不容易。谷运久的话无可辩驳，"挑担"最终还是打了收条。

傅时雨的"挑担"按他的指示给入股的企业一一打了电话，退股的现金很快就送到了家里，唯独天酝的谷总别说送钱了，连个电话都不接。傅时雨让"挑担"继续电话联系，终于有人接了电话。

谷运久很冷淡地问有什么事，傅时雨的"挑担"耐着性子将退股的事说了一遍，另一头愤怒地说，你还好意思要退股费，那笔钱是咋来的你不清楚？别太贪了！"挑担"哪受过这种待遇，以前不都是巴着给他送钱送东西吗？傅行长还没有退休，就有人敢骂他了！他毫不客气地回击说："谷总，别忘了你打的条子还在我手里！"

按理说傅时雨早就不缺那二十万了，可他为什么还要自讨没趣地找谷运久的事？人就是这样，没钱的时候是一种想法，有钱的时候是另一种想法，有钱有权的想法就更多了，用维吾尔族的谚语说就是：吃不饱的人没有不吃的，吃饱的人没有不想的。傅时雨收钱办事已经习以为常，酒罐子的事虽然没有办成，但是他也没有问谷运久要好处，这二十万块钱是十几年前谷运久所欠，一码归一码，怎么能不追要呢？傅时雨想的还要更多，他要通过要钱的事，看看这些平时在他面前点头哈腰的人，在他退休前还买不买账，够不够仗义。

谷运久那边嘴硬心虚，听了傅时雨"挑担"的话，他回家从一个保险柜中翻出了以前的收据，不算不知道，一算吓一跳，前前后后给傅时雨付的股息竟超过了六百万！

谷运久知道这不是正当的商业交易，在天酝的分红记录中，每年的股息没有超过每股一角的记录，而给傅时雨的股息平均每年达到每股二元钱，这种显失公平的交易，怎样也难以自圆其说。谷运久不愿让那张他打的入股收据再在外面流通了，他给傅时雨的"挑担"打了一个电话，然后付款退股，同时将分红的收据也复印了一份，让"挑担"转交给傅时雨。

傅时雨收到收据复印件时也吓了一跳，他知道这意味着什么，虽然他确信谷运久与他是一根线上的两只蚂蚱，谁也不会做出两败俱伤的选择，但是，他们之间的交情就此结束了。傅时雨相信这一切都是源于赵玉来的那个破罐子，他到现在还想不通，为什么谷运久就非要那个破罐子。

让傅时雨想不通的事情接二连三地继续发生着。先是天酝集团一把还完江北银行的贷款，然后全面清账转户走人了。这种事情在日趋激烈的银行业竞争中常有发生，可天酝集团是江北的铁杆大户，怎么说走就走呢？一波未平一波又起，天酝刚走，傅时雨"挑担"收回股本的那几家企业像是商量好了似的，几天内也都转户到其他银行了。此时正逢年末，决算报表出来后的数据很难看，几项指标都没有完成总行下达的任务，与同业相比也是丢人现眼，这在分行的历史上前所未有。

针尖口子斗大的风，一时间这些事成了江北银行上上下下议论的热门话题。有人说总行要让傅行长提前退休，有人说纪检委找他"喝过茶"，各种版本的说法蜂拥而出，王子龙听到后不敢隐瞒，如实报告给了傅时雨。傅时雨的生日是元月的，他原想利用生日聚会向圈里的老总们澄清谣言，谁知生日那天大家终于听了他"下不为例"的话，没人张罗召集了！没过几日，他托人送到北京一家拍卖公司鉴定的几幅名家字画有了消息，没有一幅真迹，都是高手模仿的赝品！

羞愤交加的傅时雨终于病倒了，大年三十突发脑梗。发病前有头痛欲裂的先兆，他自己和家人都以为是生气所致而没有在意，等病情加重送到医院时，已经耽搁了最佳治疗时机，人是抢救过来了，但医生说后遗症可能比较严重。

这些事情玉来在基层不太知情，他一直对这类事情不甚在意，他只知道现在行里没人叫他"小赖"了，而是改称他为"赵老师"。开始他还觉得别扭，现在却越来越受用。他比以前也多了一些事情，行里开始有人找他交流和田玉的收藏，而那枚玉章是他每次都要展示的道具，因为他相信，玉章接触的人越多就越有灵气。

点石成金记

高特属于不属于十二生肖范围的那种人。

他是大年三十的夜间出生的，即天亮就是初一的那个晚上。他的父母是养路工，当时住在戈壁滩的道班里，没有钟表，没有电灯，听不到鸡叫，不知道他是子时前还是子时后出生的，所以这个急急忙忙来到这个世界的男孩至今没有确切的属相。

高特小时候一耍犟脾气，他妈就骂他是属驴的。

也不是高特一个人有生日的困惑，以前为了吃供应粮、工作或者上学，改户口的事常有所见。一次，部门年底聚会，喝了点酒，故事就开始了，一位年龄大的员工透露他有两个年龄不同的身份证，一个小年轻好奇地问干吗要两个呢？埋头喝酒的高特斜望了小年轻一眼，无可奈何地说："弱智了吧？一个等提拔用，一个等退休用！"众人哄堂大笑。

每条狗都有自己幸运的日子，每头驴子也不例外。

高特那个辉煌的日子距今已有二十余年了。20世纪80年代末，银行大搞电子化，高特所在市行的行长是个赶新潮的人，他到区分行开会，听说计算中心的电脑都发不出去，各个行没有搞计算机的人才，要了电脑也是摆设，回来后就开始四处招兵买马。可惜东疆市太小，搞了快一年居然没招来合适的人。

到了第二年年初，高特有点儿烦，找行长去换工作，理由是他从职大毕业半年多了，分配他在计划股当信息员，但尽干些打杂的活儿。

当时各专业银行的主要任务是抓存款，"储蓄大战"时有发生，最新上阵的新式武器就是弄一些紧俏商品搞摸奖储蓄。储蓄部门权限很大，股长是个"老太太"，动不动就喊："小高，快去帮忙摸奖！"高特要是不听使唤，马上就会被反馈到行长那儿，连高特的股长也不用通知，所以行长经常敲打他不要翘尾巴。

行长的话不只是说高特不听储蓄股长的指挥，还暗指他给人行（人民银行）写的一条信息。

因为高特对储蓄股长没好感，所以他经常诅咒说摸奖储蓄是兔子尾巴，因为他发现当各行都用同一种揽储办法时，就会出现"鸡窝倒鸭窝"的现象，储户为了多摸奖，哪家银行搞摸奖就把存款"搬家"到哪家，最后全地区储蓄总额并没有变化。高特把这个情况索性写成文章交给了人行，希望人行出面制止这种无聊的竞争。人行很重视这个反映，派调研室的卢主任专门到市支行调查，还和高特交换了看法。但行长事先不知道高特给人行投稿的事，所以有点恼火，狠狠地修理了高特一番。

恼火归恼火，行长知道高特还是有点小本事的，有时他也抓高特的小差，比如让他写个发言材料，下午安排的事，第二天上午就能交稿。所以高特找行长，行长也认真对待，问他是否学过计算机，高特如实告诉行长，学过一点皮毛，并且才从学校毕业的大专生都学过。行长沉吟了半天，说现在行里要用电脑记账，别的没什么空闲的岗位，如果他要换岗就只能当电脑记账员了。高特想了一会儿，答应了。

高特答应行长是有考虑的，一方面他急于从现状里脱身，另一方面他对计算机编程很有兴趣。

职大现在被称作"黑五类"之首，这是后来办烂了落下的坏名声。高特上的职大是那所学校的第一届学生，校长是财政局下来的老局长，办学热情很高，不惜花重金请名牌大学的老师授课，所以多少也"砸"出了点名堂。

计算机课当时叫"财务电算化"，开始讲 COBOL 语言，学生说别的学校都讲 BASIC，学校就又请了位从美国回来的计算机博士。这博士更邪门，他要讲最新的 Dbase 数据库，否则就不来上课。学校一下子请不来别的老师，也就同意了。

　　谁知这位博士肚里有货却倒不出来，加上刚从美国回来，上课的时候一会儿汉语，一会儿英语，急的时候还用手乱比划，学生们很爱上他的课，只不过是当娱乐课来上，一时间课后到处能见到听到这位博士的模仿秀。

　　高特至今还记得博士解释缓冲概念的比喻："For example，我是 boss，嗯，boss，找我的人很多，于是，我就让他们先在我的女秘书那儿等一会儿……"大家当时只知道领导有女秘书，根本不知道教授也能有女秘书，所以哈哈大笑，博士更加得意地讲他的课。

　　后来一考试露了馅儿，大多数人不及格，上九十分的就高特一人，博士搂着高特"Very good"个不停，差点掉眼泪！

　　这也难怪，当时学校只有一台八位数的进口苹果机，只能看不能摸，没几个人对它感兴趣。高特是喜欢琢磨的人，博士的课很对他的胃口。没想到毕业后形势发展得这么快，计算机开始在银行普及了。

　　高特先做电脑记账员，随着机器使用规模不断扩大，行里增设了微机室，高特自然荣升为主任，和储蓄股长同级。高特喜欢的编程也派上了用场，他编写了一个"支行辖内往来对账系统"，就是联行往来对账程序，先被中心支行采用，后被全疆其他支行引进，最后分行计算中心主任尹杰命令高特将这个程序的开发原理写成文章，在金融杂志上公开发表。

　　这个程序经过从收付记账法到借贷记账法的改变，经历了"千年虫"的考验，没改过一个代码，一直被沿用到 21 世纪。

　　这个久经考验的小程序就是高特用博士所教的 Dbase 数据库编写的。高特将这个程序称为"精致的小手枪"，不料第一个被这把"手枪"击中的却是高特的朋友，确切地说，是高特棋友的妻子。

　　20 世纪 70 年代末与 80 年代末，银行有过两次较大规模的招干，前一批被称作"7980 部队"，考试进来的，质量还不错，当过一段时期的主力。后一批就有点问题了，问题不在银行，而是一些有背景的人开始看重银行这个行业了。

　　高特的这位棋友据说很有来头，两口子一起进的银行，当时是很有章程的事。男的在行政办当保管，整天吊儿郎当地工作，认认真真地找人下棋；女的也不懂业务，在会计股管凭证什么的。高特高中毕业没考上大学却考进了银行，后来又考进了职大，所以心里是看不起像他棋友这种人的，但是没法子，全行就这位老兄能跟高特对几局，其他都是臭棋篓子，日子久了，多少有点情谊。

作为棋友，高特曾劝这两口子学点业务，只是人家不听而已。

但在银行混，不精通业务早晚要翻船。原来的对账工作是一个专职人员干的，高特的程序上马后效率很高，专职的转行了，这项工作就交给"老仙女"兼上了。"老仙女"是高特给棋友的妻子起的名字，高特嘴硬，不会叫哥姐嫂子，但棋友年龄较长，又不好直呼其名，所以有时就叫他"老先生"，且毫无理由地叫人家的老婆为"老仙女"，两口子不但欣然受用，大家伙儿也觉得挺贴切。

老仙女可不是省油的灯，霸道，敢说敢做，口头禅就是"怕什么"，据说有其公公的风范。高特费了九牛二虎之力总算教会了老仙女如何操作计算机，其他的就不是他的任务了。谁知没几个月就出了事。

一个痴迷彩票的甲所柜员将三份归还公积金贷款的现金贪污了两份，然后做了一份虚假报单发给了管贷款户的乙所，这是过去银行内部出案子的惯用手法。

异地的联行因邮程慢，时间长，容易出问题，但同城的往来作案很难。特别是电脑对账后，噼里啪啦地把往账报单、来账报单的要素一输，只要有对不上的数据，给发生往来关系的甲所和乙所打个查询电话，问题马上就能澄清。所以，这种作案手法在老银行人员的眼中是没有多少技术含量的，和伸手从钱箱子拿钱差不多。

果不其然，那个柜员作案后没两天，甲乙两所的虚假报单碰头了，电脑一再提示这份报单的金额不匹配，不知老仙女是怎么想的，她翻出那对报单的其中的一份就把金额改了，还把修改的金额标注在报单和报告表上。

作案的半吊子柜员一看没事，放手又做了两笔假账，几个月后信贷员催贷，借款人拿出还贷的回单，案子这才暴露。

高特的程序忠于职守，贪污的柜员遭到了起诉，老仙女可好，以不懂业务为理由，将过错推给了行里，意思是行里不该给她分配对账的工作。行里怕事闹大了对谁都不好，草草地给她了一个记过处分算完事。谁知她还不满意，"翅膀"一拍——飞了，调到一家新成立的保险公司当"仙女"去了，行里上下总算松了口气。

计算中心的尹主任是个爱才的人，高特因为开发程序有功，他给人事处写了一个报告，就将高特调到计算中心搞软件开发。谁知高特刚办完手续，尹主任自己就被调到总行的软件开发中心去了，接替他职位的是一个从大学调来的计算机老师，一进来就带了一批他的学生。高特不但非专业，出身还是"黑五类"，马上被放到一边"敲边鼓"，中心分配他做了设备保管工作。

高特幸运的日子从此画上了句号，人们偶尔还能看到他的名字，就是在工会举办的象棋赛上。

就在高特百无聊赖之际，一位在深圳下海的同学托他在新疆买几款正宗的和田玉手镯，说要给重要的客户送礼用，谁知这个请求却将高特拉进了一个全新的另类世界。

高特根本不懂和田玉，但分行有一位司机是从和田调来的，他叫习和玉，与和田玉就一字之差，行里的人买玉都找他。习师傅在帮高特买玉时，给高特讲了许多和田玉的故事，他说在他小的时候和田玉并不值钱，随便到离县城不远的河边就能捡到，孩子们玩"打石头"或"抓石子"的游戏时，用的可能都有现在珍贵的羊脂玉。习师傅是因为喜欢石头才与和田玉结缘的，可是现在不知怎么回事，和田玉的价格不仅年年攀高，有时甚至一天一个价。

习师傅的话让高特对和田玉产生了兴趣，他也想知道昨天一文不值的石头，怎么转眼间就价值连城了呢？

和田玉是古玩的一个门类，大家都用"乱世黄金，盛世收藏"来解释这个现象，高特却不敢苟同，他举出的证据就是清末民初直到中华人民共和国成立，古玩市场的火爆经久不衰，而这个时期应该是中国最动荡的时期呀。

新中国成立后直到20世纪80年代后期，古玩的最大作用是什么？就是用来换外汇。特别是建国初期，西方封锁新中国经济，几乎中断了与我国的进出口贸易，但他们却独收中国精美奇妙的古玩，一些让今天的玩家们垂涎三尺的珍宝就让外国人廉价买走了。至今没有人研究过曾被打成"封、资、修"的古董在共和国特殊的历史时期所扮演的特殊角色。古董是"小玩意，大学问"。

"玉"与"遇"谐音亦同义，即"玉"是"遇"来的。高特原本想通过研究和田玉来探索价值与价格的变化规律，但一接触这玩意却被它迷住了，研究石头的人反被石头"研究"了进去，和田玉拉着他跑了。高特开始丢掉自己的象棋爱好，拜习师傅为师，一头扎进石头堆里玩玉去了。

但他毕竟是工薪阶层，玩不起动辄上万的羊脂白玉，所以一般是玩眼光和捡漏，久了也能玩出些名堂来。

一个星期六，高特一大早就到民街后面的玉料市场去溜达，卖玉的也讲究开张买卖，所以早去价格好商量。

这是一个露天市场，搭了几个棚子，棚子下再搭几排简易摊位，有的连摊位也没有，成堆的石头随便一堆，和南疆的巴扎（维吾尔语，意为集市、农贸市场）差不多。商贩大多是从和田、叶城赶来的维吾尔族商人，他们从那儿收上石头，在这里卖掉后再回去，然后再收购，所以流动性很大，能否淘到便宜又好的石头，全凭自己的眼力了。

高特怀揣一个季度的奖金，细心地寻找着合适的目标。他从一排摊位前走过，脚下被一块从摊位下面突出的石头绊了一下。他低头一看，是一块大约三四十公斤的青玉，玉质还不错，一问老板开价是一万，高特嫌贵就走开了。

转回来时又在这个摊位，还是那块石头再次将他绊了一下，他不禁又看了一眼那块石头，那石头可能是被他碰了两次的缘故，这次看怎么变了个样，分明是一只青蛙正抬头向他鸣叫。

他忍住心头的狂喜，抬起头来用维语腔调的汉话向老板抱怨说："哎，朋友，你的这块石头咋了，两次我的'麻达'找了。"

老板更幽默："哎，朋友，你好好看一下，这个石头和青蛙一模一样，你一动它就活了，它调皮得很，你跟前咬了一口。"

高特在心里骂了自己一句："傻帽，人家早就看出来这是一只青蛙了，还想捞便宜！"

但他心不死，弯下腰将那块石头翻来覆去地看了个遍。青蛙头颈硕壮，眼睛鼓突，肌肉紧绷，一副似要跳跃的样子。但见它就要起跳时，一条蛙腿却伸不出来，原来这只青蛙像腿的那部分缺了一端，高特遗憾地说："唉，一只瘸腿的青蛙，跳不起来了。"

老板一下笑了起来："我不知道吗？要是四条腿的青蛙，我得要十万块钱。"

高特一听就知道老板不了解玉文化，马上顺坡打滚道："就是嘛，少了一条腿还要一万块钱，太不像话了，便宜卖掉算了。"

可能老板已经找外行人给这块石头估过价，所以没信心地说："就是少了一条腿，不然我发财了。你看给多少？"

高特故作沉思了一会儿回答："一千。"

老板的头摇得像拨浪鼓，连声说："哎，不行，不行，最少五千块。"

"啪"的一声，高特从口袋里掏出一沓百元现款，往摊位上一摔："三千块钱，开张买卖，做不做？"老板一看钱摆到了跟前，如果再拿回去，今天的运气恐怕不会好了，所以勉强和高特拍了一下巴掌，意思是成交了，并且双方都永不反悔。

高特和对方拍过巴掌后，也装出一点后悔的样子："唉，我今天赔账了，三千钱块买了个瘸腿青蛙。"

他这样说是为了让卖家高兴一点，他知道老板没有亏本，只是离期望的价格低了点，但开张就赚了钱，也算好兆头，所以老板还是帮高特将石头搬出了市场。

出了市场，高特一刻也不敢停留，生怕冰冷的石头会飞了，招手就打了个的士，一溜烟跑回了家。

高特知道自己做了"缺德"的事，如果旁边再有一个稍微懂点玉文化的人，这块石头指不定真能变成十万的价格了。

在中国古代传说中，刘海戏金蟾是一个广为流传的故事，故事中有一个三足青蛙，或者是一个三足蟾蜍，总之和我们日常所见的不太一样。传说这个三足神物能口吐金钱，民间有"得金蟾者必大富"的说法。放置此物于家居或商铺之中，定然财运亨通，大富大贵。

如此吉祥之金蟾，四条腿的青蛙岂能与它相比？

高特给他的三条腿的青蛙起了个名字：生财有道。

下一个周末，高特又去市场找卖青蛙的老板，想再买他的一些东西，这是玩玉人不成文的规矩，就是如果双方交易利差太大，获利大的一方会主动在下一笔交易中通过让步来补偿一下吃亏的一方，但高特再也没有遇到这位说话俏皮的老板。

凡事得有个度，过了度就不是好事。

随着和田玉的价格逐年攀高，高特终于玩不起了，想收心干点正经事。别人的正经事都是关乎升官和发财，但高特不擅长职场关系，而且硬件条件还停留在20世纪80年代的"286机型"，各岗位招聘时，他不是学历不够就是年龄过大，一时间心灰意冷。

前些年流行专升本，老婆曾劝高特将他的"黑五类"身份去掉，他听不进劝告，双手抚摩着他的青蛙，振振有词地辩解说："四条腿的蛤蟆好找，三条腿的蛤蟆就成金蟾了。什么道理？物以稀为贵嘛。如果人人都成本科生了，说不定专科生还值钱呢。这就是癞蛤蟆变金蟾的原理。"

老婆无奈，只能恨恨地骂一句："你还想吃天鹅肉呢！懒驴！"

嘴上这么说，正经事还得干一点。不说别的，想当初高特是作为人才调进分行的，可这么多年除了管管设备并没做什么大事情，这有负于力荐他的尹主任呀！高特是爱脸面的人，怎么会甘居人后呢？所以业余时间他除了玩玉外，并没有放松对业务的学习。

一天他收到了一封电子邮件，是分行创新办发给全体员工的信，内容是动员大家积极向总行网讯的创新栏目投稿，争当"金点子"先进。高特记得前段时间已经发过这样的信件了，于是就打算试一试。

说高特懒也有点冤，他只是做事不爱凑热闹，就选别人不愿做的冷门。高特看到创新办连发几个邮件，猜测这可能是别人不愿做的事，就粗略地看了一下投稿要求，着手写了起来，谁知这次判断失误。

创新的流程是这样的，员工有什么好的想法，可以写成文稿贴在总行网讯的"金点子"贴吧上，分行创新办能够看到本行人员粘贴的稿子，他们经过初步的审核，然后就将文稿正式发表在"金点子"栏目中。发表后的文稿由总行创新部的工作人员根据所提建议的内容分发给相关的业务部门进行研究，最后决定是否采纳。

高特研究的是信用卡和电子银行这两类业务，他接连提了好几条合理化建议。文章是在总行栏目上发表了，但还没有进入业务部门这个环节，创新部直接就给他回复了意见，不是"此建议总行正在实施中"，就是"此建议总行已有考虑"。

高特不服气，按照创新部提供的检索工具，查找在金点子中已发表的相关稿件，真是不得了，仅仅关于信用卡积分管理问题，这是高特研究过的问题，大约就发表了五十多条合理化建议，只是由于新疆分行还没人提出过这样的建议，高特的文稿才能得以刊登，但实际已经是"马后炮"了，搞不好别人可能还会怀疑自己有抄袭行为。

就在高特为自己的"轻敌行为"懊悔时，有人给他打了一个电话。

"高师傅，"电话里的人对高特说，"您的几篇稿子我都仔细拜读了，真的让人佩服。我到东疆出差时听过您的故事，您可要继续加油呀！"

高特一听口音就知道是分行创新办的何桦，新疆人说话没有"您"和"你"之分，创新办成立时何桦找高特领计算机，所以他们认识。这个小伙子家在内地，大学毕业后在新疆读研究生，然后就在新疆就业了。别人问新疆落后，为什么留在这里？他的看法是没有落后的地方，只有落后的人。

"哎呀，好汉不提当年勇，比起你们小年轻，我们真是不行了，况且也该内退了……"高特想打退堂鼓。

何桦根本不给高特找借口的机会："这正是您的可贵之处呀，您都快退休了还这么拼搏，是我们年轻人真正的榜样。"

何桦现在的处境是没钱没权，工作很难开展。他向行里打了几次关于奖励创新活动的报告，可是没有业绩做支撑，迟迟得不到批复。他现在的想法就是鼓励大家多写稿件，争取能在总行获一个奖项，然后再和行里谈判激励问题。

但他连发几道通知，回应者寥寥无几。倒是这个高特，一个普通保管员却连续不断地投稿来了，这引起了他的关注。他不知道高特是为了面子问题才写稿的，但看到这个人"屡败屡战"就心存敬畏。

"高师傅，总行非常重视创新活动，也非常重视中年员工的振兴计划。喀什行有一个老员工提的一项建议被采纳了，他可是在离总行最偏远的行了，我们正考虑如何表彰他的事情，希望您也能给分行争个光。在创新方面，新疆和其他地方是站在同一条起跑线上的，您说对吗？

"另外，我建议您多看一些'金点子'栏目的文章，关注一些业务难点，这样便于出成果。"他并没有忘记给高特在创新方法上提醒的事。

高特没想到还有人记起他过去的事情，一时间倍受鼓舞，继续耐心地钻研业务。

总行的创新栏目办得开放活跃，上面什么建议都有，有一篇文章说银企对账有问题，是"剃头挑子一头热"，银行积极企业消极，所以大案要案都钻这个空子，文章建议由银行业协会牵头，搞一个以企业为主的银企对账管理条例。总行董事长刚刚就任新一任会长，马上就有员工提出这种建议，这分明是给领导下任务指标，但栏目依然一字不落地全文照发。

还有一篇文章说，如今富人们都玩艺术收藏品，建议总行赶一赶时髦，不失时机地开办艺术品融资业务。总行认真地答复说：经反复研究，认为艺术品存在真伪难辨、价格波动大、评估难的问题，因此暂不考虑开办此类融资业务。

高特认为这条建议有点意思，先说总行没有说不办这项业务，只是暂时存在困难，这应该是个业务难题；再说建议是北京分行的一名员工提出来的，这是来自首都的信息；最后就是和田玉如今已登上艺术品殿堂，这与高特所擅长的终于有点瓜葛了。

创新栏目提及的艺术品融资业务，是指拥有艺术品的个人或组织，在需要资金的时候将自己的艺术品抵押给银行，然后换取银行的信贷资金。

艺术品抵押的核心是评估，但除了金融类资产外，其他需要抵押给银行的资产，一般都由专门的中介机构对其价值进行评估，可是艺术品价格波动很大，不要说中介机构做不了，就是做出评估了，谁敢相信？

此外，艺术品是非常个性化的品种，也不太适合银行标准化的流程作业和管理。

高特反反复复地研究艺术品融资的难点，他发现用传统的方法确实解决不了总行顾虑的问题。

忽然，几年前的一次淘宝经历跳进了脑海。

当时理财报上有消息说，典当行里经常有死当的珠宝出售，价格比市场价便宜好几成，高特想通过这个渠道捞点便宜货。

走了几家宣称典当和田玉的店铺，都说没有死当品，全乌鲁木齐城的典当行接近上百家，高特没有遇到一家有出售当品的。他觉得里面有点猫腻，不得不换了一种调查方式。

"请问这里收和田玉吗？"高特走进一家有点规模的典当行问道。

一位女店员向柜台后面的办公室喊道："张总，有拿玉的来了。"

那个被称作张总的人走近柜台，打量了一下高特，然后问道："什么玉？"高特拿出了两粒鸽子蛋大小的白玉籽料，递到了他的手上。

张总接过东西后显然很失望："我以为是多大的石头呢。"然后抬头问高特："当多少钱？"

高特假装很紧张地回答道："我只是临时缺点钱用，几天时间，就当个一千元吧。"

实际高特拿的是真正的羊脂玉，这是他早年以每粒一千元的价格从市场上淘来的，当时就有人愿出五千元的价格收购它们，现在少说也值个两万块钱吧。

张总的脸顿时板了起来："一千元的买卖我们不做，这里的起点最低五千元，最短一个月，利息看贷款金额定，最低三分。"他看不上高特的生意。

高特的脑子飞快地计算着，一万元一个月利息最低 300 元，一年就是 3600 元，五千元一个月也得 150 元，这钱缩起水来可不得了呀。

舍不得孩子套不住狼，高特要看看这些"高利贷"者是如何做买卖的，"行吧，你们办手续吧。"

"等一会儿，"张总回过头对女店员说，"打电话叫小王来看货。"然后又对高特说，"我们的鉴定人员马上就到。"说完就回他的办公室去了。

不一会儿，一个五大三粗、腕上带着玉手链、脖子上带着块大玉牌的年轻人走进了柜台，他从店员手中一拿过石头就嚷嚷说："再有没有了？再加一块这样的石头，就能贷五千了。"

高特正疑惑这个大胖子是干什么的,见他们问自己,赶紧回答:"没有了,就这两粒。"

大胖子问高特要钱干什么,高特"支支吾吾"地不想回答。见此情况,他扭头到后面的办公室去了。

趁这个空挡,高特向店员打听起来:"这个人就是你们店的鉴定人员呀?"

"不是,是开玉店的老板。"

"玉店老板?"高特自言自语地问道。

"如果你的玉不能按时赎回,我们就把它卖给这个老板了。"其中的一个店员给高特解释说。另一个人赶紧向答话的店员摆了摆手,意思是不让她再往下说了。

不一会儿大胖子和张总从办公室出来了,张总对高特说:"这样吧,我们的鉴定人员为你着想,我们破例给你按三千元贷款,期限必须是一个月,但利息就得按三分五算了,你看怎样?"他的态度比原来好多了。

事已至此,高特也不好拒绝了,就让他们办手续,等拿钱的时候,到手的不够三千元,高特问为什么,不是说好是三千元吗?店员回答这是扣除利息后的所得,还款时就不算利息了,直接就还三千元。

回到家里,高特将事情的经过仔细想了想,终于明白了其中的奥妙。

原来典当行根本就不懂玉,也压根儿对它不感兴趣,它关心的是如何放贷款,所以就将玉石评估业务承包给了玉店老板,这个过程和银行发放抵押贷款是一样的,只不过银行聘请的评估机构是正规的中介。

但是,典当行害怕玉店老板和当玉的人联手骗他,也害怕玉店老板将玉石的价格估高了,于是索性将收购死当玉石的业务也一并承包给了玉店老板,这样玉店老板和典当行就结成了利益联盟。

联手的双方各有所得,典当行稳稳地坐收利息,根本不用关心谁来骗他,玉店老板则可以在出现死当时,非常便宜地得到心仪的物品。这样就能解释为什么玉店老板一到,事情就发生巨大变化的原因了。

高特实在佩服典当行的高明。

现在,高特想把典当行的经验移植到银行来做。他结合银行制度和流程特点，设计了一套开办艺术品融资的方案，再次向创新栏目发起了冲击。

这次有了正式的回音，总行很快答复说：此方案很好，但暂不具备实施的条件，今后继续研究。

高特觉得人家没有采用他的方案就是没有面子，现在他不光觉得欠尹主任一个人情，还觉得对不住何桦的期望。

天无绝人之路。就在高特长吁短叹的时候，有人对他的建议发表了评论，一位署名袁路明的人认为，高特的方案对专业的大型批发市场中小贸易公司贷款很有帮助，还可以解决许多总行没有列入可作为抵押物的贷款难问题。

创新栏目考虑得很周到，发表的文章全行人员都可以参加讨论，提交的评论是实名记录的。高特在内网通讯录中查了一下，判断提建议的人是河南郑州的一位支行行长。

高特的父母是"大跃进"时从河南自流到新疆的"盲流"，因此高特是个"新疆河南人"。俗语说，老乡见老乡，两眼泪汪汪，那个亲切呀。高特赶紧通过内网邮箱和袁路明取得了联系。此人果真是郑州营业部的一位管信贷的支行行长，他并不知道高特是老乡，但仍然以中原人特有的实在，一一给高特解答了业务疑点，并且向他保证，这个方案的确新颖实用。

因为得到了高手的指教，高特的建议不再是针对艺术品融资了，他的方案有了正式的名称，叫"第三方保证收购抵质押品担保方式"，适用的范围变成了所有银行认为价值评估困难、价格波动巨大且自己难以处置的抵质押财产或权利。

他信心满满地将再次将文稿贴在了金点子贴吧内。

这次轮到总行哑火了，高特的建议迟迟得不到答复。高特不急何桦急了，他一连给总行打了几个电话，总行回答是还需要研究。这一点高特从袁路明那里得到了经验，就是总行出台一个方案是非常严谨的，要经过多方论证和研究后才能通过，有价值的方案不可能一下子得到答复。

但何桦还是不死心，他觉得这个方案风险很低，在总行现有的制度框架内就能行得通，所以就直接找分行管创新的艾尼副行长去了。他详细向艾尼行长汇报了高特建议的创新价值，提出能否先在分行实际操作一下。

艾尼行长是维吾尔族人，年轻时名气很大，在会计处工作时，有次接总行的电话，拿起来就说："喂，我艾尼。"对方一句话也不说，艾尼急了，接连说道："我艾尼，我艾尼，说话呀！"对方"啪"的一声将电话挂了。原来打电话的是新来的一位女同志，她将"我艾尼"听成了"我爱你"了，这件事一传开，全行都知道新疆有个"我爱你"。

艾尼当行长可不是靠他的名字，他可是新疆工学院毕业的正牌大学生，除了精通母语外，还能说流利的哈萨克语和俄罗斯语，民间给这种人的雅号是"两个舌头"。

艾尼行长认真听取了何桦的汇报后，决定召开一次会议。

"今天，我们要举办一个特殊的业务讨论会。有一位特立独行、异想天开的同志，他想把人抵押给我们银行来获得贷款。"讲话的人用手敲敲桌子，表示非常不能理解，"人怎么能做抵押品呢？国外的事情我们不知道，但是在我们中国，这绝对是违反法律的。这个要做违法业务的人，就是我们行大胆的员工，他叫高特，我们今天就来听一听，他是怎样把人作为抵押品的。"

艾尼行长亲自主持了会议，他的开场白听起来像要批判谁来着，大家一下子来了精神。

高特一听行长的话，不禁"咯噔"了一下，心想："完了，行长很气愤，别说支持了，弄不好还会被当作反面教材挨一通批判！"但他根据袁路明的指导，反复地和总行的业务制度做过对比，认为不会有什么纰漏。此外，他从行长的讲话中判断，行长是读了他的文章的，而且一针见血地抓住了文章的要害，所以他镇静地打开PPT，开始演示起他的方案。

高特在论文中为说明他的方案的灵活性，曾举了一个用人做抵押物的极端案例，他最后开始演示这个案子。

"对篮球感兴趣的同事都知道，CBA第一赛季里，新疆东山集团的猎豹队和内蒙古太德集团的骆驼队正在酣战中，目前积分是2∶0。球迷们用'猎豹追骆驼，胜负不用猜'来形容两队的差距，前两场的比赛都是大比分结束，因此本赛季胜负定局已没有任何悬念。"

东山集团是家综合性集团公司，目前和其他有实力的企业一样，正大举向房地产扩张，它也是行里的大客户，信贷员对它的经营情况非常了解，高特专门选它做例子。

"猎豹强大的秘诀是什么？外援。他们以每名球员一个赛季一百三十万元的价格，接连引进了三名外籍球员，并签了四个赛季的合同。这可是美元呀，太有钱了！可是就在猎豹要撕碎大骆驼的时候，它的主子东山集团缺钱了，要命呀，一幢竣工的写字楼差三千万的装修款。集团值钱的资产都拿给银行抵押了，实在没法子，打起了猎豹的主意，求银行用他们三名价值连城的外籍球员做抵押。注意，公司给这三名球员还投了相同价值的保险。"高特做事像下棋，细心严谨。

他继续虚构故事情节："他们没有想到工行居然答应了这个荒唐的请求。原因是太德集团也是工行的客户，新疆行通过内蒙古行得到信息，太德非常想把东山的三名球员挖过来，在下一个赛季中用骆驼掌碾死小猎豹，可是根本没有机会。现在机会来临，新疆工行联合两家集团做了一个这样的贷款方案，即东山集团拿猎豹的三名外籍球员给新疆工行做抵押，新疆工行给东山集团发放三千万人民币贷款，期限三个月；同时新疆工行、太德集团和东山集团又签订了另外一个合同，规定如果东山集团不能按时归还贷款本息，就由太德集团负责归还，银行将东山抵押的球员定向转让给太德集团，效力骆驼队，东山集团对此不能持有任何疑义。

"这笔买卖就这样做成了，不论猎豹和骆驼谁胜谁负，我们银行的贷款都放出去了。各位领导、各位同事，以上就是用人做抵押品的想法，现在我诚恳地接受大家的批评。"高特结束了他的演讲。

参加会议的有二十来人，不是老总就是骨干，提问像连珠炮似的开始了。

"这个方案和专业担保公司的担保有什么不同？"

"第三方可不好找呀。"有人对找收购方不确定。

又有人问："如果收购方的资金短缺，不能及时收购抵押品怎么办？"

高特一一回答了他们的问题。

最后公司业务部的人问："你刚才提到这个方案对艺术品融资很有帮助，现在全国有几笔这样的业务？有必要开办这项业务吗？"

高特知道他们喜欢做大笔贷款业务，对小额的案子并不感兴趣。

"关于艺术品融资的市场有多大我不清楚，但是在资本市场，天津已率先在全国开立了文化艺术品交易所，艺术品'股票'正式挂牌交易了，民生银行的艺术品基金卖得风风火火，听说总行也正在设计艺术品理财产品。我们的资金市场是不是落后了？

"再说，银行开始卖艺术理财产品了，说明银行高度认可了艺术品的价值，可顾客拿艺术品到银行抵押时，银行却不认账了，说这东西不顶用。如果你是顾客，你会怎么想？"他继续反问道。

高特的观点赢得了一些人的赞同。

信贷管理部认为，在总行发布的贷款担保制度中，虽然将许多物权列为不能抵押的品类，但是提倡复合式的贷款担保方式，高特的方案实际是"抵质押担保＋保证收购担保"的双重组合担保方式。

法律部门提议在保证收购的合同上作点文章，再在加强对收购方的控制、约束方面想点办法，这个方案就能有效地增加风险防范能力。

艾尼行长一看火候已到，开始总结发言："今天的会议如果继续探讨下去，思路上碰撞出的火花会更多，比如，这个方案能不能在并购贷款中得到应用？如果从理论上谈，这种方法是不是打破了传统中介的限制？今天讨论的方案不只是一个担保方法，里面还涉及了很多中介问题。"

他最后要求说："这件事大家回去后不要停下来，要继续做好以下几项工作：一个是信贷管理部通过业务口子将这个方案直接提交给总行进行研究，看能不能得到批准；二是管理信息部可以协助高特将这个方案整理一下，向城市金融杂志投个稿子，争取让更多的人参加这个讨论；三是小企业贷款中心刚刚成立，我看这个方案比较适合你们，希望在贷款担保时关心一下有没有用这个方案的地方，如果有需求，可以先以个案创新的方式上审贷会，我会大力支持的。"

高特心想，能参加一次由行长主持的会议，他已经很有面子了。

清明前夕，父亲来电话要高特回家一趟，母亲病重住院。从乌鲁木齐到东疆上千里的路程，他中午接到电话，下午就赶到了医院。

"年岁，差点见不着你了。"母亲叫着高特的小名，声音虚弱地继续说道，"什么都不知道了，马上就不中了。我不想死呀，年岁，我现在有工资了。"

母亲胳膊上吊着针，鼻子上带着氧气罩，一只手无力地拉着儿子的手，断断续续地要说话。高特抚摸着她的手，感觉那只手更加干枯、粗糙，弯曲的五指似乎已经无法伸直，眼睛和鼻子不禁有点发酸。

母亲一直是家属工，有的地方叫"五七连"，家属工是什么？就是计划经济时代的临时工，他们的命运不比农民工强。可是从前几年开始，国家让连续工龄够十年的家属工按比例交纳一定的养老金，然后就可以和正式退休工人一样领取工资。母亲她们去年开始享受到这项政策，尽管每月只有四五百元，第一次领钱的那段时间还是像过年一样热闹，院子里和母亲相仿的老姐妹们奔走相告，笑声特别响亮。

尽管一辈子干活吃苦，父母的身体还算可以，或者说他们有不舒服的地方也是自己挺着，老辈人总是尽量不给儿女找麻烦。这次母亲是突然发病，而且就是在这家医院发的病。当时她来看一位住院的老乡，谁知自己却昏倒了，真是老天有眼，否则她真的见不着大儿子了。

初步诊断的结果是心梗，需要给心脏搭支架，但目前东疆的医院只能做造影手术，装支架要等乌鲁木齐定期来的专家做。

晚上，高特让家人都回去休息，他一个人在医院陪护母亲。

第二天母亲的老姐妹们一早来探望她，见母亲精神不好，就和高特拉拉家常。他有段时间没回家了，老阿姨们聊天的重点还是发工资的消息，这可是她们一辈子最值得骄傲的大事了，见到熟人不宣传才怪。

听她们又说工资的事，父亲也插了几句话："过去是卸磨杀驴，现在是卸磨养驴，世道大变了。"

大家笑话父亲不会说好听的话，父亲也不反驳，他就是这样的人，大老粗，认死理，别的老工人说，他们养了一辈子路，而父亲非说是路养了他一辈子。

父亲"杀驴""养驴"的比喻没有得到家属们的好评，却突然打开了高特的一个思路。

高特并没有放弃对和田玉价值变迁规律的研究，他通过和田玉从石头变财富的历史，不断丰富着对财富的认识。他现在构造的财富模型是一个多维立体世界，里面不再是抽象的经济学概念，而是从国家、组织、家庭、个人不同的角度观察，将物质、精神都揉进了他自己的财富观里。

"驴子"前后截然不同的命运和玉石有着相同之处，它们实际是被许多人忽略的财富的另一个维度，这就是时间的因素，它包括过去、现在、将来。

现时的财富不一定是现时创造的，它可能是过去积累的结果；而时代赋予的财富，又不一定能够保留、延续下去，它们是否在将来还能代表财富，取决于当代人对财富的继续创造和保护的能力。

就拿和田玉说事吧，如果没有几代人的艰辛积累，人们肚子都吃不饱，谁会花钱去玩石头呢？

如果明天发生战争、动乱，还有人再花钱收藏石头吗？

问来问去，高特终于看清楚自己收藏的和田玉的真面目了，它们归根结底还是石头，和货币的职能是一致的，只起媒介作用，本身并不是财富。

新疆工行有个著名的大银行，中华人民共和国成立前它是新疆商业银行的所在地，曾经做过发行钞币的银行。当它第一次发行新疆统一的"省币"时，是共产党派来的代表毛泽民推行的。当时省币1元就能抵换大洋1元，但到国民党反动派垮台时，这家银行发行了历史上最大面值的纸币——十位数字的六十亿元券。这么大面值的钞票，需要100张才能抵换大洋1元，这与它最初的价值相比，贬值了六千亿倍。

搞明白了财富的前身今世，才能认识你手中的财富究竟是什么，以及怎样才能让手中的财富增值和传承。

盛世石头都能变财富，还有什么不是财富呢？乱世性命都难保，黄金又能怎样？所以当你得到宝贝，并使它成为属于你的财富时，实际是国家、时代和他人对你的奖赏和分配，单凭个人的眼光而将它们变成财富的作用微乎其微。

搞清楚了这些道理，高特的心境一下子变得不一样了。过去，他总把好事情看作是自己的能力，把坏事情看作是别人的过错，现在他将这些看法完全颠倒过来了。

他对创新能否得到认可的事也随之释怀，不再只顾自己的面子了。他意识到自己所设计的方案并不是个人所为，它实际是银行多年累积的制度、经验带给自己的启发。

乌鲁木齐的专家终于来了，母亲的手术很顺利，一位年轻医生推母亲进入病房后，他对高特一家说："病人的心血管只有百分之二十的堵塞，出问题的一根血管估计是天生狭窄，一个支架就撑开了。大家放心吧，老太太再活十年没问题。"大家欢呼起来。

支架是在病人清醒的状况下植入的，母亲说真灵验，支架撑开后胸闷、气短很快就消失了，她感觉像没害过病似的，要吃要喝，不停地讲她爷爷辈、父亲辈没人活过六十的事，她要争取活到九十岁，把几辈人短缺的寿命补回来。

而在高特回东疆的几天时间内，围绕他的创新接连发生了几件事。一个是工总行的《城市金融》杂志刊登了他的文章，文中还配了一幅古代玉璧图片，编辑们好像知道高特是一个爱玉之人；第二件是分行办公室管宣传的秘书小周，以"工行担保有新招，人和物权都能押"为标题给省报发了一篇稿件，刊登后反响很大，许多客户来电打听如何办抵押；第三件事就是小企业贷款中心和南疆且末县的一家矿业公司正在谈判用他们开采的一批和田玉山料做抵押贷款的事宜，方案当然用的是高特的。

但是高特已经不关心这些了，他想的第一件事是要找机会和儿子通一个很长的电话。儿子是大学毕业后工作不好找而参军的，高特现在认为这个选择是十二万分正确，他想告诉儿子的就是，好好当兵、保卫国家，千万不能"笨人下棋死不顾家"，否则家里的房子、爸爸的和田玉都会再变成砖块和石头的。

他想的第二件事是关于内退后的安排。

在民街的收藏市场中，高特认识一位身体硬朗的老者，他专收毛主席像章和其他战争年代的红色证章，被人称作"证章大王"。别人说这些东西卖不了几个钱，但他从不出卖，只是收进。有人进他的店铺，他就和人家聊过去的事情，从故事中大家了解到这是一位参加过抗美援朝战争的老兵。

高特准备这次回家后将他多年收藏的和田玉转卖出去，以后就专搞"红色收藏"了。他想继续把收藏和学术结合起来，计划第一个研究目标就是和工行大银行有关的毛泽民，他是一位真正的金融家，应该由金融工作者来研究他、继承他。高特想通过做这些事情，更深刻地领悟财富的奥秘。

母亲明天就可以出院了，她嚷嚷着要看电视。高特给她打开后，画面正好是利比亚内乱和多国部队的空袭，母亲担心孙子也会摊上打仗，高特让她把心放回肚子里好好养着。

这一夜，母亲睡了一个好觉，而高特却失眠了，他感到自己的责任才刚刚开始。

天 衣 无 缝

艾尼行长绝对是一位维吾尔族美男子，他的外貌、身材像极了叙利亚现任总统巴沙尔，甚至比巴沙尔还要"Man"，可是他没有巴沙尔那么严肃，因为他不是那个四处冒烟的国家的总统，他生活在美丽中国的一个最美的地方。他那张每天都要刮的脸上，始终泛着快乐的光彩。

快乐滋养出的聪明是幽默，语言又是幽默的载体，艾尼又是驾驭语言的魔术师。艾尼的父亲，我们暂且尊称他为老艾尼吧，曾经也是一位语言天才。他出生在伊犁，从小就和哈萨克族、塔塔尔族、俄罗斯族、锡伯族的人民生活在一起，上中学时就是汉语和俄语课代表。20世纪50年代，中苏准备在新疆修一条跨国铁路，老艾尼高中毕业后，作为双语人才直接被国家保送到太原铁道学院，在那里他又掌握了一门专业技术。

过去计划经济的特点就是计划老赶不上变化，老艾尼大学还没有读完，中苏关系就破裂了。那时新疆还没有铁路，于是老艾尼被分配到人民银行乌鲁木齐中心支行做翻译工作。"文化大革命"中，老艾尼先是被当"臭老九"批判，中苏边境冲突爆发后，新疆的主要任务变成了"反修防修"，乌鲁木齐的友好路改名叫"反修路"，友好商场叫"反修商场"，有人揭发老艾尼精通俄语，红卫兵就到他家搜查发报机和敌台，找不到他们想象出的东西就开始打他。

吃够苦头的老艾尼从小就跟小艾尼说，舌头底下埋着炸药包，话越多危险越大。老艾尼从此金口玉言，家里家外都不多说一句话。改革开放初期开始重用知识分子，组织考察他时，既找不到他的优点，也找不到他的缺点，却发现了他嘴严的特点，于是安排他当了人事处的副处长。在这个位置上老艾尼一直坐到了退休，每届领导上台下台，忙着换干部时都离不开老艾尼，就他能忠实地传达领导的意思，不会贪污也不会添加一句话。

小艾尼不但没有听从老艾尼的教导，而且打算把老艾尼省下的话全部说完，就像老子存钱儿子花那样。小艾尼违逆父亲的忠告有自己的道理，他说语言就要多说多练，不然掌握不了它的精髓。

有一次他的手受伤了，碰巧又遇到汉族朋友请吃饭，两人坐下后，汉族朋友盯住艾尼用白纱布缠住的大拇指问："咋了？"

"砸了？"艾尼回答的语调跟随问话人的调子。

"我问你咋了？"

"砸了？"语调还是没有改过来。

"哎，你这个人今天咋了？是不是想吵架了？"

"我给你说了，砸了！砸了！榔头砸了！"这次语调终于用对了。

艾尼讲这个故事时要竖着大拇指，把手支在桌子上，脸上还要有点痛苦的样子。

年轻时，每到古尔邦节，艾尼都会请汉族朋友到家里吃饭。这个节也叫宰牲节，有条件的家庭都要宰只羊来过节。每次艾尼家都是用手抓肉款待客人，"吃肉，吃肉"是招呼客人的必用语，大家当然也吃得很满足。汉族朋友过春节也请他到家里做客，还特意把锅碗瓢盆蒸煮几遍，然后再炒菜做饭。并且新疆的汉族人还学会了维吾尔族人的烹调方法，羊肉要与皮牙子（洋葱）和胡萝卜搭配。

做客回来后，有人问今天吃得怎么样，艾尼说不咋样，"我刚要拿筷子夹肉，朋友的爸爸妈妈就说：'吃菜，吃菜。'我只好吃菜。刚又要夹肉呢，又是'吃菜，吃菜'，半天下来，一块肉都没有吃上。现在肚子里面是一层皮牙子一层胡萝卜，一层皮牙子一层胡萝卜。"艾尼边说边用手来回摇晃，好像胡萝卜和皮牙子还在他的肚子里一层一层地叠罗汉。

艾尼总结的经验就是："听不懂话，用不对调，不但吃不上肉，还要天天去吵架。"

其实吵架更需要精通语言艺术。20 世纪 90 年代是银行最乱的时期，它的身份是国有专业银行，政府有正当的干预理由。那时候工业信贷处的主要任务是到政府召开的破产会、发工资贷款会上去"吵架"，艾尼是专门出席这类会议的副处长，行长让他代替行级领导参会的原因就是看中了他那张"铁嘴"。

"我艾尼，希望你爱我。"这话没错，前面会议主持人点名让江北银行的艾尼处长发言，大家能懂"我艾尼"是他在介绍自己，后面怎么又与"你爱我"扯在了一起？

"人民的政府人民爱，人民的政府爱人民，对不对？"这能不对吗？

"一样的道理，我们专业银行是人民的银行的一个组成部分，人民的银行人民爱，人民的银行也必须爱人民，对不对？"当然没错。

"银行的钱是老百姓的钱，我们代表老百姓在管理人民币，对人民币负责就是对老百姓负责。刚才讨论的事情是让人民币打水漂，从根本上牺牲了老百姓的利益，我们人民的银行是不能同意的。大家说对不对？"向银行伸手的人不吭声了。

银行的艾尼在地方政府那里挂上了名，他经常要参加各种宣讲教育活动，政府每次都直接点名要他。

维吾尔族是农耕民族，许多习俗与汉族人有相似之处，比如他们把父母的房子叫"大房子"，回父母家就说"回大房子去了"。

"我们为什么喜欢回大房子？因为大房子有父母，有兄弟姐妹，有抓饭，有欢乐。"艾尼在给村民解释为什么要反对分裂。

"每个人都有自己的民族身份。如果我们把民族形容成我们的母亲，那么国家就是我们的父亲。如果大房子住的是我们的亲爸爸和亲妈妈，我们就愿意往大房子跑，如果是后爸爸呢？就是他天天给你吃抓饭你也不一定往那里跑，对不对？"

"爸爸多了妈妈有问题。不要让自己的爸爸戴上绿帽子，也不要让自己的妈妈戴上红帽子，亲爸爸亲妈妈的大家庭最幸福。"

"艾尼卡德，红帽子是什么意思？""卡德"是维吾尔语"干部"的意思。

"喂，马路上的红灯什么意思？消防车上的红灯什么意思？公安车上的红灯什么意思？危险！爸爸多了妈妈不危险吗？只有傻郎才给妈妈戴红帽子。"

艾尼在强调什么事情，或者提醒别人注意什么时，习惯先用一个重音的"喂"开头。"傻郎"是维语"傻子""勺子"的意思，新疆的汉族人也爱用这个词，它的音译听起来和"傻子"的意思是一样的。

驻村工作组的宣传干事在村头的墙上刷标语，"发展生产力，改善人民生活"。写完汉语请艾尼翻译成维语，艾尼照办了。宣传干事找村里认识维语的人念墙上的标语，然后问能不能理解标语的意思，村民说知道，说的是大实话，不就是"好好干活，过好日子"吗？

南疆盛产毛驴，毛驴是老百姓主要的生产运输工具，大画家黄胄笔下的毛驴就是当地的毛驴。这两年内地兴起吃驴肉，吃用驴皮熬制的阿胶，毛驴成了热销的商品，中国的买家据说把非洲的毛驴都买光了。地方政府得到这个信息，号召南疆的农民大力发展毛驴养殖业。开始大家不积极，村委会找艾尼商量，艾尼写了一条标语刷在村头的墙上，"一头驴就是一个银行"，然后再向村民解释如何养驴卖驴，不少村民很快赚上了钱。

在乡下待了一年回到乌鲁木齐后，艾尼立刻被施行长叫了去，"哎呀，还是你来主管信贷和国际业务吧，你不在我提心吊胆地睡不着觉，天天盼你回来。"被自己的领导信任是最大的关怀，也是快乐的源泉之一，可是自打从驻村工作组回行后，艾尼的性情大变，具体变在哪儿，谁也说不上来，但就是感觉不一样。

行里的维吾尔族员工有婚丧嫁娶的这些事都要请艾尼行长出席一下，外人以为是看中了他的头衔，实际是大家认可他的讲话水平。汉族的员工遇到内地来了同行或者朋友，也请艾尼帮忙主持一下宴席，因为只要艾尼一露面，席间的气氛马上就会掀起一个又一个的高潮。有人说艾尼不会摆架子，不懂做官的对等之道，什么人都能请出来，艾尼却说："马架子大了能干活，羊架子大了能吃肉，人的架子大了能干嘛？扫拉西！"新疆的汉族人是用"白求卡"来解释"扫拉西"的，都是"一点没用"的意思。

最近员工请艾尼行长吃饭的原因不是让他撑场面，而是真诚地想慰问他一下，毕竟驻村一年是很辛苦的。艾尼不会推脱老百姓的盛情邀请，而且这些饭局都不是"公饭"，自己吃的安心。艾尼人是回到了乌鲁木齐，心却好像还放在南疆的乡下，他老想说南疆的事，可大家又不感兴趣，关键他是一名厅级干部，有些话只能欲言又止。显然，艾尼和大家对不上"调"了，只好归结为他的性情变了。

直到高特从总行学习回来后，艾尼终于找到了可以交流的对象。

高特原来是从基层调来的科技和业务双料骨干，由于不喜欢"上线触网"，也就是拉帮结派的老套路，近些年被"放了驴"。"放驴"是维吾尔族农民以前的习俗，就是驴老了干不动活儿了，就把它们放掉，让它们到戈壁滩上自生自灭。驴的生命力很强，吃什么东西都能消化，有些老驴不仅活得很逍遥，还能再生出小驴来。当然，现在的驴不可能有这种"福利待遇"了，天下的驴都剩卸磨被杀一条路了。

"放了驴"的高特玩上了和田玉。后来玉值钱了，"驴"也水涨船高，高特因为设计了一套用和田玉作为抵押物的贷款担保方案，得到了艾尼行长的赏识，现在担任区分行国际业务部主持工作的副总经理。

当初要提拔高特时阻碍可多了，有人说他年龄偏大，职称不高，有人说他学历只是个大专，艾尼问："写了《大学》的作者是谁？孔子的学生！孔子上过大学吗？他的学生上过大学吗？全行好几个地方都用高特的方案放贷款，然后还说他水平不高，学历不够，你们的眼睛是长到头顶了还是脚后跟了？"艾尼故意把《大学》和大学混在一起，别人一下子还反应不过来。

高特给行长搬来了一块大石头，"还认得它吗？行长。"

一眼望去，这是一块发黑绿色的石头，表面有坑洼的地方，还有几处散布着暗红的斑点，像是铁块上的锈斑，给人一种沧桑的感觉。石头呈不规则的片状，有三十多公分长，上宽下窄，中间凸出了一个圆疙瘩。高特还带来了一个底座，把它放到茶几上，然后把石头的最窄处往底座上对齐一放，这块石头的原形立刻显露了出来，像是一片挺立的仙人掌。

"喂，这不是给你了吗？拿回来干什么？"

"它想行长了，到你的办公室来看看。"高特本来是严谨的人，但和艾尼在一起也会开玩笑。

原来这块石头是艾尼在南疆驻村时，村民送给他的礼物。艾尼不懂石头，想起高特喜欢这些东西，就让人带回乌鲁木齐转送给了他。高特一看以为是块奇石，但仔细把它擦洗了一番，然后用医用凡士林油一抹，玉质感一下暴露无遗，再用强光手电一照，分明就是一块黑碧玉。虽然玉质不是太好，但是与它奇特的形状相结合，这块碧玉就变成了一块玉奇石。高特认为这块石头有点经济价值，所以给它配了个底座，又归还给它原来的主人。

两人就从这块石头谈起了。

艾尼从小在乌鲁木齐长大，偶尔去过几次乡下，也是到伊犁的亲戚家做客，那里的自然条件优越，农民的日子还算富裕。而他对南疆农村和农民的印象却都是来自传说。

"什么送给他们的种羊被宰掉吃了，送给他们的粮食种子被做成抓饭了，这次到现场一看，全是胡说！"说起以前听到的败坏南疆农民的传言，艾尼依然是愤愤不平。

"羊肉抓饭国家是做了，可农民只闻到了味道，吃的人却不知道是谁。"艾尼初到村里就组织人员家访，挨家挨户地转，反反复复地与村民交流脱贫致富的经验。艾尼得出了一个惊人的结论：贪污腐败是导致贫困地区难以脱贫的主要原因。

"比如国家给农民改造土坯房，规定一户补助三万块，农民一听很高兴，当然愿意盖新房。同意的协议一签，乡干部第二天就运来了两车砖，然后一卸就走了，说这就是三万块钱的补助。既然砖头拉到家门口了，服务这么周到，办事效率这么高，不盖也得盖。谁知房子盖了一半，砖头就用完了。村民是算过账的，补助的钱基本够买材料了，用工都是相互帮助，或者自己干，花不着现金，所以才同意盖房子的。

"现在旧房子拆了，新房子还不能住，怎么办？卖东西凑钱。农民家有什么值钱的东西？驴、羊，甚至鸡都卖掉了，钱还是不够。这个时候乡干部又来了，干啥来了？送钱来了，他们直接把信用社的人带来了。冬天要来了，农民急着住房子，管它利息有多高，先把房子盖了再说，胡里马堂地就把高利贷背上了。""胡里马堂"就是稀里糊涂的意思。

"第二年农民想好好干活，过好日子。辛苦一年挣了点钱，刚要买点东西，信用社的人又来收利息了，七算八算，农民还倒欠他们的钱。你到农民的新房子去看一下就知道了，除了一个炕，像个空房子一样。以前没盖房子的农民后悔，现在是住在新房子里的农民后悔。"

"为什么不实行货币补贴？"高特不解地问。

"你傻郎还是我傻郎？实行货币补贴砖厂咋赚钱？给农民的砖哪来的？指定的砖厂供应的！砖厂又是谁的？地区领导和县上领导亲戚朋友的！"

"这么说信用社也是他们的？"

"不傻了吧？信用社的能量就更大了，它可以把有权的、有钱的、城里的、乡下的人都拉进来。为了获得高额利息，参与的人卖命地想办法骗农民借钱。我这个行长官不小，收入不低吧？可是在那种信用社跟前，我连个普通社员都比不上。以前总认为银行很了不起，到了乡下才知道，金融工具成了帮助狼吃羊的刀子，帮助狗咬要饭的棍子。"艾尼记不住助纣为虐、为虎作伥那些形容词，他用自己发明的语言来解释。

"行长，我以前以为城里的人被房子绑架了，没想到农村也是一样的，都成房奴了。"

艾尼想不通为什么听起来、想起来都是好事情的政策，落实下来却全变成了坑老百姓的坏事情。高特认为好政策还要好制度来保证，贪污腐败的根本原因是制度不健全。艾尼半信半疑，他说法律规定不能杀人，杀人要偿命，但是为什么还有人要违犯和破坏法律呢？这难道是法律的不对？

面对这些情况，行里的工作组该怎么办？工作组有规定的职责范围，并不承担纪检工作的职能，更不能替代村委会的工作，只能通过协助各级组织来帮贫扶贫。但有一项政策给了艾尼一个机会，政府要求驻村工作组的负责人必须是厅局级干部，组长自然由艾尼行长担任。艾尼可以按自己的想法行使职权，他组织全组人员设计了一个扶贫基金方案，在得到总行和分行的批准之后，顺利运转起来。

这个方案就是由江北银行出资设立了一项基金，由全体村民选出一定数量的贫困户，被选上的家庭和村委会的人员一起，在核定的金额范围内，到巴扎上买进驴、羊、鸡、鹅等生产交易性的家畜家禽，钱由基金会出，免息使用一年半后归还，然后用回笼的资金再对下一轮排队等候的贫困户进行同样的基金帮扶。

家畜交易在南疆很活跃，特别是羊在南疆简直就是硬通货，当地农民都有养羊和育肥的经验，只要让贫困家庭根据自己的擅长选择养殖项目，一般都能赚到钱。不出小半年，选择育肥方式养羊的人家就已经开始有了收益，大家很高兴，商量怎样向工作组表示一下。恰好有户人家在前两年盖房挖地基时挖出了一块石头，有人说是玉，这家人就拿到巴扎上去卖，但当地并不产玉石，也没有人要它，所以又拿了回来作为砸核桃和杏核时垫底的石头用。村民们也听说过城里人喜欢石头，再加他们也实在拿不出什么东西，于是大家给持有石头的人送了点鸡蛋和馕饼，把这块换来的石头送给了工作组。工作组没人玩石头，同样也没人看得上这块破石头，但又不好伤害村民们朴实的心意，就推举组长接受了这件礼物，然后艾尼又把它送给了高特。

没想到这块石头的来历这么曲折。让高特更感到奇怪的是，艾尼他们的驻村所在地区并不是玉石产地，而这分明是一块和田玉籽料，它是怎么流落到异地他乡的，又怎么会深埋地下的？高特又仔细看了看这块石头，在它的宽处顶端有一小处缺口，像是人为敲击造成的，缺口处形成了自然的包浆，因此他判断这石头有一定的年代了。

"这块石头应该是这个村先前居民的遗物，说明很早以前和田玉在新疆大地就得到了广泛的流通。"

"能值多少钱？"

"如果当玉卖嘛，不值钱；如果当奇石卖嘛，能值几百块；如果你把它与一个有特殊意义的事情联系起来，它又变成了无价之宝，当然这是主观上的一种认知。"

"这次下乡行长对我的支持力度很大，可以说是有求必应，我也不知道该怎样感谢他，就把这块石头送给他吧。"

"送给他可能不妥，这东西并不能引起他的联想，得到的人不会珍惜它，也没有什么意义，还是放在你这里最适合，你可以把它当作讲故事的话题，也可以作为睹物思情的纪念物，让它提醒你别忘了南疆的父老乡亲。"

"经你的嘴巴一说，这块石头好像活了一样。谁再说农民没文化，我就给他一巴掌。"艾尼想搬起石头试一试扇巴掌的样子，谁知抱起来却费力地摇不动它。

高特说别看这块石头个头不大，但分量可不轻，估计有个二十公斤左右，抵得上一只羊的重量了。艾尼说下次他到村里去看老乡，就买只羊给他们做抓饭，就算与石头以物易物了。高特说人情难还，村民送你这么个特殊的东西，是期望你给他们办更多的事呢。高特还说泰山有一种黑石头，质重坚硬，古人称它为"石敢当"，意思是敢担事，能担事。

"行长，你回去好好想一下，你在南疆啥事情干了，啥事情没有干，这个石头要天天提醒你。"

"喂，高特，你不要忽悠我不懂石头文化，你的说法比我们维吾尔小丫头的辫子还要多，南疆农民连泰山在哪里都不知道，还知道石头能说话的事情吗？"

高特乘机掉转了话题，"南疆农民不知道石敢当，可是施行长老家是山东的，他肯定知道石敢当的故事。"原来高特急忙找艾尼和施行长盼艾尼是因为同一个事，就是有一家贸易公司申请开证，金额达五个亿，营业部把申请报告递上来后，施行长压了下来，说金额太大，风险自然就大，一定要做到万无一失才能核准。他实际是对别人不放心，非等艾尼回来才启动这笔业务。你说，行长是不是把艾尼看作石敢当了？

"歪江江（维语的哎哟哟），"艾尼拍着自己的头，"说好的休假都没用就要上班拉磨，我是毛驴子吗？也罢，我那边欠了农民的人情，这边欠了行长的人情，吃了人家的一小碟就要还人家一大碗，我干！"

石敢当是内地人的说法，新疆人把艾尼这样的人称赞为"儿子娃娃"，就是敢作敢当、雷厉风行的男子汉。艾尼说干就干，立刻让高特把申请资料拿来，开始画他的"作业图"。

"作业图"是艾尼自创的工作流程。每当有重要的贷款项目，他就先制作一张图，将业务的处理流程、各部门的任务分工、各个环节的衔接关系以及制度依据用图画出来，再把图里的流程制成一个二维表，将工作内容进行竖向划分，横向是执行人、注意要点、执行的进度等内容。然后他就照着图表落实布置任务，督促检查进度。

这个工作方法最初是被高特发现的，"怪不得艾尼行长能力那么强，他是用设计计算机软件的方法在工作。"艾尼说他本来就是新疆工学院自动控制专业的大学生，毕业后被分配到父母所在的单位工作，先在人民银行落脚，江北银行成立时调到营业部，又一步一步地干到了分行副行长的位置。他用的工作方法，就是依据"输入→控制→输出→反馈"的步骤设计的。

投入工作状态的艾尼不但话又多了起来，而且还多了一项"表演"，高特还回来的石头成了道具。到艾尼办公室的人第一眼看到的就是那块石头，它被艾尼摆到了办公桌上。

"哟，艾尼行长也玩上石头了？"

"喂，你不让我玩石头，难道你想让我玩丫头？"

来人连忙摆手说："我不是这个意思，我不是这个意思。"

"那你是什么意思呢？"艾尼故意瞪着眼睛追问。被问的人更加解释不清，只好求行长"饶命"。

玩笑开完了谈工作，工作谈完了艾尼说："来，摸一下我的'丫头'。"来人高兴地抚摸着石头仔细欣赏一番，艾尼又说："再摸一下你的脸。"

"摸脸干什么？"人在疑惑中，手却不自觉地触到了自己的脸皮。

"你自己打了自己一巴掌！"艾尼指一指石头，再指一指汇报工作的人，"你把刚才的速动比拿回去算一下再来。"

来人回去一核对，数字算错了，"唉，真的是自己给了自己一巴掌。"回头有人再到艾尼办公室，就怕艾尼指那个"大手掌"，这是大家给那块石头起的名字。

艾尼不只是参照工程控制的原理来管理一个贷款项目，他还用前面后面、左面右面、上面下面、里面外面这些形象的维度来描述工作流程。

前面的事情是这样的，申请开证的公司叫新疆乐弈大陆桥贸易有限责任公司，是在乐弈市口岸红火时成立的，属于贸易经纪与代理行业，从事有色金属等材料的批发与进出口业务，由自然人陈浩杰一人出资，并担任法人代表。公司的办公地点租的是乐弈行的办公楼，与行里的关系不错，有十年合作良好的记录。由于乐弈行是个二级分行，贷款规模、授信额度有限，而大陆桥公司的业务数额已经排到自治区的前十位，各行都在挖这类优质客户，区分行就建议让公司转到营业部来办理业务。

大陆桥公司第一次向营业部申请开证业务就来了个"高大上"，金额为五个亿，业务性质是转口贸易，需要开的是不可撤销跟单远期进口信用证。在艾尼下乡期间，分行综合前、中、后台业务部门和法律事务部门的意见，对大陆桥公司进行了严格的评级授信政策。客户提供的财务等数据是经过会计师事务所审计的正式报表，评级授信是计算机用先进的模型计算的，这次开证金额也在授信额度之内。

上面的事情不在话下，总行设有专门的单证中心，对每一笔信用证都要进行三级技术审查。下面的事情进展的也非常顺利，第一、第二和辅助调查人，及调查负责人艾尼基本认识，都是他原来在营业部工作时的同事和部下，分行的第一、第二和第三审查人，及审查负责人是艾尼直接管的人，谁都害怕挨上一"大巴掌"，大家自然是尽心尽力。

让艾尼纠结的是生意本身。转口贸易是两头在外，交易的透明度低，风险控制难度大。大陆桥公司的上游供货企业在澳大利亚，是一家国有特大型企业的全资附属公司，下游购货方是香港的一家贸易有限责任公司，交易地各异，交易的商品是价值五亿人民币的铝锭。以前艾尼在审查转口贸易的开证申请时就想不通，为什么购货方不直接找供货人而要中间过一手呢？特别是像大陆桥这样的交易，两家都是贸易类公司，内地企业能谈下来的生意，香港企业为什么就不能直接去谈？

有人告诉艾尼说，鸡不尿尿各有各的曲曲道。现在的贸易更多的类似于期货，交易各方交易的就是单据，只有终端用户拿到手后才知道发货的地点，至于生产厂家是谁就更没有人去关心了。艾尼 20 世纪就出过国，在国外给亲朋好友买回的各种礼物打开仔细一看大部分写着"Made in China"。现在又流行网购，电商平台上是 A 公司在售货，发货的是 B 公司，生产厂商可能是 C、D、E、F 多家公司。

在这样一个全球化、全流通的背景下，"了解你的客户"真正成了一句口号，实际很难做到。但是银行也有自己的"曲曲道"，对于像信用证这种典型的单证交易业务，开证行采用见货付款，然后把仓单（保管人收到仓储物后给存货人开付的提取仓储物的凭证），也就是进口货物的物权，抓到手作为质押物，等下游企业付款后银行再释放物权。只要控制好了仓单，不管其他环节出了什么问题，只要处理掉质押品，银行的垫付款就能及时得到偿还。

艾尼继续审查担保情况，左面采用的是企业以开证金额20%比例的现金做保证金担保，另一项是以信用证项下仓单质押做担保，这些都是常规的风险防范手段。右面采用的是江海市宏德资源控股有限责任公司以公司信用提供担保，并追加该公司的实际控制人郑龙宏以个人信用负连带责任担保。经查询总行的客户信息管理系统，担保和被担保的两家企业都是独立法人，不存在任何的关联关系。大陆桥公司的生意规模很大，一家银行是无法满足它的资金需求的，它在其他行也有开证业务，各银行间虽然是竞争对手，但是在风险防范上还是经常有交流合作的，大家毕竟是一根绳上的蚂蚱。艾尼让高特打听了一下同行的担保情况，不出所料，各银行的担保方法如出一辙。

随大流是一种比较安全省力的策略，艾尼却把它视为羊群效应，并认为是风险最高的策略，因为一出事全出事，无一幸免，灾害后果最严重。此外，艾尼认为两个企业一旦发生了担保关系，这种行为本身就是一种关联关系，不用再看它们以前是否存在资金和交易的往来，担保本身就已经从法律和经济上承认了双方的关联性。正是基于这些考虑，艾尼认为右面的信用担保分量不够，要求再增加担保的砝码。

这项要求一出大家就叫苦连天，谁都知道向企业提出额外的担保不但是表示对它的不信任，关键是企业再寻找担保资源也是很困难的事。艾尼召集相关人员来开会。

"大家为企业着想，为业务发展着想，没有错，应该表扬，可是我们也得为自己想一下。我最近一直睡不好觉，越来越感觉到我们银行做的是最傻的生意。大家算一下我们的利差是多少，平均3%差不多吧，扣除成本和损失，毛利率能保持在1%就算不错了。现在电视上劝大家不要参加非法集资的广告是怎么说的？你想要得到的是利息，别人看上的是你的本金。"

"如果贷款收回了，我们得到的是1%，1%是多少？连我们男人中腿都遮不住的比例。如果贷款失败了，我们输的连遮盖中腿的那条布都剩不下！"艾尼说这话的时候确保在场的都是男性公民。

艾尼劝大家不要怕难，要像保卫我们的裤衩那样来保卫银行贷款。这样一说大家觉得怎样做都不过分了，使出浑身的解数和大陆桥公司谈判，谁知软磨硬泡的结果是公司真的让步了，他们提出用上次进口的一批待销的电解铜仓单做额外的质押，全行上下一下子欢呼起来。

在上审贷会前，全体人员又来到艾尼的办公室把所有的环节过了一遍，高特最后说："行长，这下子天衣无缝，万无一失了吧。"

艾尼的回答是用手指了一下那块石头，大家头皮都发麻了，行长又发现什么差失了？"喂，让你鼓掌为什么不鼓掌？哦，一个巴掌真的拍不响，没办法呀！对不起大家了。"

行长只好自己两手一拍宣布，"散会！"

信用证一开，接下来就是跟踪货物的轨迹，单证的流转，资金的兑付，监督销售资金的回笼情况，业务上把这些统称为贷后管理。进口货物到港后，有一个盘库的步骤，艾尼提出他要参加这个行动，高特劝他不要自己给自己惹麻烦，现在的管理制度是谁办的业务谁负责，万一今后这笔业务出什么差错，行长亲自参加了操作，责任谁担？此外，领导参加具体的业务活动，也不符合"事权划分"的原则。艾尼当然知道这些常识，他说自己只是跟着看看，不参与不干涉任何具体的操作。

高特还有一个说不出口的担心，大家不太愿意让行长到内地出差，一方面他自己很辛苦，许多地方没有清真餐馆，另一方面跟随他的人每次丢下行长自己到外面吃饭，总是于心不忍。艾尼为了表示自己的歉意，唯一的办法就是给同行的人讲笑话，逗大家开心，最后的结果是耳朵听饱了，肚子饿瘪了。这次出差也不出例外，大家集合到机场时，艾尼就多带了一个纸箱，不用说也知道里面装的是馕饼和方便面。

大陆桥公司进口铝锭的交货地点是江海市的仙岛港。仙岛港是世界级的大港，国家重点外贸口岸，集团有限公司是响当当的国有企业，下辖八大分公司和三十个附属机构，总行当然要把它列入准入的区域性监管公司。

大陆桥公司在江海设有办事处，地点就在宏德大厦，大厦是集餐饮、宾馆、办公功能于一体的综合写字楼，当晚办事处的姜主任将高特一行三人安排到了大厦歇息。

艾尼对外身份是分行国际业务部新来的客户经理，另一名是营业部资深公司客户经理武承钢。一般到江海来办理这种例行业务手续时两人就够了，这次派了三个人，而且是高特亲自带队，大陆桥公司也很重视，第二天一早姜主任亲自陪同三人一起来到了仙岛港集团第六分公司的办公楼，六公司的业务联系人是化工科的宋家强科长。

三方人员见面后，姜主任拿出了信用证下的原始单据，也就是发票、提货仓单、重量、质量、产地证明等凭证交给宋家强，宋家强开具了《进口信用证单据签收联》和《质物收妥凭证》交给武承钢，然后高特在两份《仓单质押监管协议》上签字盖章，一份是铝锭的，另一份是电解铜的，宋家强又拿着这两份协议到总经理处去盖章。在办理这些手续的空档，艾尼的目光始终盯在宋家强的脸上，而且与他平时的眼神判若两人，似乎很严肃。宋科长没到过新疆，本来就对艾尼的外貌有点好奇，加上艾尼的这道目光，他有点不太自在的感觉。高特也有所察觉，他悄悄地拽了一下艾尼的衣角，艾尼的眼神才有所转移。

当宋家强起步要找总经理时，艾尼又悄悄拽了一下高特的衣角，高特马上起身要和宋科长一起去，宋家强说不用，高特说这是银行新规章，签字和盖章要当面目证。

办完了所有的书面手续，宋科长才带着一行人进入港区码头核实库存，码头货物摆放的像电视中演的那样整齐有形。有了前面的接触，这次大家好像比较轻松，高特也看着宋家强那张白面书生的脸说，宋科长真年轻，还没有结婚吧？宋家强哈哈大笑，回答说自己快四十了，孩子都上初中了。武承钢也附和说就是比新疆人显年轻，只有艾尼还是一脸严肃，宋科长有时瞄他一眼马上又躲开。

大家迅速、仔细地清点货物的数量，计算它们的重量，查完的就在上面放上标签，表明是大陆桥公司的货物。全部盘点完毕后，电解铜数字正确是7500吨，但铝锭的总重量是46500吨，比进口的数量多出了4500吨。

艾尼又悄悄拽了一下高特的衣角，高特说："这是不是我们这份信用证下的铝？"他边说边从武承钢手里接过仓单复印件又看了一下。

宋科长和姜主任异口同声地回答："这还能有错吗？我们卸货时就清点过了。""那怎么会多出这么多呢？这不是几十吨的误差，都几千吨了！"高特似乎不愿意了。

宋科长连忙解释说："多出来了不是更好吗？又没有少。反正标签已经放上了，出了问题我负责。"

"你能负得起责任吗？"一个陌生的声音出现在宋科长身后，他回头寻声望去，艾尼正瞪着他，他下意识地后退两步，躲着回答："我负责，我负责。"

艾尼今天的唯一一句话可能把宋科长吓着了，干完活姜主任叫他吃个便饭他都不去。高特借口艾尼饮食有讲究，也没有跟姜主任吃午饭。

三个人回到宾馆拿出艾尼的馕饼，边吃边讨论今天的情况。高特认为按常理，单证上的数量肯定要和实物盘点的一样，但盘点的目的是怕实物少，以前遇到的也是这种情况，今天的情况还是第一次遇到，真不知道该怎样处理。武承钢认为只要实物不少于单证上的数字就不用疑神疑鬼，多出来的东西与银行无关，那是贸易公司和码头两家保管方面的问题。

艾尼却讲起了故事，说他小时候特别信鬼怕鬼，碰巧家里住的楼房的地下室发生过一起上吊自杀事件，从此他每到地下室拿东西都要被父母打着、骂着才去。一年冬天，他被迫到地下室去拿储存的冬白菜，下去拉过道的开关灯不亮，大声喊几声给自己壮胆后摸到了自家的地下室，进去一拉灯也不亮，再鼓足胆量摸了一棵大白菜赶忙往外走，突然，艾尼感觉背后衣服被人拽住了，瞬时头发都吓得竖了起来，他爆发出吃奶的劲来，猛然挣脱那个拽他的"手"，全然不顾身后传来的各种响声，飞一般地边喊边往五楼狂奔。等口吐白沫倒在自家门口时，全单元的人都被惊动了。胆大的邻居拿着手电到地下室一照，只见艾尼家的地下室乱七八糟，一个放在木凳上的花盆摔碎在地上，里面的花木被连根拔出，再把艾尼叫到跟前一看，他衣服背后上划出了一片大口子，抓他的"鬼手"就是花盆里伸出来的木枝。

"行长，你又让我们馕饼子就笑话了。"

"喂，小武，这是我亲身经历的事情。通过这件事情我总结出来了，那些突然出现的、没头没脑的东西就是鬼。好好想一下，那个 4500 吨里面有没有鬼。"

怎么办？艾尼想了一个"找鬼"的方案，就是再到江海市海关查验一下信用证项下的货物记录，这肯定是一个好办法，但武承钢却说很难办，前段时间他和另一个客户经理到过海关，希望海关能对保税区货物出具同意质押的书面材料，按照《海关法》是可以的，但海关不想把自己拉进有经济纠纷发生可能的事情之中，借口没有具体办理货物质押登记的部门和机构，拒绝了武承钢他们的请求。艾尼行长见过武承钢所写的汇报材料，但认为查询的事情比较简单，也许海关会给予协助。三个人抱着一线希望，下午又急匆匆地到海关去了一趟，武承钢说对了，海关方面明确答复：银行无权查询任何单位和任何货物的海关记录。

艾尼还不死心，他又让高特给总行国际业务部打了一个电话，请求总行介绍他们到江海兄弟行交流一下经验，实际是想搞点有用的"情报"。这并不是一件难事，第二天他们就如愿以偿了，艾尼还是以普通员工的身份参加了交流活动。江海行的做法和新疆没有区别，他们也遇到过盘点货单不符的现象，但只要不是短缺就行。此外，江海行透露了一个很重要的情况，给大陆桥公司提供信用担保的宏德资源控股有限责任公司是一家能量巨大的公司，住在大楼里的二十几家外地公司的办事处表面是独立的实体，实际都是宏德控股的子公司。江海行已将情况报告总行，希望总行尽快摸清宏德公司的真实规模，把这些相关公司全部纳入关联企业进行管理，只有这样才能对总体风险做出评估和控制。

4500 吨里藏的"鬼"没找出来，但艾尼他们心里总算有了点底，那就是盯住宏德，只要宏德这棵大树不倒，大陆桥就不会塌掉。江海行还说，宏德在政府很有背景，扩张的势头正旺，不会有什么大问题。

下了飞机的第一件事就是找拌面馆，这成了外地新疆人回家的标配行为，即便是出个短差也要这样"矫情"一下，不然就体现不了新疆人对新疆的热爱。接机的司机张师傅压根儿就没有与三个人商量，直接把车开到了位于长沙路的优勒瓦斯清真餐厅。张师傅带他们到这个地方的理由很多，最主要的是正是吃午饭的饭点，而且这家备受明星们青睐的餐厅离行里太远，平时大家没有机会跑这么远来吃饭。

果然名不虚传，餐厅干净整洁，墙上挂满了新疆独特的风光照片，厨师的操作间是透明可见的。选用的食材据说非常讲究，米面肉不用说，食用油只用亚麻籽油，这种油对降低胆固醇、提高抵抗力很有好处。熏马肠、马肚、马肉是伊犁草原的风味，烤肉有十几种，拌面（也叫拉条子）有碎肉的、过油肉的、野蘑菇的，大刀肉滚辣皮子配的是韭叶面，大盘鸡要用特殊的土鸡来烹饪。

看和说是解决不了肚子的问题的，四个人狼吞虎咽地把各种面和肉吞进了胃里，然后才开始顾得上再次评头论足。司机是一个城市生活信息的流动载体，张师傅告诉大家一些餐厅的掌故，说老板是伊犁人，和艾尼行长是老乡。艾尼给大家解释"优勒瓦斯"维语的意思就是"老虎"，边说边做出"虎视眈眈"的样子，这下子让高特想起了什么，他追问行长在江海为什么要像老虎一样地盯人家宋科长。

"说来话长。"艾尼用了一句文绉绉的话回答道。他先问高特和武承钢看到宋家强脸上的"麻子"没有，两人都摇了摇头，"就是这个地方的那个大麻子。"艾尼用手摸了摸自己右边的颧骨。

高特和武承钢都笑了，"那怎么是个大麻子呢？最多是个小坑坑。"

"对对对，就是那个圆圆的坑坑。"艾尼说他在营业部当副行长时，遇到了一笔区分行压下来的人情贷款，背景很复杂，管放贷的副行长批示了"同意"，管审批的艾尼签了"暂缓放款，继续调查"的字样，下面的人把文件交给了正行长，行长在上面画了个"圆圈"，落上自己的签名就把材料还了回来。管放贷的副行长打电话问行长，行长说"圆圈"就是同意，这还用再问吗？贷款放出去不久出了问题，等分行来人调查情况时，行长却说他当时画的"圆圈"表示同意艾尼的意见。

"我以后见到圆圈就想起坑坑，见到坑坑就想起了圆圈。当年幸亏我签了不同意的意见，不然我也和那个副行长一样背黑锅。"高特说这是过去制度不健全时发生的事情，现在有审贷会，不会再有"画圈圈、挖坑坑"

的事情了。

一朝被蛇咬，十年怕井绳。一般人谁会注意到宋家强那张白脸上的一个小小的圆痘点呢？艾尼不但注意到了，最终还被那个小痘点绊了个大跟头。

风，并非起于青萍之末，而是直接从高天上滚落下来的。据"新闻三十分"报道，江海市的市委书记朱大斌最近被中纪委立案侦查。没过几天，网上传宏德公司的实际控制人郑龙宏也被纪委控制协助调查，原因涉及几年前在一家矿业股权投资过程中，郑龙宏向朱大斌儿子注册的公司输送了大量的不当获利。这个消息一出艾尼就预感到要"坏菜"，他让高特赶紧联系大陆桥的老板陈浩杰，公司果然说他出差了，可是电话却关机，再联系江海办事处的姜主任，电话也是关机状态。艾尼立即请示施行长，要求查明陈浩杰的去向，结果是前一天他就离境出国了。此时，距大陆桥约定的还款日尚有半个月的时间，但艾尼认为要预先采取防范措施，先下手为强，立即带着高特和武承钢再次返回江海市，赶到仙岛港盯住质押的铝锭和电解铜。

这次艾尼亮出了真实的身份，但大陆桥办事处没人了，只好找兄弟行帮忙，江海行不敢怠慢，派出国际业务部总经理陪同一行三人直奔第六分公司的办公大楼。因为事关重大，他们直接找到了公司的总经理，总经理听完他们的需求后，装模作样地给化工科打了个电话，"……哦，这么说新疆的质押物被提走了，那就叫宋家强过来给他们解释一下吧。"

"对不起，你们的质押物前几天被大陆桥公司提走了，你们去找他们问问是怎么回事吧。"总经理放下电话后轻描淡写地说道，好像这件事与他们无关。

艾尼的肺都要气炸了，他高声质问三方订立的质押物监管合同是干什么用的，总经理振振有词地说谁的货物谁有权支配，艾尼听到这样不讲道理的话都不知道该怎样应对了。恰在这时，宋家强急急忙忙地闯了进来，他一眼望见了已经无法坐立的艾尼，扭头就想退缩回去，艾尼喷着怒火的余光也发现了宋家强的"鬼"影，他没有容得宋家强的动作生效，反手一把就准确地揪住了他胸前的衣领，几乎用吼叫的声音骂道："你一脸麻子就是坑人得很！"

　　突然失控的场面吓坏了所有的人，到底武承钢年轻反应快，他赶紧冲上前去抱住了艾尼的后腰，宋家强才挣脱着连滚带爬地逃了出去。艾尼依然怒气难消，转过头来又指着总经理的鼻子骂道："国企的败类，糠头贼娃子！"说完也不管对方能不能听懂，扭头就走。

　　艾尼安排高特和武承钢留守江海，继续打听宏德公司事件的"发酵"情况，他自己则连夜赶回了乌鲁木齐，在向施行长汇报了他对这笔信用证极可能发生风险的分析后，行长立即召开了最高决策会，成立了以艾尼为组长的大陆桥信用证应急处理工作小组。

　　还没有等大陆桥信用证还款日到期，新疆行抓住仙岛港第六分公司将两笔质押物灭失的事实，将其告上了法庭，法庭立判江北银行胜诉，要求第六分公司按监管协议赔偿损失。此时，江海市公安局根据郑龙宏的交代，已经掌握了第六分公司总经理和宋家强里应外合，配合"宏德系"实施转口贸易信用证诈骗的证据，并对两人实施了羁押。

　　随着公安侦查的不断深入，宏德公司的事件变成了一个"宏德系"案件，大陆桥只是"宏德系"的一个小公司，法人代表陈浩杰实际是郑龙宏的外甥，现已逃亡国外。澳大利亚那家上游供货的国有企业的一名副总经理被"宏德系"买通，为他们签订提供虚假的国际贸易进口合同。仙岛港的那批 46500 吨的铝锭反复质押给了多家银行，导致各家银行信用证项下的货物仓单均为虚假，当然是第六分公司内鬼给宏德做的配合。香港的下游购货方是"宏德系"为实施信用证诈骗而设立的空壳公司，出口合同自然全部为伪造。"宏德系"在全国编制了一张很大的生意网，他们利用假信用证做工具，大肆骗取银行资金，然后再用这些资金进行房地产、矿业和股权类的投资，全部涉案金额超过了三百亿元人民币。

　　宏德公司的高管该控制的被控制，该收审的被收审，还有一些涉案人如惊弓之鸟四处逃散，"宏德系"群龙无首，资金链随之断裂。全国各地的各路债权人纷纷向江海市涌聚，庞大的"宏德帝国"的资产忽然成了"狼多肉少"的标的物，法院不断查封宏德财产，债权人轮候等待分得一点补偿，收回原本指望生息，实际连本金都所剩无几的借款。

唯有江北银行新疆分行的损失不大。仙岛港的铝锭被多家银行质押，第六分公司最终要按监管协议赔偿各家银行，但是这个窟窿太大，公司资不抵债，实际是无钱赔付。可是7500吨的电解铜只质押给了新疆行一家，新疆行下手又快，在"宏德系"的全貌还没有揭示出来之前，法院硬逼第六分公司按协议赔付给了新疆行。除此以外，艾尼这段时间频繁地找自治区纪检委，希望能利用追缉经济逃犯的形式寻找陈浩杰的下落，谁知意外通过纪检委这条线提前获得了郑龙宏个人的一些隐匿财产信息，在自治区法院的支持下，又把京沪两地没被抵押的三处房产成功查封，又赶上拍了个好价，整个信用证垫款的本金收得差不多了，剩余的零头行里做了"账销案存"的处理，慢慢等待司法的判决追索。

全行上下总算松了口气，可是艾尼的脸却越来越黑，很少有人再见到他的笑脸，只有高特了解他内心有一些奇怪的想法。

"高特，糠头如果翻译成汉语，是哪个'糠'？"艾尼问的"糠头"在维语里是"贼娃子"的意思。

"我想应该用健康的'康'字，反正只能音译。"

"我看可以意译，就用米糠的'糠'。做贼也要动脑子，练技术，冒的风险比一般的'职业'高得多，可为什么有些人放着两只手不用，非要伸出来第三只手呢？我觉得这些人是吃糠吃的，脑子里面都是糠皮，所以应该翻译成'糠头'。"

艾尼说得有点道理，大凡老新疆人，不论哪个民族的，骂贼的话都是"糠头贼娃子"连在一起说，觉得这样才解气，可能大家都认为贼的"头"有问题。

"我还认为光知道挣钱不知道抓贼的人，和'糠头'的脑子差不多。"艾尼始终认为银行的钱和仙岛港的钱都是国家的钱，国家的钱又是老百姓的钱，不把"宏德系"偷走的钱追回来，大家都是输家。

"高特，你还相信天衣无缝吗？只有皇帝的新衣才可能天衣无缝。"莫不是行长最近在读安徒生的童话？高特猜测。

"高特，我认为要想做到天衣无缝，先要编制一个让糠头贼娃子无处藏身的天网。"艾尼究竟在思考什么，高特越发琢磨不透了。

等到高特醒悟过来，纪检委的商调函已经抵达分行。全行上下无不哗然，一个拿年薪的大银行的副行长，要到清水衙门去担差，不是傻郎也是脑子里塞糠皮了。更多的人关心议论的还是谁能接上艾尼的班，得赶紧提前拉拉关系，为今后的发展铺好道路。

"高特，你要用电脑好好算一下，谁是糠头、傻郎，谁是傻郎、糠头。"

高特说人脑无法用电脑计算，连牛顿、爱因斯坦也编不出这样的程序。

高特的话立刻得到了验证。

艾尼是下班后更晚一些，见大楼空无一人时才搬家的。警卫见行长从办公室搬东西，就给保卫部的老总打了个电话，保卫部老总叫了一名手下来帮忙，这名手下告诉了自己的同事，这名同事又在微信群里发了一条消息。等艾尼和司机把最后一点东西拿下电梯时，已经有几十号人聚集在大楼入口的周围，艾尼不得不放下手里抱的那块"大手掌"和大家握手告别。

"行长到纪委是拍苍蝇还是打老虎？"留恋行长的人在此时也不忘开玩笑。

"白天拍苍蝇，晚上打老虎。"

"行长您干吗晚上动手呀？也不给我们提前说一声。"

"喂，老虎不是晚上吃人吗？打虎的消息能提前说吗？"

高特一看这样下去没完没了，行长肯定还没有吃饭，就请警卫打开旁边营业室大厅的门，招呼大家和行长合影留念。艾尼照了他平生最严肃的一张相，这次，他的面部表情真的像巴沙尔总统了，可惜美中不足的是，他居然抱着那块大石头一起上了相。

父 亲 的 米 运

家里人笑话我的别样"小时候"时，总和"米"字有关，比如我没有学会叫"爸爸"时，居然知道对着他喊"大米"，那是那时舅舅背后对父亲的称呼。长大后我经常会跟着别人喊他"老米"，直到我参加工作后，才开始小心地管住自己的嘴，因为我现在和老米在一家银行工作，没大没小会被人笑话的，况且我好像有求于他了，经常需要从他的"米仓"里挖点什么东西出来。比如我想知道老米凭什么本事能在分行机关"混"了三十几年，说他是相貌堂堂一表人才，可银行不是演艺界，不是凭个头和长相吃饭的地方，而且他也已是年过半百的"老人"，残留的英气如同账户上的角角分分，谁还会留意一眼；说他有才气，尽管他的工笔花鸟画得栩栩如生，可银行是凭效益论英雄的地方，挣不来真金白银的什么"气"都如同空气，有人在意它的存在吗？我突然想起奶奶告诉过我的一句话："你达达从小就有贵人相佑。"

在老米的老家秦安一带，儿女称自己的父亲为"达达"，叫伯父为"大大"，而叔叔则被叫成"爸爸"，经常有外地人被这些称呼搞晕了头。对女性长辈的叫法也有不同，比如亲奶奶就一个字"婆"，外奶奶加个字是"外婆"，大娘和婶子就大大娘、二大娘地排着叫，最奇葩的是把娘家的姨姨一律叫成"娅娅"，听起来真的就像是婴儿"呀呀"的学语声。我小时候是否叫"奶奶"为"婆"没人记得了，反正我现在是要将"婆"叫"奶奶"、将"达达"叫"爸爸"的，不然新疆人是听不懂的。

老米出生的那一年，正值三年困难时期，那个场景没有见过的人无法想象，最艰难的时候连草根树皮都被人们挖着吃完了。这场大饥饿先是在陇西一带开始，后来蔓延到了天水地区。这里原本自然条件要好一点，但是那两年到处抓"反革命集团"，到处征购粮食，老百姓家里没有一点存粮，然后又来了自然灾害，饥饿的鬼影就开始在这里游荡开来。就在百姓在死亡线上挣扎的时候，甘肃省来了一位新书记，当地人永远忘不了这位书记。他做的第一件事就是调粮！紧急调粮！开仓放粮！甚至把部队的口粮都先拿出来给老百姓救命。

那年春节前的一天，几辆拉着粮食的军车来到了村子里面，村干部带领解放军挨家挨户发放救济粮。可能是履行一种手续，到每家发粮时，明知还要故问家里是否还有存粮，答案当然也是千篇一律的。可是当轮到老米家时，问出问题了。老米的爷爷，也就是我的太爷爷，那时他是一家之主，居然回答的是"有"字。村干部当时脸都变了色，几个战士马上将一个挎盒子枪的解放军叫来，这个解放军再问太爷爷，他还是回答"有"字，根本没有理会村干部搓手跺脚的示意。解放军要他拿出存粮来，他带他们走进屋里。这天爷爷外出找吃的去了，家里太奶奶、奶奶、三个姑姑还有老米都围挤在土炕上，他们已经无力行动了。在太爷爷的威逼声中，太奶奶费力地从胸前掏出一个口袋，重量最多也就三四斤，太爷爷打开袋子，将里面的小米露出来给大家看，"这是小孙孙最后的奶水了！"他绝望地说。村干部也长叹一声："五世单传呀！"就在这时，奶奶怀里的老米发出了他出生以来的第一个"呀"字！

不知道是并排围在炕上，一个个额头上青筋暴露、眼睛深陷、面部没有任何表情的三个姑姑的骇人模样，还是还能发出"呀"声的婴儿触动了在场的人，总之，那个解放军负责人当场决定给太爷爷家多分了一份粮食，这是全村唯一的特殊呀！解放军走后，老米的大名顺势定了下来：米军佑。

从那一年开始，老米家的人再也没有饿过肚子。

这些话与其说是奶奶告诉我的，还不如说是从外婆、母亲和几个舅舅的口中零零星星地积攒出来的。爷爷奶奶只在父母结婚时来过一次乌鲁木齐，住了不到一个星期就走了，见了人就只会说"好人呐好人"几个字。父母带我回秦安的事发生在我上小学之前，我对那儿的印象只有土屋、土炕和土坡，这种印象究竟是真实的还是梦境，也从来没有得到验证。

在《老鼠爱大米》电视剧和歌曲流行前的好多年，也就是从我上小学开始，什么"米米""米糕""小米糕"就基本取代了我的大名"米小米"。大学期间的女生们也很幼稚，经常在你耳边说"老鼠爱大米，谁爱我们小米呀"这样无聊的话。我去问老米，为什么给我起这样一个"没文化"的名字，他与外公属于一类人，用外婆的话形容就是"三鞭子打不出一个响屁"，从他的口中很难"抠"出点什么。

母亲猜测说这个名字的来历可能和舅舅们有关。母亲有两个哥哥，两个弟弟，怎么说她都是家里的"娇小姐"，可是她与老米的婚姻却影响了她在娘家的地位。

幼时的饥饿似乎没有给老米的身体和智力留下疤痕，他不但人长得俊逸，学习成绩也不错，所以家里供他在县里上了高中，毕业后回乡里当了民办老师。还没等上几天课，恢复高考了，老师同学都怂恿他去试一把，一试就被西北师范录取了，分在美术系学画画儿。在毕业前的一年暑假，他被邻村李家庄的人请去画棺材，就是按照棺材主人的意思，在上面绘制些松鹤、云图、五福捧寿等吉祥图画，将棺材打扮得气派一点。棺材的主人就是外公的父亲，我的太外公。就在那里，老米与探家的外公相遇了，谁也不知道他们谈了点什么，总之，老米毕业后直接申请来到新疆，然后被分配在某行储蓄科当了储蓄宣传员，那时外公是这个银行的大行长。

老米和母亲后来是怎么认识的没人告诉我，我还没有无聊到去打听父母如何恋爱的地步，但是他们的婚姻外婆是坚决反对的，原因不外是老米来自农村，对此外公只简单地说："人家的家爷是教书匠！"即我的太爷爷是一位乡村的教书先生。就凭外公的这一句话，父母的婚事就拍板钉钉了。我到现在也搞不清楚"教书匠"是个多大的官儿，连外公都崇敬它。

因为外婆不喜欢老米，舅舅们对他也就不感兴趣了，三舅、四舅当面不叫他姐夫也就算了，背地里还跟着大舅、二舅叫他"小米"。老米对此不可能无动于衷，但他怎么也不应该拿自己女儿的名字和别人争斗，很显然，我被起名叫"小米"之后，老米的大名才开始不得不被大家正式挂在嘴边的。

目前两个舅舅是家族地位最高、挣钱最多的成员，一个是一家股份制保险公司分公司的副老总，一个是一家上市证券公司分公司的副老总。他们本来就得外婆的宠爱，现在从吃喝到用品，甚至是免费的旅游名额，哪一样不是他们供给家里的？家里成员也要"傍大款"，贡献大的自然说话算数，只有外公和老米不识相地还要跟他们理论几句，但也只是说说而已。

突然有一次，保险公司的三舅认真地尊敬了老米一回。起因是他们公司想给大客户送一些字画，三舅负责此事，就请老米到画廊帮他掌眼挑几幅。此事是老米的专长，又是给自己家人办事，当然尽心尽力。他拿出看家本领，使出浑身解数，从方方面面、各个角度考虑，给保险公司挑选了一批字画，其中就有后来成为"哈密瓜王"的王世昌的几张精品花鸟画。谁知画送出去后客户不满意，原来他们嫌王世昌画的哈密瓜太土，没有登堂入室的文雅之气，其实真正的原因他们并没有明说出来，就是当时王世昌的画价格很低，挂在墙上显摆不出有钱、有权的贵气。

三舅这次找到发泄的借口了，他狠狠地将老米贬斥了一顿，说他思维僵化、守株待兔等，是个不能与时俱进、难以教化的保守分子。三舅敢这样说自己的姐夫手里也得有招牌和底牌，他的招牌就是如果买画的事办成功了，他就可以推荐公司买老米的画，然后帮老米打打名气，拓展一点财路。他的底牌没有说出来，那就是我的就业问题今后还得他出面帮助解决。

关于我的就业问题说来话长，简单说就是我上大学报考的是艺术学院的雕塑专业，我不知道这个专业的就业前景，只知道我从小就喜欢拿胶泥捏东西。母亲告诉我说，老米家的人手都很巧，太爷爷虽然是教书匠，但在战乱年代，家境中落，靠教书难以养家糊口，只好让爷爷早早去学耕田种地。虽然爷爷没有文化，可学什么会什么，干什么像什么。有一次大姑看有社员领工分盖章子，她也想要一枚章子，爷爷随手用镰刀砍了一截树枝，然后用剪刀做刻刀，三下两下就给大姑鼓捣出了一枚木头章子，天知道他是怎样琢磨出刻章子的要领的。三个姑姑也没什么文化，可是女红活儿无师自通，天上飞过个鸟儿，地里开了朵花儿，她们就能在鞋垫上刺绣出来。

她们送给母亲的鞋垫都是存放在我们家的衣柜里压箱底的，从来舍不得踩在脚下。

老米家的人再有能耐也永远比不上母亲娘家的家境，不为别的，就因为外公一家都是城里人，而且还是"金融世家"。在我出生以前，外公外婆的家世从来不让家人提起，等我长大后就不再神秘了，家里人都知道外婆是资本家小老婆的女儿，为和家庭划清界限，很早就到新疆支援金融建设，最终还是因为家庭出身问题没有得到重用。外公是从国民党队伍起义后参加共产党的，又有文化，后来就当上了银行行长。

舅舅们小时候回过秦安老家，根本瞧不上那个穷乡僻壤之地，他们向往外婆出生的大城市，可外婆和娘家人的关系不好，因此从来没有带他们回过他们梦里都津津乐道的地方。外公家里一切都是外婆说了算，母亲和舅舅的工作都是外婆出面解决的，全部安排在了让人羡慕不已的金融系统，当然对外打的都是外公的招牌。有了这些基础，我母亲家的表系兄弟姐妹们在上学时就做好了准备，全部报考了财金专业，他们无可避免地都顺势成为或将要成为"金三代"。可我怎么办？

当初大家讨论选专业时三舅就对我说："你爸就是银行养的闲人，你再选个雕塑，哪家企业养你去捏泥巴！"他实际是趁机挖苦老米，老米回敬他说："银行能养闲人，说明它有实力！养得起！"一句话噎得三舅又是无法回应。

听他们斗嘴很好玩，斗气选个冷门专业更容易，可是轮到就业时一切皆难了。临近毕业前一个学期，学院就忙着组织大学毕业生招聘会，接连几场下来，想和我签聘用合同的就几家小广告公司，我听学姐说这种公司不能去，这些公司实际就是凭借关系找一些美化市容的"拉链活"，就是今天拆了明天建，明天建了大后天再拆的那种活，到了公司，你的任务不是陪酒就是送礼，与雕塑和艺术根本沾不上边。我突然觉得揽"拉链活"的人就像"垃圾人"一样恶心！

老米这下可成了热锅上的蚂蚁！他进进出出、上上下下地到处找人想办法，得到的回答是银行的子女不去银行找工作，犯傻了！被逼上梁山的老米脸一抹，眼一闭，直接上门找行长去了！老米所在的银行是一家大银行，等级比衙门还衙门，老米是越过了科级、处级去见行长的，如果加上副科、副处、副厅级别，他就等于连跨五级"违规"见领导。不过别担心，现任的行长是他曾经的同事。

老米先在秘书办公室等了一小时，又在秘书的带领下路过一间不知干什么用的小房间，再穿过一间精致的会客厅，最后才到达行长的办公室。老米先叫了声"张行长"，行长"嗯"了一声，头也没抬地伏在桌子上写东西。秘书安排老米坐到行长对面的沙发上就退出去了，一看行长还在忙，老米索性趁机打量起办公室来，因为他早就听别人说起过行长的办公室是如何气派，如今一望，仅仅真皮沙发、红木桌柜，还有脚下的猩红色地毯，就已经让人不敢大声说话。

听到行长不冷不热地问："什么事呀？说吧。"老米才回过神来，他赶紧从包里掏出了一件东西，站起来放到行长的面前说："都知道你喜欢玉，我也没有什么好玉送你，这是我照着我女儿毕业设计的作品，找了一块青玉籽料雕的烟灰缸，特地送你把玩。"

老米提到我的作品有一个小插曲。在做毕业设计时，老师提醒我们要多从民间传说中寻找创作题材，有同学用盘古开天，有同学用女娲补天，能想到的题材都被人抢先"注册"了，我把脚后跟都发动起来才寻到了一个泥塑对象，就是那个"爱大米"的老鼠！

选择老鼠做题材也和找工作有点关系，通过校园招聘，我开始了解一些社会现象，有一段时间觉得到处都存在抢食百姓之黍的硕鼠，于是口念"官仓老鼠大如斗，见人开仓亦不走"的咒语，"恨恨地"捏了个"老鼠偷油"。草稿出来后我先求取了老米的意见，他在艺术方面总能给我一些很好的建议，这是他的专业嘛。果然，他一下就指出了我的优点和不足，他说那只喝得肚子滚圆的老鼠虽然变形夸张，但比例把握得恰到好处，缺点是内容不丰富，美感不强烈。

老米肯定能看出我对老鼠的"仇恨"，但还是耐心地给我讲解民间艺术的精要。我依照他的提醒，将油罐的口变大，像个大盆，周边用"回"字纹装饰，两边刻了"油福"二字，寓意"有福"，大老鼠的长爪捧着这只油"盆"，嘴巴好像刚吸了一口香油，正得意地品咂其味，贪吃的神态让人忍俊不禁。然后又在它滚圆的身上捏了两只嬉戏打闹的小老鼠，顿时，一个"老鼠偷油"的场景活灵活现地跳跃出来了。将油罐变油"盆"后，油"盆"里可以放小物件，也可以当烟灰缸，这件作品既是艺术品也是具有实用价值的工艺品。

这群恬不知耻的老鼠在毕业设计中获得了"优"，老米高兴完了仍然意犹未尽，隔天又到民街的玉石市场买了一块青玉原料，找了一个有实力的年青玉雕师傅，按这件作品的模样复制了一件玉雕作品。当时青玉的价格并不高，市场上热炒的是羊脂白玉，但是老米眼光独到，他认为玉质第一，颜色实际是随时代不同而变化的，而且白菜萝卜各有所好，没有绝对的标准。比如青玉色差变化很大，质感强，青色又是绿色生命的一种，因此适合因材巧雕，创作不同的作品题材。

当这件玉雕摆在张行长的面前时，他真的是眼前一亮，伸手就要去拿它，可听到老米说"都知道你喜欢玉"的话后，伸出的手像触着火炭一样缩了回去。他十分警惕地问："你听谁说的我喜欢玉？"老米竟然反问："满世界都这样说，难道你不知道？"对方马上又追道："他们都说些什么？"

老米从行长问话的语气和表情中感受到了紧张的氛围，也开始觉得紧张，他有点忐忑地小声回答道："还不是说你为了行里的事，上上下下、里里外外地给总行和客户到处送玉嘛。"

这句小声说出的话可能是老米唯一一次正确的回答。听了这句实际带点理解和恭维味道的话，行长马上放松了表情，长叹了一声，"唉！"然后开始大讲工作的难处，无非是他如何投总行和客户所好，用和田玉做"敲门砖"，办了多少大事和难事，为官不易呀！老米说他其实就是听了这些传说才来给行长送玉的。行长边和老米说着这些话，边把桌上的老鼠拿在手里摩挲了几把，不知道是他手上的"油"大，还是那块青玉的油性本来就好，那几只老鼠变得更加油亮滋润了。

有了"抛砖引玉"的话头，两人似乎又回到了当年在储蓄科面对面坐着的时候，只是现在该轮到老张数落老米了，话的意思和舅舅埋怨老米的差不多，就是说他脑筋太死板！老米为了小米，此时不论谁说什么，也只能像鸡叨米似的不住点头。不过这个头可没有白点，临到午饭时分，行长不由分说拉起老米上了电梯去吃饭。

电梯是行长专用电梯，这是办公室从总行学来的模式，不过做了创新，就是在三楼电梯口修了一个连接主楼和副楼封闭的走廊，从这个连廊可以直达一个专用餐厅，这样外人是不可能看到什么人进出行长办公室以及后续的活动的。

这个餐厅是行长专门接待贵客用的，行里没有几个人知道，再别论享用这个餐厅了。老米一进门就被震撼了，只见一面大墙上装了一幅有山、有草、有鱼的花鸟画，色彩鲜艳，栩栩如生。不对！老米定睛一看，鱼儿居然是游动的！老米这才反应过来，这是一个他从来没有见过的巨大鱼缸，里面的全部内容就是海底世界的全部内容。建成这样规模的鱼缸，对于地处亚洲腹地中心、离海洋最远的城市乌鲁木齐来说，的确是件巨大工程。

受到震惊的老米晕晕乎乎地回到家中，他不仅忘了和行长吃了什么山珍海味，在家里也废寝忘食了，每天关在书房里没完没了地画呀画，一连大半个月，人才从痴癫中恢复过来。母亲对老米的这种"病态"有所了解，知道这时候和他说什么都如同对牛弹琴，即使他的眼睛直勾勾地望着你，你也别指望他能听懂你在说什么，母亲知道只需管好老米吃饭别让他饿坏了就好。她担心的是老米回来时把"老鼠偷油"也带回来了，这不说明我的事情又黄汤了吗？

这下子母亲变成了热锅上的蚂蚁，每天数落老米的"病"怎么还不好，谁知话音刚刚落地，人力资源部就来电话了，通知我到分行签订应届大学毕业生就业意向合同书。我和母亲高兴地一蹦老高，老米还是不说不笑、呆呆地发他的"傻"病。

等老米恢复正常之后，我们才在他断断续续的谈话中还原了他与张行长的那场"交易"。

当年老米和张行长同桌办公时，他是才华风茂、意气昂扬的大学生，张行长只有高中学历。可如今张行长从党校的本科念到北京一所知名大学的哲学博士，老米的学历还在原地踏步，在职业上老米更是一溃千里，如今只能在分行工会当个给会议照照相、组织员工搞搞活动的办事员，几乎没人记得他曾经在全国储蓄宣传绘画中获过大奖的辉煌。张行长是个念旧的人，可老米从来没有找他办过私事，公事上级别差了几大截，两人不可能有什么交集，最多是远远地相互望一眼。当听到老米求见的通报，张行长先是吃惊，但立刻就猜到可能是孩子就业的事情，每年的这个时段都是他忙于安排解决这类事情的专属季节。

当老米"图穷匕首见"，将话题转到我的毕业问题时，没想到张行长非常爽快地当场答应："可以呀，只要父母是金融系统的，行里都是优先考虑的，虽然这不能明说，但大家都知道。银行的子女懂银行的规矩，好培训，上道快。"老米虽然知道行长的权力，不然他也不会跑到这儿来了，但还是不敢相信这是真的，他结结巴巴地提出我的专业不符合行里招聘要求的疑虑，张行长发火了："这就是你老米死板的地方，我说行就行，当个特殊人才引进不就行了吗？谁敢说这是搞特殊？你老米不也是老百姓吗？我给老百姓的子女办事有什么特殊的？"

听到这顿训斥，老米本应该多体味行长换角度看问题的水平才对，谁知他只知道关心自己的问题，听到"特殊人才"四个字，马上忘乎所以地顺杆就爬，开始热情地夸奖自己女儿多有才华，说着说着又拿起桌上的玉雕，向张行长介绍这件作品的创作初衷，平时纳言寡语的他，居然背诵起人人皆知的"硕鼠硕鼠，无食我黍"的古诗，然后把我对老鼠的"愤怒"解释成对社会的不满！听着老米越来越不着边际的介绍，行长的脸上渐渐露出了厌恶的神情。

被好消息冲昏头脑的老米一直到行长坚决拒绝这件礼品时才清醒过来，可是为时已晚，此时行长的手懒得再碰一下那块石头，生怕那些老鼠会把"鼠疫"传染给自己，可是从他最初的神态判断，他是非常喜欢这件东西的呀。老米继续在错误的道路上滑行，他又开始结结巴巴了："这，是不是你不给我帮忙了？我听人说如果领导不接受礼物，就是不给办事的表示。"

"这是哪个王八蛋拉出来的狗屎？"行长简直火冒三丈了，连说脏话也顾不得修饰，"我今天不但不收你的礼物，还要请你吃饭！把你的老鼠给我拿回去，以后不要再听某些人的胡说八道！"

发火归发火，行长还是行长，吃饭的时候见老米一副心神凄惶的样子，他给老米安排了一项任务，就是给行里画一些画儿，可以当作送客户的礼物，估计行长是为了安慰老米才这样说的。老米的工笔画画得越来越细，送人都送不出去，人家都说那是假的，是复印出来的，其实最主要的原因大家都心知肚明，就是老米自己既不是名家，也没有官职，他画的水平就是唐伯虎再世，依然是一文不值。银行的人哪个不是投资家，干什么都要算投资回报率的，像老米这种"不入流"画家的画，白送人家人家还怕落个人情。

行长亲自安排的工作像是给老米打了鸡血，这不仅是老米回报行长的唯一方式，也是这么多年来第一次又有施展画艺的机会，他不疯癫谁疯癫？可是当老米兴冲冲地拿着这些疯癫之作要进献给行长时，在过秘书的那一关时就被挡驾了，他告诉老米说，行长交代过了，画先放在老米的办公室，用的时候再通知他。老米没有意识到这是一句客套话，果真把那些画挂在了自己的办公室，屋子的四周挂得满满当当，搞得与他共同办公的另外两个同事颇为烦恼。

老米最终没有等到秘书的通知，可是行长安排我上班的消息终于落地了，我不但进了银行，而且没有下地州，直接分配到乌鲁木齐营业部了，这是多少应届毕业生向往的好事呀！老米那几天高兴坏了，见了人也像当初爷爷奶奶那样，只会说"好人呐好人"这句话了。

我可不认识张行长是谁，但我得感谢感谢老米，否则就太不懂事了。第一次领到工资，我就思忖着给父母买件什么礼物，见他们用的还是舅舅家淘汰下来的普通手机，我就开始咨询同学买款什么样的智能手机好。询问了一圈人我就搞明白了，智能手机一上场就是"五代十国南北朝"，要论牌子把脚指头掰上也算不过来，要记名字当然是苹果、小米最熟悉，而且"崇洋媚外"就选苹果，支持国货就买小米，还有比阔显摆属苹果，经济实惠归小米。苹果和小米好像是两个世界、两种风格的代表。这次我不再和"米"字唱对台戏了，毫不犹豫地就选了小米。

谁知小米也"耍大牌"，搞什么饥饿营销法，按时按点地在它的网站上投放优惠幅度比实体店大很多的 N 部手机（鬼知道是几部），引诱年轻人秒杀抢购。我是把小学的同学都发动起来去当"强盗"的，你知道这有多难吗？乌鲁木齐和内地有整整两个小时的时差，小米规定早上八点开始行动时，大家平时一般都还没有起床。好在我人品好，大家也能理解我抢小米的特殊情结，所以一个月不到，我就有了网上抢来的三部手机，我的"小米军团"终于组成了。

我把宣布军团成立的时间放在了父母结婚纪念日，军团标志是人手一部小米手机，老米是黑色的，母亲是红色的，我给自己配发了一部白色的。其实，我原来用的智能手机也是表姐淘汰下来的，是流行过一段时间的三星 Note Ⅲ，可是一上手才知道，中看不中用，最大毛病就是你给别人打电话时网络就忙，别人给你打电话时就回答无法接通，我一气之下也参加了小米军团，代价是三个月没吃我最爱的烤羊肉串。

父母很珍爱他们的新手机，一家人每天都有共同的微信话题。可是越珍爱就越爱出问题，这事人人都懂得，老米也摊上了这窝心的事，用了不到两个月的新手机不小心摔了，重重地摔在花岗岩的石阶上。手机的外观被保护套护理得很好，毫发无损，可是"内脏"被震出毛病了，屏幕上右边一半正常，左边一半却显示不出任何东西，两相对比，看起来恰似一张阴阳脸。

老米心疼坏了，当时就赶紧去找维修部。来到乌鲁木齐最大的电信商场后，老米找了几家维修部，工作人员一般都要问一下出故障的原因，他都如实回答是摔的。一听是由于顾客自己的过失造成的损坏，维修人员就告诉他需要换一个显示屏，配件材料加人工费价格在四百元左右。老米不懂行，他只知道价格太高了，他不知道自己造成的损坏生产厂家肯定不会保修，这正是维修人员挣钱的机会，还能不要高价？就在老米犹豫是否要换个屏幕时，一名商场保安告诉老米，对面有一家小米手机专修店，可以到那里去打听打听，他还特意提醒说，一定要咬死是机子本身出了毛病，不能承认是自己摔的。

老米谢过保安后来到对面的专修店，店铺是窄长型结构，左右两边是卖小米手机的，最里面放了两张桌子，摆了一台电脑，两个小姑娘坐在桌子后面负责咨询和接活，后面还有个小窗口，前台接到活后直接递送到窗口，里面估计是维修人员。两个接待人员照旧问了一句老米出故障的原因，老米犹豫了一下还是回答说是自己不小心摔的，一个姑娘对她的同伴说："终于有人说真话了。"另一个则回答："一看这屏幕就知道是摔的，有些人硬编谎说是自己坏的，谁家的手机会这么娇气！"

两人边说边打开手机后盖，然后往电脑里输了一些手机里的资料，其中的一位"噢"了一声说："这是才出厂的机子，太可惜了。"另一个拿起机子一看，"这么新，没用几天吧？"老米说这是刚上班的女儿给自己买的，刚才不小心摔坏的可不是一部手机，而是女儿的一片心意。他一边说一边用手抚心，好像自己的心被震坏了一样。两个姑娘相互望了一眼，其中的一个说："不要紧，大叔。你的机子就是显示屏震坏了，换个屏幕还与新的一模一样。这样吧，我们就当这机子是自己坏的，是在保修期内坏的，免费给你换一个就好了。"

"免费换一个？可这是我自己损坏的呀！"老米还是有些疑惑不解，姑娘们开始笑了："大叔，你就当是它自己坏的不就行了吗？放心吧，一小时后回来取机子。"

老米在附近转了不到一小时就拐了回来，他半信半疑地接过手机一看，果然显示屏崭新如初。姑娘们只让他在维修单上签了个名字，并将电话号码留下来就算完事了。一会儿要收四百元，一会儿一分不要地给换了屏幕，老米搞不清这里面的道道，晕晕乎乎有点像做梦一样。见他若有所思的样子，两个姑娘反倒显得很开心，老米不知怎么谢她们，她们只说公司会回访客户的，如果收到回访电话，给她们一个好评就"OK"了。

老米回家后跟谁也没说这事，悄悄将所犯的错误隐瞒了起来。

最近一段时间微信上不时收到一则消息，打着公安局最新紧急通知的标题，说："如收到010-5371、5373或5375字头电话号码不要接听回复，因为会收取你120~320元费用，另外他们在三秒内可盗取你电话里的全部资料。他们是国外的犯罪集团，专门盗取别人的电话、银行资料！10月以来已经中招的人不计其数，钱财损失过亿！"对于我们"技术盲"来说，无法辨别这类高科技犯罪的真假，只能选择"宁可信其有"，加以防范就是了，并没有想到有时连规避的权利都没有。

修理完手机后的第二天中午，老米收到了一个"01053"打头的号码的电话，一看是北京的区号，但他以前从未接到过这个区号的电话，那里也没有什么认识的熟人，正犹豫是否要接听，突然想起微信上的消息，就立刻按下了拒接图标。可这个来电很执着，老米拒接一次不行，拒接两次还不行，刚按下去第三次铃声又响了起来，于是忍不住按了一次接听图标，对方可能因为被接连的拒听搞生气了，接通后一个男声马上问道："你叫米军佑吗？"老米本来就怀疑这是个诈骗电话，一听一个陌生的声音居然直接能叫出自己的名字，看样子人家已经掌握了诈骗对象的全部资料了。老米本能地回答说："我不认识这个人，你打错号码了！"然后立刻挂断了电话。对方似乎还不甘心，又接连打了两次，都被拒听后才安静下来。

晚饭时老米心有余悸地跟我们描述了中午的电话事件，我怕他真的中招，专门查询了电话费和网银存款，检查没有问题后，大家才把心放回肚子里。

谁知没过两天，老米一早刚到办公室又接到一个本地的来电，一听是手机专修店的人打来的，老米还能记起两个姑娘的声音，因此热情地询问有什么事。对方说他们总公司检查工作，需要当面听取顾客的意见反馈，选中了老米，希望他能配合一下。老米毕竟是机关工作人员，理解这种检查工作的流程，更关键的是他很想为专修店的两位姑娘做点什么，没想到机会来了，他当即满口答应，告诉了对方自己办公室的地点。

没过半小时一男一女就如约而来，老米就是这样的人，他想好的事情要么马上直接说出来，根本不管当时的环境场合，更不会拐弯抹角，要么就完全保持沉默。这次老毛病依旧，只见他撇开前面的专修店的姑娘，好像认识后面的那个男士，不等人家介绍自己，就向他"倾诉"开来："好人呐好人！是我把手机摔坏的，别处都要收我四百元的修理费，可在你们专修店给我免费修理，连材料费都没有要！你们这种服务真的是天下少有，我们银行真的要向你们学习呀，感谢你们。"老米正在自话自说，根本没有注意站在一旁的姑娘难受的样子，低着个头似乎要哭起来了。那个四十上下的男人也没注意老米在说什么，一进门他的眼睛就开始不停地打量办公室四周挂着的那些画。

还是同事提醒老米让客人落座，他才停止说话。等大家坐定后，那位男的并没提访问客户的事，而是先直接问老米："这些画是谁画的？"老米当然不会否认是自己的成果，但也没有勇气介绍这是没人要的画，那人也没再追问什么。话题开始转向正题，来人介绍自己姓方，在北京某科技公司工作，这家公司刚承包了小米手机的售后服务工作，随机访问几位客户是为了听取他们对公司服务质量的意见和建议，这次也不是专门为此事而来，是到乌鲁木齐办别的业务，顺便也检查一下这方面的工作。听语气这位方先生至少也是一个负责人，老米得意地认为刚才的话说对了。

方先生简单地介绍了来这里的目的后，老米也再次高度夸赞了一番公司的服务理念，只是跟随来的姑娘心事重重地一言不发，只陪着方先生偶尔机械地笑笑，我想此笑一定属于比哭还难看的笑，只有老米觉察不出来。短暂交谈结束时，方先生突然提出要给办公室的画照几张相，声称自己是个绘画爱好者。老米遇见知音，当然不会反对这个要求，只是经过行长要画的事，心里认为这可能又不知是什么忽悠人的招数，所以始终表现得比较谨慎低调。

老米被那次在行长餐厅所见的"海底世界"震撼后，触发了创作灵感，从办公室所挂的画就可见一斑。从画的着色上分，有水墨和设色的；从尺幅上归类，有六尺整张的、四尺整张的、四尺条幅的、六尺斗方和四尺斗方的；从装裱形式区分，有挂轴、装框，甚至还装裱了几幅一般不常见的扇面；画的内容用标题形容就知道有多么丰富，什么"百鸟朝凤""国色天香""天山红花""一剪梅香""龙宫神游""月桂折枝"……天上飞的，地上长的，水里游的，神话中流传的，所有的花鸟鱼虫都在老米的笔下活了过来。

有时老米也会来几句励志的标题，类似"强项直膝如松竹""清香傲霜梅菊高"什么的，看到这些口是心非的说教我就感到滑稽："有骨气别低三下四去找行长！"上了几天班我就看透了，干什么都要靠领导，领导才是我们真正的上帝，清高一文不值。

方先生照得很仔细，有时一张画近距离、远距离、细部特写要照好几次，幸亏老米他们的办公室人少地大，同事见北京的人这么重视老米的画，也主动配合协助了起来。老米这次学乖了，涉及自己的事不敢再多言什么，仅仅客气地向客人介绍了每幅画的特点。

可是还是惹祸了！客人走后不久，刚才来的小姑娘又来电话了，这次是真的哭了，她"控诉"般地告诉老米，方先生是总公司的副总，因为总公司给老米打的回访电话"不被承认"，而且换屏的手机又是出厂不久的新手机，总公司怀疑其中有"诈"，所以方总利用出差的机会要直接核查一下这部手机的客户。事情来得很突然，先来上班的小姑娘直接就被方总带到老米这儿来了，根本没有和老米"串通"的机会。而"愚蠢"的老米还没等人家"审讯"，就主动和盘交代了全部的"作案"事实！

弄虚作假是要丢饭碗的，人家也是才参加工作的大学毕业生，违规操作的动机是被我——老米女儿的一片孝心所打动！哎呀呀，老米那两天简直难过得吃不下饭，想要方总的电话号码去解释一番，可人家小姑娘说没有用，只有听天由命地等候处理吧。

"噩耗"终于等到，姑娘来电了！老米低沉地"喂"了一声，其余的就只有听对方的"控诉"了。等电话要结束时，老米那张"惹祸的脸"才扭曲过来，而且矫枉过正成激动的表情："行行行，对对对，好好好，我完全答应！我不要钱，我也要给你们免费！"

"好人呐好人！"老米一进家门又念叨起这句话来，直到此时他才彻底交代了自己这段时间所犯的一系列错误，我和母亲中间都听着急了，谁知最后的结局却是个天大的好消息：方先生的公司要开发手机游戏，特邀老米做这个游戏的美术设计。

没过两天，上次到过老米办公室的姑娘又带人找老米签了聘用合同，人家按规矩办事，不要老米免费的"产品"。两个姑娘因为自作主张受到批评，又因为替客户着想受到表扬，功过相抵算扯平。可一边摆平另一边却失衡了，老米的画被高科技公司看中的消息一传出，行长秘书马上把办公室的那批画连锅端走了。

三舅第一次主动给他的"米姐夫"打了一个电话，告诉老米几个有关老家的消息，一个是中央电视台的一个名主播是秦安李家庄的人。另一个是经考证，他们秦安李家是唐代李世民的后裔，祖上为李世民的一个儿子，因犯错误被流放此地，立根繁衍至今。最后一个是外公收到黄埔同学会的请柬，邀请他去参加一个纪念会。就是因为最后这个消息，舅舅和母亲他们才知道，外公原来是抗日战争后期从家里偷跑出来，报考了黄埔军校汉中分校的这段历史，只可惜以他目前的高龄和身体状况是不可能参会了。老米知道这个电话的意思，就是舅舅再不认为自己的老家"土"了。

不少同学打电话告诉我，最近正在热播一部电视剧，女主人公也叫米小米，我对此已不感兴趣了，自古就靠山吃山靠水吃水，我们老米家自然是靠米吃米，就是再来个叫"米米米"的也不为过。比如我父亲就从"小米"升成"大米"，然后又变成"老米"。如今，在没有外人的情况下，我和母亲经常会抚摸一下他的脑袋，叫他一声"米老头"。但是我至今仍然没有搞明白，在这个变化莫测的世界上，他难道是仅凭姓"米"就会遇到那么多的好运吗？

漂 亮 衣 服

父亲给我们兄妹俩的唯一有点技术含量的忠告是，属猪的别往猴群里钻。他经常说这话的目的也很明确，无非是让我们安守在河北的乡下随他种地。可是他终究没有达到他的目标，问题就在于他不该一直不停地供我们念书。

我虽然比妹妹大一岁多，可我们始终在同一个年级。听母亲说，让我晚一年，让妹妹早一年入学，是父亲的有意安排，这个安排的好处一直伴随着我。在村里上小学时，调皮捣蛋的事老师是不用往我们家跑的，妹妹到家事就到家。在乡里上初中时，父母不用担心我会逃课，妹妹的小眼睛瞪得大大的，始终不肯眨一下。等到在镇上上高中时，嘿，父亲的算计才叫精明，住校返家的路上，我是妹妹的保镖，而吃喝拉撒交学费，妹妹则是天生的会计出纳，一分钱她都会给父母报账。

报复的机会终于来了。

高考前夕，我花一整天研究了一番中国地图，并且用尺子大致量了一下，就我知道的而言，离家最远的大学是石河子大学，它的前身是石河子农学院。我问了几个老师和同学，大家伙儿不仅不清楚这所学校的具体情况，还有同学说石河子好像在东北，他一定是把石河子混淆成什么头道河子、二道河子的地名了，这正是我想要的调查结果。于是在填报志愿时，我给父母和妹妹说，石河子在黑龙江，没想到家里人真的听信了我的话。

父亲同意我报石河子大学还有一个原因，就是我选的是农业经济，我的成绩一直赶不上妹妹，当时涉农专业的录取分数线相对比较低，他又想让我子承父业，选择与农业有关的学校，他是求之不得的，所以也就不再细问什么，等我拿到通知书后，生米已经都变成了熟饭。

到学校报到后才知道，从内地到石河子求学的学生有一半声称是为了躲避家人的管教，另一半说自己当时并不知道石河子在什么地方，不光有人说在东北哪个旮旯，还有人说是在石家庄附近。我心里最清楚，这些鬼话只是给自己"绩"不如人开个玩笑。但是有一点大家都没有说谎，那就是对新疆的了解太少。

第一次到食堂吃饭时，有一个江苏的同学拿了两个从家里带来的小碗，可是食堂供应的是拉条子，那两个只能乘一口米饭的小碗让本地同学笑得饭都喷出来了。后来又吃大盘鸡，把广东的同学搞得嘴角、肛门上下一起上火，可湖南、四川的同学却直呼过瘾。当然，烤羊肉串因为是新疆的名吃，没人敢说不好吃。

石河子还有许多让人琢磨不透的事。第一次听农经老师讲课，他就跟我们说石河子市是农垦城，就像底特律是汽车城一样，但它比底特律还牛，是兵团农八师管辖的城市。新疆生产建设兵团的建制是一家企业，同时有自己的公检法，所有的机构比照政府设立，根本上是一个企业管辖政府的模式。我是第一次听说这样的体制。虽然说石河子市是农垦城，它又被称作"小上海"，还有自己的"普通话"，但却是河南方言，它地处古尔班通古特沙漠边缘，却是全国级的卫生城市，联合国授予的"人居环境改善良好城市"。

听人说"不来新疆不知中国之大，不到南疆不知新疆之大"。石河子名气虽大，少数民族却很少，新疆特色不算太明显，我感觉对新疆的了解还是不够深入。我毕业之前，石河子大学升格为"211大学"，学校的牌子越来越响亮，我的专业与经济学沾边，所以毕业时就给几家金融单位投了简历，天北银行乌鲁木齐营业部录用了我。

上班后，我最热衷的事就是出差，和我一起到新疆上学的老乡里面有一个学IT专业的，毕业后分到区分行从事计算机工作，整天飞东飞西地乱跑，见面就炫耀多烦出差的事。而我呢，除了到总行参加过一次国际业务的培训，就圈在"鸟市"的笼子里没动过窝，看样子在基层行工作是不可能有出差的机会的。

大概工作了三年多吧，天北银行准备在上海交易所上市，为了通过各种严格的审计，总行要求各行进行一次全面彻底的业务大检查，分行组织了五个检查组，机关的人手远远不够，又向营业部、地州的支行抽调了一些力量。按理这样的好事论资排辈是轮不到我的，可是主任知道我热衷出差，为了让我安心工作，他咬了咬牙让我参加了。

我被分在第五组，检查的对象是和田行和乐弈行，一个在乌鲁木齐的最南边，一个在最西边，都是我没有去过的地方，心想今后就有给亲朋好友吹牛的本钱了。可是等动员大会一开，我兴奋的脸立刻变了形。我从没见过那么严肃的会议，规格很高，行长亲自讲话，会前要求参会人员不但要穿工装，手机还必须要关掉。第一条要求都做到了，第二条做没做到全凭自觉。谁知开会中真的出现了手机铃声，那个手机主人也真的被请出了会场。

这些还只是面子上的事情，"里子"里的事情才叫怕人。我只记住了行长说的最重要的一句话，就是每个检查人员必须对自己的检查结果负责，如果被总行复查组查出了问题，检查人最高将面临开除的处分。散会后我第一件事就是立即冲到卫生间放了一池"水"，我知道这是因为紧张才激出的尿液。

接下来是各检查组自己开会，我的组长叫申德福，是区分行稽核处的正处级调研员。当时大家称呼处长都习惯用简称，如李处、张处，但对申德福必须用"申处长"全称，否则他一定是要纠正的。据说是因为当时流传过一个段子，段子里把升为处级干部简称为"升处"，与"牲畜"谐音，如果从处级干部提拔成厅级干部，简称为"处升"，谐音成了"畜生"，申德福忌讳的肯定是这些。这是我要来检查组之前快速搜集起来的情报。

正处级调研员一般是正处长、资深副处长，或者在基层行当过一把手的行长，熬到快退休的年龄时，组织关怀所给的一个"慰安"官位。这个年龄和这个角色的官员应该是最和颜悦色的，谁知申组长好像刚从行长位置上退下来，如此闲职让他的荷尔蒙无处发泄，这次又有了说了算的时机，大棒舞得比分行行长还要高。当我又有了要上卫生间的想法时，落下的大棒却忽然变成了胡萝卜，他透露了一个内部机密，就是对在大检查中有重大立功人员，会有提拔重用之赏。

我最初的判断有点误差，申德福其实是一个很有个人魅力的领导，会上介绍组员情况时，他亲切地称我为小王，热情洋溢地把我的简历营销给了大家，什么国际业务的专家，志愿扎根边疆的有志青年，如何精通英语等，真不知道他从什么地方得到的这些消息。我心里其实很清楚，自己留在新疆的原因和上大学的情景相似，就是给老家的求职信没有得到一封回复。但是经过申德福的一席话，我瞬间也觉得自己很高大，心里热乎乎的。当然，申德福对每个人的介绍都给人一种很贴切、很舒服的感觉。

最后，他把稽核处的张铭祖拉了出来："我最后隆重向大家介绍的组员是咱们分行稽核处的著名稽核专家张铭祖同志。"我看到有人掩嘴偷笑。单独坐在一处不停吸烟的老张，后来大家都这样叫他，脸露一副尴尬的苦笑，冲着大家点点头。关于老张的介绍就此一句话，好像大家都认识他，不需要申德福再多说什么。

小组分配时，我和张铭祖成了搭档，申德福这样安排也有理由，老的带新的，我扫了会场一眼，就我们小组是老少配。散会后，我有意等到和黄晓玉同行，刚才掩嘴而笑的人就是她，她也是从营业部抽调来的，我们在一幢大楼里办公，以前见过她，只是没有说过话。因为开会时经申德福介绍，大家就算认识了，所以我开门见山地就问："黄师傅，"我们小年轻对年龄稍长又没职务的同事都用这个称呼，"你刚才笑什么？"

她知道我要打听的是谁："你没听说过吗？老张过去可是名人呀，名气大得很，在下面行工作时查破过一个案子，分行稽核处成立后，第一个从基层行调来的就是他，大家给他起了个绰号叫'张名稽'，意思是著名稽核。"

我脑子里突然闪了一下《倚天屠龙记》中那个拥有一身睥睨天下功夫的张无忌，但回想刚才烟雾中个头矮小、一张黄脸的"张名稽"，幻觉顿时又消失得无影无踪。

黄晓玉嘴上叮嘱我"别是非"，实际上大家很快就都知道老张的绰号了，我判断还是她说出来的。她是营业部稽核科的，与老张是一个专业口子的人，关键是她属于不允许别人"是非"，她自己却可以随意"是非"的人，好像搬弄是非是她的专利。

闲话少说。我们是乘飞机前往和田的，十好几人的队伍一大半都是女人，她们只要有一半人开口，百十人的飞机叽叽喳喳地就变成她们的了。我给她们起了个名字叫"少妇中太团"，年轻媳妇很满意这个名称，几个中年太太可找到能撕咬的猎物了，"凭什么给我们升级？天下只有老太太，谁听说过中太太？以后给你说个媳妇叫中太！"我个人很中意这个创意，因为只要有机会，"少妇中太团"的话题就离不开和田玉，她们真的把自己当成一个购物旅行团了。

当飞机飞临和田市的上空时，向下俯瞰就能看见一条青灰色的巨龙轮廓，那就是盛产和田玉籽料的玉龙喀什河。三四月份是南疆的春季，昆仑山的雪水还没有融化，此时的玉龙喀什河是干涸的。随着飞机不断盘旋下降，玉龙喀什河的河床越来越宽阔，河岸两边嫩绿的林带都能分辨出来。

飞机再往下降，大家一阵惊呼，逐渐清晰的河床中忽然显现出无数台机械，它们像蚂蚁一样在蠕动。我以为是在修水利工程，但同机的本地人解释，这些全部都是采玉的挖掘机。并说美国的卫星监视到这个场景后，最初还误以为是中国在新疆的最南边搞了什么神秘工程。

早听说和田玉是新疆的一宝，如今到了宝贝的产地，看到有那么多的机械在挖掘，心想和田城里的玉石该堆成山了吧？坐在当地行接我们的面包车里，我兴奋地四处张望，可走过了最繁华的街道，也只见到几家挂着和田玉专卖的店铺，当我说出了自己的失望时，大家才知道我对和田玉是多么的无知。

我们乘星期一最早的航班抵达和田，一到目的地就立即投入了紧张的工作。申德福通过非正式谈话的方式与全体组员达成共识，就是先紧后松，把活儿干完后让大家好好"放松"一下，谁都明白这是什么意思。检查工作的速度进展得飞快，只是苦了和田行的同事，不得不陪我们连夜加班。

老张和我的工作进度是最快的。虽然老张被称为稽核专家，但不知为什么，分配任务时归我们这一小组检查的范围和任务最轻，只是出纳加保卫，另外一个就是国际业务，但和田行没有办理过国际业务，因此我们小组的工作就剩两项了。当时出纳工作已经进行了大规模改革，现金柜员的钱箱子平时只能留存不超过五万元的现金，风险大大降低了，给我们的检查工作也带来了便利。和田行的保卫工作又严密，对各种枪支武器的管理一直抓得很紧，让我们的检查也变得简单而快速。

星期五，在大家羡慕的眼光中，申德福带着老张和我开始了先行一步的"探宝活动"。我们小组的工作基本完成，这两天就在我们加班加点的时候，申德福也在行领导的陪同下将小城转了个遍。检查者和被检查者都知道，组长的作用像接力赛的最后一棒，只有等问题查出来后，被检查者要讨价还价时，组长才出面谈判定夺。现在是申德福优哉游哉的时候，他早就把情况侦查清楚了，带着我们轻车熟路地就直奔玉石巴扎而去。

当时的玉石交易市场就在市中心，离行里不远，我们步行十几分钟就到了。我估计这个交易市场最初就是个农贸市场，和南疆其他各地的巴扎没有区别，只是后来交易的东西主要是玉石，因此就变成了一个专业巴扎了。巴扎的规则和内地的集市是一样的，有固定的开集日期，玉石巴扎约定的开市日是星期五和星期天。

这是我生平见过的最热闹的巴扎，在三四里长的街道上，有铺着毡子、布袋的地摊，有在木板上、车架上摆东西的摊位，有的干脆将货物堆在地上，所有的物品只有一种，就是石头。这些摊位一个接着一个，中间根本没有空隙。街道两边还有一些破旧的平房，巴扎日全部开门，门里门外摆放的还是石头。不算窄的街道上，人多的地方不得不找缝隙穿插着走。偶尔还会遇到走不过去的地方，你会看到一大群人忽然围堵在一起，然后你进我出地拥挤一阵，等人群稍微松散后，凑到圈里一看，原来有人手上拿了块好玉，大家争相到跟前去欣赏它。

除了各种摊位上摆的石头，满街黑压压的人群几乎人人手里都拿着玉石，大家相互观赏，相互询价交易，忙得不亦乐乎。有几个似乎是从外地来的买家，胸前挂着装满百元大钞的包包，见到想要的石头，毫不犹豫地甩出一沓钞票，再将石头无比珍贵地放进包里。我不禁又惊呼起来，原来在这里值钱的不是人民币，而是我不知道用来干什么的石头！

那两年其实是和田玉最疯狂的年份，不但价格飞涨，成交活跃，河里挖掘的规模也是最大的。许多人没有意识到，短短几年时光，当代的愚公们利用现代化的机械，就将上亿年冲积在玉龙喀什河里的籽料玉石挖掘殆尽了！

我目睹了这亿年不遇的境况，兴奋之情可想而知。我屁颠屁颠地紧跟在申德福和老张的后面，生怕被拥挤的人群冲散了。等我们在这条街上转了一个来回后，已到了中午下班时分，我们赶紧回到行里，然后若无其事地坐在行里的食堂等大家一起吃饭。

开始有人小声地问我买玉的情况，我看看组长的脸色，摆手表示不宜谈论这个话题，可是陪我们吃饭的两个行领导早就看出了端倪，两人立即展开了现场"营销"，向我们绘声绘色地讲述分行、总行领导等人到这儿出差时买玉的轶事。这个话题一开，大家再也不管申德福私下跟大家说的，不在和田行人的面前谈私事的约定，纷纷向两人请教如何购玉之事，先前还有点陌生拘谨的场面顷刻翻转了。

行里的招待所是一座二层单面楼，一层是食堂，从食堂出来沿楼的另一侧上楼梯就是招待所的房间。申德福的房间在最里面，走到连廊的中间时，他提高声音说："大家听清楚，多买玉就是对贫困地区的支援。"我和老张住楼梯口的第一间宿舍，我们听到了，大家当然全听到了。

晚饭后我刚躺在宿舍的床上给同学发短信，显摆出差的所见所闻，申德福突然进来问："老张呢？"我随手往外一指，"抽烟去了。"老张在办公室抽烟时不回避人，但回到宿舍时还是照顾我这个非烟民的。申德福有点生气："我怎么没看见？"我发懵的头有点清醒了，"啊？刚才还在呀！"申德福面露愠色，悻悻地摔门而去，"又要犯病！"

我知道这句话是在说老张！没错，我记得吃饭的时候申德福曾问老张为什么不动筷子，老张说中午吃多了。我还能猜得出来，申德福说老张的"病"与吃饭有关。

工作这几年，我练就了自己的一套"情报"分析法，我可以根据别人只言片语的谈话、断断续续的对话及闲言碎语的议论，再佐以自己合理的想象和推测，就能把一些事件人物的全貌还原到一定的程度，八九不离十。我应用这项技术的目的不是为了探听别人的隐私，而是为了不去冒犯别人的隐私。

　　短短几天时间，我就把申德福和老张的历史关系猜得差不离了，他们应该是发小，老家是北疆的某个县，两人一同进银行工作，然后又一同上过在职的中专或大专学校。大约在 20 世纪 80 年代末或 90 年代初，老张从县支行直接调分行稽核处，而申德福一直留在基层行发展，最后位居二级分行的行长，退居二线后才调入分行稽核处。

　　我会有选择地打听一些消息，比如申德福偶尔叫老张为"六十九"，我就问这是什么意思，他们告诉我，这是新疆人起名的一种方式，就是爷爷给孙子起小名时，以他自己得孙子时的年龄而命名。我一下就明白了，怪不得全疆各地满大街都是什么"四十九面旗子""五十八汤饭"的招牌，原来这是以这家饭馆创始人的名字命名的商标。我马上举一反三，说这和国际挺接轨的，美国旧金山就有一个 49 人队（49ers）的名字，日本鬼子还有个叫山本五十六的战争狂，搞不好他的名字学的就是新疆人的起名法。这两人听了都很得意，夸我不愧是正规大学的大学生，知道的就是多。我赶快再谦虚一下，他们说话就慢慢不避我了。

　　没过一根烟的工夫，申德福又进来了，这次我不敢怠慢，赶紧让座客气。申德福叹了口气，果然说老张不听劝，独自和几个同学喝酒去了。这次检查规定纪律挺多，其中就有不得擅自单独外出会客这一条。老张和申德福在全疆各地都有在职进修时的同学，难免会遇到聚会的邀请，申德福是领队，当然得严格遵守纪律，他劝老张也别去，老张不置可否，但最终还是去了。申德福很讲究说话的方式，他先称赞老张是个有本事的人，但倔强，不听人劝，不知道调头拐弯，"不然早就混到处级位置了，现在连个小科长都不是！"申德福还是用瞧不起的语气暴露了自己的最终情绪。

　　他们面合心不合的状态我早就看出来了，别看他俩表面来往挺密切，实际上总在较着一股什么劲儿。申德福临走时给我鼓了鼓劲，"少壮不努力，老大徒伤悲，人要往高处走呀。小伙子好好用心，别不上道。"我不多问任何话，只是认真地点头听讲，申德福就知道我不会泄露我们之间的谈话内容。

　　喝了点申德福灌的心灵鸡汤后，我很快就进入了美梦之乡。老张何时进的宿舍我都没有觉察，我是被一股浓烈的酒气熏得翻了个身，老张趁机问道："老申来过了吗？"全组就他这样称呼申德福，我迷迷糊糊地回答："你不在他就走了。你到哪里去了才回来？"半天听到一句回响："不和老百姓接触，咋样才能摸出情况。"有点自言自语的味道。

第二天是一个盛大的假日，和田行带检查组到附近的景点游玩，和田人笑称为参观三棵树，一棵是有上百年树龄的无花果树，一棵是结了五百年果子的核桃树，还有一棵是目睹人世上千年历史的梧桐树。维吾尔族和汉族都属于农耕民族，有许多相似的迷信，比如都有老树能成精的传说。虽然现在人不太相信这种传说，但是对于老树大树还是怀有崇敬之心的，在这些树木的护佑之下，绿洲才能抵挡住来自塔克拉玛干大沙漠的侵袭。这些树木不仅是和田这片古老绿洲的象征，也是当地维吾尔族人民保护环境的明证。

正是花红柳绿的踏春时节，也是到了一年可以伸胳膊露腿的时候，"少妇中太团"成员迫不及待地统一换上了夏日的衣服，这些五颜六色的服装又将季节的色彩衬托得更加鲜明。还没有出门，女人们就开始叽叽喳喳地评价彼此的穿着，说来说去大家的目光集中到了黄晓玉的身上，"哟，晓玉姐，你这红色短袖照相时可抢镜头了。"

"是吗，这还是前年的旧衣服，出差怕脏才翻出来的。"黄晓玉来回扭扭身子似乎在看衣服是否有褶皱，实际是又把自己的身材展示了一番。

"关键是晓玉姐的身材好，像我这胖人就穿不得这种大红了。"

"我看还是晓玉姐的皮肤好，就像羊脂玉一样吧。"

一说到玉，把男人的目光也吸引了过来，昨晚的酒气似乎还没散完的老张上下打量了一下黄晓玉，狠狠地吸了一口烟说："红配绿，丑到哭。"

黄晓玉的七分裤是嫩黄色的，不仅尽显大腿的线条，又恰到好处地将小腿展露出来，并在色彩的衬托下使露出的皮肤显得更加细白。老张明显是在扫黄晓玉的兴，黄晓玉恨恨地骂道："色盲！"举手要打老张，老张赶紧躲向接我们的面包车。

我是最后一个上车的，进到车里我向黄晓玉伸出手来，学着卖玉人的腔调："肉好，衣服，漂亮。"大家哈哈大笑起来。原来和田并不是只有在玉石巴扎上才能买卖玉石，平日在城里的大街小巷中随时都能遇到卖玉的维吾尔族老乡，他们包里装着玉石，手里拿着几粒玉石，但又不会说汉语，见到汉族客户就伸出手来，用"肉好，衣服，漂亮"几个单词来展示、推销他们的东西。肉，是指和田玉的玉质，衣服，是指和田玉的皮色，这似乎是当地卖玉人的专用语，到了其他地方就不是这种说法了。

说笑中来到了景点，实际就是农村的果园和田野，黄晓玉的红衣就成了"万绿丛中一点红"，但是这种人为的红和自然的绿搭配起来却不是老张说的"丑到哭"，而是"美极了"。有人折了枝桃花插在了黄晓玉的头上，伴随她走路扭头，就像有一只粉红的蝴蝶始终绕顶飞舞。此情此景将一架相机吸引住了，那是中德福花费几万块钱新买的数码相机，它的镜头始终围住黄晓玉的红衣在"咔嚓咔嚓"地转。

午餐会是在百年无花果树的园子里举办的。庄园的主人在一个大葡萄架下搭了一个舞台，在舞台的对面又用木板搭了一个台子，台子上铺上地毯，再摆上几张炕上用的小饭桌，客人们盘腿而坐，一个简单、自然、舒适的维吾尔农家乐就建造成功了。我们人多，于是就把几张桌子并成了一张大桌，老张故意要和黄晓玉挨在一起，黄晓玉满台子跑了一圈才躲开老张的追逐，大家这才稳当地坐定开来。

乘着宴会开始前的空隙，有人在发彩信照片（那时没有微信），有人在翻看数码相机的照片，突然短信的铃声响成一片，大家纷纷掏出手机查看，又不约而同地念了出来，"四娘风韵今安在？半遮半掩羊脂肤。只惜霓裳大红绿，惹得桃花满地雨。"

"谁写的打油诗？真有才。"有人没有存储组员手机号码，不知道是我群发的这条短信。

"还能有谁？拍马屁的大家伙。"老张直接将枪口对准了我。

"大家伙"是老张给我起的绰号，这个绰号起源于我在描述集体的事情时老是用"大家伙儿"做代词，如"大家伙儿往右走""大家伙儿安静点"，这是我唯一保留着老家口音的口头禅。可是这个词到了老张的嘴里全变了味儿。

这个不雅色彩的绰号当然没人用过，老张再次提起这个绰号，显然是对我向黄晓玉献殷勤的表现不满意，他继续借题发挥："你的四娘究竟是老还是年轻？穿的衣服是丑还是美？两句话前后都自相矛盾，居然还有人叫好？"

老张的打击面有点大，黄晓玉带头反攻："写得就是好！气死你老张，嫉妒死你老张，羡慕死你老张！"几个女人一起应和起哄，老张只有静悄悄的份了。

有了前面这些斗嘴玩笑做铺垫，葡萄架下的午餐气氛一直很热烈。为了让这次大检查顺利通过，和田人是下了大功夫的，除了让农家乐精心制作了红柳烤肉、抓饭、薄皮包子等传统美食，而且还让人专门到城里采购了几只巴木汉的鸡，又让庄园的主人找来专人现场烤了一些鹅蛋。

维吾尔族的美食最讲究食材的新鲜，比如羊和鸡必须是当天，甚至是现场宰杀的，这样的肉吃起来味道当然不一样。有些特色食物的供应都有固定的时间和地点，就像烤鹅蛋一般是在傍晚时分，只有当地人才能在城里某些地方找得到。酒也是行里专门从酒厂采购来的，这种酒我记得叫皮雅曼石榴酒，不知道现在还有没有了。

我在上学的时候就听农经老师讲过，新疆本地特产有一个共同特点，就是产量少、成本高。产量少因为是种植、生产、消费的规模小，成本高是因为工艺太实在，生产的东西都是真材实料，不做添加勾兑，再加上各地相距遥远，运输费用太高，这就限制了好东西的交换流通。因此，在新疆有些东西只能在当地才能吃到、喝到，过了这个村就没这个店。

和田是一个很古老的绿洲，但由于地理位置的偏僻，它的许多历史、文化都不为外人所知。以前说起玫瑰都知道欧洲的好，云南的好，可实际上和田的玫瑰不只是香，而且非常的甜，即使在乡下的小饭馆吃饭，店主都会免费给你沏上放了玫瑰花的茶。打开石榴酒立刻就可以闻到一种浓郁的香甜味。和田人告诉我们，酿酒的原料中加了玫瑰花，因此这种果酒不但有营养，而且非常好喝，最主要的是，用的全是天然原料。

巴木汉的鸡也有说头。这种鸡的做法是城里的一位维吾尔族老太太发明的，她用数种天然香料做配方，只需要将新宰杀的土鸡放到锅里煮熟就可以了。这种鸡肉的香味不只是沁入你的舌尖，而且能进入你的脑子，让你回味无穷。

　　和田还有地毯、丝绸、桑皮纸等特产，只可惜这些丰富的物产全被和田玉的名气遮盖了，以至于世人只知和田玉，而不知和田还有其他。因为不是旅游的旺季，庄园的农家乐没有请来维吾尔歌舞表演队，客人的注意力一上来就集中在吃喝上了。在皮雅曼石榴酒的影响下，大家的眼光很快就变得看什么都像看和田玉。

　　老张说真正的黄玉就像巴木汉鸡的鸡皮，油黄泛亮，申德福说烤鹅蛋的蛋黄才像黄玉，蛋清简直就是羊脂玉。老张掰下一块蛋清，喊了一声："啊，四娘的肌肤！"然后一口吞下，气得黄晓玉涂了好几层防晒霜的大白脸都变了色。

　　当代文化就是段子文化，独处一隅的和田也受到了熏陶，不过和田土产的段子几乎都与和田玉有关，还有一些不可考证的传说。有一个故事是说北京来了位大人物，当地政府费尽心机，花二十万购了一块羊脂籽玉，当这位大人物视察完和田离开时，和田人就把这块玉献给了他，他接受了这个礼物，并随手把它装在了自己的口袋里。令人惊奇的是他一进到面包车里，还没等欢送的人离去，就顾不得什么礼节，马上掏出那块玉把玩起来，可见和田玉的魅力之大。

　　酒也足了饭也饱了，故事和段子也满足了大家的好奇心，但是拥有一块国宝的欲望之火却燃烧得更加旺盛了。

　　老张和申德福谁都没有再提起过昨晚的事情，我也不会问老张今天为何如此活跃，且是带攻击性的活跃。新疆人就这样，凡事过去就完。

　　周日如果不能成为一个疯狂的购玉节才叫见鬼。用过早餐，食堂又给每人备了份馕饼和矿泉水，大多数人只拿了水而不要馕，认为中午回来吃就行了。绿洲的太阳没遮没掩，一出来就能刺得人难以睁眼，我们十几个人在明晃晃大太阳的照耀下，很快就融进了玉石巴扎的人潮之中。

　　周日的巴扎肯定比周五的更热闹。当地人说，巴扎是治疗孤寂的医院，是时尚的舞台，是增加本事的学校，是应有尽有的超级市场，巴扎是"海里买斯"（维语的 everything），有了巴扎就有了活力。我是把巴扎当成了学校，并选择老张作为第一老师，紧紧地跟在他身后，生怕不留神被人流挤散。

　　这几天老张和申德福关于和田玉的谈话，也帮我进一步弄清了他们之间的关系。我问老张是怎样喜欢上和田玉的，他说是闲着没事消遣玩，我再问他申处长为何也喜欢和田玉，是不是你俩有共同的爱好？老张说自己玩玉的时候老申可能连玉长什么样都不知道，他是到乌鲁木齐后看到行长处长们都玩玉才加入进来的，"上有所好，下必效之。"老张说，"凡事有源，寻根摸底总在上面。"

　　申德福可不这样认为，俩人有时争论玉问题时老张拿自己玩玉的资格说事，申德福急了，说别人拿玉做礼物送他时老张还不知道和田玉是什么呢，老张说自己怎么没听说过，申德福再也不给他留面子了，"我们的事能让你们知道吗？"一句话就暴露了他们之间的地位差距。

　　但是我还是决定拜老张为师，因为他反对我对玉感兴趣。

　　"中国人玩玉的鼎盛时期在清代，带头的人就是皇帝。在所有皇帝中，没有谁比乾隆更喜欢玉的了，这位盛世天子不仅爱玉，还识玉、懂玉，甚至推动了清代玉作的发展，使其在工艺方面达到了巅峰，是个名副其实的'崇玉皇帝'。他平定了新疆地区准噶尔部和大小和卓叛乱之后，年年春秋两季都要新疆的官员向朝廷进贡和田美玉，数量不低于4000斤，就是两吨多呀！

　　"乾隆在位时，英国派出了一个访问团来到中国。这个外交团规模非常大，5艘战舰，随员700多人，还有600多箱礼物。这些礼物都是什么呢？蒸汽机、织布机、望远镜、热气球、秒表、地球仪、连发手枪，还有两驾马车、一台天文仪器，甚至还有两枚榴弹炮炮弹。当英国人把这些礼物拿出来为皇帝和大臣展示时，没想到引来的却是一阵嘲笑：都是些什么鬼东西，拿来有鸟用？英国人拿出了他们的火器装备，想给清朝将军表演一下欧洲最先进的武器怎么使用，结果这位将军说了一句话：'看不看都行，没什么稀罕。'那时候官员们稀罕什么？玉。据说和珅的小妾洗澡用的坐凳都是玉做的。

　　"这些都是有记载的。"老张强调说，"你知道大清帝国是怎样处理英国人送的礼物的？放到厕所里去了！六十多年后英法联军打进了北京城，火烧圆明园前在那里发现了部分礼物。你说，乾隆是不是玩玉玩成'玉痴'了？所以玩物丧志、丧国，有些事情的后果要等多年后才能显现。"

"照你说，中国的玉文化是糟粕？"

"不，玩好了是精华。玩玉玩出成就的大有人在，孔子是最成功的一个。孔子被尊为圣人，除了他提出的'有教无类'的教育理念外，他还创造出了一个教学工具，那就是用和田玉作为育德的教具。你说君子该是什么样？别人答不出来，孔子说，就像我手里玩的和田玉，蕴含了仁、义、智、勇、洁五种品行，这就是正人君子的模样，你们照着和田玉学就得了。"

嘿嘿，老张的说法还真有点道理，可他接着又泼下一瓢冷水，"玉是人类早期的老师。现在教育发达了，用不着这些东西做道具。我们老年人玩玩无所谓，年轻人还是多学点科学，不要将时间金钱浪费在这些石头上。"

老张买玉属于淘宝类型的，在巴扎上专挑不起眼的摊位翻腾。他说这类摊主是挖玉人自己将石头拿来卖的，基本是一手货，没有经过中间商的手，成本肯定要低，而且捡漏的概率也比较大。此外，他基本不看白玉品种，不用问就知道价格不菲，他只挑一些大小不一的青玉籽儿，有时买数十粒也就花个十来元，一元钱一粒吧。

巴扎上有时摊主有事，摊位就没人看了，东西摆在那儿自己挑就行了。我们走到一个无人摊位前，旧地毯上按大小个儿放了几排灰头土脸的石头，老张蹲了下来。没经过人工打磨或盘玩的玉石，一般要沾点水或油才能显露出它的颜色质地，卖玉的人为了让玉石更好看，往往会在石头上喷点上光油，或者不断地给石头洒点水，以此来招揽顾客。眼前的这个摊位显然属于懒得让人望一眼的地方，只有老张才会在这样的地方停留。

我也学着老张的样子蹲下来，并随手拿起一块石头装模作样地看了起来。我手上的是一块青玉籽料，呈扁平状，手掌大小，近似椭圆，一面平凸，像面镜子，另一面的中间有一个天然的凹槽，凹槽里的颜色暗黄，还夹杂着一些黑点，质地与整块玉不一致，好像是玩玉人说的"僵"。我看到的就是这些，就把它随手扔了回去。

谁知老张却把这块石头捡了回来，他用手擦了擦它，翻来覆去看了几遍，又在脸上擦了擦，给玉沾了点自己脸上的油汗，然后四处张望着找摊主讲价。

好容易等到摊主来了他却听不懂汉语,两人只好让旁边的人做翻译,再加手势,摊主从最初要的五十元降到了十元,但老张一直伸着五个指头不让步,摊主没办法只有按老张出的价成交。

"掏钱!"老张扭头对我说,"五块钱,你的了。"我心里不满老张自作主张,但是又不能为五块钱争执什么,只好老老实实地掏钱拿玉完事。老张看出了我的想法,边走边对我说:"我看这是你第一次亲自挑选玉石,万事万物始于一,你想玩玉就从这块玉开始吧。好好看看这块石头,里面有点意思。"看样子老张又支持我玩玉了,我有点兴奋地把这块玉从头到尾地看了几遍,还是不知道"意思"在哪里,只好闷闷地拿着它继续跟着老张瞎看。

大家陆续回到行里已经是半下午的时间,食堂的师傅还给我们留着饭菜,他们知道逛巴扎是很费时间的。扒了几口饭后申德福直接来到我们宿舍,要看老张今天的成果。老张从包里倒出大大小小几十块玉石,申德福用手扒拉了几下,"咦,还说你玩玉玩的时间长,你看你挑的东西,全是青的,能值几个钱!"

"我不知道羊脂玉值钱吗?可我能买得起吗?"老张辩解说。

申德福回答道:"买不起羊脂玉就买皮子嘛,总比青玉好。"他说着开始拿出自己买的几块玉石,"看,全是带皮子的。现在内地人特别是北京人,都认带皮子的玉,价格一个劲儿地往上涨。"

老张也学着申德福的动作,将泛着各种色彩的石头扒拉了几下,"和田人咋说的?肉好,然后才是衣服漂亮。我看你是只要皮子不要肉。这些石头皮子太厚,里面肉质怎样说不清楚,这几块能看到肉的,有二次上色的嫌疑。"老张也不客气地回击了申德福的评价。

说话间其他组员也聚集到我们宿舍,纷纷拿出自己采购的玉石让两位"专家"鉴定估价。玉石买卖的水很深,大家在动手前都提前学习过,或者是找一个当地的向导帮忙掌眼砍价,谁都不是傻子,每人心里都有底,相互评价的目的只是给自己再吃一颗定心丸。评价中老张几乎完败,他给出的估价有时连实际价格的一半都不到,申德福给的结果则几乎是八九不离十,大家当然信服他了,老张又遭到众人的一顿批评。

最敢花钱的是来自喀什的组员小张，她老公是部队上的，前不久生了个儿子，老公给她买了一块高档坤表，这次出差，老公让她一定要买一块好玉。她看中了一个店里的白玉籽料手链，但价格太高，要价上万，最后她找熟人杀价后，以五千元的优惠价成交。我数了数链子上的石头，大大小小合起来也就十来粒，平均每粒将近四五百元。

听着他们报出一个比一个高的价格，我越怕别人问我买到的东西。但是黄晓玉非让我拿出自己的石头看一看，她知道我一直跟着老张在巴扎上转。我磨叽了半天，才从包里翻出那个有点"意思"的石头，很不好意思地说这只是一个玉石标本。

当那块发灰青色（当地人把这种青叫沙枣青）的玉呈现在众人眼前，没有一个人想接过去看一看，申德福当即就下了结论："你的张老师帮你挑的吧？啥品位！一点不负责任。"我连忙否认说："不，不，不，是我自己买的，张老师也说玉不好。"我边说边换个手，想尽快把这块丢人的石头再藏回到包里，心里同时在暗暗地骂老张：怎么能让我出这个丑！好赖就我一人叫你老师，说什么也不能坑我呀！

谁知老张却自己承认是他给我挑的，"当然是我选的！看看这面皮子，"他从我手里拿回那块石头翻了个面，"这样看是个大写的一，这样看是个阿拉伯数字的1，像不像？"大家纷纷传递着观看，有人用食指在凹槽处划了一下，"哎，还真有点隶书蚕头燕尾的样子。"说完大家又问我："花了多少钱？"我实话实说，报出了五元钱的价格。

"就五块钱买的东西还能叫玉？别坑害小青年了。"申德福不但没有再看那块石头一眼，还不依不饶地再奚落老张一句。

申德福的话一落，大家又把那块玉还给了老张，老张只好说："好吧好吧，这块石头算我的。"看到老张把那块石头扔在了自己的床上，我长舒了一口气，总算从尴尬丢份儿的境地中解脱出来了。

众人散去后，老张不禁发出自古物以人贵、人微言轻的感慨。我知道他是怀才不遇的人物，这并不是说他懂和田玉，而是指在这次检查工作中，大家遇到吃不透的问题私下里都向他求教，不分会计、信贷业务，他似乎都很精通，但是公开场合谁也不把他当回事，申德福的态度就决定了老张的地位。我只能说两句自己都不信的话安慰一下他，我自己还得考虑自己的目标。

接下来的一周时间里，大家白天还是加紧工作，利用中午和下午下班后的空档，许多人又到街面上的玉店里看玉和买玉，晚上再找申德福掌眼。申德福还是用他的标准先看白度，再看皮子，玉质放在了第三位，这和老张教我的方法恰好相反。但是老张并不反对玩皮色，相反他也很喜欢漂亮的皮子，他给我从最基本的和田玉的成分和物理特性讲起皮色的形成原理。

原来和田玉由极细的颗粒组成，这些颗粒又紧密缠绕结合，形成毛毡状的结构，使它的物理特性比较稳定，它的韧性、抗压性是其他材料不能比肩的。和田玉的皮色是埋在地下和河床里的籽料在周围其他物质历经上亿年的侵蚀感染下，留下的些微的颜色痕迹。

"皮色的形成和每一块玉所处的环境有关系，也和在这个环境里待的时间长短有关系，因此有的玉有皮色，有的就是光籽。维吾尔族老乡把玉皮称之为'衣服'，是最形象的叫法。玉肉和玉皮，与人和衣服的关系是一样的。"老张解释说。

虽然和田玉主要流向北京、苏州等大城市，但和田毕竟是原产地，捡漏、淘宝的机会比别的地方大，一些工匠艺人也在街道上开个前店后厂的铺面，连加工玉件带收购玉料，这样的店面收费不高。老张和我的任务本来就没多少，我俩有时上班时间就能溜出来，反正和田城不大，有事可以随时赶到行里。

老张抓紧时间学当地人做的玉手链，将收来的小籽料分大小、形状、颜色进行合理搭配，将每粒料打个直眼，不做其他加工，这只需要花一块钱，再用专门的线绳一穿一编，一条漂亮的手链就做成了。我算了算，连料带工不超过五十元钱，还不到小张那条手链的百分之一。

老张将做好的手链送给我一条，说是算与前面那块青玉做的交换。回到乌鲁木齐后，我把这条手链送给了我那位在分行做 IT 的老乡，他又转送给了他的女朋友。

老张自己还发明了另一种玩法，他挑了几块大小适合的玉料，让人打一个牛鼻子眼，再用线绳编个小结，然后挂到钥匙链上，就算做成了一个随身携带的男用装饰品。他说这些东西可以当作礼品送亲戚朋友。我很后悔当时没有学老张也买点他那样的小籽料，我是爱面子，怕被别人说没眼光，一直到离开和田都没有再买过一块玉。

和田的检查工作终于完成了，让人吃惊的是查出的问题并不多。在大家的印象中，和田属于边远落后地区，分行督查的少，可以推测他们的问题只会多不会少，可事实却又相反。申德福让大家找原因，问是不是玩石头着了迷，工作不专心，检查不细致造成的，没有一个人承认有这样的事。他又问是不是和田行招待得好，大家徇私情，不好意思把问题记录在案，当然更没人敢做这样的事。

老张听不下去了，"没啥原因，这里的人老实得像块石头疙瘩，你想让他们不守规矩都教不会。"大家听了全都点头称是。申德福有点不甘心，但也只能挑几个不疼不痒的小问题写进报告后上报完事。

检查工作是在第二周的周四结束的，周五有些人又到玉石巴扎最后疯狂了一把，然后心满意足地坐周六的飞机返回了乌鲁木齐。返回当天是五一节，第二天又是星期天，申德福宣布休整一下，定于星期一出发到乐弈市。家不在乌鲁木齐的组员充分利用这一天又到首府的几个玉石市场去看货，目的只有一个，就是比较在和田买的玉是否划算。

乐弈市地处祖国的西部边陲，因有一个连接俄罗斯的口岸而成为新疆的重要窗口和要道。那几年中俄双边进出口贸易额猛增，带动市分行的贸易融资和信用证业务水涨船高，经营效益排在全疆前三位，区分行自然在人、财、物上大力向其倾斜。我们是坐火车先到口岸，这里有一个支行，准备将这里检查完后再折回到市区，这样就不用走回头路了。

一下火车大家就感觉到气势不一样，停车场上停了好几辆进口越野车和轿车，连我这个"车盲"都能感觉到它们的豪华。黄晓玉悄声告诉大家，这是行里接我们的车。行里的"一把手"左行长亲自从几十公里外的市区到口岸车站接我们，他和组员们握过手后，单独和申德福坐一辆车先走了。

车站到宾馆并没有多远，整个口岸的办公生活区也不大，一条宽阔的街道上列了几座大楼，旁边还有一处见不到人影的广场和空旷的花园，这里应该就是区中心了。车辆在一栋俄式装饰风格的六层楼前停下后，稽核科的牛科长带我们走了进去。这座楼的内部装修也是异域风格的，大厅内金碧辉煌，气势宏伟，黄晓玉说这是口岸最高档的涉外五星级酒店，我果然看到有外国人进出。

拿到住宿卡后才知道，我们每个人都是单间，当时出差规定只有处级干部才能享受这种待遇。然后牛科长通知我们七点准时到郁金香包厢吃晚餐。

在房间稍事休息后大家来到了包厢，只见左行长和申德福已坐在那里等我们。这间包厢有一间会议室大小，站了一排穿旗袍的服务员。有人感叹地猜它的面积在一百平方米以上，而且地上铺的是地毯，墙上挂的是外国题材的油画，头顶的吊灯造型别致，这些也让大家啧啧赞叹不已。

左行长像黄晓玉在路上跟我们形容的那样，相貌英俊，身材挺拔，但脸上却隐约地透露出一丝冷傲的气质。他说话声音不大，一张大桌子上的人得安静点才能听清，开场白基本都是些套话，不同的是他特意介绍了和申德福的关系，大致是说申德福是老行长、老前辈，他们这些年轻的行长都非常钦佩他，以前是开会或电话向他学习请教，这次是亲自送教上门，因此非常感谢。大家明白了，今天的接待阵势是沾了组长的光。

菜与主食是中餐，酒是洋酒，除了伏特加还有威士忌，我是第一次开洋荤，又不想让别人知道，趁大家忙着给领导敬酒的机会，我把两种酒都悄悄品尝了一下，说句实话，味道比起我们老家的老白干差远了。

席间申德福向左行长介绍在和田买玉的闲话，说起玉价飞涨的行情时，大家都指着小张的手链为例，左行长"哟"了一声："真不便宜，顶我们口岸小姑娘半个月的工资啦！"此话一出就有人惊得吐出了舌头，当时我的月收入刚过一千元，听说处长的收入也不过三千多，他们这儿员工的收入怎么能这样高呢？

左行长从大家诧异的表情中看出了不相信，他接着说："我们银行的收入太低了，做外贸生意的老板专盯我们银行的小姑娘。在这儿上班的新员工，干上一年半载，稍懂点业务就被这些老板挖走了。我们银行再不大幅涨工资，我这行长都没法干了。"

我以前的优越感瞬间就崩溃了。人在骄傲和自卑时，情绪就会起伏翻腾。

此时，大脑会自动把酒精排在了优先的位置，什么工作呀、责任呀都转到了脑后。大家稍微迟缓了一下，也就是大脑重新排队的时间吧，消耗酒精的潜力被充分释放了出来。在我意识还没有关闭前，我注意到老张坐得很稳。

洋酒也是酒，头晚的记忆被酒精模糊了，早晨的头痛却清晰无比。我是跟在老张后面进入口岸支行营业室的现金区的，这次全由他填登记手续什么的，直到我看见两个漂亮的小姑娘，所有的清醒与不清醒都被她们吸引走了。

柜台外来了个缴款的小姑娘，只见她穿了一袭白色的连衣裙，配一张带酒窝的盈盈笑脸，给人一种白莲初开的清新感。柜台内的小姑娘穿着白色的工装，配了一个蓝色的领结，也是一张笑盈盈的俏脸，俩人在一起真像一对姊妹花。我看到她们很亲热地打了个招呼，然后隔着柜台聊起了闲话，柜台外的姑娘边说边填单，最后从旁边一个男人的手中接过了一个捆扎整齐的大纸包，又从自己的包里拿出了几把百元现金，一同交给了柜台内的人。

支行的小姑娘看也没看，很随意地就把那个纸包放进了装钱的铁皮箱，然后把零星的几把现金清点完毕后，两人说了句"晚上见"就分开了。就在我想入非非地目送柜台外的姑娘飘然离去时，正在核实清点重要凭证的老张突然站了起来，他径直走到刚才收款的柜员前问："为什么整捆的钱没有复点就入箱？"小姑娘知道我们是检查组的人，吓得张大了嘴，"这个还要复点吗？这钱没有打开过，我们付出去的时候就是这样的呀！"

"你们一直这样做的吗？"

"是呀，从来没有出过什么事，其他银行也都是这样做的。"

老张不再说什么，又回到他的座位上数凭证去了。

中午吃过饭老张都要走几步，我借口头晕醒酒，跟着老张走出了酒店。一出门就遇到几个低胸吸睛、大腿撩人的年轻女子进酒店，老张说："昼伏夜出的老虎，刚吃过早食。"

没几步路就走到广场了，在广场上看街对面更加清楚，老张指着一幢很气派的大楼说："看到什么了吗？"我读出了一家国有大银行的名字，"还有一个招牌呢？"我一看标识是"莫斯科夜总会"，于是不解地问：

"有什么特别的吗？"老张说："一家大银行将自己的楼房出租给夜总会，还不特别吗？刚才的那几只老虎晚上就在那里狩猎。"

老张很少说没根据的话，他有自己的"情报"来源和分析方法，我不会细问的，但对他说的有些话还是理解不透，"在和田钱不值钱石头值钱，这个影响面不大，涉及不到多少人和事。在这里是把钱不当回事，早晨的那捆钱有多少，一百万哪！就那么随手一扔，交款人和收款人都没把它当回事。如果把钱不当钱了，满足对钱的欲望靠什么？要靠更大数量的钱！"发完这番感慨，他又警告我说，"庙小妖风大，左行长把商人的做派引入了行里，要当心呐！"

乐弈市的检查重点当然是国际业务了，但是口岸支行只是一个服务网点，实际的业务和手续都在市分行办理。下午我和老张没事，就让支行的主任带我们到车站，参观了一下进口货物的检验、计量流程。我虽然做了两年多的国际业务，但还是第一次实地考察口岸运作情况，感觉收获很大，老张也是第一次接触进出口业务，问了很多问题。

快下班时黄晓玉通知大家将手里的工作底稿该签的字签好，完成了扫尾工作后，行里派了一辆面包车，将我们全部拉回了乐弈市。也没有什么通知和任命，黄晓玉不知不觉俨然充当了申德福的副手角色，她不仅代替组长通知一些事情，还知道一些事情的细节，只可惜她喜欢"是非"的性格也有所升级。

到乐弈后依然住酒店，行里没有招待所。但是房间分配变成了二人一间，还按和田的老搭档安排住宿。黄晓玉给大家解释说，在口岸的单间是老板掏的钱，那些豪车和豪宴不用说也是老板埋的单。来到吃饭的地方一看，不变的是左行长和申德福又坐在那里等我们了，原来他们俩中午吃完饭后就离开了口岸，这次见面大家就像熟人一样，第二次接风宴的气氛比在口岸时更热烈了。

在市区的正式检查开始前，申德福先召集了一个全组工作布置会议，给我和老张小组安排的工作是，先查出纳和保卫业务，最后再查国际业务，前两项业务必须全覆盖，而且要细查。

在和田时老张就告诉我，出纳业务现在风险不大，柜员每天的库存现金很少，内控措施也比较到位，柜员自己作案的可能性不大，除非内外勾结，而这种事情又是通过银企对账解决的，不属于出纳工作的检查范围，所以例行公事地查查就行了。这个方案是经过申德福的同意的，因此，我们对和田行的出纳业务是抽查，这次提出的要求却与和田行的检查方法完全不一样，我想问一下原因，但一看老张无动于衷，也就按下了想表现一番的愿望。

乐弈市城区不大，但网点不少，再加上下辖有四个县支行，每个支行又至少设两个网点，我和老张这次变成最忙碌的小组了，每天马不停蹄地四处奔波。行里也没有闲着，几乎每晚都安排有活动，不是吃饭喝酒，就是唱歌洗脚，牛科长更忙得不亦乐乎，我看他的主要工作就是管好我们的吃和玩，这种接待规格显然超过了和田行。

但是令人不可思议的是，大家闲聊时的话题却与眼前无关，没说两句乐弈的事，话锋一转就变成和田玉长、和田玉短了。大部分组员中间没有回家，在和田买的玉只好随身带到了乐弈，相互之间交流和欣赏彼此买的宝贝是件很快乐的事。老张是老玩家了，这次他把自己做的一条籽料青玉手链戴到了乐弈，钥匙链上又挂了两块小青玉籽，他说这些东西会越戴越油润，越戴越漂亮。

组里也有人买了，或者找人加工了几条手链，比较下来小张的当然最好看，老张的最有特色。老张的手链没戴几天，就开始发出油润的柔光，那种青绿的颜色与老张黝黑的皮肤搭配，有种黑土地上长了一畦葱的感觉。可黄晓玉一见到老张戴的手链就来气，"骚情得很！一个大男人戴着个女人的东西。"

老张冲她摇摇自己的胳膊，"肉好。"

老张的话有多重意思，只有组里的人才能听得懂。

最夸张的要数胖乎乎的小张了，她生过孩子发福后，忘性也跟着长了上来。以前她每天出门前都要数一遍自己随身的重要物品，1是挎包钥匙，2是手机，3是手表，4则代表了项链。在和田买了手链后，一时喜欢得不得了，生怕弄丢了它，于是原来每天要数的"1234"变成了"12345"，有人顺口给她加了一句："上山打老虎。"于是大家与小张打招呼的特殊语就是："今天打虎了吗？"

牛科长忍不住抗议了，"天天左一句和田玉，右一句和田玉，你们烦不烦。"老张从钥匙链上取下了一块青玉籽，让牛科长戴在了自己的钥匙链上，"别到领导那里去告我们，这块石头可长着耳朵呢。"老张和牛科长是一个业务口子上的，以前就相互认识。

没过几天，牛科长央求申德福说，什么时候给基层行一个机会，让他们也到和田出趟公差，顺便给老婆买点和田玉。老张给他的那块小青玉，现在已经在他老婆的钥匙链上了。申德福说，只要乐弈不出案子，别说在疆内出个差了，到内地旅游一趟都没问题。

申德福给牛科长的是明的承诺，他还有暗的承诺。在来乐弈的火车上，他找机会曾提醒我说："把老张盯紧点，别让他再犯病，有情况及时向我汇报。好好干，抓住这次机遇。"我心里嘀咕开来，申德福不愧是老行长，他似乎猜透了我内心的真实想法。

一天，做完市区的一个小网点检查后，老张突然说他要到医院去看牙，我说快到午饭时间了，吃了饭再去吧，可他说牙痛得厉害，根本吃不下东西，于是让车把我送到行里后，他和牛科长直接到医院去了。午饭的桌子上少了两个人，申德福立刻问我怎么回事，我把情况说了一下，并且特意解释有牛科长陪同老张，申德福紧张的情绪才缓解下来。

老张的这颗牙病得蹊跷。"五一"一过新疆就有午休的时间了，中午休息的时间是一点半到四点钟，老张和牛科长是十二点走的，一直到五点才露面，中间花了五个小时。我问他们怎么这么长时间才回来，他们说补牙后在外面吃了个饭。我们会合后又匆忙看了一个网点的保卫情况，牛科长才离开我们陪其他小组去检查了。晚餐时老张还夸乐弈的牙科水平不错，补完牙就能吃饭了。

我和老张花了一个多星期的时间，总算把网点业务全部查完了。可是屈指一算，离大检查最后结束的时限只剩下两天了，而最重要的国际业务检查八字还没见一撇，我心急如焚。申德福只管督促我们小组检查网点的进度，似乎忘了还有国际业务这个大头。老张只是偶尔问我一些信用证业务的处理细节，然后也不再提这项业务的检查计划。虽说距离检查结束还有两天的时间，实际只有一天的检查时间，最后的一天都是问题汇总、认定、签字、反馈这些结束流程。我明白无论怎么样都没有办法完成检查提纲上规定的任务了，也就拿出一副"死驴不怕开水烫"的样子，看大组长和小组长怎么收场吧。

早上一上班，我和老张第一次来到行里腾出来的会议室，这是专门为检查组准备的工作场地。国际业务科的科长马莉莉按要求将去年至今年的开证资料全部放在了会议室，她说话不怎么客气，直接冲我们抱怨说，业务这么忙哪有时间应付检查。

老张肯定是接触过这类强势人物，也应付过这种不受欢迎的场面。他略带谦虚地用商量的口吻对马莉莉说："我们尽量不给你们添麻烦，我们只抽查开证时间不长的企业、开证增量比较大的企业和六月底前付款的新开的信用证，你看怎么样，马科长？"

马莉莉怔了一下，"随便抽几笔查查不就行了吗？有必要那么认真吗？大家还不都是为了给行里赚钱。"马莉莉变成了想要商量的口气。

"不，我们稽核干什么都要有原则和根据，不是拍脑袋决定的。"老张的态度来了个一百八十度大转弯，不再理会马莉莉说什么了，马莉莉气得侧脸昂头，踩着高跟鞋"咔嗒咔嗒"的声响走了。

我不禁为老张的检查方法叫好。

在国际贸易活动买卖双方可能互不信任，买方担心预付款后，卖方不按合同要求发货；卖方也担心在发货或提交货运单据后买方不付款。因此需要两家银行作为买卖双方的保证人，代为收款交单，以银行信用代替商业信用。银行在这一活动中所使用的工具就是信用证。

从银行业务的角度看，信用证是国际贸易活动中最常用的一种结算方式。这种结算方式的一般规定是，买方先将货款交存银行，作为担保支付性质的备付资金，然后由银行开立信用证，通知异地卖方开户银行转告卖方，卖方按合同和信用证规定的条款发货，银行代买方付款。

按说银行在信用证中只是个中间人的角色，没有多大的风险，但银行主要是经营货币的，所以看到有资金需求的地方就要想方设法寻找放贷款的机会。买方在开证前交存到银行的货款叫保证金，银行收到保证金后才可以给它开立信用证。银行收不收保证金或者收取多少比例的保证金，视买方的信用、进口商品的市场行情等因素而定。如果银行不是按全额货款让买方交存保证金，那么当信用证到期后，银行就要替买方付保证金之外的那部分货款。

因此，只要银行以小于货款额的比例收取保证金，并给买方企业开立了信用证，就等于发放了一笔"或有贷款"。如果买方按时偿付了信用证上开立的货款，或有贷款发生的条件消失，银行就是帮企业做了一笔结算业务。如果买方没有按时偿付信用证上开立的货款，银行就得在扣除保证金后、无条件为企业垫付其余货款，这部分垫付资金就变成银行对买方企业的贷款了，或有贷款就变成了实际贷款。

抛开信用证的结算技术特点，银行决定是否对买方企业开具信用证，其实就是决定是否与该企业建立信贷关系，银行对有信用证业务需求的企业管理就变成了对贷款业务的管理。老张其实就是按贷款企业的管理方式来检查信用证业务的。

他同时是针对风险进行抽查的。首先是与乐弈行新建立贷款业务的企业因为缺少历史信用记录，当然属于重点关注的对象。其次是信用证的发生额增长幅度快，说明或有贷款变成实际贷款的概率就大，也说明给企业的信用度大幅提高，但原因和依据何在？这就是我们要核查的要点。最后要看将要到期付款的信用证。

老张曾给我讲过，所有的规章制度都像门锁一样，防君子不防小人，或者说防不了小人。

"那还建立规章制度干什么？"

"防止君子变成小人，防止小人轻易得逞。还有就是起信号灯的作用，如果门锁被破坏了，很有可能财物失窃了。"

"这就是检查工作的作用？"

"检查工作有点像进医院，一种是检查身体，诊断病症，另一种是就是动刀子治病，将瘤子切掉，将坏死的组织切掉。"

这次总行的检查方案重点是对进口信用证的保证金进行核实，就是看买方企业在开立信用证时，银行要求交存的开证保证金比例是否符合制度要求，是否存入信用证保证金专户进行管理。要求还包括对已正常付完款项的信用证进行复核，以验证是否有违规开证，但没有造成后果的情况发生。老张把过去已完成的业务彻底抛开不查，我感觉他是已经有目标了，像是要直接动刀子做手术了。

果然，我按照老张所提的三个要求，从表、账、证中查询符合条件的对象，结果很快就出来了，最终都指向了同一家企业：亚西进出口贸易公司。这家公司是去年在乐弈行开户的，今年以来开证金额很大，集中在六月份需要付款的信用证高达五千多万。而且这家公司的保证金支付担保是用地产做抵押的。

前面说过，最初和一般的保证金要求是现款，但后面就衍生为用其他形式的资产也可以作为开证的担保，这种形式的担保与抵押贷款的担保方式一模一样，要核实保证金的情况，就要核实抵押财产的全部资料。

老张大声说道："就是这家公司！调资料吧！把亚西的全部档案都拿来。"可是等牛科长去找人时，马莉莉已经去口岸支行办事了，并带走了科里的资料保管员。

老张让牛科长找行长把人叫回来，又打电话给申德福把情况说明了一下。过了一会儿申德福来到了会议室，他看都没看一眼老张，直接就问我："怎么样呀，小王，查出什么问题了吗？"好像我是小组负责人一样。

我赶忙站起来要回答申德福的话，老张却插了进来，"问题不小，一个叫亚西的公司开证金额很大，是用地皮做抵押担保的，这得多大、多值钱的一块地皮呀！我怀疑乐弈市有没有这样的地皮。我们找人要看的就是这块地皮抵押的他项权证资料。"他项权证是指抵押地皮的企业在房地产管理部门办一个地皮的抵押证明，然后将这个证明交给银行，银行据此抵押证明才给企业发放贷款。

"我以为多大的事，不就是调个档案吗？我给左行长说了，尽快让人从口岸回来。"申德福依然是背对着老张翻我面前的资料，他似乎懒得听老张的唠叨。

老张不依不饶，"企业是没交一分钱的保证金，全靠这块地皮做抵押的。"

"你懂不懂业务，啊？企业没给银行付款，它进口的货物就提不走，这本身就是抵押物！"

"我不懂业务，你懂！亚西公司进口的货物是什么？"

"废旧钢材！怎么了？"申德福斩钉截铁地回答道。

"说明你了解这家公司呀！"老张毫不客气地点出了申德福知道内幕的事实，"那你也应该知道铁矿石的价格，知道钢材市场的价格走向。亚西公司的这批货还没到手就面临贬值，行里就不应该做一做准备？"

申德福岂是受别人责问的角色，"老张，市场不是你我所能预测的，企业比银行了解行情，你就少操点心吧。国际业务这一块以小王为主查，以抽查为主，能查多少是多少，明天准时结束。"说完他依然没看老张一眼，扭头就走了。

这是我第一次见到老张和申德福的正面争执，这时组员几乎都在会议室整理最后的工作，牛科长也陪着大家，他们一样显露出震惊的表情。我想申德福走后老张还应该说几句什么，但他忽然变得好像什么都没发生似的，"来，小王，再调一调亚西公司的开户资料和资金往来账。"

下午老张让我查一查已经付款的信用证，找几个无关痛痒的小问题记下来，写一份工作底稿，也就是现场检查的记录，第一检查人签我的名字，后面是老张的签名，这次检查有个规定，工作底稿必须要双人复核。然后老张也出了一份检查记录，我一看内容就小声问他："马科长还没有回来你就这样下结论？"

"她在检查组走之前是不可能回来的。"老张边说边在第一签字人处写下了自己的名字，然后也让我签了字，"这件事情与你无关，明天反馈会上你不需要发言，签字只是个手续，别人也都明白。"

快下班时老张问牛科长："喂，你们的马莉莉什么时间能回来呀？"

"已经通过电话了，陪完客户连夜赶回，回来就是加班也要把资料给调出来。"牛科长信心满满地答应说。

晚餐申德福没有参加，这次连黄晓玉也不知道他到哪里去了，行里也只有牛科长作陪。大家很快吃完饭就走了，老张却稳稳地坐着，"牛科长，要瓶酒来，我们三个就在这儿等人回来。"

老张很放松地慢慢喝着酒和牛科长闲聊。等酒喝得差不多了，时间似乎也晚了，老张对牛科长说："打个电话吧，看人到哪里了，我估计八成电话要关机了。"

牛科长先拨马莉莉的号码，回音关机，再拨资料员的号码，关机，又拨口岸支行主任的手机，依然是关机。老张笑着向牛科长摆摆手，"别打了，今晚你要找的人都是关机，明早就会有回音，但人要等我们走后才能回来。此外，我再大胆地预言一次，明天的反馈会左行长不会参加，你的权力会很大。"

牛科长苦笑着说："但愿你不是乌鸦嘴，否则我就倒霉了。"

第二天早上牛科长一见到我们，就冲着老张说了句："乌鸦嘴！"别人都莫名其妙，只有老张"哼哼"地回应了一下。果然，主持会议的是一位副行长，他代表左行长表示道歉，因为昨晚国际业务科的两位员工到口岸拓展业务，与客户应酬时饮酒过量，连夜送到医院打点滴，左行长一早出发去看望员工，所以就不能参会了。

申德福非常动情，"大家看到了吧，这就是我们基层行的领导和员工，为了行里的发展，工作起来连命都豁出去了！我们这次大检查的根本目的是为了帮助基层行更好地开展工作，而不是吹毛求疵地为找问题而找问题。大家要站稳立场，摆对方向，以正确的态度和方法来看待检查中发现的问题。"我看到有的组员开始动自己的工作底稿。

黄晓玉代表个人金融业务组第一个发言，她先讲了乐弈行员工的一些感人事迹，然后才讲检查中发现的问题，基本是操作规范问题，最后又讲了营业部的先进经验。有了她的发言做参照，后续反馈非常顺利，乐弈行参加会议的被检查部门的负责人基本没有什么意见。

轮到我们组了，申德福特意让我先讲国际业务的检查情况，出纳和保卫指定由老张反馈。我把昨天的工作底稿念了一遍，大家没有什么意见，然后老张也学着我的样子，照着底稿一页一页地翻着直接念，都是每个网点的具体问题。

念到第三张时，内容发生了变化，"经查：乐弈行今年以来为亚西进出口贸易公司开具了五份信用证……"老张似乎并不知道自己所念的内容，也不理会参会人员出现的骚动，他谁也没看地一直念到了最后，"直到检查组反馈时，乐弈行仍然没有向检查人员提供亚西公司用于抵押的他项权证资料。鉴于此种情况，检查人员无法对乐弈行给亚西公司开具的信用证的合理性，以及用于充当保证金作用的抵押物的真实性作出判断。"老张还特意念了念检查人的姓名。

我偷偷瞄了一眼申德福，他表情阴沉，闭眼在听。一直等老张把亚西公司的那张底稿念完，接着又把其他网点检查情况念完，申德福没有发表一句点评。国际业务科派来了一位副科长，也没有提出什么异议。这种沉闷、没反应的气氛一直持续到会议结束。

接着是被检查行在工作底稿上签字，我的底稿由国际业务科的副科长签了，老张自然也把亚西公司的底稿拿了过来，可是这位副科长说他不了解这家公司的任何情况，还是等马科长回来后再签。老张用询问的眼光看着一旁的申德福，"怎么办？"

申德福终于发威了，"你本事大得很！爱咋办咋办！"说完扭头走了。

老张被冷落在那里，他又找牛科长，希望他能签个字，或者写几句见证的话，牛科长不要这个"权力"。老张只好让他将底稿复印了一份，原件让牛科长转交马莉莉，并嘱咐说签字后传真一份给区分行，或者最好能提供他项权证档案，这样这份底稿就算作废。

老张把复印的底稿交给检查组的综合员，就是起草检查报告的人，他要根据底稿来写报告，但综合员拒收没有签字的底稿，老张更加尴尬得不知该干什么。

下午基本没事，大家在酒店等待检查报告。快到下班时，黄晓玉通知到行里会议室集合，申德福让综合员将报告给全体组员念了一遍，然后征求大家的意见，得到的回应只能是纷纷一片"没什么"的答复。

申德福特意提醒老张，"老张还有什么看法吗？"语气明显带着挑衅。

老张声音很小地回答："没有。"

亚西公司的事在报告中压根儿就没提一字，老张居然不再争执，我看不懂这种反转。申德福最后宣布："对乐弈行的检查正式结束，散会！"

最后的晚宴还是早上参加会议的副行长主持的，左行长没有露面。开始气氛有点冷清，老张一看组里和行里都没人理他，估计猜透了冷场的原因，于是悄悄地溜走了。宴会的气氛旋即热闹了起来，我为了表示和老张不是一类人，频频地向在座的每个人敬酒，他们都是我的前辈和老师。

给申德福敬完酒后，他拍拍我的肩膀说："好样的！"我理解他这话的意思，也更加活跃地制造热闹的氛围。

我是偷喝父亲的老白干长大的，那酒的烈度似乎能割破喉咙，以前被人叫作烧刀子。喝过高度数的老白干后，再喝新疆的白酒我总觉有种发甜的感觉。这种感觉我不会告诉别人，什么酒喝多了都会醉，在口岸上我已经体验了一把。刚才我在宴席上把气氛烘托起来之后，就开始"弄虚作假"，能不喝就不喝，能少喝就少喝，反正喝到一定的火候就没有人再"监督"你了，他们关注的只有自己的杯中物。

我稳稳地回到酒店时老张正在抽烟，见我进门赶紧掐灭了烟头。虽然老张平时的情绪飘忽不定，但是我从他每天半夜都要到外面抽烟的习惯判断，他的内心被一些焦虑和沉重压得喘不过气来。

老张是个人，他终于开始吐露自己的内心世界，尽管依然说得吞吞吐吐，尽管我不是一个他确定能信任的人，并且在他的眼里，我应该还是一个小孩，但是，他必须要找一个能够倾听的人说点什么，不管是什么人。

"我不是一个和谁过不去的人。"果然他很清楚自己的行为和别人的反应。"在县支行工作时我就发现过一起贪污案，这个人和我、老申的关系都不错，在检举这个案子前，我找到这个人，希望他去自首，可是反复劝说都没用，不得已我才报了案。

"那时候大家恨贪污，恨腐败，你检举了坏人你就是英雄。那时候我年年被评为县支行和中心支行的先进，发现案子的那一年，我还当过一次区分行级的先进。成立稽核处时，区分行第一个就把我调了上来，这在当时是震动全行的一件大事，不次于通报我发现那起贪污案时的动静。

"唉，"一声长叹之后，老张拿出了一支烟，但随后又放了回去，"谁知后来情况发生了越来越大的变化。先是不重视审计工作，后来就视我们查账的人为找麻烦的人，最后发展成将审计变成了一种工具，表面说是给业务的发展保驾护航，实际是研究如何将问题掩盖起来，不被别人看出来和查出来，整个儿把6弄成9了。"

"6 弄成 9？"我不解地问。

"就是把事情弄颠倒了！"老张的语气开始愤怒起来，"以前是谁能发现问题、查出问题谁就是英雄，现在是谁能把问题包起来、藏起来谁才是英雄。举报问题、反映问题的人反倒被视为叛徒，成为人人躲避的臭狗屎。"

我忽然觉得老张不让我多言似乎是有意在保护我。

"怎么会变成这样？"

"屁股指挥脑袋吧。当初老申是最坚定支持我举报的人，可是当了领导，有了权和钱后，他的立场就来了个一百八十度的大转弯。我参加了他的离任稽核，问题查出了一大堆，可是七弄八弄的最后居然全摆平了！"

"靠什么摆平的？"

"还能靠什么？对上听话，输送好处，对下排除异己，封官许愿。就是个利益关系，老套路，和亚西公司的情况一样。"老张终于说到关键的地方了，"从现在的检查进展看，亚西的地皮抵押很可能是虚假的。从一下火车我就感觉情况不对劲，打听后知道接我们的车队是亚西公司安排的，吃饭接待又是这家公司。谁会无事献殷勤？

"那天晚上你们喝醉后，亚西公司又安排老申和老左到夜总会逍遥了一晚上。"

什么？老张居然会盯梢！我身上的最后一点酒劲儿全被鸡皮疙瘩替代了。

"是老牛告诉我的。老牛早就对亚西公司的业务有怀疑，可是又不敢检查，想借我们的手将问题核实一下，可是没想到老申一到就被老左拿下了，也可能是没来之前他们就已经达成协议了，后面的事情你都看到了。"

"最后的报告一句都不提亚西的事，你为什么不再争了？"

"检查报告是依据检查底稿写的，底稿上没人签字没人收，你争有什么用？我只想把这件事情暴露出来，让乐弈的人知道有人已经盯住它了。这样做也是对我们自己的保护。"

"你会继续向上反映这个问题吗？"我越发感觉到亚西事情的复杂，开始害怕把自己纠缠进去了，有意识地这样发问，以表明我不会再参与下面的行动。

"没有用，如今到处都是拿着屁股当脸亲，上下都一样。"

回到营业部上班的第一天，屁股还没有坐稳，主任就把我叫到了他的小办公室。简短地询问了一下检查工作的情况后，直接问我是不是活动着想往分行调。我一听就大呼冤枉，主任并不听我的声明和辩解，接着警告我不要动这个脑子，劝我多在基层做点实事，年轻人最好别急着进机关。

是的，从参加动员会开始我就动了想进分行的心思，所以我尊重老张，紧跟老申，讨好黄晓玉，这样努力地四面摇摆八面玲珑，为的是"建功立业"，探寻一条通往上层的路线。可是经过这一个多月的观察，回到乌鲁木齐后我就反思当初的想法，总不能为了能够获得多出差的机会，就投身到一个"69颠倒"的环境吧？关键是不管是当初的想法还是现在的思考，我从来没有向任何人吐露过，主任是如何知道的？难道真的有"司马昭之心路人皆知"这种事？

我心情郁闷地回到座位，屁股还没有坐正，同事又围了上来，七嘴八舌地还是问关于我何时到分行的事情。有人问我找谁做的靠山，抱了谁的粗腿，有人请教给领导送礼的诀窍，打听和田玉的价值。我百口莫辩，气愤之极地发问："这都是哪里来的谣言？"大家异口同声地答复："稽核科的人说的。"

我顿时明白了——黄晓玉！一定是她发布的消息。可是我依然不明白她发布这条消息的用意。

该来的消息就会来。没过几天，人事部的人来国际部办事，告诉主任让他放心，说稽核科的黄晓玉调到分行了，分行不会再调他的人了。原来在我出差回来前，稽核科的人到主任跟前说，分行审计缺一个国际业务人才，在检查工作结束后要把我留下来。主任一听就急了，不问真假就给人事部打了预防针：国际部的人不能动！

国际部一直人手紧缺，主任好不容易把我培养成了能独当一面的骨干，岂肯轻易放人。他之所以派我参加大检查活动，就是变相给我一点好处，满足我老想出差的愿望，阻止我心生跳槽到其他部门的想法，谁知差点酿成了烧香引鬼的"惨案"。

但我总觉得事情有点蹊跷，有点说不清楚的感觉，却不能到处去打问落实，又有点不甘心，思来想去，干脆给老张打个电话问问得了。

老张听得很仔细，让我把事情的来龙去脉说清楚，甚至连时间顺序都要确认。落实完这些情况后，老张非常肯定地分析说，我到分行的消息是有人故意散布的，这个人只能是黄晓玉，因为她是最后真正调入分行的受益人，我被"他们"当成了一个陪衬者，或者说是一个调人的由头。"他们"是谁呢？没必要说出，老张知道我能猜到。

"别急，大家伙，"老张又开始用这个绰号，"事情总在变化中，塞翁失马安知祸福，搞不好这件事或许能弄假成真，你想经常出差的愿望不就实现了吗？"他似乎好心地安慰我说。

都是出差惹的祸！原本只是我内心的一个愿望，现在却变成了人人皆知的事实，而事情又完全不是那么回事情。那么事情为什么会发生，所发生的事情究竟又是什么事，我自己都是云里雾里分不清东南西北。我只知道一件事，搞不清方向时只能原地踏步。

可是树欲静而风不止。没过几天主任又把我叫到了他的小办公室，"乐弈行的信用证发生了垫款，五千万的开证金额没交一分钱的保证金！你们是怎么检查的？"

我一听就判断是亚西公司的开证出了问题，"我可是你亲手带出来的徒弟呀，这些把戏岂能瞒住我？问题是……"我接着把乐弈行的检查情况详细地给他说了一遍，只是把老张的做法和想法说成了"我们"。

主任沉吟了一下说："看样子问题的核心是那块地皮了，如果地皮没问题就没问题，如果地皮……地皮出问题的可能性很大，他们的行长在这个节骨眼上调走了，让人不能不怀疑。"

"是左行长吗？"

"我不知道，听说是'一把手'，到乌鲁木齐筹备一家股份制的分行。"

左行长那张冷傲的脸顿时浮现在我脑子里，这次是从崇拜变成了鄙视。接着主任给我交代说，最近澳大利亚的铁矿石大量进口国内，内地钢企对废旧钢材不再感兴趣，我们对倒腾独联体国家这类钢材的企业要从紧开证。

我很佩服主任的业务能力，可是老张也曾说过废旧钢材要降价的话，他的预言与主任的判断居然一样，这些"老家伙"真的有过人之处。可惜他们现在都是"吃不开的王宝钏"，老张的状况不用说了，我们主任做了一辈子业务，最终干着科长的活，级别却还是个副的，不给他扶正的理由是说他只懂业务不会管理，其实大家伙儿心里都明白，是因为主任从来不去搞关系。

因为保证金为零，亚西公司的信用证由乐弈行全额垫付，垫付款自动转成贷款，亚西公司是用地皮做贷款抵押的，如果继续不能按期归还贷款，银行就要启动对抵押物的处置流程，将处置抵押物所得款项用于归还贷款。按理说这是正常的银行业务，可是如果有人要钻空子，正常立刻就会变成不正常。

亚西公司的不正常恰好是老张他们怀疑的那块地皮引爆的。

先说进口废钢是怎么出事的。先是市场行情出现了反转，澳大利亚采用大货轮向中国出口铁矿石，成本大幅降低，竞争力增强，一下就把西部口岸进口的废钢价格拉了下来。亚西公司就在此时做了一批公司成立以来最大的单子，行情对他们不利，可是又不愿意亏损脱手，想看看形势再决定进退，因此货物就暂且存放在了口岸区。

就在这时海关的一名检疫员生病住院了，一查诊断为白血病，医院了解完他的职业情况后，得出结论，是因为他长期接触放射性物质导致的疾病。消息传到口岸，驻口岸的各单位大哗。之前就传有公司进口了某国实验靶场的报废武器，其放射性残留物超标，大家还半信半疑，现在问题出来了，矛头指向海关。海关不但加强了对货物进关时的抽检力度，为了让口岸工作人员放心，还派人对口岸的所有地方进行了一次放射性监测检查，不用说亚西的那批货被逮了个正着。这还了得，不查都知道海关出了内鬼，海关立刻报案，公安部门马上介入侦查审讯，亚西公司的法人和主要负责得到消息后接连逃跑。

连锁反应终于传到了银行。乐弈行的"一把手"跳槽后，区分行下派了一个副处长去主持工作，当然有择机转为正职的承诺。他到位后没出三个月，口岸支行就传来亚西公司跑人的消息，他立即布置人落实贷款抵押物，以防抵押物出现什么闪失。马莉莉哭丧个脸拿来了一份土地证复印件，说这个就是亚西公司的地皮抵押证。这不是开玩笑吗？新行长派人拿着这个复印件到房地产交易所去核对，结果不言而喻，假的！一块不到足球场大小的地皮被改成几百亩的面积，当然交易所更不存在开具他项权证的事了。

新行长知道这种事情只有内外勾结才能做成，但他不敢直接从行里内部查起，谁知道这会得罪哪路神仙影响自己的前程。他绕了一圈，派人到公安局去报案，说亚西公司用假证诈骗了乐弈行。公安局接到报案后到行里查问了一番，二话没说就把在开证审查意见上签了字的人，包括马莉莉、一名主管副行长、一名信贷员控制了起来。

公安有公安的办法，没出两天被控制的人都承认拿了亚西的好处费，以假地皮抵押做保证，串通起来帮助亚西公司开立了信用证。为了减轻各自的罪责，马莉莉和那个主管副行长还指证，他们的所作所为是经过左行长授意的。公安局找到左行长，左行长说这么大的事当然得有他的点头同意，但不是造假而是正常的业务。事实上亚西开证的事不但上行务会讨论过，而且因为开证金额比较大，还向区分行报备过，分行给了授权才办理的。如果存在抵押地皮造假的事，那肯定是具体办事人员的错误，领导不可能亲自查验每个操作环节和手续的。

左行长说的有没有道理不重要，关键是亚西公司的负责人跑了，要证明左行长是这件事情的最终指使人，必须有他也拿了亚西公司好处费的证据，可现在连个证人都找不到，公安局也无可奈何。

但真正值得左行长感谢的是当时的一项制度，即"一把手"不能参加审贷会，也不能在贷款协议书上签字。这项制度是根据什么制定的，起到了什么作用，我至今都没有想明白。

左行长顶多负一个领导责任，但鉴于他已经调离天北银行，此事也无人再去追究了。至于申德福认为进口的货物也是抵押物的说法，在亚西公司这件事上彻底泡了汤，亚西带污染的货物被口岸运到戈壁滩上深埋处理了，亚西公司的贷款彻底变成了不折不扣的不良贷款。

后续就是不良贷款责任认定的事了，这时候看谁脚底的油抹得厚，能溜能滑的就是"真英雄"，跑不掉被逮住的只好自认倒霉。也有不服气的，唯一"解气"的办法就是多拉几个垫背的。分行稽核处被当成了垫背的，理由是亚西的事在大检查时就存在，为什么没有查出？

这下子就像食人鱼发现了一块肉，所有的鱼都拥上去撕咬。稽核处招架不住了，只有找行长评判。行长召集了一次专门会议，除了稽核处的全体人员必须参加外，各部门的负责人必须出席。"一把手"召集的会议谁敢缺席，各处室几乎都是正职与会。

行长将乐弈行的情况通报完毕后，稽核处让申德福将检查情况向大家做出说明，他竭力证明检查组高度重视乐弈的国际业务，一开始就把它作为重点检查项目，为了证明这个说法，他还将资料调阅清单复印件带到了会上展示了一番。

最关键的是亚西公司的事被检查组查出来了，但是因为时间不够用，没有来得及进一步核实。参会的哪个不是火眼金睛的孙猴子，疾风暴雨的发问立刻跟了上来：口说无凭，检查记录在哪里？检查报告中提没提这件事？具体检查人是谁？

在这个关键时刻，老张发言了，他拿出我们检查记录的复印件，将内容读了一遍，特意说明我是主查人，然后又解释了当时当事人的拖延手法，后续如何催促乐弈行督办的经过，以及"一把手"调离的特殊原因，一下子把所有的质问都挡了回去。

老张认为让大家不再发问的原因是行长发的话，行长说从事情的整个发展经过看，责任全在乐弈行，检查组的缺陷在于胆子太小，没有果断地上报，但是检查的技术和水平是值得肯定的。谁不知道审计是"一把手"直管，如果审计部门不称职，责任不就追到行长身上了吗？最后，行长不但肯定了大检查的作用，并且提出对具体的检查人员要兑现承诺，就是申德福所说的"予以重用"。申德福立刻插话说处里正缺一名懂国际业务的人员，行长当场宣布让人事部将我调入稽核处。

这些事情是我到稽核处报到后老张对我讲述的。

主任这次真的遇到了"烧香引鬼"的事，但他没有批评我，一方面调人是分行行长发的话，他阻挡不住，另外这种天上掉馅饼的好事谁也不会拒绝。可是主任还是有点不放心地警告我说，调分行一般是有试用期的，表现不好还会被退回原单位，因此嘱托我要小心行事，以防好事变坏事。不过他给了我一帖安慰剂，要是万一被退回，国际部会给我留着位置。

主任的警告并没有影响我的情绪。报到第一天，申德福领着我拜访了领导和同事。每到一处就夸赞我是大功臣，给稽核人员增了光，大家也都应酬一些好听表扬的话，我心里当然是美滋滋的。当天没见到黄晓玉，隔天她专门到我的办公室来祝贺，看她非常高兴的样子，好像根本不知道先前发生的事情，我也没有再提上次在营业部出现的谣言。

直到老张将会前会后发生的事情给我描述了一番，我才领悟主任的警告并非多余。我被分到了检查科，和老张坐了个面对面。

"你是说调我到分行是检查组为了逃脱责任？"

"有功之臣都得到奖赏了，谁还说检查组没有查出问题呢？"

"还有，为什么当初没有调你，实际是假调你，最终选择的是黄晓玉！还有一点你更不了解，黄晓玉是直接调来的，没有试用期，你是有试用期的。"

我的兴奋值落到了冰点，愤怒值升到了燃点，"X的！我还是个陪衬人！"

"不，准确地说你属于可利用之人，而不是想用之人。"老张再给我浇一瓢冷水。

"我还有一事不明白，为什么在会上你要帮申组长？"

"我帮他？我是在保我自己和你！如果我们当初没有查出亚西的情况，或者没有公布那张没人签字的检查底稿，这次你我都要丢饭碗！可是老申他们呢？最多挨顿批评，背个处分。乐弈行的事就是例子，马莉莉和那几个贪小便宜的傻瓜不是进去了吗？可左行长怎么样呢？论级别现在是副厅，你能把他怎么样？"

我的脊背现在才感觉到发凉。新疆老百姓流行的一句谚语回响在我耳边——念经的人说的话你要听，念经的人做的事你不能做。

稽核处的状况比我想象的要复杂。人员配备是一名正处长，二名副处长，三名正处级待遇的调研员，如果遇到全面检查，全疆十二个二级分行刚好是每人负责两个。下面设置了三个科，检查科是大科，有一名科长，一名副科长，工作人员是老张，现在又加了我。其余两个科只有一名科长或副科长，下面只有一个兵，黄晓玉在综合科，据说马上要提副科长。科长在分行一级算不上领导，这样全处原来的人员结构就是六个领导七个兵，下去检查科长也是兵，领队一般由处级干部担任。

如果兵不够就从下面的审计部门临时抽调，营业部是近水楼台，黄晓玉就多次到分行帮忙。依照这种情况她调分行是水到渠成的事，可老张说如果她没有和老申"好上"，熬到退休也进不了机关。原来，每个成功男人的背后都有一个女人，同理，每个成功女人的背后也有一个男人。两个离不开，男女都平等。

我到稽核处的那年因为才搞完大检查，临近年底几乎没有新的检查项目，我的工作就是学习审计制度，熟悉检查方法。一天，老张接到了一个电话，是乐弈行的牛科长打来的，他在乌鲁木齐出差，要和老张见一面。下午下班后老张拉我一起去了一家小餐馆。

一见面牛科长就知道我也是知情人，并且和他们上了一条船。酒过三杯话就不用把门了，老牛告诉我们他的科长已被免职，现在专职辅助公安人员追捕亚西公司的负责人。老牛后悔当初就应该直接查马莉莉他们的他项权证，或许不至于背上现在这个失职的黑锅。老张不这样看，他说我们检查组都没有调出材料，你是左行长的部下，他说句话你还敢查？老牛说就是这样才左右为难，横竖都逃不脱当这个替罪羊。

老张问起追捕情况，老牛更是一肚子苦水。他说亚西公司的人就在内地老家，周边的人天天见他们车来车往，人进人出，可是我们一去人就没了踪影，不知道是乐弈公安还是当地公安给他们报了信。"唉，祸起萧墙，家贼难防呀！"

老张也说不出什么安慰的话来，只能用"老牛不怕刀"给老牛打打气，我也只有陪他们喝个酩酊大醉，最后躺在床上把所有的烦恼都忘记。

转眼到了新年，元旦小假后处里开了个会，讨论总行的决定，即在聘请外部机构审计前，各行自己先选一到二个二级分行，对其年终决算进行一次内部审计，最后再和外审结果比对，以检验和提高天北银行的内部审计水平。处长说行长很重视这项工作，最后决定派申德福做领队，选择大湖行作为年终决算内部审计的试点单位。

组队的情况是这样的，检查科除了老张"看家"外，两个科长加我都去大湖，综合科派黄晓玉，制度科也派了一名组员。大会结束后审计组成员留下又开了个小会，就是组长再讲讲话，确认一下这个临时组织的正式成立。

我散会后见到老张感到不好意思，以为是因为我才把他留在家里了，老张说这与我无关，并且今后他参加检查的机会会越来越少。我说上次好赖帮了申德福一把，他会不领情？老张"哼"了一声："他是想帮左行长没帮上，如果不是亚西信用证碰巧出事，还不知道他们怎样对付我呢。这些事你不懂，也和你没有关系。这次出去对你来说是一次全面见习稽核方法的机会，多看，少问。"

"哦，对了，分工下来没有？"老张又关切地问了一句。

我回答没有，老张自言自语地嘟囔了一句："出发前应该分好工呀。"

申德福是不会按老张的想法出牌的，他在"出发中"对分工做出了安排。我们六人乘坐夕发朝至的火车去大湖，刚好卧铺位置相连，占满了一个格挡，十点发车时大家没有睡意，申德福召开了火车会。任务分工更不是老张预料的让我见习，而是让我担起了主力，负责财务费用的核查工作。

听到这个分工我差点没跳起来，当即表示我根本没有接触过财务，不可能完成这项任务。申德福非常和气地拍拍我的肩膀说："不是让你一个人干，刚才不是说了吗，决算审计的重点是财务成果，李科长负责收入审核，龚科长负责成本落实，你只是辅助龚科长核实一些费用开支情况，不懂还有这些老师帮助你，大家说是不是？"

"另外，分工前我反复考虑了一下，你的转正期快到了，这次安排你一些工作，研究转正时处里也好给人事部打报告。"

我嘴上说着"谢谢申处长，谢谢各位老师"，心里却直打嘀咕，特别是看到大家都带着一种说不清的笑和其他表情时。

我在上铺翻来覆去地睡不着，一看不到十二点，决定先给老张发个短信。我刚把手机调成静音老张就回信了，他让我到大湖后抽空回个电话，另外提醒我最好能找一个大湖行的人听听情况。我立刻有了一些想法，又发了几条短信后才关机睡觉。

早晨八点火车准时抵达大湖。上午是见面会，大湖的行领导召集一些部门负责人与审计组见了个面，申德福交代了一些配合审计的注意事项，"一把手"刘行长表了个态，确定了各专业口子的联系人，又相互座谈了一会儿，开场戏算是结束。

大家坐了一夜的火车，在食堂吃过午饭后就赶回招待所午休，我借口要看大湖市的街面，乘机在外面给老张打了个电话。老张接到电话就大骂申德福是个老狐狸，他告诉我老申的离任稽核处长是领队，而上年的大检查，处长是查大湖行的领队，财务上没查出任何问题，这次审计又换成老申领队，重点查财务。银行财务收支中问题最多的是费用，让你一个既不懂财务又不熟悉审计的生瓜蛋子查费用，如果查出问题打了处长的脸，你还想不想转正？如果现在查不出问题，等外审查出问题，责任就得你担。还有，这次选大湖做试点是分行准备调刘行长到营业部做老总，但纪委方面收到了些反映，行长这次选择大湖绝不是偶然的。

×的！我果然又成了老申的道具。老张除了叹气，一时也想不出什么办法帮我解困，只能骂骂老申解解气。但是，老张传递的消息成了我制定下一步行动的主要参考。

下午老申照例找行领导聊天去了，另外两个人需要到现场查看一些东西，审计组的临时办公室就剩我们科的三个人。我不知道要干什么，也没人安排我干什么，见龚科长在写东西，就站在他后面看，谁知他发现后立即收起了手下的纸张，让我先到财务科认识一下大湖行的人员。就那么瞄了一眼，我看到龚科长在抄调阅资料的清单，照抄的清单像是一个复印件，上面调阅日期是去年四月份的，那段时间正是大检查的时间段。我明白了他的检查方法，就是把大检查的内容复查一遍。

我去财务科转了一圈后，龚科长已经调好了一些资料，正在认真地翻阅，我捡起他看过的资料也装模作样地再翻一遍。我虽然没有从事过财务工作，但在大学粗略地学过会计学，工作后多少接触了一些银行会计业务，近期还恶补了一些审计方法，比如穿行测试方法等，看着看着我就能把账、表、凭证之间的勾稽关系理出门道，对财务的内部控制、业务流程也了解了一个大概，心中总算是有了点底。

没到下班的时候我的另一个救星电话也到了，妹妹接到我昨晚的求援短信后，出手救她的亲哥来了。

当年高考过后，妹妹成绩比我好，她听从父亲的意见，稳稳地上了河北财经学院的会计专业，毕业后又很顺利地在石家庄一家有相当规模的企业集团找到了工作。

妹妹先给我讲了几句家里的情况，又念念不忘地叮嘱我早点调回内地的事，然后直截了当地问："哥，你问费用是要查账还是要做账？"我在短信中并没有给她说具体要干什么。

"这些有什么区别吗？我是要查账用。"

"是要查问题还是要掩盖问题？"

"当然是要查问题，还有要掩盖问题的吗？"我理直气壮地说。

"好吧，那你先得知道是如何做假账的。"

妹妹正好是负责费用报销和控制工作的，她从如何找车船票，然后编制假出差说起，一直讲到与合作伙伴互开假交易发票，加大各项费用等手法。我忍不住打断了她的讲解："上边不是号召不做假账吗？不做假账是会计人员的底线，你们怎么连这点底线都没有？"

"我的哥呀，没有底线的时候才说底线，你连这点道理都不懂。现在谁不做假账？不做假账能活吗？"她更加理直气壮。

她告诉我如果要查问题就从大额的费用发票里找，特别是年底的发票。"哥，你可别把5弄成6了，啊？把5改成6容易，再把6恢复成5就难了。查到问题点出来就行了，不要记录下来，形成记录就是证据了。"

嘿，妹妹不愧是学会计的，专业功底比我要深，看样子她知道我在干什么和我想干什么。

但说到把5弄成6，这还是我给她讲的故事。大学给我们讲会计学的老师在银行实习过，并且是在手工记账的年代。那时候银行会计严禁"刀刮皮擦"，就是不让用刀片刮改记错的数字，也不让用橡皮涂改记错的数字，总之就是不让乱改账，以此来减少作案的概率。可改账的事总是屡禁不止，总有人想偷懒改账，其中把5改成6比较容易，所以大家经常用，久而久之就把5弄成6喻为要"做坏事"。还有弄巧成拙的事，即把5改成了6后，又发现5是对的，可再想把6改回5痕迹太明显，只好把账重抄一遍，那是很大的工作量。

现在妹妹开始用 5 和 6 来警告我了，可我就是要查一查 5 是怎么变成 6 的。

"好了，你该下班了，不要太辛苦。"内地和新疆有两个小时的时差，我估计妹妹是在下班后打的电话。

"下什么班，我得加班做假账！"

唉，看样子做假账比做真账辛苦多了！可妹妹才多大呀，就开始受假账的折磨了。

刚放下妹妹的电话，又一个电话打了进来，我一看号码就知道老乡帮的忙有门儿。通完电话一看也到下班的时间了，我就向老申请假说要见大学的同学，老申说今晚是行里的接风宴，如果不是女同学就别去了，我只好承认是女同学，大家一起哄笑。

我开始学会说假话了，目的却是为了查假账。

我见面的人是大湖行的科技科长，昨晚我给老乡同学发了条短信，希望介绍一个可靠的"线人"，他给我推荐了李科长，说这个人比较正直，能说点真话。我们到见面的地方点了一份大盘鸡，又要了一瓶伊力老窖，就开始了正式的谈话。

"你的同学技术不错，给我们行的网络维护帮助很大。他从来没有因为私人的事找过我们，看样子你的事还挺重要。说吧，能帮的我一定尽力。"

我一看李科长挺诚恳，虽然是老资格的科技人员，但并没有把我当小孩看，我就大胆地问他对行里的财务管理是否感到满意，以及一把手的口碑如何，因为大湖的财务是一把手负责的。

一听这些内容他犹豫了，"如果你是因为个人原因问这些问题，我不会跟你说任何话的，你太年轻，和我们不是一辈人。如果你以分行工作人员的名义，我更不知道该怎么说。"

我能理解李科长的顾虑，毕竟与他对话的是一个"嘴上没毛"的小年轻，又不是在正式公开场合，尽管早上开会时见过我，但对这样的敏感话题他还是相当谨慎的。我也找不到能打消他顾虑的理由，只好实话实说地告诉他，这次审计由我负责财务，但是自己没有查账经验，如果没有一点线索等于大海里捞针，短时间内根本找不到问题，而能否找到问题又关系到我能否调到分行，因此向他求助既是公事也含有私心。

"你们行福利搞得那么好，全疆谁都比不过，这本身就是问题。"我从老张处得到过一些大湖行的基本状况，又从妹妹那儿知道如何用公款搞福利的手法，于是大胆抛出了这个根据不足的假设。

谁知这个话题引起了李科长的愤怒，"谁说我们的福利好？尽发一些吃回扣不实用的产品，家家都堆满了洗发水、洗洁精，连什么破烂洗脚机、劣质按摩器都发，不知道谁拿了好处。可是奖金绩效呢？"

这个话题一打开，李科长马上忘了刚才的顾虑。他说老百姓对这种实物福利意见很大，但行领导却说这样做是为了合理避税，并且打着这个旗号做假账，"不说别的，就科技口子每年买的耗材就让人看不过去。吃纸喝墨吗？几十万几十万地进打印纸，进打印色带，不知道内情的人骂我们不节约，黑锅让我们背！可谁见到这些东西了？论数量几间房都装不下！"

我问了一下搞福利的时间，李科长说几乎逢年过节都会搞一点，大节大发，小节小发。他不可能直接说刘行长什么，但提到与行里做这些生意的老板是一位行领导的亲戚。最后，李科长无可奈何地说："内部外部月月查，上边下边年年查，查来查去还是老样子，你个小孩能顶什么用？走吧。"

第二天我来到办公室，懒洋洋地坐在座位上看别人翻资料，老申进来我也没动。

"怎么坐在这儿？动手呀！"老申说。

"不是让我协助龚科长吗？他没给我派活儿。"我解释说。

"谁说的？费用这块儿就你查！你不查谁查？你不能独当一面怎么转正？查！不懂的就问，检查记录自己负责。"老申的语气既严厉又带着鼓励，我听起来却充满了另一种味道。

我嘴里嘟囔着领导说话不算话，手里不情愿地拿起一张调阅清单写了起来。不一会儿我要的资料全来了，在大家幸灾乐祸的眼神下，我开始认真工作。

我先翻了翻账本，专门挑节日前后和金额比较大的记录看，然后让财务科调传票，就是记账凭证。有老申的话在先，两个科长也不好说什么，对大湖财务科的人来讲，我是代表分行审计的，我要什么他们就得提供什么。记满了几页纸后，第二天下午一上班我直接到财务科让科长要一辆车并派一名陪同人员，我需要到小河县核对几笔账目。这在我的职责范围内，科长只有按我的要求做了安排。

小河县离大湖市只有十几公里，这也是我选择到这里查账的理由之一。我还没到县城龚科长的电话就来了，他问我到县里干什么，我回答要核对一些数据。他说你懂不懂财务，现在费用开支权都集中在二级分行了，县支行连一分钱的权利都没有，你到那里去查个毛呀？我心里想说就是要查出个"毛"给你看，但嘴上却谦虚地说，我就是不懂才学习，想完整地看一下费用的报销流程。

财务科的小夏似乎猜到我要看什么，她也在路上给县支行的报账员打了个电话，让他们把上年的往来账准备好，说分行的人要检查。我们到达后效率很高，照着我前面记录好的日期和数字，与支行和二级分行的往来账一核对，接着调了几张付款凭证，然后我把付款凭证上的信息在工作底稿上一抄，让支行的负责人签了个字，检查就算结束。

小夏悄悄向我竖了下大拇指，"高手！"

没过两小时我又出现在龚科长面前，他好像还在生气没理我，我也懒得理他。我坐下又对照小河县的检查记录写了一份工作底稿，然后找财务科长签字，财务科长一看应该是全明白了，他皱了皱眉头，说报账的具体工作是小夏负责的，还是让她签吧。我又找到小夏说，这份检查底稿记录的就是发票内容和与支行往来的情况，没有什么其他内容，你就签了吧。小夏仔细看了一遍，见写的都是账上和凭证上的事实，没有什么分析和结论，也就把字签了，同时还把自己的章子也盖上了。

我心里有点忐忑，如果老申知道我到县支行去了一趟，他会是什么反应？可是从晚上吃饭时老申的表情看，好像没人告诉他我今天的行动，我当然不用向他汇报什么，是他逼我这样做的，这样想来我也不用考虑老申的感受了。

审计结束前，老申召集全组人员先开了个情况汇集会，每个人把自己的检查情况介绍完再把检查底稿交给黄晓玉，她负责起草审计报告。前面的情况老申很满意，他肯定完大家的工作之后，最后才点名让我发言："下面听听我们的功臣这次查了点什么。"

这种次序排布明显是要将我作为重点的点评对象。我装作第一次接触新事情那种兴奋的样子，先打了个官腔，强调我是在申处长和龚科长的大力鼓励和帮助下才取得了检查结果，龚科长一听连忙说我的检查内容和方法他并不了解。接着我就念了一遍小夏签字的那份底稿的内容，除了龚科长外，大家都笑了起来，看样子他们都不知道我到县支行的事。我把这份底稿交给黄晓玉，她说这是什么检查底稿，能说明什么问题，她又推给了我。我说还有一份，然后把县支行的那份底稿又念了一遍，把它们一起又递给了黄晓玉说："这两份合起来是一份。没办法，需要两个地方的人签字才行。"

这下子大家都不吭声了，老申看了一眼龚科长，龚科长低着头谁也不看，老申又扫了大家一眼，还是没人发言，整个场面极其安静尴尬。老申清了清嗓子，语气平和地问道："你到小河县支行去了一趟？"

我回答："是，我找财务科要的车，不违反规定吧？"

"不违反。不过以后要跟大家打个招呼，别人有事也好一起搭个车，这样不是也少给基层行添麻烦吗？"老申说的没错。

"此外，小王刚才说的问题还需要进一步落实，发票是一个单位，付款入账进了另外一个人的账户，显然是违背了谁的钱入谁的账的规定的，大湖行怎么会犯这么明显的错误呢？大家要动动脑筋，站在基层行的角度想想，是不是为了搞点经费或者福利呢？比如，我们下来基层行都要接待，费用从哪来？那点办公费显然是远远不够的嘛，对不对？"

我一听这话急了，"申处长，我的意思是通过这两份底稿对比，说明大湖行费用开支的内部控制存在重大缺陷，报销发票留在二级分行，付款执行和付款凭证却在县支行，这是很容易出问题的。我这里还有一份底稿，全部都是用这种方式付款的，金额太大，我们是不是延长审计时间，把这些账都查一查？我认为……"

"年轻人，先让别人把话说完，懂不懂？延长审计时间？这是随随便便的事吗？这里还是我说了算！既然不让我把话说完，那就散会！"老申大发雷霆，并就此要赖下台完结。不仅是我，每个人都知道内部控制出的问题是最大的问题，可是对于这样一个显而易见的漏洞，为什么就没有人看出并提出呢？老申的反应为什么又会那么激烈呢？

从散会那一刻起，我就变成第二个老张了，开始享受当"叛徒"的滋味。也就是从那一刻起，我体验了从"小王"变成"老张"的完整过程，虽然是被动和不知不觉的。还好，可能是老申要表明自己"说了算"，审计组的工作提前一天结束了，我们当晚就坐上了返回乌鲁木齐的火车。

回来的路上大家就说好休息两天再上班，但我等不及上班就约了老张出来喝酒，老张也想知道这次审计的情况，所以不谋而合地聚在了一起。

"怎么提前回来了？"老张见面就问。

我把前前后后的全部情况详细地给他叙述了一遍，我知道他需要细节。听完之后他并没有高兴的神情，反而忧心忡忡地说："你知道老申为什么对你查出的问题那么光火吗？他在二级行当行长时用的就是同样的报账方法，我之所以没有跟你说这件事，就是怕你捅这个娄子，谁知你自己还是摸出了门道。也罢，他们让你查费用账已经是在给你挖坑了，你查出来与查不出来的结果都是一样的。"

老张说不止一个行采用大湖行的那种费用集中报销模式，当年查出老申的问题后，老张也是在分行行长召集的调研会上提出这个漏洞的，行长当时还表扬了老张，但事后不但不改革这种方式，反而在全疆其他二级行推广这种方法。我说怎么会这样呢，老张回答，不这样"小金库"的钱从哪儿来？没有了"小金库"，下面向上面"进贡"的钱又从哪儿来？

"上下是个利益链条。这些问题都是秃子头上的虱子，连你这个新手都能查出来的问题，那些行家老手能不知道？龚科长只是和稀泥，他不向老申告你已经算是好人了。大湖的财务科人员未必想冒违法的风险做假账，可能也是抵挡不住上面的压力，他们也希望能把问题暴露出来，借分行的手让他们的行长收敛一点，可他们未必知道分行大行长的想法。"

"现在该怎么办？老申既不开反馈会，也不让大家看到审计报告。"

"我不知道。工作底稿留了吗？"

"那还用说，也不看我的老师是谁。"

"他们把5改成了6，但想把6再改回到5也不那么容易。自古邪不压正，老申他们的压力不比我们的小。等吧，总有6归6、9归9的日子吧。"

啊哈！"老银行"都是些玩数字的高手，老张也知道5和6的说法。尽管老张一再提醒，我的转正可能会有麻烦，但我顾不得那么多了，能把5改成6的事查出来，并且让6变不回5去，那才是一件开心的事情。

我让老申睡不着觉，老申当然也不会饶了我，他压根儿就没打算放过我。没过两天处长找我正式谈话，告诉我处务会上我的转正没有通过，原因就是我没有大局意识，不听领导指挥，这在机关是没有办法工作的。所谓处务会就是处领导和科长参加的不定期碰头会，老张是没资格参加的，所以会上的具体情况没法知道，但我和老张已经猜到了这个结果，所以我根本没有在意这个通知。我只是告诉处长，我在大湖行有一些账目还没有核实清楚，希望我离开后，处里继续派人跟踪一下这些账目，说完我把在大湖复印的几张工作底稿留给了他。

我想让处长也睡不着觉。

我非常高兴地到营业部人事科报了个到，他们马上就通知了主任，他正眼巴巴地盼我回来，才不管我是不是上级行不要的人，他只关心他的业务。可我借口春节快到了，我要先探个亲然后再接工作，主任一看也在理，我屁股没落地又坐上了回老家的火车。

当我节后再次出现在主任的小办公室时，手里拿着一份工作调动的手续和两瓶家乡的酒。我给主任把自从出差后的所有经历讲了一遍，他不再说任何挽留的话语，默默地在交接手续上写下了自己的名字。我不知道吃了主任多少顿请客的饭，原想以后有机会再回请他，谁知最后只给他留了两瓶老白干。

除了老乡同学外，我在新疆没几个贴心的朋友，与他们告别完，也就只剩老张这个忘年交了，虽然他是我的朋友里认识时间最短的一个。我是在要走时才约见的他。

"胜利大逃亡，啊？不愧是大家伙，有两手。"老张一直想把那个绰号安给我，看样子他是再没机会了。

说话间老张从包里拿出了一块石头，"还认得它吧？还给你。"

我多少有点惊讶，原来是那块灰头土脸的玉石，虽依然不是很起眼，但接过来仔细端详，一股内蕴的精光仿佛能透过人的心脾。玉石的颜色好像变深了，原来的灰青色在灯光下显现出的是青绿色，那个刻画在石头上深深的"一"字似乎也活了起来，像是一叶扁舟浮在一湖深泓的水中。

老张说这就是和田玉，你与它交流越多，它的变化就越大，越来越活泛灵动，民间说它有"命"。我说这是老师花工夫盘玩才出现的结果，怎么好意思夺人所爱。老张坚持把它还给我，"留下吧，玉讲玉缘，是你先发现它的，应该归你。好赖是块玉，横竖有个一。给它起个名字吧，叫'横竖有一'或者'始终守一'？你自己定吧。希望你能记住，什么时候都不要把这个'一'字弄丢，不然一万个零还等于零。"

我在石家庄的工作是妹妹帮助联系的，她和父母一直在催促我早点调回老家，见有一家股份制银行在石家庄设立分支机构的信息，妹妹立即给我报了名，那时我刚好从大湖行审计回来。在这家新银行我还是从事国际业务这个老本行，轻车熟路外加守规守矩，我的收入逐年增多，不但自己有了房车，还与妹妹合资给父母在城里置了一套房，尽管他们现在只是偶尔来住。

但是，世上难有称心如意的事，妹妹的二胎任务都快要完成了，我的对象却至今没有着落。这段时间她利用产前休息的机会，全力给我介绍女朋友。今天要见的是妹妹一个部下的同学，妹妹现在是集团财务部的副总，原本抱着"兔子不吃窝边草"的想法，并不想在工作的圈子里给自己的哥哥张罗事情，但是外面的人脉用完了还没有解决我的难题，只好出此下策了。

介绍的女朋友叫琴，是一家广告公司的财务人员，她选了一家西域风味清真餐厅作为见面的地点。我们用的是当下流行的介绍方式，就是双方介绍人把对方的大致情况通报一下，再留一个联系电话，其余的自己去搞定，毕竟都是老大不小的成年人了。

这是秋季一个周六的中午，难得的没有雾霾，阳光温暖明亮。我选了一个临窗座位在看菜单，突然有一款图案特别的衣服在旁边晃了一下，我猛一抬头，那个走过的身影也回过了头，四目一对，双方立马就确定了是要约见的人。

"嗨，你该不是把我当成维吾尔族人了吧？在哪儿搜了一个这么特别的餐厅，真不容易呀。"

琴的脸上露出了一丝笑容，"新开的，猜你这个新疆人会喜欢。"

我什么时候变成新疆人了？趁着说话的间隙，我们彼此打量着对方的外貌。琴个头中等，肤色不白却很细净，眉眼鼻梁嘴巴的比例都很到位地安在脸上，给人一种端正而舒朗的感觉。如果不是身材微微有点偏胖，琴应该能够划分到美女的行列——不是称呼中用的那种"美女"，也不是电视剧里的美女，我形容不出来她究竟属于哪种类型的美女。她今天穿的是一件连衣裙，黑底配黄、白、绿三色，这三种颜色相互混合，用竖条纹织出像孔雀尾羽的抽象图案，很像和田的艾德莱斯绸。这种色彩图案的搭配，不仅让她微胖的身材略显苗条，而且平添了一种西域女性的风韵。

既然她把我当作新疆人，我就谈点新疆的事吧。开始我是想先显摆一下我对新疆多民族风情的知识，比如回族老百姓的谚语：茶要喝热的，肉要吃凉的，媳妇要娶胖的。可是见了她本人后，我把最后一句隐瞒了，只让她趁热品饮"三炮台"盖碗茶，然后慢慢享用"九碗三行子"名吃。

琴也主动说话："看你的模样不像是挑事打架的人。"

"打架？"我有点茫然。

"小时候你没帮王总打过架？"

我一下反应过来了，"噢，小流氓欺负我妹妹，能不管吗？当时我也很害怕，打完架后……其实都是被逼的。"我哪好意思说自己被吓尿的事，这事连我妹都不知道。

我明白妹妹推销我的模式了，顺着这个话题就吹嘘自己还参加过乡里学校的武术队，练过双节棍，在大学是足球队员等等。琴只笑着听，并不多说。等又聊到新疆的事情时，琴的话渐渐多了起来，原来她比较喜欢旅游，甚至坐过首发拉萨的火车，但却没有到过新疆。这话题正中了我的意思，我借机把新疆好好地夸赞了一番，说得连自己都想立马再回第二故乡。

"那你为何没有留在新疆？"

是的，我也曾多次问过自己这个问题，但是没有任何答案。我只好敷衍她说："是家里让我回来的，但也可能与一段经历有关吧。"

见我有点若有所思，琴马上转移了话题，她向我要微信号，我受宠若惊地马上从手机里调了出来。信息一通我念着她的网名"小龙女"，妹妹说过琴属龙，她则念着我的网名"石守一"。

"怎么起了这样一个名字？这个图案是什么，像个隶书体的'一'字？"

"你能肯定那是个'一'字？"

"蚕头燕尾，力透纸背。"

"实际是力透石背！"我的兴趣立刻又高昂起来，滔滔不绝地向她讲起了这块石头的来历。琴还是笑着听，不时地问，等我把故事讲得差不多了，才忽然想起了一个问题，"你怎么一眼就看出是个'一'字？"

"我练过书法呀！"

琴的回答让我突然醒悟过来，她了解我比我了解她的情况要多，我赶紧扭转方向，开始补救我的闪失。

琴说她小时候去过毗卢寺，被那里面精美的壁画所吸引，以后就开始学习书画。我马上附和说我们村离毗卢寺不远，上中学时历史老师带我们参观过这座寺院，新疆也有许多佛教壁画。琴说她大学毕业后之所以选择到广告公司工作，就是想找机会发挥自己的特长，她旅游也与喜欢绘画有关。我马上给她介绍新疆的色彩，西域的文化。

谈着谈着我逐渐地明白过来，为什么跟之前见过的女生没话说，是因为她们对新疆不感兴趣，无法调动我的激情，而琴让我有了处处和新疆相连的话题。

不知不觉几个小时过去了，琴说她晚上还要习画，我们才有点不舍地决定结束今天的谈话。我和她走出餐厅门口要分手时，我觉得必须把一见面就想说的一句话表白出来。

我直视着她的眼睛，她的眼里泛着温柔的笑意，我说："真的，你今天很漂亮，就像我们新疆的'洋岗子'。"

一种惊异的神态立刻浮上了琴的眼睛，她猛地一扭头，快速地向马路边跑去，我不知道发生了什么，等缓过神大声呼喊她时，一辆出租车已经载着她飞驰而去。

我急忙拨打她的电话，电话一响就关机了！我不知所措地驾车回家，还没有坐到沙发上喘口气，妹妹的电话就响了。我正要向她说刚才发生的事，她却不问青红皂白，劈头盖脸把我数落了一番。

我气愤地质问："你说，我到底把她怎么着了？"

"你自己不知道？你为什么说人家长得像洋缸子？有没有教养？你还是我哥吗？我怎么跟我的同事交代啊？"

天啊，我狠狠地砸着自己的脑袋喊道："我的妹妹呀！'洋岗子'是新疆人赞美漂亮女人用的词！根本不是你们理解的搪瓷缸子！"

电话里半天才传来回音："对不起，哥。我马上给我的同事打电话。你真的喜欢这个姑娘吗？"

"还能找到第二个吗？"我有气无力地回答。

等妹妹的电话回来后，我给琴的微信发了一连串泪奔的图像，又发了一个很大的心形图案，最后是一束鲜花。还好，琴还没有拉黑我的'一'字头像。

我感觉像是等了一年。终于有了微信，我立即打开一看，琴回复了！是一条空信息！我毫不犹豫地拨出了她的号码，过了好半天，她接听了！

我急切的"喂喂"两声后，还没有说出"对不起"三个字，电话里就传来低声的抽噎，我不知道往下该说什么，慢慢地嘤嘤啜泣又变成呜呜的哭声，我更不知道该怎么办。最后，我这个肇事者只能做个听客，索性让她哭个够吧。

琴应该知道哭比笑难看，但她始终没有挂断电话。一直等到哭声渐渐平息下去，我才低声向她恳求。

"明天我把那块玉带给你好吗？"

"嗯。"也是低声的回应。

"下个月我们一起去新疆旅游一趟好吗？"

"嗯。"

"去看塔里木的金色胡杨，看克孜尔千佛洞的壁画。"

"嗯。"

"把你的画板带上，把漂亮的洋岗子画个够好吗？"

"嗯。"

"我想把新疆的经历写成信发给你好吗？"

"嗯。"

"我想说你真的不胖，可我妈老说，胖姑娘瘦媳妇，她就怕我找个苗条姑娘养孩子困难。如果我们谈成了，我该怎样向老妈交代呀？"

"嗯？什么？"

我似乎又看到了琴的笑意，于是放下电话打开了电脑。

"我是一九八三年七月十八日出生的，农历六月初九日，属猪。父亲……"

拉 菲 时 代

龙不仅是一种神话动物，中华民族的图腾，它还是老百姓用来比喻自然与生活现象的工具，"龙生九子，九子迥异"的故事，就是形象描述遗传基因多样性的一个例子。身处一个七大姑八大姨的大家庭，方能体察到"龙种"的这种奇妙性。

在三个舅舅、三个姨姨的大家庭中，母亲排行老末，小舅实属老六，可是别的子侄外甥都叫他小叔小舅的，我也不好称他三舅了，反正他也喜欢年轻，加个"小"字让他更受用，特别是在他退休以后。"你说，你爸现在居然还喝拉菲，他有几个钱，能喝得起洋酒吗？他会品尝这种高端酒吗？"我还在往鞋子上小心翼翼地套鞋套时，小舅已经忍不住高一声低一声地数落起我爸来了。一般的人谁会当着儿子的面批评他的父亲，就是亲戚也不行，可是对于贾西旺，也就是小舅来说，已经习以为常。别说是我父亲这个"外人"了，母亲家的所有人他都敢指责教训，因为他有这个资本。

想当年我父亲还是个养路工，住在离庄子不远的道班，上班时给公家干活，下班后帮母亲种地，日子过得红火滋润，整个庄子的人谁不羡慕呀。偏偏小舅对他唯一的妹夫看不上，他说养路工是个笨活，没有前途，见面就说父亲"眼睛小"，意思是胸无大志，看不长远。父亲被他这个最小的舅哥贬得一文不值，但碍于整个娘家人对小舅的崇拜，父亲非但不敢反讥，还得假心假意地向小舅讨教，如何把这个"老婆孩子热炕头"的日子过得更加"水深火热"。

小舅开出的药方是抓方向盘和学机械。废话，谁不知道！父亲忍了忍没有说出这句话来。因为在当时开车和开推土机属于技术工，人多机器少，竞争很激烈，学习的机会都给了年轻小伙子和有门路的人。父亲既没有关系，也结了婚成了家，这样的好事怎么也轮不到他呀。小舅是为了让他妹妹成为城里人而出手帮父亲的，他手把手地教父亲如何请客送礼拉关系。其实，当时物资并不丰富，农村除了白菜萝卜、土豆蛋蛋这些"特产"外，找不到什么能当礼品的东西，可是贾西旺的话能当"礼品"用，并且很好用。

"领导您看，这是我们家自己种的蔬菜，不值几分钱，但是不上化肥不打农药，口感和味道与市场上的绝不一样，放上十天半月都坏不了。""领导工作忙，我有时间就顺便给您捎一点。"

父亲学着贾西旺教的办法，回段部学习开会时就带点这些"特殊礼品"。母亲也没有闲适，每逢段部有领导和管事的人到道班检查，不管地里的活有多忙，母亲都要做一顿"拉条子"招待他们。那时候的流行说法是"羊肉糊嘴，拉条子拌腿"，把有权人的腿和嘴搞定，好事自然就会来到。在父亲的同龄人中，他是第一个开上机械的人，母亲随后成了段部食堂的大师傅，小舅又找人给她落了个城市户口，她在这个职位一干十来年，虽然一直是临时工身份，但最后享受了"五七工"待遇，终于在退休年龄拿到了社保工资。这些不算什么，与庄子里的孩子比较，母亲最骄傲的是我从小就是城里人。

贾西旺可不是靠这种小把戏成为城里人的，他基本等同于天生就是城里人。母亲说小舅从小就穷讲究，衣服什么时候都要整理得平平整整，头发一定要一丝不苟，身上绝不能沾泥带土，地里的活不会干，整天就知道捧个书本看。这些习气在农村是大忌，姥姥气急了就骂："咋生了这么个书迷鬼！"小舅秉性与姥姥所有的孩子不一样，学也上得与众不同。在公社学校里，他的作文篇篇被当作范文，可是数学总不及格，学校也不知道该怎样教育他。这个难题很快得到了解决，小舅初中尚未毕业，"文化大革命"的风暴刮到了乡村，教育也要闹革命，小舅立刻参加了红卫兵，再也不用面对 x 和 y 这些烦人的问题。在进城参加了一番游行"串联""文攻武卫"的热闹之后，贾西旺最终还是回到了庄子。

这当然不是贾西旺的初衷，可是县"革委会"传达了中央文件，说贫下中农是革命最可靠的同盟军，广阔天地大有作为，他只好陪城里上山下乡的知识青年回到老家，只是得了一个"回乡青年"的称号。贾西旺感觉受了骗，说是反对出身论，现实还是"龙生龙凤生凤，老鼠的儿子会打洞"，上大学成了泡影，闹革命没闹进城，贾西旺唯有仗着自己是贫下中农的后代，成了庄子里游手好闲的二流子。一天他到公社玩耍时不知怎样遇到了一个下放的"右派"，这个姓黄的右派当过艺术学校的老师，弹得一手好琵琶，贾西旺可能是闲得蛋疼，死磨硬缠地要拜这个"右派"为师，姓黄的害怕惹事，又不能拒绝贫下中农后代的要求，只好偷偷地收了这个学生。

贾西旺的风格就是干什么就把它干个天昏地暗，否则就不叫干事。学琵琶没曲谱，他可以扒火车到首府去寻，借到了还要用手抄下来。买不起琵琶就在空罐头盒上绷了几根猴皮筋，在上面练习指法，最后发展到自己用桑木和三合板仿制了一把琵琶。机会绝对是给有准备的人准备的，一天公社来了个首府的文工队，要给贫下中农做慰问演出，东道主当然是要出几个节目配合一下的，可是演来演去就那几个老套路，社员们都看烦了。公社也想在首府人面前显露一下，就把社员呼声很高的贾西旺的琵琶独奏放在了节目单上。这是贾西旺第一次登台演出，在野外露天舞台上，大瓦数的探照灯亮得他眼都难以睁开，他屏住呼吸，用他老师的那把明代琵琶，拨响了《弹起我心爱的土琵琶》。当最后一个音符消失在旷野上空，有那么几秒甚至出现了万籁俱寂的景象，随后才响起风暴般的欢呼。

贾西旺直接跟随文工队走到了下一个演出地，最后把脚跟落在了首府乌鲁木齐市，这个时候许多城里的青年还在偏远的乡下接受贫下中农的再教育呢。新疆人说"洋芋开花赛牡丹"，跃过龙门的贾西旺从此飘浮在了云端，家里人永远猜不透他下一次会出现在哪个云头。

姥姥姥爷在世时，小舅年节都会回来，特别是过年的时候，每家轮流请客，只要他没走，酒桌上天天都是他的演讲台。他今年谈琵琶，明年说古筝，后年变成了阮和古琴。过两年他又搞起了摄影，甚至还刻过章子，他说那叫篆刻艺术。再过几年他又开始写诗，最后到编辑部工作，成了什么艺术评论家。在滔滔不竭的演说之后，小舅不会忘记叮嘱后代几句，就是好好学习，考个大学之类，因为"文革"过后考学是最大最久的热门了，小舅绝对不会放过这个潮流，他自己也从什么地方搞了个文凭，终于圆了他的大学之梦。

从天空飘来的话语难以接到地气，表哥表姐们并没有因为经常听到著名艺术家贾西旺的教诲而有所出息。母亲家族的上辈就出了小舅一个人物，到我们这辈又沉寂了，十几个男女就没有再冒出一个"文曲星"。除我考上了一所正规的财经学院外，其余最多就是上个自己掏钱才能进的职业中专、专科学校什么的，有些哥姐干脆中学毕业就包地种地，到建筑工地打工，喜欢技术的就去摆弄个机械修个车，总之是五花八门吧。

贾西旺没有培养出一个"书迷鬼"和"文曲星"，生活现实却把他从鬼界云上拽到了人间。记不清从什么时间起，大约是从他离婚以后吧，小舅就开始在钱眼里撒泼打滚了。他的离婚起因中国人都很熟悉，就是那个不说也知道的"房事"。新疆的房改起步较晚，大约是在20世纪90年代中期开始试点的，当时小舅家住的是舅母所在的商业单位的房子，商场要把公房卖给职工，小舅家五十多平方米的房子评估下来要交五千余元，舅母要小舅掏钱，可小舅的钱不是买了那些价格不菲的乐器，就是花费在摄影器材上了，打死他也拿不出来。俩人解决问题的办法也很简单，离婚。

亲戚们对这个结局并不惊奇，小舅是在乌鲁木齐找的对象结的婚，一切事项由对方操持，与庄子里的贾家无关。舅母的娘家是个高干，舅母又是一家大型商场的"一枝花"，小舅是怎样把她追到手的亲戚们并不知道，文艺界的江湖传说也到达不了我们这个小地方。我只听大表哥说过，小舅母婚后只来过一次老家，接待她时全家上下几十口人战战兢兢的，话都不敢大声说一句，男女老少忙活半个月收拾好的房、床，人家只住了一个晚上就走了。如果当时交通方便，可能连一个晚上的面子也不留。至于我那个唯一的小表弟，许多家人只见过照片，他一出生就由自己的外公外婆包养了，贾西旺没有资本和资格来教养自己的亲儿子，别看他经常吆五喝六地教训我们。

"钱荒"问题并没有因为离婚而得到解决。小舅向文联要了一套住房，谁知两年后也要进行房改，这次大约要掏六千多元，就算当时工资不高，他每月好赖也有几百元，贾西旺还是一个子儿也拿不出来，因为他还有另一个天生的"丽质",那就是花钱特大方,看上眼的东西就是借钱也要买到手。没有办法,只好由他妹妹我母亲借钱给他,这才解决了燃眉之急。

贾西旺拿出架势要挣钱了!

挣钱的方法就是利用资源收租子,这是当时流行的套路,此时他是《明星人物》杂志的副主编,此期刊是由以前的《艺术大家》改名而来。广告费的回扣由社长和主编支配了,版面费的好处就成了贾西旺的小金库。初期还有几个想"整事"的人来求他们发个特辑,写个评论,就是吹吹捧捧的老把戏,后来发现用这弯弯绕的法子成名发财太慢,大家都学会了直接上床和直接用钱开路的办法,这下把贾西旺搞残了,他们由原来的设卡收费颠倒成拉人找钱的主啦!折腾了几年贾西旺终于明白了,文人挣钱就如同秀才造反,真的特不容易!

可是谁敢小觑贾西旺呢?他要出手不整出点事是不会收手的,租子收不成了还不能卖手艺吗?贾西旺不曾离开过音乐,那是他生命的组成部分。有段时间他发现以前到处是教钢琴、提琴的小广告,现在忽然增加了古筝和琵琶的内容,一问才知道是一些内地刚毕业的学生到乌鲁木齐办班赚钱,新疆的学校不教这些乐器,于是他决定重拾旧业。

贾西旺不会用发小广告的方式招生的,那样有失他的身份。他的第一个学生是我女儿,那时她只有五岁,春节去给舅爷拜年,舅爷根本不管她只会在幼儿园滚爬,抱起她往琴凳上一放,"弹,拨这根弦,按这个地方,哎,这就对了。""好不好玩?好玩了就在舅爷这玩。"女儿不走了,过了一周后她和舅爷一起回来了,我们家多了一架古筝。从此,女儿每周都要到舅爷家去"拜年"。

几个月后,小舅给我们展示了一份晚报,副刊整版刊登了《国乐声声谁人奏》的文章,配的一幅照片是女儿的,她歪着小脑袋,胖乎乎的小手正在拨弄古筝的琴弦。就这样,那个西域著名的"琵琶演奏家"贾西旺回来了,带着美学专家、艺术评论家、摄影大师、金石鉴赏家等一大堆名头,而且把琵琶提升到了"国乐"的地位,把古筝称谓"Chinese piano",望子成龙的家长们谁不想请这样一位"国乐大师"教育自己的孩子?

我从财院毕业后留在了首府,并考入了江北银行营业部工作,遵循小舅的指导，一直踏踏实实地干活学习，现在已经从基层进步到分行机关的个人金融业务部。这些年来，我目睹了小舅是如何从"背负债"到"有资产"的。贾西旺虽然出身贫下中农，但是教学对象瞄准的却是"白富美"，他的学费是首府最高的，一开始就和最好的钢琴老师的收费一样，他说这样才能体现"国乐"的价值。他对学生很挑剔，只收有灵气的孩子，这样教学就能取得事半功倍的效果，有些学生很快就通过了各种考级。

光靠收学费还不足以体现"国乐"的价值，做贾西旺的学生必须要用最好的琴。市面上都是低档廉价的琴，可是贾老师有办法，他的启蒙老师黄姓"右派"平反后回到了江苏扬州，与儿子合办了一个民族乐器厂，在那里贾老师能订购到全世界最棒的琴，价格当然也与昂贵的西洋乐器并肩媲美。几块木头加几根钢丝怎么就那么值钱？贾西旺有自己的办法，他让黄老先生找了几个著名的民乐演奏家，在乐器的背面用火漆打上这些人的名字，完成了"专家监制"的流程。材质选用的是整块红木，把一个实用器具转化成了中国人崇尚的、能够万世留存的收藏艺术品。

当贾西旺将买方市场变成卖方市场时，一笔可观的现金流出现了，我一下嗅出了其中的价值，开始正式接管小舅的金融资产。我帮助小舅购买基金、理财产品、黄金白银。行里安排什么任务，我就用小舅的钱买卖什么。谁知小舅的运气就那么好，买什么什么就涨，卖什么什么就跌，我的指标任务完成了不说，关键是小舅账上的钱像开水一样地直往上翻滚，这提醒他该解决一下"房事"了。"房事"有钱就能办到，小舅买了一套将近二百平方米的豪宅，这还不过瘾，他说新疆的房子价格低得让人看不过去，于是就在老家东疆市做了一把慈善事业，在那里投资了一套门面房，年年都有一笔稳定的租子可收。

贾西旺把他那些"天生丽质"更加发扬光大，他的衣着不用说，从头到脚非名牌不穿，还把新疆人喝了几辈子的茯砖茶改成了普洱，用低度的洋酒替代了烈酒老烧。吃喝不算，用度上尽赶时尚，听说水里有这有那，立刻买了最贵的进口净水器。北京闹雾霾，他那一尘不沾的家里也要摆一架空气净化器。幸亏有洁癖的他不抽烟，对汽车驾驶也兴趣了然，不然这"二烧"还得把他刚积攒的家底消化个一干二净。

站在新云头上的贾西旺又开始趾高气扬了，只是现在炫耀的内容不再是那些把他拉上新云端的非物质艺术了，而是由那些非物质所带来的物质享受。有一次我回东疆办点小事，几个表哥拉我凑一起喝个小酒，大表哥叫着我的小名说，"成成，你没跟贾西旺学会喝拉尿（sui）酒吧？"

大表哥比小舅小几岁，背后敢直呼小舅的名字。我说没听说过这种酒，其他的人全笑了，"拉尿（sui）就是拉菲，大哥非把小叔要喝的拉菲听成是拉尿（sui）。"乡下人把小便直接说成"尿尿（sui）"和"拉尿（sui）"，看样子小舅回东疆与他们聚会时又用非洋酒不喝做引子话题了，这是他要开讲时惯用的套路。

"我是故意压一下贾西旺的威风。不过过后我真的让小女婿买了瓶拉尿（sui），我要尝尝上等人都喝些啥东西，一喝就那么个东西，发涩发苦的，哪有自家酿的好喝。"

"土老帽，那是你没醒酒就直接开喝了。"这几年大表哥包的地专种酿酒用的葡萄，不是地主也是财主了，在市里买的房子是几家亲戚中最大的，自家酿的葡萄酒也成了大家过年过节时"打土豪"的标的，味道的确适合我们这些不会品酒的人。

小舅不知道他高贵的拉菲变成拉尿（sui）了，但感觉到自己的豪宅似乎也不算什么了，我那个学修车的表哥后来整出来个4S店，新近传来的消息说他在城边买了座别墅。小轿车在东疆这个小城市几乎已经成了家庭标配，甚至出国留学也开始流行起来，表姐家的女儿高考没考好，直接就联系到国外上大学去了。家乡的变化促使小舅又开始经常回老家了，前段时间他回来转时住在了我们家，父亲可能听说了他非洋酒不喝的故事，就从电视购物上买了拉菲酒准备专门招待他用。

"不到两千元就买了两箱拉菲和一箱XO，合起来十八瓶，你小舅根本不相信，可他看了半天，品了半天，最后也没有说出个真假名堂。"父亲不会网购，但热衷于电视购物。

我的脑子里立刻闪现出电视里的画面，先是或男或女或男女兼有的两个主持人准备拍卖一箱酒，介绍完很有吸引力的性价比后，中国区的经销商总经理出场了，说他今天心情很高兴，批准了买一送一的计划，然后主持人用机关枪一样的语速一再确认这个天大的好消息，让观众购买的欲望又上了一个台阶。"这还没完，"主持人的话语一落，一个带着美女翻译、气质尚可的老外缓步出场，这个老外可以冠以中国的或者是亚太地区销售总监这样的头衔，也可以是家族酒庄的传人或董事长，这个头衔视他的任务轻重而变化。老外办事讲逻辑，他没有凭心情做决策的权力，今天他因为在中国的销售额突破了一个历史大关为由，也可能是以庆祝酒庄的百年诞辰的名义，拿到了给即刻买酒的顾客再送一箱酒的授权。翻译的话还没完，主持人的脸都惊讶得扭曲了，然后是语无伦次的发问，老外矜持地用"点头 Yes 摇头 No"来回答这些激动的发问。等这些套路流程走完后，天空瞬间落下缤纷的彩带，伴随着声嘶力竭的吆喝，电视中闪烁着不断变小变少的限时限量的购买数字，蜂拥而至的电话好像高速路上挤爆的车队⋯⋯欧洲贵族品鉴的名酒成了国人饭桌上的佐餐酒。

"这可能吗？会不会是假酒？"我跑去向余维乐请教，他是我们部的营销经理，专门向私人银行的高净值客户推介新的金融产品，行里和几个大品牌白酒厂商开发的期酒，即可以分期付款和分期提取存酒的一种高端白酒销售方式，就由他负责助销。

"什么真的假的？我告诉你，酒都是用粮食和水果发酵出来的，洋酒也不例外。你是怀疑价格的真假吗？你把威士忌比做酱香型酒，酱香型酒的代表是谁？茅台！茅台集团下有多少个分厂？每个分厂又生产多少个系列的酒？每种系列的酒又分多少个品牌？每个品牌是不是还有年份之分？你把这些七七八八影响价格的因素叠加一下，肯定就会产生既有成千上万元的飞天茅台，也有几十元钱的迎宾茅台！如果脱离了茅台，十几块钱一瓶的杂牌酱香型白酒也喝不死你！"

我嘴上说："哦，哦，原来是这样。"心里暗暗地骂道，"好你个余大头，居然敢教训起我来了！"

但是余维乐的分析还是很有道理的，"洋酒的价格更加复杂，除了白酒的那些因素外，你还要知道是否是走私的，从什么地方上岸的，进口税率是多少，什么牌子的酒，正牌还是副牌，什么产区的果树，什么树龄的果实，当年的气候如何，怎么样运来的，走陆路还是海路，原瓶还是灌装。"

"还有经销渠道，电商的房租、人工成本要比实体店低很多，还可能享受免税减税的优惠。商家的营销策略、供求关系、消费者的层级、预期预判、心理需求等都可能影响价格的波动，甚至还牵扯到政治因素。"

说到这儿，余维乐特意"哼"了一声，"就像你的那些玉壶，当时不是被捧到天上了吗？一个反腐败，尘归尘土归土，石头还是石头，谁还再买？价格降了一大半还在金库睡大觉，你能说它们是假货？此一时彼一时，懂吗？"

此话我保证是一句冤枉人的话。这是几年前的事了，当时整个金融系统大力倡导创新，有资料说一家银行将艺术品金融化，开发了一些基金类的产品，我觉得依托新疆独特的和田玉资源，也能开发一些类似的产品。部老总非常赞赏我的提议，就把这项任务安到了我的头上。谁出主意谁干活，一般人都知道这个不成文的规则，我也只好接手了这个全新的项目。事情当然也是说起来容易做起来难，我费尽周折，最后提出了一个利用第三方，把和田玉转化为可被银行接纳的抵押物的方案。这个业务方案方法很巧妙，但无法形成一个可供批量操作的标准化流程，因此叫好不叫座，最终被束之高阁。谁知后来新上来一位行长喜欢和田玉，他又开始倡导开发具有本地特色的金融产品，恰在这时总行的购物网站开通，银行涉足电商，跑马圈地开起了网上"百货商店"，行里与一家知名的和田玉开发商合作，以订制的方式从那里购进了十把玉壶，作为高端艺术品推介给了私人银行的客户。

按理说我提出的是一个业务方案，与直接进行买卖的玉壶是风马牛不相及的事，但是事情的发展急转直下，正像余维乐所说，反腐败把一些奢侈品打回了原形，那十把玉壶在私人银行没有销路，又放在网上行里自营的贵金属专卖店里展卖，快三年了仍然无人问津。这本来很正常，不就是一个不成功的业务尝试嘛，其实也没有什么。可是有一天部老总突然找我谈话，吞吞吐吐地说了半天，我终于听明白了，就是政府有一个厅级干部被查抄，在其家里搜出了一把玉壶，与我们网上的一模一样，他自己也说是从我们这里买的，可是又拿不出发票，办案人员到行里调查，也没有找到销售证据，最后要让行里出一份玉壶的价格证明。行里当然不干，可是又不敢直接拒绝办案人员的要求，于是就让我以个人的名义写一份证明材料，因为电商业务是我负责的。

没有证明是我们卖出的货，凭什么要我们出证明？证明又该怎样出？但我不能违背领导的指示，于是打开销售玉壶的网页，将全部资料一一截屏下来，用彩色激光打印机打印出来交给了办案人员，我只在上面写明了打印日期和签了个名，他们就认可拿走了。领导一看问题很轻松地得到了解决，又给我安排了一项任务，就是想办法尽快把玉壶处理掉，并且承认这些壶是我们电商组直接从商家采买的，言外之意就是与行领导无关。我能理解领导的意图和其中可能的隐情（具体有什么隐情我也不知道），可我不能给我的组员去解释，他们大部分是参加工作不久，又是学计算机的工科分子，他们能玩转电子银行上最复杂的交易，但还不能理解社会、职场上的套路，所有的麻烦都由我一个人承担。于是这十把玉壶就成了我的"杰作"，谁让我是开发和田玉业务的始作俑者？

其实，真正的始作俑者也不是我，幕后的实际"推手"是我小舅贾西旺。

小舅的经济状况好转后母亲就嘱咐我，这次一定要帮他把钱攒住，毕竟他是一个退休的老头了，就是他再有才再高傲，最终总得找个老伴过日子吧？这些想法只是我们俗人的想法，贾西旺这种人是不会考虑这些琐碎之事的，不然也不会和小舅母离婚了。他现在有点钱了，肯定还会折腾点事情，这一点母亲判断的没有错，但他会在哪朵云头上出现，神仙也难猜得到。所以当得知小舅开始玩和田玉后，我没有感到惊奇，因为他搞过篆刻，和田玉是一种高档的章料他肯定知道，过去皇帝的玉玺大部分是用和田玉制作的。此外，以小舅的审美观天然就会被和田玉的独特之美所吸引。这两个条件小舅早就具备，为什么他现在才开始关注和田玉呢？

我没有找到这个问题的答案，但是有段时间里，我被小舅深深迷恋于和田玉所感染，不但不知不觉地也喜欢上了这种石头，而且发展到了想把它变成金融产品的妄念，并最终惹火上身，自寻烦恼。当我把这个结果归因于小舅身上，也就找到了解决问题的一种方法：解铃还须系铃人。

前两天我得知余维乐要在私人银行召集一个贵金属新产品发布会，邀请了不少高端客户出席。我乘机向部老总提出，能否请一位文化人来讲讲玉文化，从文化消费的角度推进玉壶的销售。老总现在把这款产品当成烫手的山芋了，抱着"死马当活马医"的态度，立刻批准我全权办理所有事情。我请的文化人自然是贾西旺，但对外我并没有说他是我小舅，他只是文化界的名人贾老师。我今天上门就是找小舅商量此事的，谁知他一上来就先把我老爸批判了一顿。

我父母是工人，退休得早，这些年到处修路，父亲退下来一天也没闲下，立刻被建设单位请去开施工机械，母亲也跟着在工地上做个饭，加上俩人的退休工资，每年至少得有二十万的收入吧。他们也没有什么大的花销，现在干不动了，买点洋酒品品还是花得起的，况且价格比国产酒还便宜。吃喝对他们来说算不得什么，最近老两口看中了一套一百五十平方米的小高层，他们想让我们一家三口回去有更好的居住条件，已经准备购买了。在东疆这样的豪宅总价超不过五十万，他们买得起。我没有把这个消息透露给小舅，不是怕他又提起当年让我父亲学技术的事，而是怕他又要质疑亲戚们的钱是从哪儿来的。

但是这不是怕就能躲避的事儿，果然接下来的话题又转向更广泛的批判，也许这是小舅做过文艺评论家的习惯，"你哥你姐家家都买车买房，有这个必要吗？我的这个房子是为了教学用才买的，我就不买车，又花钱又污染又麻烦，用车打的就可以解决嘛。谁家还送孩子出国了？国内学不好到国外就能学好了？荒谬！烧钱！他们哪来的那么多钱，是不是向你们银行贷款了？"他这次绝口不提他在东疆的门面房，我猜这次是他怕了，他怕说着说着有人家也买了门面房，这下子他那点最后的优越感就彻底没了。

母亲家族的人虽然文化不高，但天赋不低，大都属于喜欢什么就干什么，干什么就能干好什么的能工巧匠，每个人都有自己的挣钱门道。其实小舅本质也没有脱离他家族的遗传，他的学历并不高，但丝毫没有影响他后来的成就，在家里人的眼里，他只不过是个"文化匠人"罢了，只是自他飘上了云端，再没有俯下身来看看自己的"根"而已。

我不会和小舅争辩谁家更有钱，谁家钱咋来的事，我有自己的事要办，但要办这事还真要从家长里短的攀比做引题，"小舅，谁再有钱也不能和你相比呀，就你收藏的那些和田玉现在是什么价，谁家能买得起！"

此话一出，小舅的情绪来了个一百八十度的大转弯，他立刻像个家里来了客人的孩子一样，跑前跑后地将摆在书柜里的、锁在箱子里的玉料玉器拿了一大堆让我欣赏。有了这个转折和铺垫，让他开讲玉文化的事自然是水到渠成。小舅知道有名才有利的道理，什么条件都不讲，只要能上讲台就已经足够。

接下来我们打开电脑，找到商城上的玉壶页面，好让小舅熟悉一下他要介绍的商品属性。这款形制的玉壶是仿紫砂壶中的西施壶，我们把玉壶的画面设计成逐渐下拉的弹出模式，但见慢慢出现的玉壶，除了在壶钮之处飘散着一些浅糖色之外，整个壶身通体润白，壶盖与壶身结合为圆球体，形若美女西施之丰乳，温润如脂，浑圆有致，丰满唯美。细观玉壶的每个部位都有讲究，粗细浑然的壶把，如美人之细腰，姿态婀娜，手感舒适；锚铢圆润的壶钮，小巧精致，漂浮其上的浅糖色，恰似美人粉乳之晕，巧妙通透；短吻造型的壶嘴，如同少女轻启的樱桃小嘴，羞涩轻佻，香甜诱人。观赏此壶恍如在薄雾中望见西施浣纱于溪边，柔软的裙裾在微风里轻轻飘起，冰清玉骨若隐若现。小舅仿佛看呆了，半天才赞叹了一句，"太美了！"

等他回过神来，我又打开带来的 U 盘，向小舅展示了其他几把玉壶。小舅不愧是行家里手，他不但知道这类壶的原名就叫西施乳，而且一眼就判断出玉壶的材质是且末的糖白玉，他告诉我这种玉还有一类青糖玉，特点都是玉中含糖色。含糖色的部分是成片的，与白色、青色不混杂，玉质的油性极佳，而油性是判断和田玉质地的一个综合指标，油性好其实就是玉质细腻、结构紧致的表现，糖色是在玉形成时或渐变的过程中被含铁元素的其他物质侵蚀所致。让小舅最惊异的是这十把壶色泽玉质差别很小，那一点浅糖色漂浮的位置也大差不差，基本是在壶钮上面和周围，"这得需要多大一块整齐的料子呀！太难得了，太难得了！"当问得现在销售价只有二十万时，他又发出一连串的感叹，"太便宜了，太便宜了！"

玉文化讲座是放在贵金属产品发布完之后进行的，现在经济不太景气，大家的投资意愿不是很强烈，听完贵金属的消息后，一些客户准备起身离去。这时，工作人员迅速地抬出一张中式桌几，又搬来一张中式椅子，怀抱一把琵琶的贾西旺出场了，只见他着一袭咖色唐装，蹬一双黑色布鞋，修长挺拔的身材如玉树临风，他步态轻松地飘然进场后，深深地向观众鞠了一躬，然后直接就坐在椅子上开始弹响了古曲《琵琶行》。

瞬时，开始骚动的会场安静了下来，等大家如痴如醉的从余音绕梁的乐声中回过神来，主持人才开始介绍演讲嘉宾的身份与简历，说到贾老师是1950年出生的人时，听众发出了"噢"的惊讶声。贾西旺的风度总能为他赢来人气粉丝，他教的学生整齐划一，不只是琴弹得好，而且个个礼貌周全，仪容整洁，女儿就因为被舅爷培养得气质出众，从小学到中学都是升旗手。

贾西旺本来就属于舞台，他似乎不需要做什么准备就能驾驭舞台，"刚才的曲子好听吧？古人是怎样描述这么美妙动听的乐曲的？白居易的叙事诗《琵琶行》十分形象，那就是人人都记住的'嘈嘈切切错杂弹，大珠小珠落玉盘'。

"不只是记述美妙的声音用一个'玉'字，金声玉韵，金声玉振，中华民族对一切珍贵而美好的人与事物、精神和意象的表述都离不开一个'玉'字。形容女子姣好是'亭亭玉立'，形容男子的翩翩风度用'玉树临风'，男女好姻缘叫'金玉良缘'，最美好珍贵的时刻是'金风玉露一相逢'，有气节的人应当'宁为玉碎不为瓦全'，清廉正直之人如同'一片冰心在玉壶'。

"'玉'渗透到了中国人生活的每一个方面，吃得好是'锦衣玉食'，喝得美是'琼浆玉液'；月中宫殿，仙台楼阁，人间富丽堂皇的建筑物，用'琼楼玉宇'形容方能说得清楚；男欢女悦，结成爱侣，共享幸福，可以有'弄玉吹箫'的成语典故来比喻。甚至连'国'也是城墙围起来的'玉'，虽然最初的'国'字不是这样写的，但是你能找出一个字比现在的这个'国'字更恰当的字吗？在古人的眼里，'玉'是'王'者所佩之石。由此可以看出，'玉'在中国的历史长河中表述的内容有多么广阔。"

让我感到吃惊的是，贾西旺先前并不知道新发布的贵金属产品中有金酒杯，我原来想的只是讲玉文化，根本没有想到把玉壶和酒杯组合起来成为一个话题，而贾西旺听了余维乐前面的产品介绍后，立即要求在他的桌几上增加了一对酒杯。盈盈一握的玉壶，配上这对光灿灿的酒杯，大小尺寸还很协调，好像是相互参照而制作的。关键是贾西旺把金玉组合提升到了一个新的高度，"金杯玉壶一相逢，便胜却人间无数。"

余维乐则是心中窃喜，他的酒杯搭上了贾西旺的"济世悬壶"。在古代，壶不只是一种盛水灌酒的实用器皿，它还是仙人的居所之处。相传东汉年间汝南（今河南上蔡西南）有一个叫费长房的人，是集市上的市场管理员，他见市中有一老翁悬壶卖药，集市一完就跳入壶中。费长房觉得这个老翁不是凡人，于是带着酒肉拜叩老人，老人知道费长房识破了自己的身份，于是就带他进到了壶中。《后汉书·方术列传第七十二下》记载，"翁乃与俱入壶中。唯见玉堂严丽，旨酒甘肴，盈衍其中，共饮毕而出。"后来费长房拜老人为师，学到了医术和修仙之道。因为这个故事，行医卖药叫悬壶济世，玉壶也成了后世文人墨客指代的仙境，古代对玉壶的尊崇由此可见。汉唐时期，皇帝会时不时地颁发一种玉制的壶形配饰，以寓敬老、表功之意。

"只可惜今日没有美酒相陪，否则……"贾西旺的话音未落，余维乐就高声地应和道："有，有，有。"边说边抱了一坛酒放到了桌几上，现场气氛一下又活跃起来。真是凑巧，这坛酒是前两天请酒厂宣传期酒时拿来的，没想到被贾西旺和余维乐一唱一和地变成了道具。这种效果可不是预先安排所能带来的，客户的兴趣似乎也被这种形式的讲座所激活，有一个打扮时尚的年轻女子发话了："这三样东西值多少钱？能合起来一起卖吗？"

别说贾西旺了，在场的人谁也无法答复这个问题，因为一切都没有准备。只有贾西旺稍一愣神反问道："姑娘芳龄几许呀？"那女子红脸不知怎样应答，贾西旺却微笑着继续问："您能给自己的美貌估个价吗？"他并不给她回应的时间就继续自己的发挥，"美是无价的，美好的时光更是千金难买。金杯玉壶，美酒美人，人生能有今日之妙美的际遇，复有何求？"这个随机跳出来的美女帮贾西旺完成了他的最后讲演。

行里今年给个金部的课题是"民生"，也就是我们的工作重点、研究分析问题的方向都要围绕着民生来进行，年底考核时也要以这个主题来评分。我一会儿觉得这是一个高大上的政治课题，一会儿又把它与一个具体的扶贫项目联系到了一起，但这两个方面都不属于我的工作范围，最终还是没有找到一个突破口。自从小舅开始不断追问亲戚们哪儿来那么多钱的问题后，我开始追问小舅发出这个问题的根源又是什么。是他自己缺钱？肯定不是。是嫉妒？哪有富人嫉妒不如他的人的，况且小舅有机会就会帮助亲戚。那么他的焦虑与抱怨从何而生？

差距！日渐缩小的差距让总在高处的贾西旺感到了一种威胁，他在家族中独霸酒桌的日子过去了，他的拉菲变成了拉尿（sui），他的豪宅被别墅压倒，他的世面没有走出国门，他感受到一股股从地面腾起的水蒸气正在形成一座座新的云团，他被包围在其中，找不到自己的存在了！我忽然想到，如果把贾西旺这类人也算作人民的一分子的话，那么让这些追浪的人找到存在感，享受风口浪尖的刺激，满足被人羡慕的虚荣，在张扬炫耀中找到存在感，是不是也是解决民生的一种思路呢？

看样子民生真的是个大问题，对于尚未解决温饱问题的民生而言，要"惟念稼穑之艰难"；对于"拿起筷子吃肉，放下筷子骂娘"的民生而言，依然有"满足民需之艰难"。当把拉菲捧到天上时有人心生不满：什么时候我能喝得起它呀？但把它拉到地下时，另一部分人又不高兴了：谁动了我的拉菲？

事情有时又像桌上的那瓶洋酒，喝的时候它是拉菲很"love"，喝多之后就变成尿水要"拉尿（sui）"。这就是民生，一个需求无止境、上下无界限的百变指标。

好吧，解决了理论问题就要落实到实际工作中去。想想人家贾西旺还是比我辈高明一点，在我和余维乐眼里，"金杯玉壶美酒"是"任务指标山大"的代表，但在贾西旺那里，却用"弹琴说史把妹"的方法把它们轻松地转化成了精神财富和文化享受，让一部分人的"民生"得到了改善。在那场演讲中，我从头到尾没听到贾西旺说到一个"钱"字，最后我们的账上却收到了一把玉壶和八套玉壶加金杯加期酒的销货款。余维乐还算够哥们，不但把酒和酒杯的营销业绩归功于我，而且到老总面前和部务会上强烈呼吁给我特殊的奖励。行领导更是"漫卷诗书喜欲狂"，一下子从行长奖励基金中给我这个一般员工批发了十万大洋！

小舅于我们一家三代有恩，女儿新近获得了全国中学生琵琶大赛的银奖，我当然不能小气，干脆用这十万块的奖金做定金，冻结了最后一把玉壶的销售权。我又去找小舅，告诉他行里为了感谢他的讲座，决定以五折的优惠价格把最后一把玉壶卖给他。我从小舅第一次见到玉壶时的眼神判断，他有九成的把握愿意掏这十万块钱，我的目的果然达到了，小舅的"民生"也得到了改善。我这样做也是一举两得，虽然到手的奖金花了出去，但是年底的奖金却会增加。此外，我得防备小舅听到父母买房后又质问他们哪儿来的那么多钱，我相信有了玉壶后，他下次的话题就会转到以玉为主的方向了，他还是站在云端的贾西旺。

贾西旺又该回到他的世界去寻找存在感了，只是我不知道他在这个世界中又能满意多久。我曾听办公室的前辈们说，方便面刚出来时是贵重的奢侈品，出差时见到人家吃都流口水，一盒碗仔面要价几十元钱，可乐和健力宝只有在大城市才能买得到。现在想想拉菲的遭遇，也不过是重复这些奢侈品的老路。先前就有分析说，人家拉菲早就预料有这么一天，制订了随市场变化而动的提价和降价策略。

物质世界日新月异，那么精神世界就很稳当吗？那里的变化似乎也很不妙，先是阿尔法狗（AlphGo）把世界顶尖的围棋高手接连挑落下马，接着又有一个叫小冰的诗人出了诗集，人们读了半天也没发现这是机器人所写。人类引以为傲的智商和情商也在面临挑战，下一次贾西旺该抱怨机器人了吧！

面对这个飞速变幻的世界，我辈境况又是如何？自我参加工作以来，改革的步伐像旋转的陀螺，一刻也没有停止过，一会儿跑马圈地建网点，一会儿裁人撤点缩机构；电子银行还没普及，手机银行马上登场；物理网点正在装修，自助设备先入为主；银行卡还在满天飞舞，支付宝和微信祭出的宝瓶又将它们吸走……常在网上读到一些怀旧的文章和照片，算算时间不过都是十来年前发生的一些事吧。

对了，我也有一件从前的事要怀念一下了。

在我上小学时小舅回东疆拍一组戈壁日出的照片，顺便带我回庄子看姥姥。吃过晚饭小舅告诉小辈们，有愿意跟他看日出的必须早上三点以前就起床，新疆天亮的时间比内地要晚两个钟头。第二天一早就我一个人随他出发了，我们头顶星月，脚踩露水，肩背手提摄影器材，听着庄子里渐渐变弱的犬吠声，向着大漠深处奋力进发。

当我们登上一个最高的小沙丘时，前方是一片平坦的戈壁，此时，周围的所有都还泛着深青的灰色，慢慢地，天际有了微微的亮色，一片云彩显露出乌黑的影子，没过多长时间，它的周边就镶上了暗红色的光圈。原来左手边黑黢黢的远处，一条巨龙慢慢显现，那是天山的雄伟身姿，最高处的龙脊正从黑色转向深蓝。在周边其他仍然是朦胧灰暗之时，最先享受到光亮的云层与高山，是那样的清晰显眼。可是还没有等自己的眼睛适应这些对比变化时，东边的光亮又开始给天空铺了一条红色的地毯，一个红色的圆球从地毯下探出了头顶。它是奔跑了一夜的太阳，当又要目睹崭新的一天时，它是那么迫不及待，只是几秒的时间，它似乎抖动了一下就立刻从地球的另一端跳了出来，我的心也跟随它忽地跃上了云端！

瞬间随即，万道金光照耀大地，眼前身后的一切都变得通明光亮，左左右右的万物恢复了本色，一切都是原来熟悉的面貌，我的心也渐渐地踏实如常。我老老实实地回答小舅说："我还是喜欢正午的太阳。"

狗 脸

狗年的大年初一，他就被贴上了"狗脸"的标签！

一出李更生家的门，冯耀明就感到心跳得不舒服。儿子还算体贴，觉察到他的不适，赶忙打开车门，扶他上车，帮他系好安全带，然后才慢慢地启动上路。不知过了多久，儿子再扶他下车，进楼，上电梯，终于升到自己家的楼层，耀明推开儿子，强迫自己越来越不听话的腿硬梆起来。

他坚持自己换上了拖鞋，听到书房有声音就回应了一下，"回来啦！"

"回来就回来，那么大声干什么？"随着一声叫喊，媛媛已怒目站在书房门口，愤愤地盯着还在门口的父子俩。

"谁大声啦？谁大声啦？你才大声了呢！"

搁在平时耀明会一声不吭地躲开了事，可是今天喝酒了，没有办法，他既不知道躲避，也听不准别人的声音大小，更拿捏不准自己的声高语调，这能不惹祸？

果然，媛媛大骂一声："狗脸！"接着"哐"的一声，转身摔门回到了书房。

耀明也"扑通"一声趴倒在沙发上！

是可忍孰不可忍！"砸"了沙发还不解恨，一眼望见趴在沙发边的狗，想都没想就踹了它一脚。不知是踢轻了还是没触及它的痛处，那条有年头的沙皮狗居然动都没动一下，甚至那张布满愁容的脸都没有反应，抑或是它根本就没法调动那张被厚皮堆砌起来的脸部表情，于是索性不再显示任何的喜怒哀乐，只用一个"愁"字就对付了一切！

儿子一看爹妈的这副架势，无声无息地进了自己的卧室。

一个"狗"字，勾起了耀明比沙皮狗还多的愁绪。"狗脸"是个不错的骂词，但应该形容她冯媛媛才对！

当初小龙多大呀，应该还在上小学，他见更生的儿子李斌哥哥养了条京巴，羡慕得不得了，耀明二话没说就跑到华凌的狗市买了一条回来。父子俩给这条小公狗取名杰瑞，从此小龙像换了个人似的，早晨只要杰瑞一有动静，他忽地就能从床上起来，带着它就去晨跑。放学回家的第一件事就是先和杰瑞疯一会儿，然后迅速地写完作业，一刻不停地又带它到楼下，和院子里其他小狗去玩。

小龙和李斌差几岁，却能玩到一起，虽然两家一个住城东的幸福路，一个在城西的黄河路，但有直达的3路车，两家来往很方便。因公交车不让带宠物，小龙就用电话和李斌联系，李斌教了他许多招数，他把杰瑞训练得有模有样。

唯独媛媛不喜欢杰瑞，原因也不知道。比如小龙不管对杰瑞做什么，它都不会有什么反抗，但只要是媛媛发的命令，应该说是呵斥，杰瑞非但不听，还要做出让她发疯的行为，要么躲到远处挤出一滴尿液，要么故意冲到茶几沙发上"溜"一下。媛媛没打过杰瑞，实际她也打不到杰瑞，因为杰瑞从不到她跟前，见了她不是藏起来就是跑得飞快。

这可能就是刚才媛媛骂"狗脸"的原因吧。可是耀明并没有像杰瑞那样躲她，而是反复做了N遍工作，就差求她了，可她今年说什么都不去更生家。

正月十五前两家的聚餐是多年的习惯。李更生和冯耀明都是伊犁尼勒克县农村的，两人高中时就认识了，大学一起考到了首府工学院建筑工程系，毕业后两人分别在第三和第四建筑公司上班。然后李更生与在纺织厂搞财务的邵素芳结了婚，素芳家也是伊犁的，考到首府财贸学校后，与首府人冯媛媛成了同学加闺蜜。结婚前耀明经常到更生家蹭饭，素芳就想把耀明介绍给媛媛，可媛媛家庭条件太好了，父亲参加革命早，曾是首府银行的首任行长，母亲是轻工厅的人事干部，她自己又是独生女，怎么可以找一个家是农村的小伙做丈夫呢？

条件优越的女人往往出嫁晚。不知是年龄的原因还是看上了耀明的相貌，反正后来两人偶然见面后，媛媛就同意了。她父母接纳这个女婿的原因比较明确，同姓，还是个大学生。婚后媛媛除了极少到婆婆家去之外，其他方面都说得过去。即使不到婆婆家，礼数也还周到，逢年过节就让更生两口子带钱带东西，只要耀明安心就可以了。

如今两家的老人都已过世，拜年串户的习俗早就绝迹，所以更生两口子发出了大年初一聚餐的邀请。关于这一点耀明心里也有芥蒂，那就是从来都是在人家家里聚会，自己家就没有回请过别人。一说到这些琐事，媛媛的口头禅就出来了："你懂什么！"

媛媛是用对待婆婆的礼节对待朋友的，家里好吃好喝的也给素芳家，可耀明总觉得这样还是不对味。好在更生两口子从不计较这些，不管什么情况，过年聚餐的习惯保留不变。吃饭时间是年前商量的，媛媛没说什么，谁知临到出门，媛媛说什么都不去，也不说明原因，反正就是一句话："不去，就是不去！"

你说耀明是什么感觉？他也没法给素芳打电话解释，只好带着儿子出发了。

更生家早几年就搬到郊外的别墅区住了，怕耀明晚上开车不方便，另外年过半百晚餐都不敢多吃，所以时间定在中午。素芳一看媛媛没到，急得就要让李斌开车再去接她，直到媛媛解释说是身体原因，素芳才唠叨着装了几盒媛媛爱吃的东西后才允许大家开吃。耀明心里有说不出的憋屈，没喝几杯酒就显出醉态，加上素芳惦记媛媛一人在家，早早就劝父子俩打道回府了。

冯媛媛早两年从省分行人力资源部副总经理的位置上退了下来，担任虚职后虽然工资待遇一点没变，可是人们对她的态度却逐渐在变。这种事情很自然，和她走太近，现任领导会有看法，与她保持距离，哪个人的底细她不清楚？万一她开口，不知多少人的心脏病得犯。大家最终的选择就是敬而远之，结果是有时冯媛媛的内网邮箱整天都是空的。媛媛女承母业，当然明白其中的原委，也清楚掌握的秘密与承受的落寞成正比的道理，只是还没有完全适应。

外面的变化眼一闭就过去了，家里的事她是死也要管的！

什么事？小龙上班的网点撤并了！怪不得今年他能早早回家探亲，原来"庙"被拆了。

"究竟是怎么回事？为什么撤并的？人怎么办？"

"我怎么知道？上面的事下面怎么知道？所有的人都是春节后等通知。你想知道问问唐阿姨不就行了嘛。"

儿子一问三不知的样子让媛媛心里很难受。从还没有他时，她就开始为他筹划操心了。首先要保证"Ta"是个男孩，其次她想让"Ta"在马年出生。那么她是怎样实现这两个目标的，没有人能够知道。她对外人总是用运气好呀、心想事成呀来解释自己的成就，可是她心里对自己说，什么呀，哪件事不靠"谋"就能自动到来？

幼儿园选部队办的，小学要上一小，初中办到十三中，高中考进一中，这里面哪一步媛媛不是费尽了心，操碎了肝呀。一家人不讲领情不领情，可恨的是父子俩根本不认可她的辛劳。

每逢重大转折时期，看到媛媛今天打几个电话，明天约几个人吃饭，晚上翻来覆去睡不着觉的样子，老冯非但不体贴，还要说句风凉话："有这个必要吗？"

小冯则懵懵懂懂，不知道母亲为什么那么焦虑，事成之后却说："我能行。"

大言不惭！

就拿填报志愿这件事来说，唯一一次听了父子俩的话，结果就放"炮"了。

高考是让大多数人永远纠结的事，你的分数与自由选择的愿望总有一定的距离。当年小龙六百出头的分数就很尴尬，选择清华北大不可能，人大、上海财经则在新疆没有招理科生的名额，而媛媛又一心想让小龙学金融。最后是耀明提出了一个方案，让小龙报理科院校的经济系，这样竞争不会太激烈。小龙压根就不喜欢文科，一心想和李斌一样学计算机，可是遇到一个在大银行搞人事的妈妈，他就是孙悟空也逃不出她的手掌。三方博弈最后的结果是，第一志愿实际就是唯一的志愿，因为那时没有平行志愿的政策，选择了北京一家理工大学的金融班，第二、第三专业才是与计算机相关的专业，最后采纳的是耀明的建议，万一所选的三个专业都没有录取，那么就服从专业调剂。

事情就出现了"万一"，最终拿到的录取通知书上白纸黑字写着"工程系爆破班"。那几年就是邪乎，金融专业热门得不得了，几乎每所学校都开设了这个专业不说，而且只要沾上这两个字，录取分数线就像坐上了直升机。这么热的行情，耀明居然对此无所谓，小龙虽然没有进到渴望的专业，但也没有进到让他头大的专业，似乎还有点小庆幸。

所有的后果只有媛媛一个人来承担！

这两个男人难道不知道吗？她冯媛媛平生最瞧不上咋咋呼呼的人，真正办大事的人都是只做不声张的。那个"爆破"二字不但让她觉得把儿子送到了炸药包上，而且让她和"炮筒子""存不住气"这些词联系到了一起，这是她向领导汇报考察人时用的否定词，现在似乎贴到了自己的脸上，以后她还怎么抬头见人呀！

亡羊补牢的活儿比新建篱笆难多了。从陪儿子到北京报到开始，她就进行了一系列艰难运作。先托人找学校调专业，关系不硬没有办成。又找总行人力资源部的领导，领导说其他城市都好安排，唯独在北京难度很大，进总行最低学历要求是硕士，进北京分行本科生原则上可以，但年年打招呼的人太多，北京行不仅要照顾总行的关系，还要和政府、大企业总部搞关系，所以名额非常紧张，言外之意就是帮不上小龙毕业后留北京的忙。但毕竟是同一专业口子的上下级关系，在一次全国工作会议上，领导把媛媛介绍给了北京行的人事负责人唐总，就是小龙说的唐阿姨，媛媛总算有了让打算变成现实的具体目标。

女人和女人的心还是相通的。媛媛知道请客吃饭对于唐总来说是负担，可送钱送卡是万万不可以的，不仅是因为关系到系统内的名声问题，而且媛媛从来不做这种明显违法的事，她相信唐总也是如此。那么什么东西才能打动北京人的心呢？

媛媛属于工作强势而生活低调的女人，所以对衣着装扮还真没有多少研究。她依稀记得唐总脖子上的项链好像带块玉，于是开始翻腾别人送她的礼物，里面的确有不少和田玉雕件。她见一个飘点红斑块的白玉手镯挺好看，就包起来让人给唐总捎了过去，谁知过了段时间唐总居然亲自给她打来了感谢电话，让她有点受宠若惊。

她记得这个玉镯是早年间帮和田的一位老干部调回了内地，临走时那人送她的纪念。一次偶然的机会她在北京菜百看到了和田玉，一款标明籽料的和田白玉手镯全价十多万！对了，送她镯子的人当初告诉过她，镯子是籽料打的，白度是羊脂级别的。

媛媛不是小气之人，虽然这些年和田玉热一浪高过一浪，但她认为这些都是商家的炒作，不过是在买卖石头而已，所以她把别人送她的玉石又毫不吝啬地送了出去，换回了她想要的结果。小龙毕业后顺利进到了北京市分行，这个分量只有经历过的人才知道，那几年就是人大金融系毕业的小本科进北京的银行都不容易。

九牛二虎之力修好的庙被拆了，媛媛别说是吃饭了，她都没法张口跟人提这事，特别是素芳两口子。再看老冯无动于衷、小冯满不在乎的样子，媛媛不知道该发怎样的火，也不知道为什么想起了一句"狗脸"。

小龙知道。

小升初后不久，妈妈就开始惦记起了他的杰瑞，今天嫌它的叫声影响邻居了，明天又提起猫狗的传染病来，一见小龙的成绩不理想，就怪罪杰瑞是个捣蛋鬼。终于有一天小龙放学后，杰瑞没有在屋内门口迎接他。

父子俩发疯地寻遍了小区里的十几幢大楼，然后又在周边张贴了一周的寻狗启事，这才勉强承认杰瑞从人间蒸发了。找不回狗来就找事，小龙硬说是媛媛故意把杰瑞弄丢的，根据是每天早早出门的媛媛那天是最后一个离家的。明明知道媛媛不会认账，背地里耀明还是问了问她真相，结果可想而知。

为了证明自己的清白，更为了安抚丢了魂似的小龙，媛媛让人又送来了一条狗，就是现在的这条老沙皮，当然那时它还是条年轻的小狗。媛媛说这是市场上价格最高的狗，小龙看着它无精打采的步态，用不知道从哪里学来的话回答："这等于说老太婆的裹脚布又香又贵。"

媛媛把这条狗还叫成杰瑞，小龙说："让它给杰瑞舔屎还差不多。"

小龙真的和媛媛"结了梁子"。这没有什么不妥的，小龙最好的兄弟就两个，一个是有求必应的李斌哥哥，一个是心有灵犀的杰瑞，媛媛"出卖"了他的兄弟，他能不"记仇"？可记仇容易报仇难，而且这是亲妈的仇，你如何能报？小龙只有一个选择，就是向新来的沙皮狗学习，横竖由人牵着走。

高考选专业，毕业找工作，都是母亲说了算，父亲虽然心里支持他，嘴上从来不敢说出来。小龙早就想开了，他们把他的兄弟都不当回事，难道还会在乎他的想法？自己是谁？不过是父母创造的一个消费品，横竖由他们随便消费了事。最近媒体开始炒作什么"佛系"，小龙心里说，爷在N年前就被"佛化"了。

小龙当然知道媛媛为他留北京、进银行所费的一切，现在这只千辛万苦煮熟的鸭子突然"呀"地叫了一声，你说她会是什么反应？哈哈，她居然用"狗脸"表达自己的愤怒，说明她的潜意识里也抹不掉杰瑞的形象！

小龙没有冤枉媛媛，但冤枉了耀明，他还不太明白父亲的难处。

在小龙的教育问题上，耀明和媛媛从来没有统一的思想。耀明认为孩子的成长要根据他的爱好来培养，媛媛根据自己的人生经验，认为谋事在人，孩子的未来必须由父母设计，不然一定会步入歧途。

耀明唯一一次自作主张是给小龙买了狗，还最终遭了媛媛的"毒手"。这件事对小龙的影响太大了，以至于小龙后来性情大变。耀明想起这事就心痛，"硬把我的一条京巴养成了沙皮！"

耀明支持小龙自选专业，媛媛说"三代成家"，硬要将第一志愿写成金融专业，虽然事与愿违。

大学毕业后小龙要读研，媛媛却让他先占位置，不然过了此村难找好店，安居之后再求发展。

夫妻俩争执的依据各有不同，以前耀明爱用李更生的观点做论据，更生在给李斌选专业时就完全按儿子的兴趣决定。可是媛媛一句话就把耀明噎了回来："他们能，怎么不也像你一样进银行？"

正是这句话让耀明丧失了家里的话语权。他和更生的建筑公司前后破产了，虽然他们都已经是工程师了，可市场上失业的人太多，一时找一个合适的岗位并不容易，更生拉了几个人要自己干，耀明当然也在其中，可是媛媛死活不让。媛媛知道银行正在大力抢业务、建地盘，必然需要懂基建的人才，因此她举贤不避亲，顺势把耀明推荐给了市中心支行，耀明立即成了办公室的基建负责人。

那时正是银行业的黄金发展期，那也是耀明事业最辉煌的时候，冯工很快成了冯主任，作为甲方代表拥有说一不二的权力，那种威风不在其位的人怎能知道！而在这时，李更生的建筑事务所还在初期的打拼中，邵素芳所在的纺织厂又倒闭了，两家的收入地位立刻裂开了一条鸿沟。

与李更生两口子比较，包括冯耀明在内，冯媛媛的优越感是由位置产生的。更生的第一单业务是耀明照顾的，不用说借助的是媛媛的能量，因此真正的太阳是她冯媛媛，别人当然得围绕着她转，这就是她从来不回请更生家的根本原因。

所以当耀明把李更生的说法放在嘴边时，媛媛心里很鄙视，"真糊涂！他们有什么资源？他们在什么层次？他们能知道什么？"

媛媛当然想把这种优越永久保持下去，最好是世世代代。母亲和自己做人事工作的经验告诉她，起点和位置是决定性的因素，这就是她给小龙安排一切的理论根据。这些考虑能让李更生他们知道吗？就是耀明也不能给他说透，只有身在其中的人才能悟到。官场几十年，她看到太多有真才实学的人被愚弄而终，她不能让小龙吃这种哑巴亏。

可是事情并没有按她预料的方向发展。素芳家的事业和孩子越来越好，更生的事务所都不接银行的小活了，素芳考上了注册会计师，担任一家上市公司的财务总监，李斌在美国研究生毕业后到微软总部任职，在西雅图买了洋房。一家人谁也没靠谁，日子却过得光鲜光亮。媛媛并不是嫉妒他们，而是想不通他们怎么可以得到这些，他们原本并没有得到这些的条件呀！

冯媛媛的成就感在与素芳家的对比中，像一潭死水一样快要蒸发完毕。关键是小龙的状态太不让人省心，整个人简直是个算盘珠子，你不拨他，他从不主动，你要拨他，拨到什么地方就在什么地方，绝不再动半点。难道真的像耀明说的，把一条京巴养成了沙皮？

如今银行又开始撤并网点，这种现象只在股改时出现过一次，那是为了裁减冗余的人员。作为那次运作的操作手，她清楚许多人是连哄带骗地被忽悠走的，这次会有什么动向她还吃不准，唐总也退居二线，不好再麻烦人家了。她判断即使裁员也轮不到小龙这个年龄，但是一旦动荡开始，谁的日子都不好过，她心里能不为儿子担忧吗？

现在唯一能让媛媛感到快慰的，是她在北京给小龙置了一个"京窝窝"。提起这件事简直可以用惊心动魄来形容。

小龙一毕业就入了北京籍户口，这当然是唐总给的力，然后媛媛就满北京城跑着看房，看中一套一套被卖，一套房子最多有十几个买家在盯，不拿现款一天都不给你延缓。可是家里搞建筑的耀明还在诅咒，他根本想不通成本十来万的房子怎么翻上十来倍还有人抢。在媛媛下了最后通牒令后，他才把账上的存款集中到了她的卡上。那可是一百五十万呀，他们家境再好本质也还是工薪阶层，一下拿出这么多的现金算是一生最大的开支了。最后，媛媛在东二环拿下了一套六十多平方米的二手房，尽管小龙上班的地方在西四环的城边。

现在这套被耀明叫作"京窝窝"的房子值多少钱？买三套素芳家的别墅还有富余！这就是位置决定一切。

可是耀明还是不买账，他始终认为房子是死钱，人才是活宝。儿子今天这种一切无所谓的态度，还有工作的变动，同样也是做父亲的担忧的地方。可是这一切怪谁呢？

就在两口子内心相互埋怨的时刻，小龙已经在网上把初五的机票改签为初二了。

当第二天早上小龙宣布他中午就要返京的消息后，两口子终于克制住了情绪，共同准备早餐和收拾儿子要带的东西。临别时刻，小龙坚决拒绝了媛媛到机场送他的哀求。

车一开出小区的大门，小龙就让耀明停在了路边，然后郑重其事地对他说："你得有个思想准备。"

"我已经辞职了，网点一撤就递了报告。"

耀明愣愣地盯着儿子。

"我把房子也卖了，六百万。"

这个声音像是从天外飘来的。

"我拿到了马里兰大学计算机科学博士的 Offer，签证已经办好，月底的飞机。"

小龙扶起耀明让他坐在副驾驶的位子上，然后缓缓地启动了车子。

从那一刻起，耀明的眼睛似乎再也没有离开儿子。他看到儿子下班后业余苦读研究生的场景，他相信他在数学方面的才华，本科时爆破力学给他打下了很好的数学底子。智商方面儿子继承了自己的基因，他欣慰骄傲。可是情商呢？怎么跟他母亲一模一样，做了那么多事居然没透一点声息，真能沉得住气！想到这儿耀明又打了个寒噤。但是当儿子说他把六百万做了一笔长期理财，用利息支持他在美国的费用，博士毕业后他就把这笔钱还给他们，让他们做养老基金时，一股暖流又传遍了耀明的全身。

最终，耀明是吹着口哨开车回家的。一路上，他感觉儿子牵着杰瑞就坐在旁边，杰瑞长着世界上最好看的狗脸，他们三个一起在腾云驾雾。

还没美够就到家了，开门的第一句话就是："小龙已经辞职了。"

"由他去吧。"媛媛居然无动于衷。

"他把房子也给卖了！"

"什么？你再说一遍！"

媛媛惊愕、愤怒混合起来的表情把耀明给吓坏了！

"他，他，他办了留学手续……"

耀明不敢再"惹"媛媛了，断断续续地把儿子这几年的"阴谋"还原了出来。大部分也是他自己的想象加推测。

慢慢地，媛媛的脸色恢复了正常，最后那张少有表情的脸上还挂了几滴伤心的泪珠，"只能这样了，由他去吧。"

正月十五没过，平生只挨过耀明一脚的沙皮狗睡了过去，无疾而终。

枪 与 弹

薪酬改革方案最后一次意见征求会依然是由吴亮主持，参会的还有几个说话没分量的部门和支行负责人，行级领导除了监事长就剩我这个副行长了。监事长李立明是股改时国资委派来的，是行里唯一的党委副书记，行政排名也不落后，行长下来就是他了，可如今连人力资源部总经理的权力都不如，行务会上直接指派吴亮负责薪酬改革的事情，他连气都没吭一声。实际上除了党务会议外，他已经被彻底撇开了，行务会根本就不通知他参加！这不是说薪酬的事不重要，而是太重要了，所以"外来人"必须得靠边站。李立明是如何从"上面的人"变成"外来人"的，没有人能说得清楚，我怀疑连他自己也说不清楚，根据就是如果他早知今日，肯定不会"当初"的。

虽然由下级主持上级参加的会议不多见，但在大湖市商业银行却是常事，职务、层级与实际权力都可以穿越跨界，一切围绕着"一把手"徐新辉的意思来决定，大家已经习惯这种做派了，而且这种做法还有一个专业称呼，叫"统一法人意志"。

我所在的大湖市商业银行，前身是一家普通的城市信用社，该社创办人叫徐新辉，最早是市体委射击队的教练，外出比赛时又兼领队，大小算是个领导。初尝权力的甜头，他感叹道，枪杆子里面出政权是打天下时的说法，如今是有权才能玩转枪杆子。随着走南闯北见的世面多了，徐新辉又体会到了钱的重要性，说人这辈子如果没钱，就像没装子弹的枪，顶多算根烧火棍。当时正是全民经商风起云涌的时候，等他悟出了这个道理时，他人生中最重要的一颗子弹就出现在枪膛里。

以前的监管银行实际是地方政府的一个部门，当时大湖市监管行的老行长退休，新行长就从体委副主任的位置上提拔来了一个，这位新行长恰好就是极为赏识徐新辉的老上司，这对徐新辉来说无疑是"想睡觉递来了个枕头"。脑子反应灵光的徐新辉毫不犹豫地扣动了扳机，他打了饭碗辞了职，找到"老主任新行长"，批了大湖市第一家城市信用社。

该社自成立以来理事长和社主任就由徐新辉一肩双挑。由于是大湖市第一家城市信用社，加上徐新辉和领导的特殊关系，监管机构对其偏爱有加，壮大过程中呼风唤雨，畅通无阻。后来成立的社常有微词，说徐新辉的社是监管机构的"亲儿子"。徐新辉听了不但不生气，反而自己也像老子管儿子一样管理着信用社，放款干事从来说一不二。适逢经济上行，有胆量就能赚钱，信用社的资金高进高出，资产负债规模突飞猛进，连当地几家国有大银行都视其为竞争对手，直呼徐新辉是"小猫变成大老虎"。

真正让徐新辉从猫变虎是从信用社改制成为商业银行，并且接连吞并了当地几家经营不善的信用社之后的事情。但是老虎吃多了也会消化不良，随着大湖商行业务规模和机构人员的快速膨胀，徐新辉反而感觉越来越不爽快，先有李立明可以对各种决策随时提出异议，大小事都要上个党委会，后来又出现兼并过来的人不像老社员工那样听话好使的情况，这对于习惯了一人说了算的徐新辉来说都是难以容忍的。徐新辉是一个学习型的人才，他能从一个体育行当越界转型到金融系统并成为这个行业中的佼佼者就是最好的证明。他仔细研究了李立明手中的枪弹，通过股权运作成功地缴了他的械。可是瞄准一个靶子和同时锁定多个目标不是一个概念，徐新辉反复思考掂量，决定在大湖行实行秘薪制，通过"以薪控人"来达到像原来信用社那样的管人效果。

徐新辉真实的思想是不会告诉别人的，在薪酬改革之前，他提前和我打招呼谈了谈他大致的想法，无非就是为了调动员工的积极性、提高执行力这些大道理。我想了想还是慎重地提醒他，秘薪制的充要条件可能不成立，首先它不是不可缺少的子弹，想搞好大湖商行并不是缺了秘薪制就不行；其次它也不满足充分条件，难道实施秘薪制就能提高大湖行的效益？我的结论当然是没有必要进行这项改革。最后我说射出去的子弹是没法停住的。但话一出口，我就感觉到徐新辉那对小眼乜斜起来，只好打住自己的话题，知趣地告辞了。徐新辉能提前告知我这个消息，已经是给我很大的面子了，因为我既不是董事会的成员，也不是党委委员，决策层的事情可以不找我商量，就是经营上的事，我充其量也只是他行长的助手，所以关于秘薪制的事我决定不再参言了，我知道任何阻碍都挡不住徐新辉要做的事，而且他的运气一向好得不能再好。

改制之前徐新辉就经历过一场危机。当初，一向经营状况良好的徐新辉突然间不良贷款率急速上升。社里的人都知道这是他大搞"家长制"和"一言堂"的必然结果，可社会上说起此事，都认为是他"猎"打的太多，"肉"吃多了造成的。

徐新辉喜欢打猎不足为奇，毕竟人家当过射击队的教练，当教练之前的身份也不用猜测，至少当过省级冠军吧。仅仅会射击没有多少内涵，这是非洲猩猩都能做的事情。可是打猎牵涉的内容就丰富多了，我们一般人至少要问，枪是被管制的东西，枪从哪儿来？野生动物都被保护起来了，猎物从哪儿来？哈哈，这些问题正是徐新辉需要被发问的，因为他打猎之意并不在猎物，就在于这些"猎奇"！国际上除了普京，有几个敢炫耀自己打猎的国家领导人？在国内有几个能将打猎作为家常便饭的富人？嘿，你有权有钱得不到的，徐新辉却能轻松搞定，由此可以掂量出他的分量和能量了吧？

这可能是我鸡肚猴肠的猜测，但还是经得起推敲的。因为不管徐新辉通过什么渠道能够经常打猎，毕竟是在法律边沿上擦枪，弄不好就会走火，他不会不知道这点常识。没进大湖行之前我见过徐新辉几次，他面无表情，话语不多，一看就是一个低调之人。当时虽然送礼成风，但如何将礼物不露痕迹地送到领导手中，仍然讲究必要的技术手段和行为规范，那么他为何每次打猎回来后都不避人眼地拿着野味四处去送，有这个必要吗？其实，徐新辉虽然不善言辞，但当过冠军的他却知道怎样用行为营销法来扩大自己的名气。

射击教练加狩猎专家，通过玩枪的示范，徐新辉基本把自己包装成了一个"准"英雄的形象。他明白，要想成为一般人心目中的真英雄，他还需要另一个成功标配，那就是美女。才子与佳人、英雄与美人如同枪与弹的关系，有枪没弹和有弹没枪都是资源配置的缺失，英雄没有美人相伴还能叫英雄吗？美人缺少了英雄的爱怜又怎样证明自己是美人呢？这本来是四海皆认的配置指标，可惜到了徐新辉这里却被滥用了，原因就是他害怕老婆孩子闹事，于是在处理女人的问题上采取了打猎的战术，即"打一枪换一个地方"。

关于这件事可不是臆测了，我当时在另一家信用社工作，大小也是个副主任，场面上的事见得多了。有一段时期老板们在一起如果不谈点女人的事，那简直就白坐了同一张桌子。有人调侃徐新辉的"玩"法太烂，并劝他固定"养"几个算了，他却冷冷地反驳说，喝酒的人肯定不是请客的人，抽好烟的人肯定是不掏钱的人，那么喝牛奶的人就非要养奶牛吗？一时间这句话成了大湖的"名人名言"，徐新辉和他的社不臭反香，客户相信他能搞定一切的能力，纷纷到他这里存钱，贷款的人也很少有敢赖账的。有时候你不得不信，生意场和娱乐场相似度很高，追粪逐臭式的炒作也有人买账。

名气会随风向的变化而变味，将徐新辉推向"打猎高手"位置的名气，在麻烦来临时变成了"吃肉太多"的名声。但是徐新辉毕竟是老枪手，遇到危机时冷静不慌，他知道不良率就是个数字把戏，降低不良率的方法无非是收回发生风险的贷款，减少分子的数量，或者是加大放款金额，提高分母的比重，他选择了后者。这意味着他要多吸收存款才能多放贷款，而要想扩大存款来源，他就要甩掉信用社的帽子，变成正规的商业银行，这样才能减少在机构网点的设置、结算限制等方面的障碍。

说干就干！徐新辉的射击招数是"稳准快"，一旦锁定目标就要尽快扣动扳机。这次又是一出漂亮的"枪响花落"，大湖市商业银行闪电般地挂牌成立。徐新辉转败为胜，他摇身一变又是董事长行长一肩双挑。改制转型后的存贷款也出现了双双企稳攀升的势头，不良贷款率迅速开始回落。

大湖人把信用社、典当行、小额贷款公司、担保公司统统都叫成"小高"，意思是"小高利贷"经营者。徐新辉出身"小高"，当然对"小高"

的经营状况非常清楚，大家实际的不良贷款率都是半斤八两，差别只在报表上不同。调整报表上数字的套路也是一样的，就是对逾期还不了的贷款不断地"展期续做"。起初徐新辉就是这样做的，为何他突然不按套路出牌，把保命延命的"双王"炸了出来？他是不想混了？

错，徐新辉恰好是想混得更久一点。"小高"们不良贷款的池子里养了两类鱼，一种是关系贷款，这类款在贷出时徐新辉心里就把它们归入了不良行列，能拿到这类贷款的人是有权人，徐新辉也是根据这些人手中权力的分量来看人下菜。这种贷款其实不用操太多的心，因为权力是有期限的，权力期限一到，贷款一般也会随之归还。

另一种是"自留鱼"，就是自己的关系户，一般是吃了人家的拿了人家的造成嘴软手短而难以收回的贷款。徐新辉的情况更严重一点，他大多是"摸"了人家送上门的人，这一摸不要紧，比嘴软手短的症状糟多了，浑身筋松骨软，哪还有收贷的底气！但是这并没有影响徐新辉第六感官的灵敏度，这是他多年玩枪练就的一项近乎本能的直觉，那就是到了该响枪的时候就得响，到了该放下枪的时候了就不要再硬举。

出来混是迟早要还的，风流债又是最难还的。这些难题却难不住徐新辉，他一家一户地做工作出主意，让"自留鱼"贷款户把有价值的资产能卖的卖，该转移的迅速转移，最后宣布停产或破产。徐新辉社的不良率一下子上升到了两位数，主管部门和监管机构都吓出了一身冷汗，这不是要发生金融危机的前奏吗？万一出现挤兑事件，大湖市就要名扬天下了！联合危机处理工作小组立即进入大湖市这家最大的信用社，秘密与徐新辉开始了处理危机方案的谈判。

徐新辉拿捏得很准，一切都按他想要的目标前移，工作组基本同意了他的方案，就是改制重组，由大湖市财政注资控股，从集体所有制的信用社改为股份制地方商业银行。按照新的监管办法，新成立的商业银行不能有个人股东，徐新辉和社员的股份转到了社里控股的鑫辉酒店，然后再由酒店入股大湖市商业银行。那些"自留鱼"的不良贷款移到了表外，成了待机核销的账外资产。

大湖市的地下储藏着大量的优质无烟煤和石油，地上有用不完的光和风，这些年持续的能源热吸引了大量的外来投资，地方财税收入大增。手中有了钱，市政府也有意识地要投资扶持本地的一些企业发展，并且专门指派市国有资产管理局进行持股管理。股改后国资局占有商行50%的股份，是单一持股最大的股东，酒店的股份占30%，其余的20%由社里原来的法人股东和新入股的法人股东持有。

国资局这个"大婆婆"对徐新辉这个"新媳妇"充分信任，工作流程都是按公司法和商业银行法来执行的，也没有过多追究以前不良贷款的责任。在人事安排上，国资局就放了个监事长李立明，同时让他们成立党委组织，书记还是由徐新辉担任，李立明只不过挂了个副职。

一切都顺得不能再顺了，人财物安排停当，新成立的商行不良贷款迅速归零，过往的那些江湖纠葛一笔勾销，徐新辉也仿佛变了个人似的，精神焕发抖擞，发誓要把新商行办成一流的地方商业银行。

形势也按徐新辉料想的发展。商行成立不久，监管风暴来临了，没完没了的"展期续做"两张王牌不能再打了，涂抹在不良贷款率上的脂粉纷纷脱落下来，一下子将"小高"们的原形暴露了出来，原来大家长得都差不多。主管部门和监管机构不得不再次出面收拾这种烂摊子，可是这些社的规模太小，不能满足成立商业银行的条件，也就是说徐新辉的改制模式无法复制，怎么办？此时，提前主动"卸妆"的徐新辉已经重新打扮得光鲜靓丽，当监管风暴来临时，那些小社就像鸽群遇到了鹞子，哪管什么虎穴狼窝，只要能夺路降落就行，大湖商行成了他们首选的栖息地。在地方政府和监管机构的支持协调下，用了不到一年的时间，大湖商行先后收购兼并了当地五家"小高"，徐新辉就开了一枪，但因为是先扣扳机，后面的鸟儿纷纷主动地落到了自己的布袋里。

人常说贼捉贼最灵，"小高"治"小高"那也是没得说的。徐新辉可不像国资局对待自己那样心慈手软，他在兼并过程中，把不良贷款责任人落实得瓷瓷实实，然后让责任人专职追讨不良贷款，什么时候把钱拿回来，什么时候才给他安排位置开工资。这项规定一出台，被兼并社的"一把手"首先飞也似的跑路了。又是不费一枪一弹，徐新辉轻而易举地就把以前的竞争对手打趴在地，谁让他们背后嚼舌头说过人家徐新辉"打猎"打多了！

徐新辉玩的可不是机枪扫射，他实施的是有打有留的狙击枪精准点射，我成了第一家被兼并社的保留对象。表面上我是从原来社的副主任平移到商行任副行长，实际是从小社跳大行，一时羡煞了多少同行。不管徐新辉对我的重用是看中了人，还是想给后面被兼并对象做个示范，他对我不错是事实。如果不是吴亮的公然挑衅，我是不可能在徐新辉主导的事项上放枪的。

薪酬改革是花了大价钱的，整个方案是行里专门聘请了一家国内知名的咨询公司来做的。当公司专家将设计的原则、实施的方法全部讲解完毕后，全场鸦雀无声，因为这是专家的方案，理论和逻辑真的无懈可击。吴亮开始还有点紧张，毕竟我和李立明是他的上级，见大家半天说不出个所以然来，逐渐得意起来，也学着徐新辉的态度，直接忽略了李立明的存在，竟然点名让我这个副行长发个言！

我忍无可忍地扣下了扳机，并且狠狠地射出了一个连发！

我问吴亮，劳动分配的原则是什么？他说这个谁不知道，按劳分配，多劳多得，这是方案里开宗明义的话呀。

既然多劳多得，反过来说多得的是不是应该多劳？吴亮只能回答是。

这么说多劳多得与多得多劳是充要条件[①]？我把目光投向了咨询公司的人员，他们又把它集中反射到专家身上，那位专家犹豫了一下，只能顺着吴亮的话称是。咨询公司心里很明白，这单业务并不是徐新辉聘请他们以独立第三方的身份，针对大湖行的情况做一个客观的薪酬方案，而是借他们的嘴和笔来实现他自己设计的目标，所以他们只能也必须按行里的意思来办。受人之托，忠人之事嘛！

我把目光继续聚焦回来，说："吴总，"我故意用这种称呼来提请听者，谁是我要针对的对象，"既然大家都认可多劳多得、多得多劳是一回事情，这么说大家就是认可多劳多得的科学原理了？"因为方案中把秘薪制冠以"科学的分配机制"，我也不得不用数学概念和科学原理来应对。

---

① 充要条件是指，假设 A 是条件，B 是结论，则：由 A 可以推出 B，由 B 可以推出 A，则 A 是 B 的充要条件（充分且必要条件）。

在一片赞同拥护声中，我仿佛看到面对就要飞来的子弹，吴亮那副惊恐的面具，因为在座的都明白我下面要说什么了。

"请问秘薪制是怎样来体现这些原理、原则的？全员工资绩效秘而不宣，相互之间还要保密，相互打探或向外泄露要按违规对待，要受到处分，这不是要蒙上大家的眼睛，捂塞大家的耳朵，再堵住大家的嘴巴吗？然后……"我故意放慢停顿了一下语速，好让他的表演再充分一点。

随着大湖行的快速扩张，管理人员的配备提升随之而来。吴亮是徐新辉的嫡系，又处在管人管薪的关键岗位，提拔个副行长是早晚的事，可他做事目的性太强，很容易暴露自己的想法，徐新辉看中的就是他愿意给人当枪使，所以才把这项风险极大的任务交给他来办理。果然，吴亮见我的发射速度减慢了，就继续辩解道："尤行长你别这样说好不好？在方案落实前，有定岗定级定类的过程，每个部门的分类，每个员工的岗位级别都由主管领导、部门负责和行里评价决定，大家要相互信任，相信自己的上级会公平对待自己部门的员工的。"

"吴亮，你说的公平怎么体现？干活的时候大声吆喝，发钱的时候悄无声息？劳动可以相互监督，分配却偷偷摸摸，权利义务失去了对等，公平从何而来？还提什么信任，你是让我相信男人的誓言还是女人的年龄？你让我相信猫不偷腥还是狼不吃肉？如果存在你所说的'相互信任'，那么还有必要搞这个藏着掖着的秘薪制吗？反过来说，秘薪制才是对大家的不信任，不信任员工的眼睛是雪亮的，不信任大家对多劳多得的认可！我敢断言，秘薪制最终会让全行员工彼此猜疑，相互提防，会对信任带来更大的破坏！"

"对！我们职工代表大会坚决反对这个秘薪制！"

我循声望去，居然是坐在一边的李立明大声附和起来，虽然这是我期望的效果，但看见发言的是李立明，我心里不但没有兴奋，反而预感他又要坏事。李立明已经快到退休的年龄，可说起话来还是直来直去的，据说他在政府工作时就因为不会说话才一直得不到提拔，让他到商行任职是看他资历老，给他一个最后拿年薪的机会。

但今天的场合无论怎样，我都希望有人助我杀一杀吴亮的风头。他还没当副行长就骑在我头上了，当了副行长哪里还有我说话的地方？本能驱使我必须阻击吴亮。李立明补的这一枪有十分效，吴亮这下子只有喘息的分了，嘴里还在嘟囔着："可秘薪制是国际惯例呀。"专家赶忙纠正他的说法："不是惯例，是有先例和案例的……"

这本身是个意见征求会，随着几声"枪响"，秘薪制的"衣服"都被剥去了，有点涵养的人是不会等着看裤衩脱落的，于是大家纷纷自动散会离开，并且天真地以为再也不会有什么秘薪制了。谁知一周过后行里宣布，下月开始正式实行秘薪制的工资绩效发放方案！一下子全行上下像热油锅里滴了一滴水，噼里啪啦地炸开了，但也就响那么几下就结束了，一来是无可奈何，二来大家也想看看秘薪制究竟是一个什么鸟东东。

全行可能就我对这个消息波澜不惊，从徐新辉第一次找我谈论秘薪制的时候我就知道，这件事早晚都要落地，我在征求意见会上的发言是被迫的，并且根本阻止不了这声枪响。能够准确预见这件事情的发展结果与我对"枪与弹"的理解有直接的关系，而关于这方面的认识与徐新辉这个枪手没有任何关联，而是源于我的父亲，甚至可能还会追溯到整个家族的先辈。

在邳县解放之前，尤家和车家之间的"打业"已经延续了几代人了。至于两家的世仇是如何结下的，连我的伯父们都说不清楚，父亲是五兄弟中的老小，更不知道最初的起因。

"打业"是我自造的词，在词典和网上都查不到，父亲告诉我就是相互之间追杀后代，比如大伯先前找机会干掉了车家的长子，抗战胜利后，车家一个在国民党部队里做了官的儿子回乡后又把大伯打死了，同时把爷爷关进了徐州的大牢，再将尤家的土地和房产明抢豪夺地整光了。在中原一带，如果某家当家的死了，没有直系后代继承产业，家族里的其他人想要继承就叫"请业"。奶奶离家到徐州要饭守着爷爷，家里的哥姐跑的跑嫁的嫁，剩下最小的父亲也只好要饭为生，四处流浪。一天到了一户富裕人家，人家问他是否愿意当兵，父亲也想学车家的儿子握个枪把子，好把爷爷救出来，向尤家报仇雪恨，当然说愿意，这户人家就给他吃了顿饱饭，换了身新衣，然后让他顶替自家的儿子做了国民党的壮丁。父亲那时也就十四五岁，但个头不低，人也机灵，于是做了一个团长的勤务兵。父亲当兵是有目的的，最感兴趣的是能报仇的枪，他利用自己的有利职位，摸通了各类枪械的原理，练就了一身百发百中的本领。

当兵不到两年，父亲所在部队在甘肃武威起义了，然后跟随王震大军奔赴新疆。在解放军的教育下，父亲早就忘记了与车家的世仇，爷爷也被解放军救出了大牢，所以他决心报答共产党，组织让他干什么他就干什么。父亲只读过几年书，但是悟性极高，特别是对机械类的东西似乎无师自通，部队进疆后很快就转入了生产建设的大洪流。他先是在一家农机厂当车间主任，学会了车床，然后又调到汽车运输公司做调度，学会了开车和修车。那时的大湖市叫"地区"，地区的养路段配备了苏联的平路机和推土机，又调他做了养路段的段长。

事情终止于"文化大革命"，当那场史无前例的运动暴发后，父亲被打成了"走资派"，这是每个单位领导都要遭遇的，随后又发生了什么夺权、"造反派"和"保皇派"之间的武斗。在攻打被"造反派"占领的地区办公楼时，养路段的推土机被"保皇派"抢去改装成了土坦克，往大楼中间扔了一个炸药包，那幢当时地区唯一的三层楼被轰成了两半。后来每个单位又成立了"革委会"，父亲属于能够改造好的"走资派"，被"三结合"到了革委会，派到山里修桥的工地领工去了。

我上学时"文革"已经进行了四五年，最严重的阶段已经过去，但是后遗症却在学校显现出来。我们上的是子弟学校，就是附近的单位自己办个学校，请有文化的职工或者家属来当老师。几家单位中就有农机厂、汽运司和养路段。学生中有"造反派"头头的儿子，也有现在当权派和过去当权派的儿子。因为同学之间关系复杂，母亲早早就叮嘱我要处处小心。那时候虽不懂事，也没有遇到什么事，但是我确实见到高年级的同学相互打架。打人的是"造反派"的子女，被打的是"走资派"的子女，我经常见到一个被打的男孩，他父亲是汽运司的"走资派"，在运动初期批斗时被折磨得自杀了，他的儿子还在继续遭受折磨。

"你爸在运动中没有挨过一指头的打"，这是母亲经常对我们提起的一句话。曾有一次我问父亲，母亲这句话的意义何在？我指的不是一般的意思。父亲想了半天才说，"文革"是很复杂的事件，以他的水平无法说清楚，只是代价惨重，给后人留下的经验教训太多了。

"就说汽运司被折磨自杀的那个老皮，我们同过事，他生活作风的确不好，经常偷偷摸摸地往一个司机老婆家跑，但罪不至死。我没挨过打实属侥幸。养路段大多是没文化的工人，人老实，又分散住在戈壁道班，所以我才躲过了几次批斗。'清理阶级队伍'的时候挨斗的是那些被释放的国民党俘虏，而我是主动起义参加解放军的，所以也没有挨整。但也有一些坚持原则的好干部，一样受到毒打虐待，实际是有人在乘机夺权，有人在公报私仇。

"谁知躲过了初一躲不过十五，如果没有那场运动，我的大拇指不会这样失去的。"父亲长叹一声，闭眼用右手抚摸着没有拇指的左手。

每当这个时候，我眼前立刻就会闪现出他躺在病床上做手术的场景。那是"文革"后期的事情，我刚上初中不久，一天有同学告诉我，父亲被枪打了，我疯一样地跑到了地区医院。当看到几个月没见到的父亲时，才知道是枪管炸膛后被崩伤了手指。那时候我哥姐在农村接受再教育，母亲是家属队的队长，只有我可以待在医院陪伴父亲，我根本不用担心学业上的事情，学校运动不断，根本上不成文化课。手术是住院几天后才做的，而且就在病房的床上做的——你没有看错，是在病房做的，你别以为现在就是一个门诊手术也有专门的房间，那时什么事都会发生。

是一位年轻的医生给父亲做的手术。绷带打开后，我看见父亲的半截大拇指已经变黑干缩，医院也乱了套，医生手下连个护士都没有，更别说助手了。他一边从腋窝下给父亲注射麻药一边说，手术室没人消毒打扫，里面都能捉到臭虫。最悲惨的是医生说，由于伤情拖得时间太长，整个拇指不得不截掉。医生把父亲的头侧向我这边，然后我两只手紧攥他的另一只手，眼睁睁地看着医生就像剔羊腿的骨节那样，从第二个骨节处截去了父亲的大拇指。手术中不知是麻药的作用还是神经的感应，父亲脸色苍白，双眼紧闭，整个身体都在不住地颤抖。

以前父亲跟我们谈起枪来总是兴奋不已，后来我哥我姐都参了军，如果不是高考恢复，我的首选肯定也是拿枪的工作。自从发生了这件事之后，父亲不再在母亲面前谈枪了，因为她不让他提有关枪的事。在他养伤期间，他只跟我一人谈枪的事，内容也不再是他过去摆弄枪弹的故事，而是给我讲述他对枪与弹、枪与人、枪与自然之间关系的理解。我听得懵懵懂懂，但他低沉的讲述声给我留下了深刻的印象，以至于影响到我今后的学业和职业。

我是因为数学考得好才进了一所财贸学校。别人都说数学很抽象，可我学起来却津津有味，比如讲到充要条件时，我就用枪与弹的关系来打比方。在学习逻辑数学的各种关系时，我就在枪与弹的关系上再加进人和环境等因素来理解。工作后我遇到问题时，也常常用枪与弹的原理来分析和解释事情的原委。对秘薪制的理解就源于此经验，并且我还了解徐新辉是个从不放空枪的人，当他决定扣动扳机的那一刻，实际就是子弹飞出去的时刻。

偏偏李立明还要做无谓的抵抗，他想让射出去的子弹停住！但是行务会上确定启动薪酬改革时把他"屏蔽"了，征求意见会实际是虚晃一枪，走个流程罢了，可是他却以职代会的名义提出了反对意见。我分析徐新辉原本是要走一走这个流程，但听到李立明的表态后，职代会的流程也被"Cancel"（取消）了。最终在董事会做决议时，李立明是代表国资局的董事，这下子该有他说话的机会了吧！他不会放过这个最后和最重要的机会，因此提出了两条意见，第一个是改革方案应该经职工代表大会同意，第二个是最终决策还要经过党委会批准。

徐新辉以薪酬是经营方面的事项，不涉及党务为由，当场就否决了李立明的意见。他同时指出，秘薪制是一项有效的薪酬激励机制，最终受益的是股东和员工，这也是给国资局挣钱，因此只要股东没有意见就算通过。好吧，李立明手里还有一张大牌没有出来，那就是他是单一最大股东的代表，他要投反对票，而徐新辉告诉他，现在最大股东是鑫辉系，李立明彻底傻眼了！

问题就出在股权结构上。按照监管规定，除了财政持股外，其他机构组织的单一占股比例不能超过10%，特殊情况也可以通融。徐新辉的社在改制时，一下子找不全入股的股东，又急于解决潜在的危机，政府出面请监管机构特批，同意鑫辉酒店的占股比例暂时为30%。

我加盟大湖行后徐新辉交办的第一件任务就是收购整合第二家信用社

的业务，这家社的股份折合后，大部分被几家新成立的企业买断持有，然后再由这些企业入股商行，其实我所在的社也是这样被兼并的。我负责这项工作后，调阅了这几家股东的资料，一看都是鑫辉酒店参股的企业，而且它们在缴纳入股资金之前又都向商行贷过与入股资金相当的贷款，懂行的人一看就明白，这实际是用商行的贷款做了入股的本金。也就是这几家新股东的实际控制人还是鑫辉酒店，这很可能是鑫辉酒店规避持股比例的限制，变相增持股份的方式。

我隐约有点担心。虽然大家都知道大湖行是徐新辉说了算，但是国资局是大股东，除了业务受监管部门的管制外，企业的其他方面还是由国资局说了算，比如我这个副行长的聘任虽然是由董事会决定的，但还是要报国资局批一下。这种局面是因为国资局目前是"一股独大"，如果不是这种情况，那么大湖行是否可以不履行这个程序，自己就可以直接做出决断呢？理论上完全可以。

依照当时的收购兼并模式，国资局的持股比例肯定在被逐步侵蚀，我立刻把这个担忧告诉了李立明，他不仅是国资局的代表，还担任监事长职务，这应该属于他的职责。谁知李立明居然不以为然，大咧咧地说这个没有什么大不了的，徐新辉说了，等到了一定时候，国资局再注笔资金把结构调过来就行了，现在逐笔逐次地算股份比例太麻烦，账也不好做。原来他们之间是有商量的，我当然再无话可说。

我"多此一举"是有自己私心的，有国资局做老板，大湖行大小是个国有控股银行，我这顶帽子名义上不是他徐新辉给的，吴亮也不敢随意凌驾在我的头上吆五喝六，可是一旦股权丧失了，我就会彻底沦为徐新辉个人的附庸，谁不知道鑫辉酒店的实际老板还是他徐新辉呢？

我也并非杞人忧天，五家社重组完成后，鑫辉系的股份占到了45%，国资局缩减到了30%，其余的25%经过徐新辉的精心运作，基本被他核心圈里的法人股东控制了，这些股东大部分是徐新辉原来的"关系鱼"，在改制时逃废了不良贷款，现在改头换面，摇身一变，又被徐新辉拉进了大湖行新股东行列。

李立明的待遇就在此刻发生了微妙的变化，原来是名副其实的"二把手"，徐新辉凡事都找他商量，大小会议他不是主持就是最后发言人。忽地有那么一天，李立明突然发觉没人再找他汇报工作，没人再通知他参加会议，他每天能去的部门就剩工会了，那是他主管的部门，其他业务部门的人借口忙各自的事情，几乎没人搭理他，他走到哪里仿佛都被人视而不见！

在大湖这个地方传言要比正式的新闻管用，有人放出风说，李立明现在是"骗马的锤子——不顶用"了，早晚得让出监事长的位子。李立明听到这个消息后立即去找徐新辉，让他兑现以前商量好的方案，起草一个申请让国资局再注资的报告，徐新辉说这要经股东大会的通过。李立明反手再去找国资委股权管理处，处长说向财政申请资本金需要很长的流程，一般也是由需要注资的一方发起动议，国资局才有理由向财政要钱。李立明真的感觉两头被架在空气中，彻底找不到发力的支点了。

借薪酬改革之机，李立明似乎找到发力点了，谁知人家徐新辉根本"不上靶"，轻松地把党委会和职工代表大会给绕了过去。见到这个结果，心里暗自松口气的就属我了，我只是在私下和非重要的会上反对过秘薪制，而且主要责任在他吴亮身上，如果徐新辉的报复下来，我总会比在决策层上唱反调的李立明要轻点吧。

但是这次我的猜测错了，秘薪制落实下来后，我们这些高管也要履行新的手续，到人力资源部签字领取新的工资单，这当然是一对一保密的。管理人员与一般员工待遇不同的是，由总经理吴亮亲自接待我们。吴亮见到我客气得不能再客气了，我猜他已经准备好迎接我的再次敲打。谁知吴亮非常耐心地给我介绍了总体改革情况，他告诉我，工资部分按以前的基数和工龄考虑，李立明最高，徐新辉第二，我排尾；绩效等级徐新辉第一，我第二，李立明排尾；全部收入徐新辉略比李立明高一点，我虽排第三，却比改革前翻了两番，这个数目先把我自己吓了一跳。至于其他情况，因为我不是改革小组的，不便多问，但吴亮还是主动向我介绍了一下，大致是部门中层收入翻一番，普通员工重新定岗定级后，总收入基本和以前持平，个别人略有调整。吴亮特意说明，徐新辉一再强调一定要坚守和贯彻多劳多得的原则。

听完之后我心里又开始暗自佩服起徐新辉。我还能说什么呢？从大的方面看，不管徐新辉以前是如何做的，股改后他控制的酒店已经是大股东，他没有不把大湖行搞好的理由，我也没有理由怀疑他实行薪酬激励机制的目的最终还是为了留住管理人员，提高大湖行的市场竞争能力。从个人方面讲，不管这顶帽子是谁给的，不管我是谁的附庸，真金白银落到了我的口袋里是真的，没有不接受的理由，尽管我最初是怀疑这项改革的。现在，我已经对各方都尽职尽责了，当然可以心安理得地拿自己的钱了。我甚至佩服起自己来，做人做事就得该说的说，该冒的风险还得冒，只有这样才能得到上面的信任和下面的拥护，最终保住自己的利益。

高薪厚禄将我的嘴巴堵住了，我现在就要看他李立明如何反应了，估计和我差不多。果然李立明来找我了，但他并没有拿钱的兴奋，反倒像是被钱压趴了，忧心忡忡地问我怎么办。我明确告诉他接受现实。我说徐新辉非但没有记仇，反过来还回报了我们一个长期大红包，于公于私人家都是大度到家了，我们还能怎么样呢？李立明还是不甘心，他说这不是个人恩怨问题，更不是钱多钱少的问题，而是多劳多得的原则问题。我一看用偷换概念的把戏说服不了他，又搬出"充要条件"来说服他。我告诉他改革前没有拦住徐新辉，现在生米做成熟饭了，再想把它还原回去，充分的理由是什么？必要的条件在哪里？我差点说出来，失掉了控股权就是丢掉了命根子，说什么都不顶用。

李立明毕竟是我的上级，我好好地帮他分析了一番，让他明白证明和肯定一件事情是对的不容易，同样证明和否定一件事情是错的也不容易。现在木已成舟，你总得等舟出了问题才能把舟否定掉吧？李立明想了想只好承认没有办法改变现状，但他说我对"多劳多得"的理解在逻辑上无可辩驳。

徐新辉用钱把李立明的嘴也给堵上了，你现在就是让他说话，他能说什么，他又去向谁说？行里的员工也是同样，不论同意还是反对秘薪制，它已经存在了，更绝的是这里面究竟装的是什么东西，全行员工不能相互打听。你想说它好没有依据，你想说它不好同样没有依据，你唯一的选择就是接受和承认它。秘薪制的设计完全符合充要条件，所以它成立了。徐新辉不愧把枪玩到了家，枪弹永远在一起，所以从来是"枪响花落"。

薪酬体系改革顺利实施，行里的风气大为改观，过去布置个任务部门老总们都是推三阻四，生怕活落到自己的头上，现在好像没有这种现象了。还有过去干活看面子，五个社并过来的人员，加上新进了不少大学生，大家分工协作时，往往以关系好坏来决定取舍，现在是以利益共同体来划分合作的对象，帮派山头被有效瓦解，管理的阻力因素迅猛下降。

我个人当然也想通过努力工作来回报这份丰厚的报酬，唯一的愿望就是大家最好忘记我曾经质疑过秘薪制。可是"越怕越来"的魔咒也是难以打破的，该来的还是要来。好日子没过几个月，不断有麻烦惹上了门。最先是科技部总经理找上了门，他属于我分管的部门领导。"尤行长你来评评理，哪个部门唱戏的台子不是我们搭的？凭什么我们的工资和绩效要比别人低？下次部里开会你们行领导去讲个话，我说服不了大家。"

我怎么去讲？讲什么？我说科技部是台柱子的肩膀，可行里给"肩膀"的是"地板价"待遇；要说科技部就是个保障部门，是"地板砖"，那他们会立即放下开发工作不做了，一线营销人员的"弹药"就会中断。我去查谁泄了密？我去制止大家不要相互打听收入？好像都是火上浇油的办法。我唯一的招数就是耐心说服这个老总，让他回去多做做大家的工作，让大家不要光盯着收入，还要比一比工作压力，反正老总们的收入也得到了大幅度的提升，那你也得多担当一点吧。

可是部门老总之间也发生了攀比。现在监管机构的现场和非现场检查非常频繁，过去数据都是由综合部统一对外提供，突然有一次他们提出干不了了，理由是数据源不在本部门，无法保证数据的准确性。协调会上业务部门的老总吐槽太累，没有一个部门愿意承担数据整理汇总工作，皮球最后又踢到了综合部。综合部老总说，光喊累不行吧，把收入拿出来亮一亮才有说服力。不用猜，又是泄密惹的祸。

徐新辉把吴亮臭骂一顿，让他严查泄密的原因。可吴亮就是浑身长满眼睛也盯不住泄密的渠道呀。社保、医保、纳税、党费、工会会费，哪一项不是以薪酬收入做依据的？就是在银行贷点款，办个卡不是还要查查人家的收入吗？更有甚者，最近市社保局发了一个通知，为保证缴费的公平公正，要求各缴纳机构定期向员工公示缴费情况，吴亮一看这个通知头都要炸开了，这还保哪门子的密？

秘薪制的保密设计只是对内的，它有点像条线制的管理模式，不同条线之间信息隔绝，但是一条线上的上一级不但可以知道下一级的薪酬信息，而且在决定下级薪酬多少时有很大的裁量权。也就是说你的收入很大部分是由你的顶头上司决定的，这个没有什么，这是管理层级决定的，否则就不叫管理了。秘薪制的特殊之处在于，你不能知道周围其他人的收入，你的薪酬信息是个孤岛，失去了可参照的对象，那么你收入的多少就只能拜托顶头上司的"恩赐"了。

有人不满意的就是这一点。行里有一个内部网，主要发一些通知和行内消息，间或也发点员工写的业务论文和文学类文章，属于十天半月瞄一眼，文字画面仍是老面孔的那类企业内部网站。忽然有一天大家都争着看网讯，里面新发了一篇法律部员工写的论文，题目是《浅谈秘薪制的起因、进化与博弈》，初看以为是介绍秘薪制来源的知识类文章，可越往后看越不像话，文章说薪酬是企业和员工签立"婚约"合同时最重要的经济内容，秘薪制打的是法律擦边球，钻了制度的空子，既不合法也不违法，把一个阳光婚姻变成了一个躲躲闪闪的"小三"关系。这种阴暗的关系长期下去，将会把员工变成"被阉割的儿马，使其失去血性，最终成为乖巧温顺的使役"。

这肯定是行里有史以来传播最快的网讯了，可人力资源部不到法律部找写文章的人，反而到管网讯的科技部调查，查问为什么把这类文章贴到了网上。管网讯的人说行里没有规定不能贴这类文章，人力资源部说以后发文要审查，管网讯的人说，巴不得这样呢。后来人力资源部下发了一个通知，要求各部门在网讯上发布信息时，经审查后才能让科技部粘贴。从此内部网变成了真正的"僵尸"网，这是后话。

论文被删除了，看不见的风波却再也无法平息。不久就有三个入行一年多的大学生递交了辞职报告，因为论文中说秘薪制不会自动退出舞台的，谁掌管了家里金库的钥匙都不愿把它交出来，博弈的办法唯有"离婚"。人力资源部的脸挂不住了，这几个人是大湖行成立后首批招录的大学生，不但是业绩也是招牌呀！

就在我作壁上观时，一颗想不到的子弹让我中了枪。这段时间女儿正准备校园招聘，几乎每天我们父女都要商讨应聘的策略。这天结果终于出来了，女儿与她心仪的一家银行失之交臂，签约没有成功，受到打击的女儿拿起电话，劈头盖脸地把情绪发泄到自己老爸身上。

"你说的那些搞好人际关系，不得罪人呀，什么心理分析，建立人脉网络，顶用吗？最后决定录取的，成绩占了大头！你知不知道我为什么不选择回家工作，我为什么愿意一个人待在没有一个亲戚朋友的上海？因为我看不惯小地方的风气！都什么年代了你们还潜规则，还想用人身依附的方式来控制人，你到这里来看看，哪家公司的待遇不是明码标价？"说着说着话题转向了她爷爷，"要是爷爷不去世，我才不会找你给我当参谋！"说到爷爷，她借机号啕大哭一场，这才结束了这场控诉。

我一宿没睡好觉，有点后悔提早给她灌输职场"鸡汤"。第二天一上班被黄昌豫堵在了办公室，见到他我的心绪一下好了一半。小黄是我到大湖行后唯一向徐新辉主动推荐的人，他在老社时是个信贷员，到大湖行改为公司部大客户经理。在老社他有一个特殊的"职称"叫"黄教授"，就是他走到哪儿都有一帮男人缠住他讲黄段子，每次开心完毕后他都会一本正经地告诉忠实的听众："记住，哪个男人心里不藏那么点脏事儿，想想说说咋都行，就是不能做出来。"在男人那些破事面前，黄昌豫属于只说不做的"口头派"，徐新辉则是只做不说的"行动派"。

见到这个活宝来了还能不高兴？谁知这小子上来也是没头没脸地扫了一梭子，"哎哎哎，主任哥哥你听我说，哪个儿子娃娃没有一杆枪两颗弹？谁怕谁！他徐新辉是个什么玩意儿，敢用暗枪来对付老子？忘了我是'教授'？别仗着有枪有弹就老想随便开人家的门，闯人家的房！"

我连忙示意他小点声，他告诉我，他已经决定离开商行了！

我马上猜到这是他老婆小白的主意。小黄说没错，听老婆的话跟党走是他最骄傲的选择。

小白是我们社的大美人，关于她怎么能看上黄教授这么"污"的人这个问题，大家只能用鲜花只有插在牛粪上才能吸收营养来解释。当初我是想动员他们两口子一起跟我到商行的，谁知小白说她才不到"比赛看谁的裙子穿的短"的地方去上班，名声比挣钱更重要。最后商量好小黄要到商行时，她恶狠狠地警告说："尤主任你可要给我看好他，要是他敢盯住人家的裙子看，我先把他变成穿裙子的！"

小黄说他还没看人家的裙子就把自己变成穿裙子的啦！谁干的？当然是徐新辉。有人告诉黄昌豫，别说和总经理比了，就是在客户经理中，他也是拿钱最少的，而且这种同岗不同酬的现象普遍存在，徐新辉老社的人就比并过来的人薪水要高。小黄觉得他像被人在"后门"上捅了一刀，奇耻大辱呀，焉能不一蹦子跳到天上！"黄教授"实际是行里的一张名片，男女客户都喜欢听他说话，三句不离本行，却始终不着一个污字，让你浮想联翩最后还得"改邪归正"。

黄昌豫是擅长调节别人情绪的人，不被严重刺激不会如此激动。跳完蹦子后他莫名其妙地扔给了我一个小U盘，让我回家再看，里面有他的辞职报告。我让他发我的邮箱就行了，他头也不回地走了。

晚上回家就我一个人，老婆单位有活动。想起黄昌豫早上的话来，就把U盘插到电脑上看了起来。盘里只有一个文件，名叫"扎巴依①的春天"，点击后一首快乐的歌谣响了起来。

"……鸽子在地上爬的呢，雄鹰在天上飞的呢，……你是鸽子我是雄鹰，你是我的小弟弟，哪个男人没有压力，你又不是好东西。虽然我是个扎巴依，可我看不起你，秋天的时候我告诉过你，冬天会过去。鸽子被别人玩的呢，雄鹰在玩别人的呢，……真正的男人是天上的雄鹰，不是一只勺鸽子……"

这首用新疆方言土语再加维吾尔族人学汉语的腔调唱出的歌，散发着一股浓烈的皮牙子味道，我忍不住打开一瓶西域烈焰②灌了下去。等我找到雄鹰的感觉时，才突然醒悟到黄昌豫肯定也打听到我的收入底细了，这小子，他在嘲讽我是被别人俘获了的"勺"鸽子！

《扎巴依的春天》是一首"恰克恰克"民谣，"恰克恰克"是维吾尔语开玩笑之意，可薪酬之事却开不起玩笑了，再这样继续下去真不知道还

---

① "扎巴依"是维吾尔语酒鬼之意。
② "西域烈焰"为新疆特产的一种葡萄蒸馏白酒。

会出现什么稀奇的事情。不行，这次我得找李立明谈谈了。李立明也正准备找我，所以上来就一脚踹门，直接告诉我他已经放枪了。李立明的第一枪是召集工会小组长搜集了一下对薪酬改革的看法，然后以工会委员会的名义向市总工会反映了改革情况，当然是持反对意见；第二枪是他以党委副书记的名义向国资局党委反映了薪酬改革存在的问题，顺便检讨了自己在股权问题上的失职。李立明让我把这两个消息转告给徐新辉，让他有个思想准备。

岂有此理，哪有这种对阵方法？李立明说这是射击比赛，对靶子不对人。那他为什么不亲自去说呢？李立明解释那样做像在挑衅，容易激化矛盾，无助于事情的解决。

好吧，我不得不做"两军交战"的信使。这次又出乎我的意料，徐新辉听了李立明的行动后，保持他一贯不露声色的表情说，他已经接到总工会的询问电话了。

国资局是否给徐新辉打了电话再没人提起，就是打了估计也是询问，这件事真的陷入了无法肯定也难以否定的境地。表面看似乎是徐新辉赢了，但是站在徐新辉的角度上想一想，处境最难的还是他自己。现在就算是徐新辉知道错了，可他怎么纠正？除非他自己纠正自己，也就是他现在想找一个否定自己的人都找不到，你说他赢得孤独不孤独？圣经里说，如果一个人打了你的左脸，那你就伸出右脸让他打。只有遇到了事你才能想通，有人打脸总比自己打自己的脸要强很多。徐新辉始终下不了手往自己脸上来一巴掌，他从来没有遇到过子弹能倒着飞回来的事。

最终，是一颗横飞过来的子弹将他从尴尬的境地中击落下来，然而落下来的地方却更加尴尬。大湖市森林公安局的政委犯事被逮起来了，也就是说一串摆放复杂的多米诺骨牌启动了，这和徐新辉的薪酬改革一样，影响了一大片。徐新辉第一次被传讯时就知道结局了，他老老实实地交代了打猎的次数和参与人数，也交代了向森林公安行贿的金额和时间地点。办案人员知道他的职务和身份，一看与掌握的情况一致，就让他先回家等候处理了。

这段时间徐新辉和员工相互躲着走，都是为了避免见面不知该如何说话，最终还是他自己熬不住了，主动叫我和李立明一起商量些事。谈话的地点放在了会议室，到过董事长办公室的人都嫌房间太大，桌子和椅子也比普通的高大，坐在沙发上的人都得伸长脖子听徐新辉讲话，选在会议室情况就好多了。

徐新辉还是那张少有表情的脸，可是说话的语气明显客气了许多，他并没有说薪酬中存在的问题，而是说如何再优化一下。我想了半天不知该怎样开口，我的意思是还回到从前，可徐新辉并没有承认薪酬改革有错呀。

看半天没人说话，李立明打破了沉默，他说不然这样吧，先把高管的薪酬降下来，将这部分钱作为绩效补贴到基层员工身上，中层的收入不要变动，以后再逐步调整，当达到一个比较合理的水平时，提交职工代表大会表决通过，最后经过党委会批准，整个流程就得到了优化。李立明这次说话好像讲究方式了，徐新辉听了连声说好，他让李立明在董事会上提出这项动议，各董事和股东的工作他亲自去做。

事情出现了转机，徐新辉的情绪似乎好了起来，虽然他没有提自己可能面临诉讼的危险，但是我猜他已经做好了思想准备，因为他又提了两条建议，一个是一旦发生他不能履职的情况时，由李立明代行董事长和行长职权；另一个是涉及经营中的重大事项必须要经党委会批准，重大事项以公司法中定义的为标准。说完这些他的表情似乎彻底放松了。

徐新辉虽然把话说得含含混混，但是我们每个人心里都明白，他终于把那一巴掌落到了自己的脸上，只是我们低头装聋，没有看见听见。

我总是把徐新辉的这次改革和父亲的"枪击"事件联系在一起。父亲的大拇指被炸后，枪弹几乎成了我们家禁忌的话题，但是父亲却经常谈起。他说如果不从中汲取教训，就是白白遭遇了风波和劫难。那么他得到了什么教训？父亲不是理论家，也没有高深的文化，他能告诉我们的就是事情不能乱。

祸乱祸乱，祸从乱起，乱中生祸，两个是同卵双胞胎。祸乱来临，人兽都遭殃，城门失火殃及池鱼。父亲的这番话就是指"文革"时，到处都有无法无天的事情发生。父亲他们在山里修路时就经常打猎，有时打的多了工地的人吃不完，还能带回来给家里改善生活，我就是那时吃过鹿肉和野猪肉的。新疆可供狩猎的野生动物分布广品种多，戈壁滩上有黄羊，草原上有旱獭、狼和狐狸，荒山岩石上生活着盘羊、野兔，天山深处的密林里则有马鹿和野猪，甚至在山巅冰峰上都奔跑着吃过雪莲的雪鸡。

我问过父亲打猎的枪是哪儿来的？他躲躲闪闪地告诉我是从牧民那里借的，当时除了牧场民兵可以合法持枪外，工厂、公社的民兵也都大量有枪。至于枪膛是干什么爆炸的，爆炸的原因是什么，他从来没给我们说过，母亲也不让我们打问。直到她过世之后，父亲才主动告诉我"枪击"真相。

"出事的那把猎枪是我们自己偷偷造的，图是老毕画的，他在国民党部队是枪械修理所的少校工程师，释放后分配到养路段劳动改造。零件是农机厂和汽运司修理厂找熟人用车床加工的，枪托是段上的木工房做的。这是一把威力很大的霰弹枪，子弹是用米格飞机上的机关炮的弹壳做的，在百米范围内射倒过一头公鹿，从来没出过什么事。

"那年入冬后不能施工了，听说雪鸡是热性的，大补，我想下山前打几只给你妈补补身体。那天早晨我早早起来，爬了好几个山头，终于在雪地里发现了几只刨食的雪鸡，我急忙从肩上卸下枪来，端起来就扣动了扳机，'轰'的一声巨响后，子弹和枪管一起飞了出去，我的手震得失去了知觉，人整个都懵了。等反应过来是炸膛后，一看左手的大拇指已经被炸成了黑青色。

"造成炸膛的原因老毕说是山上太冷，猎枪没戴保温套，制作枪管的钢材本来就不合标准，天一冷发生了冷缩，开火后子弹在枪内连爆带冲，就把枪管给炸飞了。就这么一个小小的因素没有考虑到，差点酿成大祸，如果爆炸再严重点，后果不堪设想。我们造枪打猎实际都是犯罪呀，可是当时整个社会都乱了，哪有人管这些事呢？谁知人不管天还会管。许多事情表面看毫不相干，实质却有因果关联，所以我说是'文化大革命'要了我的大拇指。"

父亲一说到大拇指，他的眼睛就会闭上一会儿。

父亲是幸运的，工人们帮他隐瞒了事情的真相，都说是借来的枪爆炸了，当时也没有人追究这件事，后来就不了了之。"文革"后组织上又重用了父亲，他最后是从地区经委主任的位置上退下来的，算是个处级干部。

最主要的是，他在位时主持完成了地区企业的一些改制改革，基本没有留下什么后遗症，这是他最满意的地方。

父亲总结的射击要领除了枪弹合一、人枪合一以外，最主要的是还要和环境合为一体，开枪前必须要充分地考虑环境因素，而往往这是最容易被忽视的因素，父亲最在意这一点，但最后还是在这方面栽了跟头。大湖商行的薪酬改革就是忽视了看不见的环境，因此早晚会惹出乱子。"秋天的时候我告诉过你，冬天会过去。"那是扎巴依的春天，实际上冬天远比想象的严酷艰难，我们不一定能熬到春天。

徐新辉最终的判决结果出来了，有罪，但免于刑事起诉；他的党籍没有保住，让与不让党委书记的位置都是李立明的，监事长也没有变；他又把行长一职交给我承担。父亲在血与火的经历中得到了刻骨铭心的教训，徐新辉在这一连串事件中学到了什么，我不得而知。

李立明在那次我们三个人谈完话后就告诉我，徐新辉最终还是做了一个明智的选择，他自己作为一个股东知道，在股东利益最大化驱使下，董事会有时也会做出只顾眼前利益的决策的，这时候需要一个超脱股东利益的组织机构说话，这个只有党委会。他更主要的是站在自己利益的角度出发，当初他通过股权运作成为第一大股东，别人抓住权力也可以如法炮制，万一他入狱后，他需要防止其他股东乘机效仿，此时党委会就是他最后的靠山了。当初国资局派我到这里来，监事长的职责比较明确，但副书记的职责并没有明确，行里是以经营为主，对党委的职责也没有明确，通过秘薪制这件事，大家才开始意识到党委会的作用，公司治理结构就是这样逐步清晰完善起来的，而完善的治理结构是一个企业可持续生存发展的充分必要条件。

我还有一事不明白，我问李立明刚才为什么不直接否定徐新辉的薪酬方案，而是提出了一个折中过渡的办法。李立明说这是我的"功劳"，因为从原则上，从数理逻辑上都可以证明秘薪制有问题，但是当它实际已经存在时，否定它也是一件很难的事，因为这涉及的不只是徐新辉的面子问题，还有已经获得好处的另一部分人的利益问题，甚至可能还涉及法律问题。比如公职人员除外，其他人的收入算不算隐私？徐新辉推倒了一副错综复杂的多米诺骨牌，新的一副牌刚刚码好又被人推倒，我们是在玩游戏吗？重大事情上不能乱来，一定要做好充分必要的准备才能谨慎地动手。收入分配是馕饼子①一样的大事，不经过反复酝酿讨论，不把原则当回事情，怎么会不引发一系列的连锁反应呢？李立明倒是把充要条件的概念用的溜熟。

忽然，李立明说："我给你念首诗吧：

> 谁也没有见过风
> 不用说我和你了
> 但是纸币在飘的时候
> 我们知道风在算钱

你知道这是谁写的诗吗？"

我努力回忆能记住的诗人。

"不用想了，这是一个幼儿园的小朋友写的，模仿英国诗人克里斯蒂娜·罗塞蒂的《谁曾见过风》。你统计一下，最近离职的是不是都是些年轻人？"李立明最后补充了这样一句话。

我一直当李立明不懂业务、不懂管理，是个没有头脑、心机简单的炮筒子，谁知到最后才发现自己是个半吊子货。李立明这杆"老枪"里究竟装的什么弹，还得好好琢磨一番才是。

---

① "馕饼"是维吾尔族日常主食。

老王长成记

省分行个人金融服务部最大的特点是大，占了机关十分之一的编制，七八十号员工整整坐满了两个楼层。个金部最大的难题是有"四大天王"，且均为男性，都年过半百，又同在六楼的大办公室办公，一声"老王"，四个脑袋同时探望。

这点事当然难不住个金部的人，个金部是干什么的？个金部是为千千万万不同人服务的，四个老王算什么，再来十个老王也能给他们安一个合适的"名称"。目前的称呼是这样的，"大王"是资深经理，享受老总待遇，因此尊称他为"王总"无人疑义；"二王"是个高级业务经理，叫他"王高经"名副其实；"三王"拥有CFA（特许金融分析师）证书，因此大家直呼他为"王专家"也顺理成章；剩下的王大志不仅是"四王"中年龄最长的，在整个部里他的岁数和资历都无人能比，因此"老王"就非他莫属了。

可一个"老"字岂能乱用！谁都知道"老"是尊称，如果你是年轻人，人家把"老"字加冕与你，属于"老者不老也"，是夸你厉害老道呢。如果你真是一位老者，不按辈分称呼的话，人家会把"老"字后置，比如"王老"之类的，闻者无不对你肃然起敬。唯有当你处在真正"老王"的年龄，"老"字的含义就像秋色一样斑斓多彩了。年轻人深谙这种敏感，因此不敢轻易给王大志升级加"老"。

"王老师，"小李先用一个职业统称尊敬王大志，"您给我的这份合同盖个章吧，老总签过字了。"

"吓，谁是你老师？我给你教过什么课？"王大志气哼哼地从小李手上拽过材料，恶狠狠地用章子压了几压，然后"哗"的一声又把它甩给了小李。小李红着脸从王大志的办公格挡位里出来，吐舌头加摆手向同伴示意自己的遭遇，其实许多人都竖着耳朵听清楚了，大家也不是故意看小李的笑话，而是证明他王大志就是这副脾性。

再换个小关去试试。小关是行里公认的美女，脾气好得不能再好了，不笑都觉她的嘴角往上翘着，眼角往上眯着。"王师傅，可以领两包打印纸吗？打印机的纸盒空了。""师傅"是年轻员工对没有职务职称头衔老员工的另一种尊称。

王大志一声没吭，走到旁边的小库房抱了一摞打印纸出来，直接往小关慌忙迎接的手里一放，"嘿，我这农民工师傅，力气还可以吧？"

娇巧的小关哪能撑得住这摞纸，更顾不得思考王大志话中的意思，急呼小伙伴快帮忙，连个"谢"字都没说就狼狈地逃走了。

个金部的业务越来越多，每年都有年轻人进来，每年都会上演几次类似的场景戏。为什么有经验的人不给后来者提个醒？其实人人都知道，恰当的称呼是一件耗时费力的事情，更不是一两句话能说清楚的，它关乎被称人的社会身份和地位，需要仔细揣摩和小心试探。不然在茫茫人海和深不见底的职场中，你如何区分高低中下，并定出自己的位置呢？只有那些深刻理解称谓意思的人才可以做到。

"这不行那不行的，直接叫他老王不就得了。"几个年轻人聚会时，商量着该如何解决王大志的难题。小李碰的钉子最多，没好气地呛道。

"你敢？张老师因为叫了他一声老王，两人至今不打招呼。"

是的，如果王大志接受"老王"的称呼就什么事也没有了，偏偏他不。而王大志的岗位又有点特殊，他是综合科的综合员，不是汇总重要材料的综合员，而是管那些杂事的综合员，公章、重要凭证、办公用品都在他的管辖范围里，实际是部里的保管员。那就叫他"王保管"不也行吗？可是一打听这是人家工厂的岗位，银行里没有这种职称，如果把"保管"的头衔安到王大志身上，不知道会挑起多大的是非，所以至今还没人敢试这一招呢！

"好吧，那就什么也别吭声，见面点点头，领东西时站在他桌旁，等他发问再办事。"

实际上大家也只能这样做了。

王大志的称呼成了个金部年轻人的"老大难"，可谁也没办法。

王大志本人似乎还很有理，他和库德莱提喝酒时愤愤地诉苦道："现在的小年轻没大没小，叫我什么的都有。"

库德莱提是分行副行长，早听说他的故事了，借机教训了几句："多大个事情？不就是个称呼吗？我这个'裤头'被你叫了多少年了，我少一根毛了吗？"

"哎，我'癞呱子'让你喊到多大了？"新疆人把癞蛤蟆叫癞呱子，是小孩子之间相互骂人的话。

库德莱提和王大志是乌鲁木齐二道桥银行大院里一同玩大的，然后一同入学，一同考进财贸中专，又一同分配到银行做同事，就差一同穿一条裤子了。

他们最初的友谊却是这样建立的，打架。那时正值"文革"，就是没有这场动乱，那个时代男孩子的主要工作也是打架。先是相互单打，看谁先把谁的鼻子或者牙齿打出血来，出了血的一方说一句服输的话——"散，阿康。蛮，福康。"这句维语翻译过来的意思是，"你，哥哥。我，弟弟。"然后两人再搂着脖子找其他院子里的孩子去打群架。长大一点不好下狠手了，但遇到争执还是靠武力，不过换了个方式，摔上几跤定胜负，赢了是哥哥，输了当弟弟。再后来变成"君子"了，只好用嘴论输赢。

工作不久库德莱提就当上了联行柜台的小组长，请王大志喝酒。王大志羡慕嫉妒恨，"这么说你成'裤'头了？幸亏你不叫肉孜，也不叫亚森，不然就成'肉'头和'丫'头了，有啥可高兴的？"

肉孜和亚森都是维吾尔族人的常用名。小时候院子里的孩子最爱看阿尔巴尼亚和南斯拉夫电影，里面地下游击队的领导都被称作"头儿"，可西北人说话不会带"儿"音，于是散发京味甜的"头儿"被硬生生切的只剩"头"了。

"哎，癞呱子，你把朱行长叫'猪'头去，把冀行长叫'鸡'头去。"

"散，阿康。蛮，福康。"

哪个男人没有一个无话不说的发小？不然一定是崩溃的人生。今天轮到"裤头"给"癞呱子"上课，"你就让人家叫你老王咋了？老王多光荣，当过行长的王书记如今不是'打虎老王'吗？"银行人最骄傲的是王书记过去的行长头衔，尽管纪委书记的职位比行长高得多。

"我哪能和王书记比？人家那是爱称，老百姓喜欢他。我这个老王算个啥？是人家笑话我混得太惨。"

"太不像话了吧？把你藏的画卖几张就是百万富翁，把你爸藏的画卖掉就是千万富翁，你还想要什么？行里连老总的子女都要分配到地州锻炼，就你儿子留在家了。"

王大志讪讪地说："还不是你给人力资源打的招呼。"

王大志是独子，儿子大学毕业时父母正奔九十，他求库德莱提帮忙把儿子留在身边照顾老人。

"你是行里的职工，我是给职工解决困难。当官又咋样？还不是给别人办事。不要想那么多，老百姓有老百姓的好处和自由。不论当官还是做百姓，谁也不能今天想吃羊肉，明天想吃牛肉，后天还想吃天鹅肉吧？哪有那么多好事都是你的！想开点，不就是些哥哥弟弟的事情嘛。癞呱子！"

"裤头！"

个金部换了个新领导，烧三把火的时候大家向他反映了王大志的情绪问题。赵总听了不以为然，他打听到王大志是库行长的同学，就先到那儿请教了请教。

赵总到底年轻，上任第一天先玩微信，自己当群主建了个"大个金"，先把几个科长拉进来，又发邮件让大家相互"介绍"入群。虚拟世界里可以迟到早退，群主又不是领导。群里今天冒出个"明月"，明天刮一阵"清风"，后天突然出来了个"天堂引路人"，着实把大家吓了一跳。

"大家最好用实名，别上了天堂还不知道引路的是谁！"群主拿出了领导的架势，他想尽快地熟悉群众，谁知静悄悄地竟然没有一个跟帖。

"天堂引路人"似乎不满被管制，用拉进一个"隔壁老王"表示抗议。群里重新又热闹起来，纷纷竞猜是哪个"老王"。几十条跟帖中居然没有一条提到他王大志，他心里多少有点不是滋味。讨论到最后，"六楼大仙"发了一条信息，"隔壁可能进老王了，大家还是小心为妙。"随后这个话题戛然而止。

王大志打起了嘀咕，回家第一件事就是问儿子："隔壁老王是什么意思？"儿子一脸懵逼，"你没看过《大头儿子和小头爸爸》？就是小头爸爸老怀疑大头儿子是隔壁邻居老王的儿子呀！"

王大志鼻子差点没气歪！早晨他找儿子给他改微信昵称时，儿子就嘟嚷他整天埋在书画堆里，一点时尚的东西都不懂。儿子给他起名时，他是听过"隔壁老王"的，还以为是个电影里的什么人物，并不清楚具体的意思，心里又想起库德莱提说的话，觉得自己先叫自己"老王"吧，于是同意了儿子的意见，谁知立竿见影地成为被别人怀疑的对象。

拉王大志进群的"天堂引路人"是老裴，他是王大志在部里唯一的"朋友"。老裴喜欢炒股，炒就悄悄地炒，可他偏爱和别人争输赢，又偏信什么价值投资，往往"啃住个屎橛子打提（dī）溜"，到最后变成了一个名副其实的"老赖"。得意的人找得意的人比好，失意的人找失意的人比差，总之都是相互攀比。王大志和老裴走到一起不是性格投缘，只是为了可以相互对比安慰。这次老裴嘴很严实，就是不答群里的问题。

王大志也汲取了教训，他虚心请教儿子如何给微信起名后，立即把群里的称呼改成了"戈壁老王"，同时消失在"戈壁"之中，没在群里冒过一次泡。

赵总遇到一次"热脸贴到冷屁股"后，也不学别的领导在群里发号施令了，经常转发一些娱乐内容，成了乐群敬业的群主。忽地一天他上传了一段视频，大家打开一看，里面竟然是王大志的画面。

屏幕里的王大志西装革履，他站在屏幕里的屏幕下，正在用PPT给人讲课。视频很短，但王大志讲的内容可以判断是关于书画的，大家纷纷询问这是什么时候的事情，在哪里发生的，赵总静默不答。只有老裴似乎知道些什么，酸不溜秋地冒了一句："人家老王升为私人银行部的培训讲师了。"只有他能称王大志为老王，因为王大志听他讲股市分析时挖苦过他，"你干脆改名老赖算了"。

其实不用打听，消息自动就会上传。私人银行部属于个金部的下属部门，年底该部逃不了要搞一些答谢客户的活动，赵总遵循惯例批准了他们的方案，但在请艺术品投资讲座人时，新官非要烧自己的火，他居然要让本部的王大志充当讲师，这不是冒险闹笑话吗？胳膊拧不过大腿，私人银行部硬着头皮照办执行。

果然当主持人介绍完王大志是本行员工后，会场嗡嗡地无人理会。难道不知道私人银行的客户最低身价超千万吗？王大志是谁呀，怎么没在中央电视台上出过镜头？我们又不是小儿科，非大家名家就别浪费时间啦！当工作人员帮助王大志将一幅画挂出来后，嘈杂声放大成了惊呼："哇，该不是张大千的作品吧？"王大志肯定地回答："好眼力！正是大千先生的真迹。"会场顿时沸腾起来。

王大志就从这幅画的来历开讲。原来王大志的父亲是省分行第一任储蓄处处长，刚解放时，他随财政部援疆工作队来到了乌鲁木齐，随后被派往哈密一个叫大泉湾的地方搞土改。大泉湾有个大财主在甘肃一带有产业，20世纪40年代张大千在敦煌临摹壁画时，他与弟子的吃喝费用都由这个财主包圆了，他们临走时就送了他两牛车的画当作酬谢。两牛车呀！"土改"中财主的东西被分光了，连这批画也没有剩下，可农民并不懂这些画的价值，缺纸时就拿它们剪鞋样子，糊房顶棚。王大志的父亲在民国政府里当过差，听过"南张北齐"的说法，心疼地拿自己脚上的皮鞋换回了几张，其中就包括张大千的这幅画。

受父亲熏陶的王大志打小就喜欢字画收藏，讲起这方面的知识自然也是口若悬河，而且仅凭他的藏品也足以撑得起这个场面。但是他最后的收尾又似乎与收藏关系不大，"一张国画，前天是垃圾，昨天是纸片，今天怎么就变成黄金了呢？所以呀，投资投的什么？投的是国运，投的是时代。国势强则文化兴，投资才会有回报！"

年底加班完毕，新官放血请全体部下大聚餐。赵总敬完团体酒后，单独又敬王大志一杯，也是第一杯和最后一杯，而且称呼他为"王老师"，王大志连忙摆手，"老王，老王，戈壁老王。"

借着酒劲的年轻人开始"报仇"了，"你究竟是隔壁老王还是戈壁老王？"

"远在天边近在眼前。大家用着我就是隔壁老王，嫌弃我了就是戈壁老王，总之都是老王。"

"好，今后老王就是王老师的专属名称，谁也不许争抢！"赵总也借酒发布了一条命令。

年轻人玩性大，新年上班第一天，六楼发出了一阵声音："一，二，三！老王！"

最里面的办公格挡立刻传出了唯一的回应："巴，巴，巴——"，最后的那个"巴"字被故意拖得很长，这个字在维吾尔族语中的意思是"在，有"，新疆人都懂的。

"嘿，老王厉害，比阿里巴巴还多了个'巴'字！"

指 标 先 生

要说孙田军和曹明宇是一对"基友"你可能不信，听听他们的交流你就不会有丝毫的怀疑了。

"我说兄弟，要是能用指标管造爱该多好呀！和媳妇订个指标，看她再拒绝！"

"这么说指标还是有用的嘛。不过明宇你真的可以和你媳妇搞个协议试试，每周不少于三次。这个频率够你享受了吧？试试？"

明宇想想不对劲，回了一句："坏人，你咋不和你媳妇试试！"

"唉，我哪有你这条件呀，我呀，只能是，"田军握住双拳，摇晃着身子，唱了一句词，"没有自己自己造呀。"

"自己造自己"的故事是田军讲给明宇的。就是村里有个支书，看完电影《地雷战》后给社员们讲话："我们要向《地雷战》学习，不怕艰苦不怕难，没有自己自己造！"

大家哄堂大笑，"支书，人家是说没有地雷自己造，没有铁雷造石雷。"

这件事传到公社，公社还专门组织批判了支书的"唯心主义"思想。

明宇听了后就往歪处想，"这句话和我们上学时'自己搞自己'是一个意思。那时候晚上谁的床一响，马上就有人抗议，别再自己搞自己啦，有本事找个真的去搞。嘿，谁敢？别说搞那事了，连谈恋爱都是偷偷摸摸的。"

可是最初给田军讲这个故事的爷爷绝对联想不到这个方面。爷爷告诉田军："农民土里刨食，什么都得靠自己。老支书的话就是农民的命，没有自己自己造。自己都能造自己，还有什么干不出来？可惜呀，他带人在采石场炸山时被滚石砸死了，不然村里不会穷成这个样子，唉。"

田军只能记住爷爷的话，什么都得靠自己。

跳出农门进大学当然不用夸耀，谁都是靠自己考进去的。找工作，特别是找一个好的工作，里面的门门道道是田军进了银行后才知道的。但是，在当年金融业如日中天的时候，他田军依然凭自己连续四年拿一等奖学金的成绩踏进了祖祖辈辈无人进过的大银行。

田军后来才明白，没有走向社会前实际处处有人在帮他，比如国家免收贫困家庭的学费，大学助学金解决了他的生活费用，他的奖学金还能用来置办手机和电脑，日子过得还挺滋润。工作后虽然有了稳定的收入，可是费用开支也是水涨船高，感觉比穷学生时没有多大的改善，这时候他才体会到自己靠自己有多难。

特别是和明宇一比，差距立见。

明宇入行时田军已经工作两年了，他俩都是省财大毕业的，虽然不是一个系，但也是实实在在的校友，可是明宇从来没把田军这个学长放在眼里，他一听田军靠奖学金挣零花钱，立马就知道田军家是农村的。田军也明白"侄儿有钱不叫叔"的道理，所以从不计较学弟的张狂。

两人是在省分行综合管理部人手紧张时一同从市分行调进来的，中间的曲曲道道暂且不表，经历了就知道了，知道了也就没有必要说什么了。可是目标相同，目的不一定一样。田军是因为省行提供宿舍被吸引来的，他在营业网点上班时，每月能到手的全部收入不过四千元，扣掉三千元的住房贷款，付掉八百元合租房屋的租金，他能支配的现金就剩个零头了。也就是说田军最初是冲着免费宿舍而挤进综合管理部的。

明宇就不一样了，他进市分行虽然比田军晚，可是从坐柜台到搞营销，再到行政后勤，银行的岗位几乎让他干了个遍，最终的结果都是"不爽"，"什么都有指标，哪里都有指标，360°无死角指标，720°加强型指标。完不成任务拿不上钱是小事，天天被通报，天天被威胁末位淘汰，小弟弟都被指标整蔫了，还有心思找小妹？"

没错！田军一直在最基层，他怎么不知道指标的厉害！上面千条线，下面一根针嘛，落实到最后，还不都得基层这个地板担着。只是他已经习惯了，如果不是租房问题，他还没有动脑筋往省行挪动。可是明宇人脉纵横，打听到综合部是制定和考核各项指标的"参谋部"，立即开拨过来，"这次选个考核部门，专给别人下指标，爽吧？"

起初真的很爽。省行的宿舍是周转用的，两人一间并不宽裕，田军和明宇碰巧分到了一起。此时田军还没有领结婚证，明宇似乎一直在换女朋友，所以两人得相互提供点方便。如果明宇告诉田军："明天是你的 happy day。"就是他不住宿舍了，田军可以叫女朋友过来，干什么都没人碍眼。如果将"day"变成"weekend"，田军就可以和女朋友变"周末夫妻"了。田军希望明宇某一天冒出个"one month"，最好是"one year"，那该有多好呀！不，不行，如果是那样就证明明宇已经结婚了，行里该重新分配宿舍的床铺了，谁知新的舍友会是什么状况。

田军知足的现状得益于明宇的家境。明宇的父母是干什么的他不明说，田军也不好打听，打听清楚又有什么用呢？那毕竟是人家的爸妈。从明宇和家人通话中可以判断，他的父亲应该是地州电力行业的一个领导，母亲好像在政府工作。但明宇没有对田军隐瞒他在首府有两套房的事实，一套是父亲单位给中层以上领导盖的集资房，准备退休过来住的，一套是家里给他买的婚房。

显然，明宇向行里申请宿舍另有用途，况且免费的福利谁不想占呀，就看你能不占得上。明宇给田军说，现在到处是乱占便宜乱吃亏，能占先占，兔子还有三个窝呢。可是不管是人还是兔子，都不会分身术，所以就宿舍问题来说，说是相互提供方便，实际是明宇单方面给田军发放的"happy day"福利。

投之以桃报之以李，没有这个资源就找另外的资源替代。哪天明宇迟到早退，只需要轻触田军的胳膊，甚至是一个眼色，合理的谎言毫不费力地就从田军嘴里编了出来。田军在领导和同事眼里是老实疙瘩，他的话哪有人不信的。明宇外地同学到首府办私事，他不但接送，还会提供免费的住宿，当然不是自己家的床铺，但条件也不差，田军则充当一对一的临时宿管服务。偶尔明宇会带新交的女友来一趟宿舍，田军立刻以马仔的角色端茶倒水。放心，明宇绝不会在宿舍办"坏事"，到五星级酒店开房是最低标准，"那里面安全，没人敢查。"

使这俩人成为"基友"的不仅限于生活工作中的战略联盟，更重要的是"心灵契合"，而且主要是针对指标的看法。

"他郭念慈就是个勺子，机关工作又不是服务窗口，不实行弹性制已经 out 了，还搞个什么考勤指标，有病，真不愧是指标先生。"新疆话把傻子叫"勺子"。

省行的那几间宿舍与办公楼只隔一条马路，明宇虽然只有在部里加班或者在附近有应酬时才在宿舍过夜，可是吃过午餐他一般会到这里午休一会儿，这是住宿舍员工唯一的"happy hour"。一天午休说起早上部务会上宣布的新规时，明宇愤愤地"不爽"起来。

"指标先生"当然就是郭念慈了，这是明宇背地对这位部老总的称呼。田军心里却暗自高兴，新规其实就是针对明宇来的，管住明宇乱上班，他就可以少替他撒些谎，心里也少一点负担。

"郭念慈是个勺子？他要是个勺子，天底下就没有锅碗瓢盆了！"

可惜这句话是田军在肚子里对自己说的，翻译给明宇听的却是："是是是，郭总有点吹毛求疵，可是也不能全怪他，咱们部考核全行，全行能不盯住咱们吗？郭总是怕别人提意见他招架不住呀。"

田军是托人找郭念慈进的部里，明宇是直接通过行长空降来的，路子不一样。鉴于目前他与明宇是"基友"的事实，他最不希望郭总与明宇有任何矛盾，神仙打仗凡人遭殃嘛，劝和是田军的唯一选择。

明宇要的是田军对他的绝对赞同，否则他就"不爽"，"别替他辩解！你见过炮弹往后打的吗？自己人搞自己人，最没本事。"明宇话里的语气是把他自己放在与郭念慈同等的地位。

"是是是。"田军只得用此回答来息事宁人。

明宇以为综合部是"灯下黑"，郭念慈会顾忌他的背景能量，谁知还是用指标约束了他的自由爽快，他开始陆陆续续地给田军讲述郭念慈的以往。

"他在市分行当公司业务部经理的时候，宣布了一项按户数考核拉客户的任务，可是到年底发绩效时，又按拉来客户发生存贷款金额多少计算奖金，背后没让人骂死。"

"可是他为什么要找骂呢？"

"行长的儿子在他们部，当时只拉到一个大户，最后奖金拿得最多。"

田军心想如果按经济效益计算，当然是拉大户吃大户最划算。但他不敢多嘴。他知道明宇干什么只求一个"爽"字，他只要说"爽"了，一句话就会让你醍醐灌顶。

"明宇，你说网上这统计数字是不是有问题？我们年薪怎么可能有三十多万呢？"

"兄弟你傻呀，你的六万加郭念慈的六十万，除以 2 等于多少？"

行里有明文规定，不许相互打探工资收入。当然明宇有可靠的信息渠道，一不小心把田军的层级给暴露了出来。

明宇有资格对别人说三道四，田军到哪里都只有把耳朵竖起来的份儿。左听右听，田军不但没有把郭念慈当成勺子，心里反而佩服起他来了。就说当下的一件事吧，全行原来由省分行管理的干部是一百多号，这些人就是管理层，现在翻了一番，变成二百多名了，老百姓的意见当然很大。问题反映到了总行巡视组，巡视组下达了限期整改的督查命令。这项整改指标的担标部门是人力资源，人力资源上下都愁成了沙皮狗，都是熟名熟路的同门同事，你能把谁赶出去呀！

这岂止是人力资源部的难题，这简直是全行管理层的危机，谁不知道牵一发而动全身的道理。人力资源老总找到了郭念慈，郭念慈要了一份全行管理层人员信息表，左算右算给人力资源拿出了一个整改方案。人力资源将方案上报行长，行长简直惊呆了，"用时间换空间，四两拨千斤。艺术，这才是管理艺术！"

这岂止是省分行的难题，这也是全总行的难题，哪个省的管理人员没有超配呀，整改何其难！其他兄弟行迟迟拿不出措施来，郭念慈的方案上报后总行如获至宝，立即根据各行人员情况，直接下达了限期整改的精准时间表，全行上下皆大欢喜。实际上郭念慈的方案精简之极，就是查了查干部年龄，三年后自然退休人员刚好达到要减少的指标。在郭念慈这样高手的眼里，所谓的管理无非是朝三暮四的加加减减。

当年考评下来，郭念慈拿了个优秀。全行管理层向总行推荐省级后备干部时，他又几乎全票通过。

田军不懂艺术，他视郭念慈为智慧的化身。这种看法是受爷爷的影响，爷爷在老支书死后开始信"福音堂"，田军一回老家他就给田军讲《圣经》里的故事。爷爷说所罗门是智慧之王，他除了向上帝祈求智慧外什么都不求，于是上帝赐给了他无比的智慧。他用智慧获取了无尽的荣耀和财富，他又用智慧征服了示巴女王，谱写了一段甜蜜浪漫的恋情。

田军不信福音堂，所以求不来智慧，他只能听信爷爷最初的话，什么都得靠自己，他靠自己找了个媳妇。她也是从内地到新疆求学留下来的，俩人在一次同学拉同学的聚会上认识的，关系确定后领了结婚证，免去了双方家庭参与的繁缛礼节，当然也少了家庭的关键支援。田军最初是想找一个本地姑娘，可是人家一听他的经济条件，就是家里不会给他买房的情况，立即摇头走人了。还有一些聪明人打听到田军是拿奖学金的，马上就能猜出他的出身，比如明宇一见面就叫他"村上春树"，害得田军再也不敢提起他唯一的骄傲了。

田军也不敢再向人谈起自家的情况。他父母一直带着弟弟在外打工，弟弟学习不好，没能考上大学，现在和父母一起生活，期望能在城里买套房子娶妻生子，这个"指标"已经把他们压得如耕牛喘气，哪有时间顾及他这个端上金饭碗的儿子。他们甚至开始让田军负担爷爷的开支，他们不说他也得这样做，因为他从小就是爷爷带大的。爷爷现在由老家的姑姑照护，可是身体日渐不支，他唯一的盼头就是能够四世相见。

所以田军的头号任务是"造人"而不是"造爱"。当田军发明"造爱"这个词时，他是感慨不管城里还是乡下，自古成家必先造屋，否则哪来的爱情？并且这和"没有自己自己造"有点关联。可是明宇听到这个词后立即兴奋不已，并说出他唯一赞同田军的话来："兄弟你还有点小才，这爱还真不是'做'出来的，而是利用一切条件创造出来的。"明宇现在虽然已经和一位姑娘领了证，又觉得领证后有诸多麻烦，迟迟不愿举办正规仪式，以此来逃避每天回家的限制。

田军听了哭笑不得。他现在面临的任务不是明宇脑子里想得那么简单，他的脑子正被上下左右挤压着，前有三十而立的紧迫感，后有家族传宗接代的任务。一边是入不敷出的窘迫，一边是与媳妇夜夜共入梦乡的梦想。可是入了洞房就能解决这些问题了吗？

其实媳妇最终同意领证的原因田军再清楚不过了，就是自古所说的门当户对。媳妇的家境与自己是半斤八两，更要命的是她也有一个不争气的弟弟，这在农村意味着要一直补贴娘家，她当然知道自己的使命担当。她目前在市郊的一家物流公司当业务员，工资不高但有免费的宿舍和一顿午餐，所以能省点钱帮家里盖房娶弟媳妇。她原以为田军在银行上班，怎么着也能弄出点钱来，谁知按揭了一间80平方米的期房，交了个首付后每月的伙食费还要向她张口。眼看期房就要交工了，这装修费又该从哪里出？

媳妇让田军再向银行借钱，田军打死也不干。当年上学时银行到校园营销助学贷款，老师用货币贬值、借款成本等原理来说明这种贷款的好处，可是田军算来算去，即使不要利息，本金你是要还的，说是可以存在银行吃利息，可是对于兜里从来没有多余一分钱的人来说，谁能保证管住自己花钱的手？如果他贷了那笔款，不小心花了怎么办？以后不是还要还吗？即便是教政治经济学的老师，也并不知道穷人的算盘只能做减法的道理。幸亏当初没被老师忽悠，不然现在他不但要还房贷，还要还助学贷款，任何一笔贷款不按时交纳，银行催贷事小，告你个失信违约，工作都有可能丢掉。

媳妇所在公司的指标更厉害，完不成任务立马扣钱。可她现在找到报复的出口了，她把指标管理运用到了田军身上，每月都要和田军计算收支流水，制定新的指标任务，稍有差错首先扣除他的"happy day"福利。春节期间田军不知哪根神经短路造成头脑发热，在京东上买了一袋打半价的泰国香米（六十多元一公斤的），回老家骗爷爷说和当地大米一个价钱，爷爷说这米好，不用就菜吃着都香，并让田军下次回家多带一点。这事当然被媳妇核查了出来，直到现在还在没完没了地数道。

这种端着金饭碗装着玉米面的日子什么时候才能熬出头呢？

机会是等出来的。这几天明宇又要看郭念慈的笑话了，"指标先生这两天愁成狗了。别小看这次网络诈骗实战测评，背后关系到谁能当上专家的大事。行长当然有自己的目标，向总行上报人选实际就等他一句话。关键是没有得到提拔的那个人怎么办？你得拿出一个合理的理由来，不然就把没提拔的彻底得罪了。"

省行专家的位置空缺已久，盼这个位置的人排成了长队，全行管理人员进行了好几轮投票，最后还是不了了之。按照明宇的说法是，行长心里理想的专家人选是大湖市的行长，可是每次摸底下来，蓝山市的行长总是略胜一筹。而这两个城市的大小差不多，两家分行规模效益相当，两位行长的资历德能也足以与专家相配。

田军与明宇的思维不可能在一个频道上，但这并不意味不可以相互借鉴启发。明宇的分析没错，在总行一再催促下，选专家的事已经拖无可拖，这次测评很有可能成为大湖和蓝山 PK 的最后一战。而且明宇的话透露了另外的信息，就是行长把这个棘手的问题交给了郭念慈，郭念慈也没有找到解决的办法。

什么是实战测评呢？这段时间勒索病毒横行，不小心点击不明来源的电子邮件和链接后，会导致计算机里的全部文件都被加密，用户得向黑客支付一定的赎金后这些文件才能再次打开。这类病毒伪装巧妙，已有企业内网中毒的记录。银行为了与外界联系方便，及时获取外部信息，内部网的电子邮箱同时可以对外收发邮件，这就给病毒侵入内网创造了条件。总行科技部决定在全行组织开展一次全员信息安全意识实战测试。通过在内网模拟发送外网邮件的方法，在不影响正常营业和办公前提下，检验员工真实的安全意识水平。

测试的方案和消息是保密的，除了综合部以外，还有科技部的领导和个别技术人员知道。明宇的一番评论让田军意识到这次测试是一次机会，他将那份保密文件反复研究了几遍，一个大胆的想法出现在脑子里。

田军当然不敢像明宇那样直接钻到郭念慈的肚子里看热闹，他假装找郭总谈工作，然后小心翼翼地提出实战测试方案有操作风险，通俗地说就是有漏洞。郭总一听来了精神，罕见地让田军细细谈一下他的见解，然后半信半疑地嘱托他不要给其他人说这个漏洞。过了两天，郭念慈主动找田军谈话，无非是严格强调了一些保密原则，然后通知科技部，正式安排田军做这次测试的总指挥。

第二天一早田军就到科技部和王工准备测试前的工作，十点一到（这个时间是大部分地州分行上班的时间），他们分两批从省行管理的邮件服务器上发出了钓鱼邮件。全省有二十一家二级分行，模拟邮件的主题及内容分二种，测试上下午举办二次，晚上八点钟终止测试，由总行下发的软件自动统计测试结果。

第一个测试邮件的主题及内容是"银行薪酬普涨信息汇总分析"，发件人为"金领赢家"；第二个邮件的主题及内容是"2018年首府房地产投资趋势分析"，发件人为"首府地产"。上半场测试田军告诉王工，第一个邮件少发几个试试，王工就按田军随意选的三家行发出了邮件，其中就有大湖行。其余的行当然就发第二个邮件了。两个邮件的最后都有一个Excel附件表，收件人点击这个表后，被诱导启用宏，但Excel又会发出"宏可能会携带病毒"等警示信息，实际是提醒用户注意检查发件人是否正常，内容是否靠谱，然后再决定是否启用宏。如果选择了启用就算触发了病毒侵入的程序，统计软件立刻在屏幕上显示出中招人数。

监控屏幕上不断变化的数据显示，第一个邮件的点击数量和速度远远高于第二个邮件，田军心里暗自庆幸，表面却不动声色地和王工调侃说："看样子还是涨工资的诱惑力大呀，下午再看热闹。"

下午二人还是先群发第一个邮件，然后把第二个邮件发给了上午的三家行，两个邮件的收件人邮箱不变，这是测试要求。王工的注意力显然也在第一个邮件上，田军却死死盯在大湖和蓝山两家行的数字变化上。煎熬到晚上八点，屏幕上的数字不再跳跃，田军悬着的心才落地归根，破天荒地自掏腰包请王工喝了个小酒。

第二天当田军把测试统计结果表放到郭念慈的桌子上时，郭总兴奋得两眼放光。紧接着在全行防欺诈安全活动动员会上，行长高度评价了在测试中名列前茅的大湖行，大湖行行长的专家任命书也随后而至。

田军设计的邮件发送次序表面看没有什么，实际暗中揣摸透了当前一般员工的心理期盼。田军在研究测试方法时知道，当打开Excel附件表时，选择"禁用宏"，表中内容是空的，选择"启用宏"时，表中内容依然是空的，此时一般有点常识的人就会怀疑这个邮件的真假性。测试是分批分时进行的，并且自始至终不能让员工知道这是模拟的钓鱼邮件，所以采取什么措施最能体现收件人的安全意识水平。

早上发给大湖等三个行的邮件，为了看到里面更详尽的薪酬数据，几乎百分之百的收件人都启用了宏，这份邮件的文字说明部分很精彩，先是描绘一番银行业当前面临的形势，然后指出上涨薪酬的必要性，最后言之凿凿地保证，看过分析表后就能得出正确的结论。当收件人看到的是个空表，下午又见到相似的房地产形势分析邮件时，一般不会再上二次当了，而且还会骂句脏话，很坚决地将这个邮件删除。

下午收到普涨工资邮件的人就不一样了，虽然早上中过房地产这个貌似假邮件的计，可是仍然难以抵挡涨工资消息的诱惑，几乎百分之百的收件人眼睛一亮，完全忘了早上的疑惑，立即打开并启用了宏。

以上是田军给郭念慈分析时预想的场景。如果在实际测试时这个场景没有实现怎么办？田军给谁都没有讲，他预测行长还会在下一个指标上做文章，一直等到他想要的结果出现。

田军的方案只是加速了行长的目标实现，同时也给他自己目标的实现提了速。不到年底综合部又设立了一个综合科，郭念慈提名田军为首任科长，而郭总的提名一般上下都会支持通过。

这个突变引起了明宇的强烈"不爽"，这次他直接冲着田军开了过来，"你当科长？当综合科的科长？一年拿二十万？你敢给谁打迟到早退？你那副点头哈腰的熊样能镇住谁？哪个行领导认识你这棵村上春树？"这段话暴露了明宇并不是知道所有的消息。

田军依然点头哈腰，仿佛明宇是科长他是科员一样，"是是是。"

但是他的内心却正在强大，他正在用黄灿灿的碗装上粒粒晶莹的香米端给爷爷，他将新房的钥匙挂在了媳妇的胸前，她像欣赏一款钻石项链般地反复摩挲着它，他正冲她点头微笑。

田军的梦还没有做完，明宇却宣布他要调到另一家大银行工作。田军还是有点惋惜。当初明宇叫郭念慈为"指标先生"时，田军还以为是他佩服领导而发明的尊称，等明宇加了一句"先生先死"时，田军才知道这是诅咒的意思。如果明宇能听他一句话，他会提醒他注意下一句话："后生可畏。"可惜明宇始终只肯做"讲师"，而田军一直是忠实的听众。

明宇喜滋滋地到新单位报道后心情爽快，刚要掏出手机给媳妇打电话，走廊中突然闪出一个气宇轩昂的男人，明宇愣愣地望着"指标先生"，一丝不祥之兆陡然袭来，"郭总？郭总您怎么在这里？来办事？"

一个亲切的声音如晴空炸雷，"我也来报到呀。还没听说吧，我是新来的副行长！"

这个场景可不是田军设计的，而是郭念慈后来讲给他听的。这次郭副行长是来劝他调动的，他手下急需一名精通考核的专业人才。

七天之痒

嗯，"活久见"的中文和日语应该是一个意思，如果有人不同意，说明此人还没有活到这个年岁。

夫妻一辈子，你会遇到无数次不能同步而行的事情，正常情况下你先我后，或者你后我先，俩人共同商量把事办了就行了。偏有那么一两次，如同指南针跑偏了，你让对方先行，对方说：为什么你不在先？好吧，你说你自己先做，对方又问：那你把我留下什么意思？我不敢说这个"对方"是男性还是女性，说谁都不行，有女权主义就有男权主义，无论得罪什么主义都可以把你骂得鼻青脸肿。

你可能会问，指南针怎么会跑偏呢？答案很简单，它也会坏。

明白"活久见"的意思了吧？没明白，那就继续活。

胡扬扬是个理性的人，婚前先灌了大量的心灵鸡汤，补了一些两性心理学，可事到临头才知道书本知识根本对不上。书上说，婚姻有个"七年之痒"，大意是结婚六七年后，随着夫妻双方的逐渐熟悉，激情不再，浪漫与潇洒随着生活的压力荡然无存，婚姻进入第一个危险期。

可是不对呀，就是加上举行仪式的当天，新婚也才七天而已，乔雅怎么就能大耍脾性，非要按她的想法做一件事呢？是什么事我们后面再说，如果你急于知道事情的真相，先透露一点消息，就是前面说的，类似不能同步共做的事情。尽管明摆着不合理，乔雅就要不分前后地去做。

要想好，大让小。扬扬比乔雅大半轮，又是新婚，不让也得让。问题是让了也不行，无理取闹的一方反而显得有理似的，装出一副忿忿的样子来，这种场景不需要活多久就能遇见。

目前乔雅对扬扬就是这副样子。

谁知偏偏又是"祸不单行",俩人生气的当天晚上，扬扬接到行里同事的一个电话，告诉他分行公开选拔总经理级公示中，他的面试资格因为经理任职时间差七天不到三年，因此不符合选拔要求，在面试阶段被刷了下来。

又是一个七天！仿佛这个"七天"故意要和扬扬作梗，真是"活久见"！扬扬狠狠地把手机摔到了棉被上，那两床大红被子本来就是给新婚做样子的，现在真成了扬扬撒气的道具。

乔雅猜都能猜到发生了什么事。扬扬属于大龄青年，婚假较长，可是他既没打算外出度蜜月，婚假也只请了两周时间，这么重大的决定肯定得与乔雅彻底商量一番。对于第一次结婚的一对年轻人，并且是打算白头偕老的传统年轻人来说，还能有比一场婚礼更重要的事情吗？问题是还真有，那就是事关扬扬前途的一次升职招聘。

婚礼前一个月，省分行发布了公开竞聘管理干部的公告。扬扬所在的这家银行是一家大型股份制银行，职务比照政府设置，省分行属于厅级干部，部门总经理就是处级待遇。按照过去的惯例，处级即县团级才算是个官，即七品芝麻官，也就是公开竞聘管理干部等同于从老百姓进入到当官的行列，这是何等重要的大事呀！

乔雅虽然是一名小学低年级的数学老师，可也不需要掰指头就能算出当官的好处来，最简单最直接的答案就是升官发财嘛！发了财干什么呀？做加法呀！加法是数学里最简单的算术，也是小学生最爱的算术，再笨的学生手指头加脚指头总还是够用的。当乔雅听说当官后扬扬的收入能翻一番，什么旅游呀，换车呀，再买一套更大的房子呀，一系列的加法算式马上在脑子里列了出来，差点举手报出答案来！

慢着，升官这道加法可不像算术那样简单，而是像现在小学的课程加入了逻辑数学的内容。扬扬说管理人员晋升现在很复杂，原来的处级就设总经理和副总经理，现在越来越麻烦，要想成为真正意义上的"官"，先要竞聘总经理助理，然后再转高级经理，从高级经理再转副总经理，从副总经理再转资深经理，最后才能具备当总经理的资格。带"总"字的叫实职，而高级经理和资深经理属于虚职。虚职又分综合序列和专业序列，如综合序列高级经理，资深财务经理等等，五花八门。用集合论中"子集、并交集、补集"的概念，辅以"属于、包含、并包"等描述，外加"同一律、交换律、结合律"的算法，你也难以讲清楚这些职务的大小、关系。

乔雅用最简单的等式理解这些复杂的职务关系，即"升职＝加薪"，然后用比较关系做出了选择，即"升职＞婚礼"。因此，乔雅放弃了豪华婚礼、蜜月旅行等女人一生一次的梦幻，一切弃繁从简。而随着扬扬刚才的一通电话，乔雅的牺牲顷刻变得毫无意义，甚至有点像竹篮打水式的笑料。

按理，这该是乔雅倒在棉被上号啕大哭的时刻，可是前面乱使性子的胡搅蛮缠不仅让她丧失了发泄的底气，而且从某种意义上，乔雅反倒产生了一种负疚感。这种感觉不仅是无理取闹之后的心虚，还包含对某种迷信的疑惑。

没错，乔雅的师大同学郭欣然说的没错，女人要想成为支配男人的人，就得学会使性子，学会折磨人。乔雅这几天闲得难受，今天逮住机会尝试了一把，扬扬在反对无效后，果然选择了沉默和服从。可是后果呢？就在乔雅心里还没有踏实享受初试的成果时，报复和反弹横空出世，扬扬的前途和自己的钱途同时拉响了警报！这叫什么"给力"呀，根本就是反作用力嘛！

扬扬何尝没有看出乔雅的把戏呢？胡扬扬是谁？胡扬扬是全行唯一能出庭打官司的律师！尽管接触的都是一些经济案件，可是背后的法理都是一样的。当然，对于乔雅这些小女人的把戏还上升不到用法理来分析解释，杀鸡焉用牛刀，看看她们玩的东西就能猜到她们的小九九。

本来乔雅的网名叫"小乔"，扬扬看着全身上下都舒坦，理所应当地以为自己就是三国的周瑜了。忽地，就在领证之后，一条名叫"霸道女人最给力"的微信把扬扬吓得全身直冒冷气，仿佛在法庭上被人抓住了致命要点，仔细辨认才确定是乔雅的新网名。扬扬不动声色地忽略了乔雅的这项重大举措，好像是小事一桩，不值得大惊小怪。为此，乔雅还特意提醒他，自己的新名字起的怎么样，扬扬轻描淡写地用"挺好"两字敷衍了过去。

他还能说什么呢？这明摆着就是郭欣然网名的翻版嘛，她的名字更直接，就叫"巾郭不让须梅"，这气势压得她老公时时抬不起头来，每次聚餐什么的，老梅都像倒了八辈子霉似的低头跟在郭欣然的后面。

这下子霸道到家了吧？可是乔雅也不是吃素的，乔雅是谁？乔雅是管着四十多名孩子的"老师姐姐"！面对眼前突然出现的捣乱，她把自己的手机当成了教鞭，学着扬扬的口气和样子，狠狠地往棉被上一摔，手指门口大声嚷道："这叫什么逻辑！去，找你们领导评理去！"

瞬间，扬扬被乔雅的反应怔住了。他愣愣地盯着她看了足有半分钟，然后坚定地说："你陪我去！"

"去就去！"乔雅虽然不喜欢更不擅长社交活动，可是也没有什么退路能选择。事是自己惹出来的，潜意识里她是这样认为的，命令是自己发的，你不"给力"谁"给力"？

带着自己新婚的妻子去找领导评理，这又叫什么逻辑？一个律师怎么可能这样幼稚呢？可是扬扬有他的想法。

第二天是星期天，小两口简单买了点水果，按约定的时间到法律部总经理，扬扬的顶头上司李总家拜访。

表面上这是私人拜访，因为李总代表行里的同事和领导在上周的婚礼上表达了对新人的祝福，现在事情办完了，回拜答谢一下也在情理之中，可是进门谈话的内容却全部都是关于扬扬竞聘的公事。李总的夫人很热情，专门过来陪乔雅说话，无非是年长女人给年轻媳妇传授一些家庭生活的经验。乔雅面对李总夫人点着头，耳朵却伸到旁边听两个男人的谈话，结果一心二用，两边的谈话内容都没听全。

出门后乔雅就急忙想知道结果，扬扬告诉她情况不妙，李总分析是有人告了状后，才把扬扬的面试资格取消的。

这个分析其实是不言而明的，招聘公告下来后，法律部总经理助理岗位要求就和其他几个岗位有点不一样，那就是正科级的经理任职年限要达到三年。李总急忙找人事部去协商，人事部说你这个部的助理不是要求素质高吗，当经理的年限太短怎么能够胜任？这话当然有道理，李总想了想还是不行，回头继续找他们理论，这次不讲大道理了，直接就问胡扬扬的任职资格问题，胡扬扬差七天不够竞聘报名资格，可是在人事部下达他的诉讼科经理的正式文件前，他实际主持这个科的工作已经快两年了。基于实质重于形式的原则，李总强烈要求人事部同意胡扬扬报名考试。人事部答应试试看。

乔雅问扬扬："李总为什么对你这样好？"

扬扬想都不想就回答："他要靠我干活呗。"

扬扬心里跟明镜似的，李总心里比明镜还清楚。说是公开招聘，但是每次招聘都会预设具体人选，大家心知肚明，招聘基本是个过场和流程。这次报名竞聘法律部总助岗位的除了胡扬扬，还有不良资产管理部处置科的一名经理，他和法律部打交道的机会最多，因此李总和胡扬扬对他再了解不过。此人最大的特点就是领导说一他绝不说二，从来不会拿出自己的意见，他的职位职责就是听命令的开关闸口。李总知道配这样一个助理，工作很难办，法律上的事必须要依法，而不是依领导的意志为转移的。李总最担心的还是这种显失公平的结果胡扬扬是不会接受的，而行里又懂业务又能出庭的就这么一个人，他要撂挑子，难道让要让李总亲自上阵吗？而实际上李总也没有出庭的资格。

所以尽管此人一报名李总就知道要坏菜，可他还是竭力为扬扬争取到了考试的机会，心想后面也许行里还是会从工作角度出发来考虑人事安排吧。谁知最终的结果还是瞎子点灯白费蜡，人事部星期六加班在内部网发布面试通知，然后电话通知法律部综合科经理，胡扬扬因任职年限问题不能进入竞聘的下一个环节。该来的总是会来的，侥幸只能推迟一会儿。李总已经代表组织尽了力，如果还不甘心，扬扬只有自己出面了。

星期一一上班，扬扬和乔雅直奔人事部老总的办公室。一看扬扬带着一个女生来，人事部老总还以为是来找工作的。听完扬扬的介绍，接过新人带来的喜糖，照例是一番祝福贺喜的话。接下来扬扬假装不知情地打听了一下招聘的进展情况，人事部老总也故作惊讶地接过这个话题，然后不无遗憾地反复向扬扬解释，人事部是坚决支持实事求是的做法，同意扬扬参加考试就是明证，但问题是有人向资格审查委员会（这个委员会具体由监督监察部负责）举报扬扬的任职资格有问题，因此人事部也无能为力了。

乔雅只有傻傻地听着，她一句"给力"的话也说不出来。

当面证实了李总的分析之后，扬扬按既定方案开始一个接一个地找行领导"评理"，此时乔雅才终于明白扬扬的做法了，她陪他就是来做道具的。具体做法就是带上新娘和喜糖，打着向领导报告自己结婚的消息，实际谈的是招聘的事情。扬扬的策略无可厚非，虽然他够不上请行级领导参加自己婚礼的资格，可是大小是个经常出席各种重要业务会议的列席人员，因为会后的具体工作还得他来落实，与行领导都很熟悉，自己新婚报个喜也算是自然而然的事情。

还有一个只能意会而不可言传的好处，就是有一个年轻女士在场，男人们，也包括男人和女人，相互之间的谈话可能更容易一点。看透了扬扬的把戏后，乔雅更加"傻白甜"，进到领导的办公室后故意东看西看，完全把自己装成了一个局外人，但是耳朵始终越伸越长。

比如见郑瑞丽副行长时，她把乔雅从上到下，从里到外夸了个遍，不是肉麻的那种，领导不可能是这种水平，而是恰到好处，听后心里很舒服，让人一下就没了距离感。几句话下来，乔雅已经从心里认郑行长为知心大姐。然后郑行长又主动谈起扬扬的应聘问题，她是唯一不装糊涂直接捅破问题的领导，比男人爽快多了。她严厉抨击了那些告状的人，然后又说要批评人事部不坚持原则的错误。她根本不容扬扬有互动的机会，接着话题一转，直接肯定行里对扬扬的培养是非常正确的，但要扬扬敢于接受组织的考验，然后又称赞扬扬是如何如如何的优秀，如何如何的专业敬业，对行里一贯很忠诚，面对不正确的事情能够从大局出发，等等。直到秘书进来通知行长有个会议，扬扬还是没有插上一句话。

乔雅听了这些充满正能量的话像打了鸡血，她满怀希望地认为事情有了转机，可是扬扬的几句话就把她问哑了。扬扬说郑行长说没说过要把这件事件反映给行长？她答应或承诺呼吁一下这件事情了吗？相反，她反复说到对组织的忠诚，实际上是让扬扬别找了，再找下去就是对组织的不信任了。

扬扬不想给乔雅再解释郑行长的地位，她是协助行长主管人事部的，换了三任"一把手"她的协管也没有变，要想晋级首先要通过她这一关，所以行里的许多老总不认行长的账，倒都得认她的账。扬扬是个只认能力不认人的人，虽然他承认郑瑞丽有她的特长，比如她只要见过的人，都能一口叫出人家的名和姓，因此很能赢得口碑，而且擅长揣摩别人的喜好，几句好听的话就能得到对方的好感。可是扬扬认为行里不能都用一种脾性的人，千人诺诺早晚出事。有些岗位需要用巧言令色之人，有些位置就得用一些认死理的人。所以他看不惯郑瑞丽的做法，对她从来都是敬而远之，郑瑞丽又何尝不是呢？问题是最后要看谁先来求谁，当然只有下级求上级的事儿，哪有颠倒的道理？今天不给扬扬说话的机会，其实已经表明了郑瑞丽对胡扬扬的一切不满，以及从来不满，不论扬扬在工作中有多么出色的能力。

乔雅当然不服气，说："郑行长不是已经肯定你的专业能力了吗？既然承认这点，从工作角度出发，不用你用谁呀？"扬扬哭笑不得，如果是从工作角度出发，还存在当下的问题吗？如果天下的人都讲道理，还有每时每刻不停发生的争争吵吵、纷纷攘攘的事吗？乔雅心有所思，不再吭声了。

省分行的班子成员共有九名，最终拍板决定谁能晋级由班子成员说了算。扬扬现在做的工作是希望找一个能为他说句话的人，出面过问，最好是能干预一下人事部，先让他走完招聘的流程，然后在最终班子集体讨论最后人选时，看能否根据实质重于形式的原则，特别批准他胡扬扬的晋级任命。在接下来的"游说"过程中，这些领导不是推脱招聘的事不是自己主管，不能违规插手，要么就直接让扬扬找"一把手"，或者是协管的郑行长，不然就是顾左右而言他。扬扬心里当然清楚这样找一点用都没有，但他必须坚持。

见领导哪有那么容易？哪个领导不是日理万机？单是请示、预约、等待就够费事烦人，一天下来未必能见到一两个人。几圈下来乔雅终于有点泄气了。

她问扬扬当官为什么那么难？为什么人人都争着要当官？她已经忘记"升官＝发财"的公式了。扬扬无法给她上一堂"官本位制"的专业课，那个太复杂了，可为了给她鼓气，就给她打比喻说，当官是为了掌握权力，当了官才能有分配蛋糕的权力，谁分蛋糕不给自己多留点？因此官位是一种稀缺资源，且一旦拥有可以终身享用。这种稀缺资源就像你的眼睛，美容师都化妆不出来。乔雅虽然还是没搞懂当官的原理，可心里已经美滋滋的了。

乔雅长了个小布娃娃一样的玩具脸，一双近似满月的大眼睛，楚楚可怜的无辜眼神，刚上学的娃娃都叫她姐姐，反复纠正才给她加了个定语，成了学校唯一的"老师姐姐"。难怪扬扬的发小老梅带他和郭欣然、乔雅一起到南山徒步时，扬扬一下就被乔雅的眼睛摄走了魂魄。

如今美人到手，可是眼看唾手可得的江山却陷入了风雨飘摇之中，扬扬岂能甘心！乔雅因为自己的原因，也因为扬扬绕弯把她夸了一番，只好继续跟着他去兜圈子。接下来的一次谈话更进一步证实了当官不易。

这次求见的副行长姓尹，尹行长是管市场营销的，说话充满了油腻之味。如果不是乔雅在场，他早找借口把扬扬打发了。他除了时不时瞟一眼乔雅外，对扬扬的诉求根本没有耐心听取，脚不停地抖动，手不断地合上又松开。正在这时，一个年轻人冒冒失失地闯了进来，他给行长交了一份文件，说是上一份协议因为一些条款发生了更改，需要在新文件上重新签字。

尹行长一听火冒三丈，根本不听来人的解释就劈头盖脸地骂了起来，什么难听骂什么，甚至连"吃里爬外"都用上了。那个年轻人脸色苍白，低着头连看都不敢看一眼领导。坐在一边的扬扬和乔雅不比挨骂的人好受，走也不是，留也不是，只好呆呆地陪着挨骂。好不容易才听到尹行长发出最后的吼声："给我滚出去！"

随后尹行长转向二人，依然怒气难消地解释说："不长眼的东西，找着挨骂，也不看看我这儿来了什么客人就敢乱闯。"说完这句话才朝着乔雅笑了笑。扬扬拉起乔雅，赶紧告辞逃了出来。

直到回到新家，乔雅才余悸未消地问扬扬："你们领导平时就是这样训你们的吗？"扬扬说这要看人，就是领导骂人也是挑人骂的，不然谁会受这种气，早就跑人了！

乔雅非要扬扬给她解释领导挑什么人骂，扬扬想了想总结了三种人。第一种是没本事的，骂也骂不走，到哪儿都是挨骂的料；第二种是有车贷、房贷，还养了娃的，这类人你骂他他也不敢跑，上有老下有小，屁股上坠了"一坨屎"，一个月没工资他们就会从天堂掉进粪坑；还有一种人嘛，扬扬沉吟了一下才说："就是像我这样的人，想升职还没升上去的人。"

乔雅听完有点后悔问这个问题，虽然她可以对扬扬发威，但决不甘心让别人"分享"。更重要的是如果扬扬也挨过这样的骂，而且还没有反抗，她是无法接受的。别看乔雅只是个小学老师，可还是一个近百号成员的微信群主，里面全是学生家长，她一道命令下去没人敢违逆，谁要说句二话，立刻踢出群去。要是自己的男人，而且还是个律师的男人还不如自己，她当然会有想法。

扬扬自然看出了她的想法，主动对她解释说，他还没有那么窝囊，可是如果这次升职无望，不久他就会"沦落"成三种人中的后两种。但是根据目前的形势分析，他前程堪忧，凶多吉少。

乔雅发言开始谨慎了，憋了半天才"冒泡"，用商量的口气问扬扬："为什么不考虑跳槽呢？"

扬扬告诉乔雅，在职场上跳槽就相当于婚姻中的离婚，万不得已自己不愿意选择这条道路。"可是这几天跑下来的情况你都看到了，你都有了跳槽的想法，我怎么会没有呢？我带你就是为了让你见证，是我对行里不忠诚，还是行里不能公平行事？我以前并没有把自己当人才，我就是一个普普通通的小职员。可是看到那些我都看不上的人一个个地飞黄腾达，我才觉得以前小瞧自己了。可是等我行动起来要进步时，又发现自己的确有问题，就是没有吃透组织需要什么样的人，更确切地说，是不会迎合控制了组织权力的人。"

扬扬仿佛站在了法庭上，继续他的雄辩。那些对组织越不忠诚的人，越是挥舞忠诚大棒敲打别人。掌握公权的人必须是公平之人，离开了公平的公权，叫公权私用，是对组织最大的背叛。对于一个被别有用心之人控制了的组织，看到了，感觉到了，你却去屈服和迎合，这样的作为叫忠诚吗？我们唯一的选择就是离开，不然就是愚忠，就是助纣为虐！

乔雅如针芒在背，越听越觉得扬扬是在说她！更重要的是她感觉到扬扬已经下了跳槽的决心。她更加没有底气地说："我只是这么一说，你可不要当真，丢了工作房贷要我背呀。"

扬扬知道乔雅开始"转头"，于是也不绕圈子了，直接告诉她说，如果下一步的行动失败，自己立即辞职，谁劝都没用！

第二天一早，就是婚假结束前的那个星期五，扬扬带着写好的辞职信直接找行长去了。这次他没有让乔雅陪同，他是摊牌去的，因此不需要什么"道具"，就让乔雅在家等消息。

扬扬是怀着出征的昂扬走的，乔雅的心情却越来越复杂。她分不清楚几天前与扬扬的那次吵嘴和今天扬扬的决断是不是有什么联系。她希望扬扬在外不当犬儒，可又有点期待他一切听自己的。她欣赏男人敢作敢为的血气方刚，可又担心自己的男人丢了工作，再找职位又要四处奔波，有可能还会"挨骂"。就在她九曲回肠理不出个头绪时，扬扬来了个电话，说他中午不回家了，早晨没有见上行长，他要一直坚守在行里等待接见。

接近下午下班时，扬扬的电话终于来了，他让乔雅直接到一家餐厅会面，一起庆祝他成功辞职！这是什么话？明明是晋级失败，被迫辞职，还好意思庆贺？可是乔雅总觉得这个结果与自己的"霸道"有关，所以不得不以更加复杂的心情听扬扬高谈阔论他辞职的理由，以及今天他与行长谈判的过程。

扬扬根本没有觉察、顾及乔雅的萎靡不振，回家后依然余兴未消，又一把抱起乔雅转了两圈，然后闹腾着让乔雅闭会儿眼睛，说有一个礼物要献给她。等乔雅无精打采地睁开眼，一份另一家大银行的劳动合同书呈现在眼前。

扬扬硬把乔雅拉住坐在自己的腿上，然后一页一页地翻开，一项条款一项条款地指给她看。

职务：法律部副主任（主持工作），聘期：五年，年薪：xx 万元……乔雅的大眼睁开闭上，闭上再睁开，白纸黑字，红色印章，扬扬的签字，当前的日期，都是真真切切，分分明明。乔雅终于如梦初醒，原来胡扬扬蓄谋已久，今天是辞职和就职一气呵成！

此时不"霸道"还待何时？乔雅抱住扬扬的脸狠狠"咬"了一口，然后跳起来学着阿Q的样子唱道："我手执钢鞭将你打！"扬扬则假装成《风波》里的赵七爷，仿佛手握无形的蛇矛，冲着乔雅张牙舞爪，"张大帅的丈八蛇矛，谁能抵挡他？你能抵挡他么？你能抵挡他吗？"疯癫之中扬扬终于捉住了乔雅，乔雅忽然安静了下来，一本正经地问："你会感谢谁？感谢我还是感谢逻辑呢？"

扬扬哈哈大笑起来，模仿他爷爷四川话的腔调回答说："逻辑是个锤子哟，要谢就谢'gai 开搞'嘛！"

乔雅知道四川方言中把"解开"念为"gai 开"。还没等她骂出"流氓"二字，扬扬已把她重重地摔倒在了大红棉被上！

咦？当初他们为什么吵架来着？

我说过他们吵架的内容了吗？你现在去问扬扬和乔雅，连他俩都忘了为什么吵了那一架！

老 档 案

刘依萍在市分行办公室的最后一个岗位是档案员，而且是名副其实的"老档案"。这个职称并不代表她当档案员的时间有多长，实际上她是临退休才到这个岗位上来的，不过即使她不是档案员，她依然无愧于"老档案"这个称号，在办公室二十几个人中，上至主任，中至组长，底到一般员工，没人能比她的资格更老。用她自己的话说："我从参加工作第一天起，在办公室就没挪过窝。"

刘依萍干档案员就像她在办公室其他岗位一样，自然而然，手到擒来。她管的是非业务类的综合档案，就是除了业务档案外的一切档案，特别是一些文书、基建类档案，好像天生就等着她管一样。可惜人事档案属于保密范畴，不然让她管效果可能更好。这并没有妨碍她对人事档案作用的发挥，人事部的人不但经常要到她这里调阅一些文件，关键是形成这些文件时的一些背景情况目前只有刘依萍能讲清楚。

还有与工作八竿子打不着的一些事也有人找她，比如某天你会见有人拿着一张小小的黑白照片让她认人，她带上老花镜，端详了半天说："好像都是水磨区办事处的，右边的这个是徐建国吧？没错，1985年就调回青岛了，当时他在行政股，经常到我这儿印文件。"刘依萍第一个岗位是打字员。

"看样子老徐认识的人就剩你了，他邀请支行的老人到青岛去玩。"来人感慨地说。

如果不是老陈惹事，没人会想到刘依萍要退休了。平日不吭不哈的老陈心血来潮，在机关食堂写通知的白板上留了一串黑字："从今日算起，陈跃进距离退休日期还剩 364 天！"大家看了哈哈一笑了之。谁知老陈来了劲，第二天又写，第三天再写。终于有人把这事讲给行长听，行长大为光火，说这种行为是动摇军心，公然挑衅，要办公室严肃处理当事人！老陈被谢主任叫去谈话，出来时脸都吓白了！

"活该！就你那小拇指大的胆、针鼻样的心眼才能想出用这种方式发泄不满！"刘依萍指着老陈的鼻子又腌臜了他一句。

老陈也是办公室的老人，可胆小怕事，自动成了杂活累活的"承包人"，这也就算了，谁知工资改革时真把他当勤杂工对待了，级别和打扫卫生的同一档次。别人没说什么，刘依萍先跳了起来，"老陈，去找行长！"可看到老陈那副蔫里巴搐的熊劲，刘依萍只能摇摇头，"哪有点男人的样子！"

就在大家热议老陈会得到什么处理时，第二天中午被擦干净的白板上又出现了一串黑字："从今日算起，刘依萍距离退休日期还剩 6 天又 6 个月！"平时不到食堂吃饭的人都去溜达着看了一眼，有人还用手机给白板拍了照。下午一上班，刘依萍立刻被主任请了过去。

"你这不是故意给我们惹事吗，老刘？"

"当然是故意的！人家老陈咋了？勤勤恳恳一辈子，没有功劳还有苦劳，凭什么给人家全行最低的工资？要退休了还不许人家变相说句牢骚话？"

"工资级别不是我们说了算的……"主任想要辩解。

"别说了！那跑人的事就能算到老陈身上？行里搞任人唯亲，团团伙伙，有本事的人不跑才怪！发个退休消息就可以动摇军心？这正说明行领导心虚！"

"老刘你小点声，我又不是和你吵架。"主任要哀求了。

"我就要吵！万里长城是孟姜女哭倒的吗？那是鬼话！从今天起，我每天公布一次要退休的消息，你信不信？你给我指出来，我这样做触犯行里哪一条规章了？"

"行了，行了，老刘，我信，我信。"主任没有办法了。

"不要专挑软柿子捏！欺负老实人是要遭报应的。"

谢主任只好亲自到食堂把白板抬到了库房。处理老陈的消息不会再有下文。

"谁能想到依萍都要退休了，咋看她也不像五十多的人。"

白板事件公布了刘依萍要退休的档案，八卦一下"老档案"的档案自然是一个不错的话题，话题的中心集中到了为何"领导再换，依萍不倒"方面。在银行上班，一辈子没有换过单位的人一抓一大把，可是没有换过部门的人尚未耳闻，而且还是在办公室这样的要害部门。

依照刘依萍的直肠子脾性，她应该被办公室撵走十次才对，这个部门是讲城府的地方。论其长相嘛，也只能说她薄具姿色，就算身材苗条，皮肤白净，外加一丝不苟的满头乌发，可毕竟是年过半百的大妈，怎能和满楼的"office lady"相比？

也可能是她会说话吧，如果不是和领导"吵架"，刘依萍应该是个很好的谈话对象。

料峭未消的初春，刘依萍穿了一袭长裙飘进了办公室。

"咦，你这款连衣裙真别致，还是长袖的，美丽暖人，哪里买的？"

"我家东亚前两年在东北买的。当时是大夏天，他出差回来带了这件衣服，说是生日礼物，我差点没把东西摔他脸上。我说你怎么没把冬天的衣服买来。你猜他怎么辩解？他说乌鲁木齐早晚天凉，就得穿厚点的长袖裙子。我说谁像你这个'东亚病夫'，三伏天秋裤都不离身。"刘依萍先生的大名叫宋亚东。

刘依萍边说边左转右转，"放柜子都几年了，看着还不过时，我觉得适合春秋季节穿，还可以吧？"

几个女人嘻嘻哈哈取笑一番，办公室的楼层即刻春暖花开。

可爱女人的可爱之处不止一面，就像她们经常变换的衣服一样。大家还能想起刘依萍其他方面的优点，但这些似乎都不能构成她熬成办公室，乃至全行"老档案"的充分理由。

"喂，喂，喂，美女们，上班啦，别在背后倒闲话。"副主任罗建刚嘴上说着，实际也想乘机参加一会儿八卦会，因为刘依萍今天中午出去办事不在现场。

"哎，对了，罗主任，这段时间依萍老往你办公室跑，你俩在搞什么阴谋？"

"向我打听什么酒好。我都有点纳闷，刘依萍还真想当刘一瓶呀。"罗建刚是主管后勤食堂的副主任，前两年大吃大喝盛行，烟酒都是经他的手采办的，这方面的事问他当然没错。

一句话提醒了大家，"对呀，我们这些猪脑子，怎么就把依萍最大的特长给忘了，咦，我们才该退休了。"

说起刘依萍最大的特长，就是她海一样深不可测的酒量。

"她是练出来的还是天生就有？"

据刘依萍自己交代，她根本不知道自己能喝酒，家里人也没有喝酒的习惯，她对酒不但不感兴趣，而且还看不惯酗酒成性的人。20 世纪 80 年代初她刚参加工作时，行里每年夏季都会组织一两次出游，找家贷款企业包几辆大卡车，带上锅碗瓢盆，柴米油盐，然后就是整鸡整羊，以及成箱的白酒、啤酒、葡萄酒就出发了。

那时候只有星期天是休息日，野游的人要在星期六下班后才能出发，一般后勤部门有打前站的，他们提前到南山的白杨沟，菊花台，昌吉的天池、哈熊沟搭好帐篷，有时就在目的地找牧民买头牛买头羊，当场宰杀后直接就下锅了。经过几十公里搓板路的颠簸，大部队抵达游玩地时天色将晚，篝火照亮的营地里，锅里煮着清炖羊肉，空气中飘着抓饭的香味，烤炉上滴油的肉滋滋地冒着烟火。顿时，大家忘记了所有的劳累和烦恼，开始了热闹的大会餐。

笑声，吆喝声，大呼小叫的喝酒声，混杂着歌声，将星星和月亮都能引出来看热闹。渐渐地，山野恢复了安静，只有某个帐篷还发出亮光和声音，"酒仙"们的夜宴才真正开始。

酒是与人类精神世界关系最亲密的物质了，谁要能把它说明白，他（她）就把半个人类史搞清楚了。自从发明了酿酒法，酒与人类生活就同生共死地纠缠在了一起，办事的时候离不开它，闹事的时候少不了它，有人用它成了事，有人因它误了事，爱恨交织是大多数人对它的真实感情。

既然酒是世界上说不清楚的东西，所以喝酒自然更是说不明白的事情。聚餐时分小组在野外或帐篷里席地而坐，然后开始吃喝，喝到最后，酒量不行的自动结伴搞其他活动去了，比如跟着录音机唱歌跳舞，而那些"酒拉拉"们（新疆人对酒鬼的称呼，现在叫"酒仙"）也会自动集中到一个地方，继续他们一年一度"天池论酒"的大事业。

刘依萍究竟是在哪一次活动，是什么原因引发的，与哪些"酒拉拉"喝了一次大酒，从此为她赢得"一瓶"地位的，这些细节如果讲起来，恐怕得整出一个长篇报道来。其实这些并不重要，重要的是她究竟能喝多少酒。

酒仙们的喝酒方式与普通的酒宴是有区别的，各地又各不相同。新疆有一种原生态的喝法，也有人把它叫"古法"喝法，现在很难见到这种游戏了。具体的规则是这样的，开始时一人一杯，大家共同干杯，喝到一定的程度，比如说有人因酒量不行退出了，桌上就选出一个"酒司令"，酒杯被没收交司令掌管，酒司令视人数多少，一次倒满两杯、三杯，或者更多杯，然后把这些酒交给某个人，再由这个人"找朋友"，陪自己把这些酒一次碰杯喝光。

初次参加这种喝法的人一开始很怯场，喝到最后才明白，这种看似无序随意的规则，里面其实暗含了许多"潜规则"。在一般酒场上酒司令是靠竞争取得的，当司令前先得喝上几大杯，没人敢较劲了，司令才算坐稳了。当然这个酒司令的权力也很大，规则、裁判权归他一人所有。而新疆喝法的酒司令大部分其实就是斟酒的角色，好的酒司令就是依据现场的情绪气氛，适当地控制倒酒的酒量和喝酒的节奏，其余的权力依次由每一个轮到"找朋友"的人裁决。

好吧，现在刘依萍就进到这样一个喝酒的圈里了，那时大概她还是个姑娘，是不是有点羊入狼群的感觉？就算狼不敢吃羊，狼得敬着羊吧，这样每个轮到"找朋友"的人都敬她怎么办？哈哈，如果这样想和这样做，那些酒仙就成"酒拉拉"了，真正的酒仙是很有风度的。

这种风度就体现在每个人都有"找朋友"和"被找朋友"的规矩中。当轮到你"找朋友"时，这次请了甲乙两位与你共饮，下次肯定会请丙丁。为了体现对每个人的友好，你肯定会一个不落地把在座的都要请过来。你是这样想和这样做的，别人也一样，所以当一轮又一轮下来之后，在座的每一位不但喝了一样多的酒，而且都得到了尊重和被尊重，一场酒喝下来，不管是主人还是客人，不论是新朋友还是老朋友，所有的人都加深了感情和友谊，那场酒就成了大家永远难忘的酒会。

有没有偷奸耍滑、故意整人的现象呢？只有参加过这种游戏的人才能体会到，当把"找朋友"的权力交给你时，众目睽睽之下，你的选择马上会暴露你的内心，即使真有什么想法，也不敢在这个场合造次，最终还是乖乖地遵守规则，公平地对待每一位参与者。同样，当你成为"被找的朋友"时，也会放心地举杯共饮。

"真是一帮'酒拉拉'，喝个猫尿认真得像记账一样，谁多喝了，谁少喝了，一点都不糊涂。说来也怪，一场喝下来没人多一杯，也没人少一杯。"不知道刘依萍是赞赏还是嘲笑这种喝酒方式，不过她的话是可信的，行里的女人中就她敢和那些"拉拉"喝酒，关键是从没醉过。

不可能每个酒仙的酒量都一样大，如果有人撑不下来了，中途可以找个借口逃跑，但留下来的还是老规矩。刘依萍一战成名的那次聚会是什么战绩？所有的酒仙都喝"飞"了，一圈人只剩她和酒司令了，俩人干了最后一杯，然后刘依萍稳稳地回到自己的帐篷中，脱下爬山用的解放鞋，从里面倒出半鞋子的汗水，然后倒头进入梦乡。早晨起来她好像没事一样，照旧和大家一同爬山娱乐，继续吃肉喝酒。这个时候其他的酒仙都还在帐篷中宿酒酣睡呢。

酒场如战场，有些仗打完就完了，当时并没觉得什么，随着时间的推移，战场的故事才像一瓶老酒，慢慢沉淀出自己的醇味。刘依萍喝的那场酒当时再没人提起，一方面是那些酒仙都是男性，最后败在一位名不见经传的小姑娘手下，说起来没面子。另一方面是刘依萍从来没把喝酒当回事，能喝酒的名声对男人属于中性，对于女性来讲并不是什么光彩的事情。这场酒事只限于酒仙们私下里悄悄感叹一下，如果不是遇到一段喝酒论英雄的时期，刘依萍的这个特长，在以男性为主导的特长中，自生自灭应该是它唯一的归宿。

"我听说能喝混合酒才叫能喝。依萍真的白酒、红酒、啤酒一起喝吗？"女人有时间的问题很怪异。

罗建刚尽量回答得专业一点，"喝酒起作用的主要成分是酒精，除了酒精之外，不同种类酒的其他成分差别比较大，而且还很复杂，所以放在一起喝反应比较厉害，一般人的肠胃受不了。"后面的话他停了停，有点拿不准了，"至于刘依萍嘛，人家拿什么酒她就拿什么酒碰，也不见有什么反应，她还说自己消化系统有毛病，这能是什么病呢？"

罗建刚越说越慢，越说声音越小，最后似乎要变成自问自答了。

好在女人们不喜欢把一个问题刨根问底，八卦会又不是喝酒研讨会，话题转换的就像川剧的脸谱，"那，罗主任，你说依萍有这么好的酒量，行里咋不重用她呢？"

"这个可不能怪行里，"罗建刚非常肯定地说，"行长请她陪酒都请不动，谁还用得了她。"

"这倒是，谁让人家老公有钱，不用自己打拼。"

女人的逻辑推理跨度很大，男人一般琢磨不透。罗建刚只好换个话题打听："她老公是干什么的？怎么从来没见过。"

男人就不该与女人聊天，频率和频道都无法同步，罗建刚的话不但没人回答，而且话题又转回来了，"罗主任你可别乱说，依萍靠酒量是给行里立过大功的。"

"也就那么一次，如果她继续发挥她的特长，至少我这位子是她的吧。"

"一次咋了？一次就能把一家大公司搞定，一次就把毕德生送进了省分行。没有依萍的那次帮助，就凭毕德生的人品水平，别说升成分行的副行长啦，能不能进分行都要打问号呢。"

罗建刚心里清楚，这些女人不过是借刘依萍的话题来损一损毕大行长而已。说句实话，刘依萍没帮毕德生之前他就是行里的红人，不然怎么会当上沙依巴克区办事处的主任呢？当然，刘依萍帮他喝的那场酒，应该也是他事业中的一件大事。

当时以存款论英雄，各银行间竞争白热化，为拉存款不惜一切代价。沙区进驻了一家大型能源企业，手握上亿资金，一时间成为各家银行竞相争抢的热门客户。谁知这家企业在内地时与银行交道很深，熟悉银行的套路，所以一来就在每家行都开个账户，谁也不得罪，在银行之间搞平衡。而主管这家企业财务的谭副老总特别喜欢喝酒，而且酒量奇大，更奇特的是他调节在谁家放多少存款的方法，居然是用酒量来称量的。

毕德生属于耍嘴皮子的人，不管领导找他还是员工找他，当面他都答应的很好，转身他才权衡利弊采取行动，结果老百姓的事儿从来上不到他的桌面。可是喝酒就不能转过身子去了，即便是古代的遮袖饮酒，也只是为了表达对客人的尊敬，绝不是为了掩盖什么。这种必须光明正大、立刻就办的事对毕德生来说就不好办了，他酒量有限。

毕德生也不是老百姓说的没本事的人，他分析了谭总用酒量定存款的方法，表面看似荒唐，实际是利用他能喝的特长，用酒做挡箭牌，阻止各家银行没完没了的轮番公关，把主动权掌握在自己手里。所以只要能在喝酒上把谭总拿下，存款自然无处可逃。毕德生也仔细观察了谭总的酒量，别说和自己的那点酒量比了，就是他见过的善饮者之中，也难找出一个能与之相抵的对手。思前想后他请了刘依萍前来助战。

既然是"煮酒论英雄"，双方都是有备而来。刘依萍是以新来的副主任身份出席的，谭总也带了主办会计来抵挡，李会计是女的，能喝不少的红酒，然后是财务部长，专门对付喝白酒的。架势拉开后就兵将相见，一番你来我往的混战后，红酒白酒都到了高潮燃点，谭总单刀直入地挑开了话题："说吧，两位主任，年底存款还有多少缺口呀？"

毕德生知道摊牌的时候到了，连忙点头哈腰地回答："年关谁不缺钱呀，多多益善，多多益善，全靠谭总您的恩赐了。"

"好吧，小李定规则。"

"年底嘛，谭总交代要大力支持你们一下，以十倍之力的杠杆支持，这次一杯一千万！"李会计笑哈哈地宣布了政策。

毕德生一听眼都红了，以前最多是一杯一百万，这次放大了十倍，"没问题，没问题，这个待遇，喝死也值得呀！"

谭总大手一挥，"好！端酒！"

财务部长给服务员递了一个眼色，服务员立刻用托盘端来了几只酒杯，毕德生一看，红眼立刻变成绿脸了，那是什么酒杯？分明是南方人喝茶的大茶盅！好歹能装二两酒吧。

全桌人静悄悄、眼睁睁地看着服务员把一瓶新开的酒倒满了四个杯子，谭总又让她把刘依萍和李会计的红酒杯倒满，然后自己才端了一杯，服务员又在毕德生面前放了一杯，谭总这才说话："我和毕主任干白的，小李和刘主任干红的。"

腿早就发软的毕德生这下子语无伦次了，"我，我，我，我有特殊情况，谭总，实在不能这样喝。"

"什么情况比存款还重要？"谭总肯定不信。

"我，我，我正准备要小孩。"毕德生终于憋出了实情。

谭总还是不信，"哈哈，毕主任养小的了？还敢搞超生？"

毕德生更加尴尬，"是，是一胎，不，是，是二婚。"

谭总更加得意，"哈哈哈哈，我说嘛。那咱们就不勉强了，准备撤席？"

突然，毕德生旁边的刘依萍笑吟吟地站了起来，"谭总，酒都倒出来了总不能倒回去吧，不喝也浪费，都是粮食的精华。不行这样吧，我代替我们主任和您干了这一杯，反正咱们也是初次见面，再碰杯白酒加深印象，以后也好找您帮忙办事嘛。"

谭总猛地愣怔了一下。以往祭出"杯酒定存款"的招数时，往往是自己也差不多到量，此时对手早就东倒西歪地溃不成军了，他只需虚晃一枪就可以鸣金收兵，给对方多少存款永远都是自己说了算，别人只能埋怨自己酒量不好。他知道年底各银行都会下狠功夫搞存款，所以此时的宴请都是来者非善，所以他早早就制订好了应对策略，可是当他看到毕德生搬来的救兵是个女将时，一下子就放松了，然后让李会计对付过去，自己放量和其他人喝开了。眼见胜券在握，谁知虚晃出去的枪被人拽住了。

谭总毕竟是见过大世面的人，他出席这种规格的宴请实际是给下属打打工，帮他们摆脱银行的纠缠，反正自己有的是酒量。但是眼下突然遇到的阵势他也没有经历过，因此需要稳一稳阵脚，于是打出了免战牌，"嘿，自古都是英雄救美，今天终于见到美女救英雄了。算了算了，刘主任，我看你和小李刚才喝了两瓶干红，再喝白酒会伤身体的。心意嘛我领了，存款嘛少不了，好吧？"

可是谭总低估了帮忙人的热心，刘依萍只记住了一杯酒一千万，酒没喝下去说的话就可以不算数，所以她端起的杯子无法放下，"谭总如果喝好了请随意，我这里先干为敬。"说完刘依萍一口气喝干了那杯骇人的酒。

刘依萍并没有停止动作，她转身从服务员那儿又端起了两杯酒，没事一样地走到财务部长的座位，"部长随意，我还是先干为敬。"没等财务部长反应，一仰头，像喝白开水一样，刘依萍的杯子又干了。

然后又是返身，她端起刚才满上的一大杯红酒，依然像没事样地来到李会计座位边，"来，咱姐妹喝个满杯，加深一下友谊。"这次李会计是陪刘依萍一起喝的。

整个过程一气呵成，大家的醉眼都看直了，等刘依萍终于飘然回到自己的座位后，一桌人这才松口气。可是残局怎么收拾？接下来是走是留，是喝还是逃，连能说会道的毕德生都傻眼了。谭总到底是老生姜，他端起了自己的酒杯，又让财务部长陪他端起刚才刘依萍放下的白酒，然后说了句："这杯酒是我们回敬刘主任的！"

两人站起来一口气干光后，谭总把杯子往桌子上重重一放，"小李听着，年底其他银行的约见全部取消，所有的存款都给刘主任！"

第二天沙区办事处收到从谭总那里转来的六千万存款。

前面说过酒场如战场，仗打完了硝烟很快就会散去。沙办的人和毕德生不会泄露他们的秘密武器，刘依萍是为了毕德生要孩子的事而出手的（女人就是心软），也不会到行里邀功领赏。可是当年那笔六千万起码相当现在的十来个亿吧，拿下这么大的单子难道没有奖励？鬼才相信。这件事情在毕德生高升到省分行后才传播出来，行里有多个版本的传言，虽然全部是指责毕德生的，但是并没有影响他的远大前途。也正因为这场酒仗意义重大，所以毕德生即使当面见了刘依萍也会刻意回避，况且他调入分行后，刘依萍也不可能有见他的机会和理由了。

刘依萍得到的报酬就是一肚子红白相间的酒水，此外还有满肚子的狐疑。

刘依萍认认真真地看了一次医生。这不是那场大酒喝出了毛病，那场酒她依然喝得畅快淋漓，而是她看到被称作"酒缸"的谭总都被她吓住后，于是高度怀疑自己可能有病。在刘依萍的眼里，与常人不一样的都是病。医生也认认真真地接待了她，听完她的病情自述后，医生确认她的确有"病"，但是是不用治的"病"，就是刘依萍身体内有两种解酒酶高于常人，而且肝肾奇好，工作效率很高，喝进去的酒迅速被分解代谢，并从她的汗脚排出。医生在病历本上认真地开了个处方：勤洗汗脚，谨防脚气。

从此刘依萍真把自己当成病人了，喝起酒来变得十分小心，而且看到那些将能喝酒作为录用条件之一的招聘广告时，她会愤愤地骂一句："图财害命！"

行里每年还有集体聚会活动，但是现在人太多，改成各部门自己聚会了。刘依萍最大的官职是当过办公室的工会小组长，即使她从这个职位上退下来了，她依然是"非组织"领导，聚会的事还是由她张罗。聚会怎么少得了酒元素？而酒的"工具"功能越放越大，所以喝酒出事的消息五花八门，层出不穷。而办公室始终酒风端正，从来没有发生过喝酒喝出的"绯闻"。这个功劳就得加封给刘依萍，因为酒喝多少她一人说了算，害得那些想多喝一口的人背后骂她是"酒霸！"

这一切并不是刘依萍怕得脚气，更不是拿根鸡毛当令箭，过把有权管事压人的瘾，而是医生告诉了她一个原理，喝酒对肝脏不好，即使像她这样解酒酶的数量多、活性高、有异于常人的人也尽量少喝为宜，因为喝的越多肝脏就要干更多的活，"劳累多了就衰老的快，对不对呀？小酌怡情，多饮伤身嘛。实在馋了，微醺就好，微醺就好。"医生把刘依萍当成"酒拉拉"劝告了一番。

刘依萍正式退休的日子很快来临了。送行宴是办公室集资的，但酒刘依萍非要自己亲自带。那天谢主任临时有事缠身，是最后一个赶到餐厅的。进门时刘依萍正在讲话："依萍快看，我的手不抖了，不抖了。"

一看主任到了，有人模仿刘依萍的样子，"主任快看，我的手不抖了，不抖了。"

主任莫名其妙，大家更加开心。上菜的工夫主任才搞清楚这与刘依萍前面讲的故事有关。

刘依萍说她"东亚，东亚"地真把宋亚东叫成病夫了，他最近右手时不时会颤抖，厉害的时候端杯水都能洒出来。前两年她发现大伯子拿东西时手也抖，但是是左手，她以为这是人老了的一种现象，所以并没有在意。

等宋亚东也抖开了，她感觉不对劲，一问都快走不动路的婆婆才知道，宋亚东的爷爷老的时候手也抖，宋亚东的父亲因过早离世，家里没人记得他的手抖不抖。

刘依萍判断这可能是家族性遗传，于是逼着宋亚东来到了医院。医生问诊时宋亚东的手正在不自觉地抖着，于是转身从后面的柜子里拿出一瓶白酒和一个小酒杯，让宋亚东连喝了两杯，然后就让他在一边休息。医生接着叫另一个病人进来，等这个病人还没看完，宋亚东就激动地喊出"手不抖了"的声音。

医生一言不发，在病历本上写了几个字：特发性震颤，家族遗传。

刘依萍拿着本子问："看完了？怎么治？"

医生头也不抬地回答道："没法治，不用治，抖得厉害了喝杯酒压压就行了。"

"这，这……"刘依萍不知道该说什么才好。

医生冷冰冰地又补充了一句："还想咋样？不是帕金森症就万幸了。你到别的医院去，给你检查一大堆，最后还是没法治。喝酒的方法还是我自己试出来的，你到别处还没人能给你开这个方子。"

刘依萍嘴里说着"谢谢，谢谢"，心里有所不甘，眼看下一个病人就在身后，于是又抢问了一句："那，病人的哥哥为什么是左手抖？这有什么说法吗？"

"左撇子！"医生没好气地大声说，"哪只手干活多了哪只手先残废！"

听到这里，有人竟伸开自己的双手，好像要看看自己的哪只手要残废。谢主任赶上了刘依萍故事的下半部分，尽管刘依萍在他眼里是个"麻烦分子"，但是她绘声绘色的演讲还是让人开心愉悦的。

只有罗建刚偏要打岔，"你老公究竟是干什么的？"

"开发软件的，现在都改成左手用鼠标啦。"

"那个抖音是不是你老公的抖手开发的？"

"哎，哎，哎，罗主任你是个科盲吗？抖音和声音没有一毛钱的关系，那是个制作音乐短视频的软件。"

"噢，我现在才明白你打听什么酒好的原因了，你是在给你老公找饮料呢。贼人呀，平时你不让我们喝，原来省下来留给你老公哩！"

罗建刚虽是领导，却是个没事爱找"是非"的领导，见缝不插针不是他的个性。办公室的活动有这两人在一起，想不热闹也难。不过刘依萍承认她正在给宋亚东买酒的事，她让他吃饭前喝两杯，拿筷子的手就不抖了。因为要经常喝一点，就要喝对身体危害少点的好酒，为此刘依萍展开了一场"规模大，时间长，方法细"的调查研究。

刘依萍将调查对象固定在新疆酒的范围，不是她喝不起名酒，而是这些酒的假冒品防不胜防，索性不沾也就没有风险了。现在该罗建刚揭刘依萍的老底了，"你说她研究到什么水平？人家前一天晚上喝的酒，第二天一进电梯，她不但能闻出酒味，而且还能说出人家喝的是什么品类的白酒。整个儿一个'酒拉拉'嘛！"

罗建刚实际是在标榜自己品酒的水平。刘依萍没找他之前，他就开始研究喝什么酒更有利于健康。中央八项规定执行后，没想到他成了最大的受益人，一方面接待任务减轻了，另一方面自己胡吃海喝的次数也减少了，这对身体当然大有好处。可是"吃惯的嘴，跑惯的腿"，一下子少了吃喝，着实还有点不大习惯，于是节假日只好自己小酌几杯解解馋。自己喝自己的就得讲究一点啦，总不能花自己的钱再把自己喝坏吧，这就是他研究喝酒的初心。

研究的结果如何呢？

"太复杂了，没人能搞清楚。"见有人向自己请教酒知识，而且还是被称为"一瓶"的刘依萍，罗建刚简直找到了知音，"白酒的味道主要是由白酒中存在的醇、酸、酯、醛等成分决定的，这几种物质在发酵和贮存过程中，经过氧化、还原、酯化与水解等化学反应，又相互转化，有的成分消失或增减，有的还产生新的成分。这就是白酒因度数、地域、年份、环境不同而产出千种万品的主要原因。没有这些成分的酒就不叫酒了，而是酒精。要命的是现代化学工业能够很容易合成这些东西，把人工合成的这些东西加到酒精里，就能勾兑出白酒来！本来天然酿造酒中的这些成分对身体有益还是有害还没人能说清楚，现在再添加些人工合成的，这不是和盲人瞎马一样危险吗？"

"有那么复杂吗？不喝不就啥事都没有了吗？"

"嘿嘿，没听说过？热酒伤肝，冷酒伤肺，不喝更麻烦，直接伤的是心呀。"罗建刚捂住自己的胸口，"酒拉拉"的习气一下暴露无遗。

罗建刚最后的解决方法是这样的，他了解到果类蒸馏酒中那些七七八八的东西很少，特别是葡萄蒸馏的酒。酒厂的工程师检测过，除了酒精外，葡萄蒸馏酒中的其他成分只有白酒中的十分之一。新疆是水果大省，盛产的优质葡萄更是蒸馏酒的最佳原料，新疆人为什么不喝新疆酒呢？本来一方水土就养一方人嘛。

"我告诉你，五十二度的西域烈焰是一款好酒。闻起来有葡萄酒那种浓郁的果香，喝到嘴里又有白酒的醇厚，层次丰富，回味起来有一种妙不可言的感觉。最关键的是喝多后，第二天身上没有酒臭味，我是亲自试过的。"

"哈哈哈哈，原来你们男人也能闻到那种臭味呀。你可说了句实话，前一天喝着有多香，第二天闻着就有多臭！"

菜已经上齐了，大家光听刘依萍和罗建刚讲故事，突然发现故事的"主角"还没有露脸。

"别急，我今天就是让大家来品尝品尝罗主任推荐的酒。除此之外嘛，我刘依萍被别人背后叫成'刘一瓶'也有些年头了，今天我就给咱自家人表演一下，喝个满瓶怎么样？"

"好！好！"

酒还没喝，摆了两张桌子的包厢已经气氛高涨，大家呼喊着给刘依萍打气。刘依萍让服务员把酒搬进来，大家盯着刘依萍从箱子里拿出酒来，一看又全都笑了起来，原来是一瓶125毫升小瓶装的西域烈焰，精致小巧得像一瓶化妆品。

呼啦一声，几个男人纷纷"我也来一瓶，我也来一瓶"地叫唤起来，刘依萍忙不迭地从箱子里掏酒。除了小瓶装的西域烈焰，还有375毫升小瓶装的栗特干红。这款酒是罗建刚推荐的葡萄酒，爱保健美容的女士也喊着："来一瓶！"

刘依萍一边给大家分发着白酒和红酒，嘴里还在念叨："不要把一辈子的活一下子都干完，不要把一辈的钱一次就挣完，不要把一辈的酒一年全喝光，留点余地退休后还能陪自己的先生、太太喝一点。"

谢主任第一个举起了瓶子，"来，为老刘光荣退休，也为'留一瓶'干杯！"

刘依萍也举起了瓶子，"其实，最终是什么也留不住的，留下的只是一些传说。还是为我这份要销毁的'老档案'干杯吧！"

真 黑 牡 丹

迄今为止，我所取得的一些重大成就基本都是靠谈判取得的。今天是我决定人生大事的时刻，我不但要把谈判技巧发挥到极致，更重要的是要把对手的意图彻底摸清，这样才有助于我做出最终的决定。

这次是我提出约见的请求，因此我得提前来到约定的地点。正值午饭时间，却不是蛋糕店生意红火的时分，我选了一个靠近窗户的位置，以便他出现在街头时就能看得见。谁知超出约定时间一刻钟时他才出现在我的视野，这可是最难熬的一刻钟，看到他急匆匆迈着大步向蛋糕房走来时，我的心暗暗地猛跳了几下。

"如果你比我先到，你等着；如果我比你先到，你等着！"我瞪圆了眼睛，用压低了的高八度音将第二个"你等着"从嗓子里逼出来，吓得他急忙从一个手提袋里掏出一件男式夹克递过来，"我怕你受凉，专门回宿舍给你取衣服，来晚了点是情有可原的。"我一把将衣服扯过来，恨恨地摔在了我这边的空座位上，"亏你还是个当兵的，哪来的那么多娇气！"然后我将点好的蛋糕往他那边一推，恶狠狠地命令道，"先吃再说！"

把甜食当午餐来吃似乎不是个好主意，但我要的是清静，顾不得在乎肚子的反应。我三口两口地将自己的那份小蛋糕扫完后，心情好了一点才开始正式打量还在一小口一小口地享用美味的剑。他现在已经公开对外宣扬我是他的女朋友了，我今天要谈判和落实的就是此事。

深秋的正阳还很明亮，有一丝光线甚至透过没有落尽的树叶挤进了窗口，斑驳的光点恰好又洒在了剑的脸庞上，那是怎样的景象呢？我可以分清他脸颊上每一根纤细的汗毛，这些绒绒的汗毛非但没有让那张白净的脸显得粗犷，反而将他的皮肤映衬得如丝绒般光洁，又有点羊脂白玉般的朦胧通透。一个男人怎么能长这样一副精致的面孔呢？他像米开朗基罗手下大理石雕塑的大卫，还是汉乐府民歌中罗敷"为人洁白皙"的夫君？

可我现在却把他看作蛋糕上的"奶油"，这正是我纠结的地方。第一次见到这张让人想"咬"一口的奶油脸时，我首先想到的是怎样把自己的脸藏起来，就像我小时候的那次经历一样。

那是我和父母一起路过文化巷的一家水果摊，他们经常在这家摊位上买东西，和那个饶舌的摊主奶奶很熟悉。她见父母一人一边牵着我的手，就慢言慢语地逗我："小闺女，你娘不黑，你爹也不黑，……"然后故意停顿下来，不怀好意地冲我笑，看我有什么反应。虽然我那时还没有上学，但我猜透了她话里的意思，于是用黑白分明的眼珠子上上下下地将她白了几眼，惹得老太太发出咯咯的笑声来。

水果奶奶说的是实话，我后来观察了一下，母亲家里没有长得黑的人，可父亲家里却比较乱套：爷爷是个"老黑"，奶奶却是个"大白"，生下的两个儿子是"小白"，可是两个女儿却变成了"小黑"。我一出生奶奶就说，侄女赛家姑喽。可我返祖返过分了，直接返到爷爷级的"老黑"了。

"喂喂喂，羊眼又在瞪什么？"剑老用我的属相来描述我看他的眼神，就是眼珠不动，直接盯住看他的"羊眼"，我从不承认他的说法，马上反驳说："你那马眼看什么都是马马虎虎的，我在看你后面的服务员。"其实剑的身后什么也没有，他也知道我在作假，也不会去做没用的验证，还不如直接切入正题。他故意拿起吃完蛋糕的小叉刀舔了舔，"说吧，有什么事，大中午约人出来。"

是呀，我约人出来干什么？我当然知道，可我不能直接说出来，否则就先把自己的底牌露了出来，"我，我是说你是搞情报的，你，你对我的信息了解多少？"剑在大学学的是计算机专业，研究生的专业方向是生物信息，用我学临床出身的专业眼光衡量，剑要挖掘的课题就是我们身体中的"情报"。

"就这点小事呀，也值得害人睡不成午觉。"剑嘟囔着，"那好吧，先问你一个消息，你是怎样被选上校花的？"

"校花？"我差点没跳起来，"这是哪来的消息？我怎么不知道？"

剑有点奇怪我的反应，于是很认真地说："书勇亲口告诉我的。你想瞒我，装谦虚呀！"

我用自己都发觉有点变酸的语气回答道："不就贬我是'黑牡丹'吗？"

剑却得意起来，"我的情报灵吧？连你自己都不知道的事儿我都清楚！"

于是他的话匣子打开了，都是关于我在大学期间的八卦旧闻，这些消息毫无疑问来自李书勇，他是我国防生的同学，又与我同时考上了现在大学的研究生，虽然大家的专业和导师不同，但他与剑住同一间宿舍，这两人即使不是朋友也至少算室友，八卦一下女生是再自然不过的事情。可是听了他们的一些话题，不仅让我脑洞大开，而且让我终于了解到，说我们女生逻辑思维不行的男生，他们的推理能力有时比女生还要奇葩。就以校花的事来说，剑以前向我打听过我们医学院的"选花"之事，被我立马"打住"了。对我们学医的来说，别说选美了，在校五年我连像样的文艺联欢会都没有遇到过。我这个校花是如何"被"选上的，直到今天才有人通知我！李书勇给剑描述我被选上的理由很充足，就是我连续两年都是学校的护旗手和"礼仪专业户"，如果长得不漂亮，怎么能担当这些风光的角色呢？这是什么逻辑！

2008年是不平凡的一年，那一年奥运会要在中国的首都北京举办，每个人心里似乎都充满了期待，这有力地支撑我挺过了高考前最难熬的那个学期。就在我鼓足劲儿冲刺时，不幸的事件发生了，一个叫汶川的地方发生了一场特大地震，数十万人瞬间失去了鲜活的生命。就是这次地震决定了我今后的人生方向。我看到在灾难发生时，最可爱的人是医生和解放军，我想做一名最最可爱的人，于是在报考志愿时，我填写的全部都是与军医有关的学校，谁知心想事成，我最终被北京的一家医学院录取为国防生。接下来是关于到校的事，因为下手晚了点，从乌鲁木齐到北京的火车票早早就售完了，父母和我商定乘飞机去，可是一查飞机票也紧张，平时打五折的票价，开学前后全部航班商量好了一样都调成了全价。乌鲁木齐离北京大约四千公里，飞机票价两千多元，他们发出了"哦哟"声，我知道这是惊叹票价高的声音，不容他们有所解释，我立即拿出了一个谈判方案，"要不这样吧，我自己去学校，省下的机票钱归我，我自由支配，行吗？"

"熊孩子，终于知道钱是好东西了？"爸爸乐不可支地同意了我的意见，妈妈还是不放心，在我反复劝说下，她也无奈地点了头，她知道我的翅膀已经硬朗了。该想到的都想到了，能准备的都准备了，第一次"单飞"似乎顺利得不得了，飞机按时起飞且提前降落，正午时分我按计划到达了学校。

我是选择提前一天到校的，原因是单人做"千里奔袭的演习"，又是到一个完全陌生的城市，不得不考虑多种突发情况，提前到达比较稳妥。

当我肩背手提着一堆行李找到女生宿舍楼时，宿管阿姨嘴里不停地埋怨："干吗提前到校？为什么家长不陪着来？"我后来慢慢习惯了"北京大妈"的做派，都是"刀子嘴豆腐心"，话语不可心，手下很贴心。这位阿姨边唠叨边帮我找了一间条件稍好点的临时宿舍，我高度紧张的心总算有点着落了。

时间太紧了，我马不停蹄地找超市，购买日常生活用品，否则就要不刷牙睡觉了。等将这些事情办妥天色已黑，我再看早已打开的手机还是没有信号，当时根本不知道出疆前先要提前开通漫游才能打电话的规则，于是又出去买了一张固定电话卡，在公用电话上拨出了家里的电话号码。还没等拨通的第一次"嘟"声响完，妈妈的"喂"字说了半个，就听到爸爸急切的问话声。第一个寒假回家后才知道当时父母联系不上我有多么着急，他们立即到移动营业厅给我的手机办理了漫游业务，但必须要等到第二天才能生效。在等待我电话的那几个小时，他们就像是热锅上的蚂蚁，当接到我的电话时，妈妈实际是泪流满面无法讲话，爸爸怕她哭出声音，急忙夺过电话掩盖了当时的情景。

我也是轻描淡写地说一切都很顺利，接下来的糟糕情况也是寒假回家时才告诉父母的。宿管阿姨直接把我安排到了上届毕业生腾空的楼层，我不知道该怎样描述楼道和宿舍内的乱象，简直就是个垃圾场。好在本小姐从第一天上学开始就一直是班上的劳动委员，因为只有这个班干部位置没人争抢，这个经历现在终于派上了用场，我眉头都没有皱一下就开始动手打扫宿舍。当一个窗明几净的新房间出现后，我又在楼道里找了几个比较干净的纸箱子,将它们撕开后铺到床上当褥子,再从皮箱里拿出一条毛巾被,这是听妈妈的话才塞进来的,没想到当晚的床单和被单都由它临时充当了。

第二天才是新生正式报到日,前一天不但紧张劳累,睡得也晚,醒来时太阳挂得老高,还以为是中午了,一看表才八点钟,这是我第一次体会到新疆和北京的时差。我飞快地跑到外面的小摊上吃了个鸡蛋灌饼,然后拿着录取通知书到操场上去报到。此时许多人已经捷足先登了,操场上堆堆伙伙地挤满了人,一看就是家人送学生的,有父母送的,有哥姐送的,夸张一点的还有爷爷奶奶、爸爸妈妈、哥哥姐姐三代一起来送的。大家说说笑笑、来来往往地办理各种登记手续,唯我孤单地站在队伍的末尾,内心不由生出一种凄凉之感,但是一想这是自己的选择,立马又打起精神,装出一副视而不见的神态,笑呵呵地傻看着这个热闹的场景。

"你就是穆兰?"我先在学院报到时老师这样问我。"你就是穆兰?"我在负责国防生报到的部队老师前又被这样问了一遍。当我狼狈地抱着从操场领来的一堆被褥枕头回到宿舍时,四人的宿舍已经又有两个人进驻了,她们一见面的第一句话依然是:"你就是穆兰?"我不禁问道:"你们怎么知道我的名字?""老师说的。你真的是一个人从新疆来的?"我一下明白了,我一个人来学校成了新闻了,但我不知道该怎样回答她们的提问,只好反问道:"好不容易能单飞了,你们还想让老爸老妈再盯梢一次?"此话一出立刻引起了热烈的回响,那个叫孔芳芳的说是家里人不放心,叫李月的则说是家里人借口利用这个机会到北京旅游一趟,总之她们很羡慕我能够独自乘飞机来上学。

当晚我们四个室友全部到齐,大家兴奋地相互介绍,交流考试报考录取的经过,说着说着我就睡着了。这一夜是我睡得最舒服的一夜,前一晚睡了一次硬纸壳的床,再睡铺了褥子的床,躺在上面的感觉似乎像在云间漂浮,真的是"神马都变成了浮云"。

有一次在解剖室上课,上到一半时,老师说要让大家看一看真实的教学人体,同学们还想着要从什么地方运一具过来,可是老师直接就将我们刚才还伏在上面的几张课桌的桌面打开了,然后摇动一个把手,有几具弥散着刺鼻的福尔马林味儿的标本缓缓升出。当时的场面可想而知,有的女生当场就吓哭了。要知道我们之前是问过老师的，他们众口一词、信誓旦旦地保证说，见真正的人体标本要等到大二以后，谁知这根本就是骗人的鬼话，我们这些菜鸟才入学几天呀。

当晚大家捂住被子蒙住脸，然后还不让关灯，嘴里喊着不许说白天见到的标本，可是又都管不着自己的嘴，互相哆哆嗦嗦地讲述自己的所见，越说越怕，越怕越说，可是说着说着，其他三人发现我居然酣然入睡了！

其实我第一眼见到标本时看到的是脸部，当时估计我的血压都没了，差点晕厥过去。可回到宿舍一躺在床上，我立刻忘记了解剖室发生的一切，别人需要一整晚都合不上眼来处理的恐惧，我只要躺在床上分分秒秒就能搞定。这当然也是要付出的代价的，我获得了一个"没心没肺，吃了就睡"的"睡美人"称号。

医学院的老师自有他们独特的教学方法，从那次事件之后，接下来再进行人体解剖的实际操作时几乎没有人不敢动手。可是这些老师在管理学生的手法上显得"真懒"，自打开学起我的额外任务就没有下过线，开学典礼时我是站在台上的礼仪小姐，升旗仪式上我是护旗手，然后欢迎上级领导参观视察时，我又被选为献花的献花女，好像再没有其他合适的人选了。这些活动还不算多，国防生是部队委托地方学校培养的，部队和学校还有一些七七八八的交往，为了彰显隆重和重视，每次活动都有一些仪式，而我每次都是不同仪式上的"礼仪专业户"。结果当然是引起了女生的"羡慕嫉妒恨"，我的肤色自然成为首先被攻击的对象，"嘿，她真黑！那么黑还那么火！""哟，还真有'黑牡丹'一说呀！"所以如果真有李书勇他们所说的校花一事，我当初在女生中的花名应该是"真黑牡丹"，我给剑只能用简化的"黑牡丹"来形容我可能有的这个称号。

不管别人怎么说，我只管充分享受一下从没经历过的虚荣，反正这些好事只有新生才有机会。可是第二学年一开学，我又被连续通知充当"礼仪专业户"，这不符合常规，我不得不谦虚地找班主任推脱一下，说我还要参加国庆节的游行队列，可老师说游行的事假期集中训练过了，再过半月才开始最后阶段的集训，这段时间我必须要做好开学的礼仪工作。老师说这可是校领导直接点名要我当的，学校现在要培养不但医术过硬，还要自立性强，品格精神健全的学生，我独自到学校报到的事情成了"非典型"案例，至今鲜有新生是自己来学校的，因此我就被校领导记住了。最让我开心的是老师表扬我在礼仪活动中笑得很好看，我心里其实很想说，我就要笑得高兴，谁让他们说我黑来着。

还有一个秘密是不能告诉剑的，这是我们家的故事，就是饭菜中只要有鱼，大家就会说："把鱼刺留下来噢。"这个"典故"源于我小时候的一段经历。

据说是发生在我刚学会吃饭时，有鱼的时候奶奶就把肉剥下来喂我吃，可我总是摇摇头不肯张嘴，然后用手指着鱼刺"呀呀"乱喊。这可不是开玩笑的事情，谁敢给一个幼儿吃鱼刺？等我能说出完整的话来，大家才明白了我的意思，"我要吃带刺的鱼！"

我为什么会有这种奇怪的想法？谜底是父亲费了很大的劲儿才解开的。原来爷爷是淮河边上长大的，特别爱吃小鱼小虾，而且吃鱼时超级利索，奶奶总是不厌其烦地唠叨他："你看你看，爷爷吃鱼好像不吐刺，卡住了怎么办？"但从没见爷爷被鱼刺卡过一次，其实他是吐刺的，只是动作太快，没人注意到罢了。可能我注意到了，并且认为这是一件很好玩的事，奶奶数落爷爷的话又听起来像是表扬语，所以就发出了"吃带刺的鱼"的声音。

全家人认可了父亲的发现，爷爷高兴地说了句："熊孩儿！"算是对我的表扬。我是不是听懂了"熊孩子"的意思没人知道，我自己也忘了，我只记得我们住的地方是平房，冬天要烧炉子，那个时段奶奶最重要的工作就是时刻要防住我乱跑,这也算是爷爷的遗传。爷爷原来在工厂做修理工，我出生时他刚好退休，勤快了一辈子难以停手，就在离家附近的马路边开了个修自行车的小摊，奶奶没事就抱我到那儿转一圈。我学会走路后每天拿个烧火用的火钩子，东捣捣西戳戳，嘴里还要不停地念叨着"修修，修修。"

这些"尿尿和泥巴"的往事人人难免，更没人把它当回事儿，可在我那个"狗爹"父亲的眼里，这些事成了他"整"我的理论依据，我上他的当可不少呢。我还没上小学时，他调到乌鲁木齐的大银行工作，我们一家三口从哈密举家迁到了首府，开始几年租住在一个单位的招待所里，这家招待所因为破旧招不来顾客，索性搞成了出租房，租住户不仅相互不认识，更重要的是没有能和我玩的小朋友。上学前我可以在幼儿园待着，上学后我就不老实了，一到假期就闹着要回爷爷奶奶家，可是父母工作太忙，谁送我回哈密就成了问题。有天晚上父亲拿回了一张报纸给我们念，说现在民航开通了一项新业务，就是可以"托运"小孩，即不需要大人的陪护，由空乘人员负责直接将低龄小孩从甲地交给乙地的亲友。他"啧啧"地不断称赞敢这样做的小朋友是小英雄，惹得我当即要求自己坐火车回哈密，而他居然真的将我一个人送上了火车。

当姑姑将我接上送到爷爷家时，他们并不知道我要来的消息，父亲怕他们担心，只通知姑姑千万要去火车上接我。奶奶知道真相后，大骂父亲和母亲是"狗爹狗娘"，我听了后高兴地直拍巴掌。因为前段时间我一直闹着要养只小狗，可他们嫌养宠物不卫生，不同意我的这个要求，这下子他们自己成"狗爹狗娘"了，该不会反对我的提议了吧？我回家后用奶奶骂他们的话做谈判筹码，终于争取到从同学家领养了一只小狗，大名叫"小泉纯一郎"，小名就叫"一郎"。一郎非常聪明，但是也非常调皮，没过两年被我带出去玩时弄丢了，我又花了一年时间去找它，终究是没有找到，然后才将这件事情彻底忘掉。

姑姑接到我时就问我，怎样在火车上度过了十个小时，我告诉她我不敢睡觉，也不敢吃别人给我的东西和饮料，生怕列车员不见了，父亲把我送上车后就是跟列车员交接的。乌鲁木齐距哈密有五百多公里的里程，超过了内地人的一千里地的概念。我们新疆人一直使用公制的公里、公斤，到了北京我才知道内地人说话是要打半折的，一斤是我们的半公斤，一里是我们的半公里，这样说来我在七八岁的时候就经历过了"千里走单骑"。

最近上我那"狗爹"的大当，就是我又一次"千里走单骑"，远程奔赴北京城的事。那些天他看完新闻联播后就要发些感慨，"唉，现在的孩子真可怜，整日里被父母拴在腰间，要放单飞了还不松手。"他说的就是大人送孩子到学校报到的事，每年八月底就陆续有新生报到，有些好心的高校开放室内体育馆供送学生的家长临时住宿，因此成为新闻报道的话题。"我们那时候都是自己一个人扛个大行李到学校，有坐汽车的，有坐火车的，还有坐飞机来的，羡慕死大家了，从南疆到乌鲁木齐乘汽车差不多要一周时间，飞机才要两个小时！有些同学别说飞机了，连火车都没有见过，哈密的学生有火车坐就牛皮的不得了。"他说这话的时候，似乎一个人去上学是一件很有趣的事情。我现在不是几岁的小孩子，不会一听他的话就相信，但我仔细想了一下，觉得一个人去报到也是一种难得的经历，加上绝大多数的新生都有家长陪送，单独一个人去学校也能显示自己的特立独行，所以一听到父母嫌机票太贵，我顺势就拿出了自己的谈判方案，结果也当然如我所愿。而到了学校所带来的后果又出乎我的意料，且，这个后果将会影响我一生的形象。校花呀，这是我才从剑的口中得来的信息。

"算了算了，你就不能问点别的什么？"我耍赖不再回答剑的追问。他明知道我是想问他什么，可偏要继续打岔，"那你讲一讲你是如何当上班长、大排头、优秀学员的。"剑一下子报出了我们研究生开学军训时，我所拥有的所有头衔。

我又把自己坑了进去，这几个问题也不是全部能上台面的。先说班长吧，这个比较简单，当教官问谁参加过正规的队列训练时，举手的人还真不少，但一路追问下来，算我"级别"最高，走过天安门广场，接受过国家领导人的检阅。我不知道教官是天生看我不顺眼，还是天生看我很顺眼，总之他从上到下地又审视我几遍，最后指定我做了班长。其实我是想要这个位子的。

在这之前是第一次集合，一群女生叽叽喳喳、推推搡搡地凑了几排，然后是研究生部的领导介绍女生班的教官，一个"小白脸"军人。别看他脸白，可眼睛却像鹰一样尖锐，他扫了一扫歪七扭八的队伍，马上指着我说："你，做全班的大排头。"我一听头就大了，"凭什么是我？"我知道"大排头"的作用，就是做全体队伍标杆的排头兵。你能想象大排头的"威风"，除了队伍解散时是最后离开的人，其余的第一都非她莫属。一旦成了大排头，自由散漫和嘻嘻哈哈就别想了，可这是我们女生的喜好，凭什么我要牺牲这些最爱呢？

"小白脸"盯着我的脸看了几秒钟，堆起坏坏的笑容说："你天生就是个大排头。"

反应快的女生开始"吃吃"笑了，大家知道这是在说我那张深色的脸，它的确适合做出类拔萃的"信号灯"。我已经是过来人了，知道这个时候该怎样应付，"承蒙教官慧眼识珠，本小姐一定不负这个崇高职务。"我回敬了"小白脸"的挑衅，惹得大家"哈哈"大笑。

下面的事情就不好给剑讲了，毕竟有些"少年不宜"的内容。

指定了大排头和班长之后，我一切行动听教官指挥，抬头挺胸，快速反应，左右看齐，松散的队伍马上有模有样。"小白脸"有点得意，进一步端起了架子，开始宣布训练纪律，当讲到请假规则时，他拿腔拿调地说："对于你们女生嘛，当然有一个特殊的优待，例假期可以随时请假。"讲完此话，"小白脸"似乎有什么不甘心，又加了一句，"也可以不请假，但是，"他不怀好意地提高了嗓音，"到目前为止，我带过三个女生班，还没有遇到过不行使这项特权的女生！"

这不是对我们女生的藐视吗？我想都没想就回应了一句："如果这次你遇上了这样的女生怎么办？"

"嘿，我不信你们这些小姐不怕三伏的太阳！如果这次你们没人请这个假，我愿在中午的太阳地里罚站两个小时！"

"说话算话？"

"军人的话如同军令状，一言为定！"

国防生毕业后可以直接报考研究生，但必须是先参军，然后再到军队所属院校深造。而直接从军队院校毕业的军校生，则必须先下基层锻炼两年后，并得到所在部队的同意和层层审批，才能再次报考研究生。本科毕业后我考上了华北的一所军医学校，这所军校还招收非军人研究生，所有的研究生由研究生大队管理。我们这届新入学的硕士和博士研究生有十个班，女生占了十分之一，军训时集中成立了一个班，有三分之一的非军人地方生，其余都是应届国防生，没有从基层考上的现役军人。

晚上，我召集两个宿舍的女生集中开了个"私会"，几个国防生争相发言，大家不是单纯要让"小白脸"付出代价，而是觉得毕业接着读研是很幸运的事，军训这点苦算不得什么。国防生在本科阶段的寒暑假有几次到基层体验的经历，我曾经到坦克部队生活了一个月，那里到处都是坦克里的油气味、火药味，还有汗味，连队将连长和指导员的宿舍腾出来让女生住，这是条件最好的地方了，可连这些地方似乎也充斥着这些味道。地方生听了当兵的艰苦，也纷纷表示要和我们一起咬牙度过这半个月的训练。

但给"小白脸"的课绝对不能落下。比如在队列训练时，教官的口令明明是"向右转"，可是整个队伍却齐刷刷地转向了左边，然后大家众口一词地说，教官的口令的确是"向左转"。这种小把戏不能胡来常用，可仅仅那么一两次，就让"小白脸"知道了我们的厉害。

捣乱归捣乱，到了"真刀实枪"的阶段，"小姐班"绝不是吃素的。训练考核结果像女生的形象一样靓丽，队列行走第三名，蒙眼组装枪械第二名，更让男生班大跌眼镜的是，实弹射击女生班平均成绩名列第一！

"小白脸"早把我们的恶作剧丢到了脑后，脸上笑成了一朵花，军人嘛，就是讲战果。可是瞬间他脸上的花又变成了大苦瓜，我大声报告道："今日我班迟到人数为零，请假人数为零。整个训练期间我班迟到人数累计二人次，请假人数累计为零。报告完毕，请教官指示！"

这是算账的口令，"小白脸"午饭后立刻自觉地站在了灼热的太阳下接受暴晒——那可是华北桑拿天的艳阳呀！军人嘛，言必行，行必果。谁知女生生来就是"小女人"，还没有看到"小白脸"晒不黑的脸怎样流汗，马上有人就拿来了毛巾，递来了矿泉水，就像这段时间有人痛经时，大家把自己预备用的红糖、姜茶全部贡献出来了一样。

接下来就是老一套的评优评先，做人要公平，我利用大家的力量报了"小白脸"说我黑的仇，就不能再争功争名了。可是大家全力推荐我当先进学员，"小白脸"早把我报仇的事忘到了脚后跟，不顾我的强烈抗议，亲自将先进名单交给了研究生大队。

总结与表彰大会上，我是第一个走到主席台上，又充当了先进学员领奖队伍的大排头。紧接着的先进名单就是剑，当他笑着冲我走来时，我下意识地躲闪了一下，像是一个逃离的动作，台下，甚至是台上的领导随即发出了哄笑声，原因不用说了，当然是两张对比鲜明的脸面。我心里直嘀咕，这次军训触犯了何方神圣，这些"小白脸"怎尽和我过不去。我还感到奇怪的是，参加今年军训的硕士和博士研究生有四百号人，虽然只有半个月的时间，大家在一个操场训练，在一个食堂吃饭，多少会有一两次偶遇的机会，不知什么原因我就是对剑没有一点印象，但是剑却说他几次和我照面我都没理他，也许我将那张好像根本没有经过桑拿天暴晒的"小白脸"也当成教官了。

从那之后我们互加了微信开始了交往。事后我还了解到，剑在他们班的绰号是"白蜜欧"，他们随后给我取了个新名叫"朱古力"。剑不喜欢这类低级的玩笑，可是心里又有其他的想法，回到学校后不久，把自己的微信名改成了"木兰·剑"，我去信回复：马眼看走眼，黑白不分。可剑并不在乎什么脸黑脸白的，没过多久就向我表示了谈恋爱的意思。

剑似乎感觉到我今天说话有点吞吞吐吐，他不再追问下去，而是从刚才带衣服的手提袋里变戏法似的拿出了一个方形饭盒，打开一看里面装满了小酱肉包。我迫不及待地下手就把一个包子放进了自己的嘴里，包子还保持着温热，剑又叫了两杯热红茶，刚才空腹吃甜食的不舒适感立刻变成心满意足。剑就是这样的一个人，你不知道他想什么，但他却好像早已洞察你的内心，这正是我喜欢他的地方，也正是我担心他的地方。我不止一次地追问他，究竟喜欢我什么，他总是用"你不是个小女人"来搪塞，这让我更不放心。这就像我嘴上说瞧不上小女人，可我心里其实是渴望当个小鸟依人的女生的，可我说话做事却又很"man"，没有一点小女人的样子，就这么矛盾。

"调查问卷继续进行。"见我将丢在一旁的夹克衫披在了身上，剑笑嘻嘻地开始主动发问了，"讲一讲你是如何熬到现在还没有挨费教授的骂？"

哈哈，不用说，这条消息肯定还是李书勇八卦出来的。他和我在一个实验室，但不是同一个导师，我的导师是费教授，是整个实验室的"大boss"，行政职务是实验室主任。这些都是"小 case"，最重要的是他肩上扛着一颗星，是学校个位数的少将之一。

关于教授的学问、地位在网上都能查得到，不然我不会投到他的门下。部队院校招收研究生在录取前是不允许师生见面的，我见到教授时是在面试的第二关，即实验室的面试。教授召集了几个"小老板"，就是实验室的小组负责人，和几个快毕业的博士生，一同对我们几个新生的英语阅读翻译进行当场测试。轮到我进场时，我已经向前面的考生打听出教授大概的位置，我一进去就将目光对准了他，然后直接向他打招呼说："嗨，费教授好，好久不见了。"教授回答说："我不认识你，你怎么这样说话。"我一点也不胆怯，"你不认识我，我可认识你呀，报名前我可是每天都要把你的网上照片研究几遍。"我和教授的对话当然是用英语进行的，网上的资料显示，教授年轻时曾在英国一家大学的研究机构进修过两年，我从小学时就喜欢英语，讲几句口语不成问题。我和教授的对话不免让考场活跃起来，后面的阅读翻译我答得也很准确，教授高兴地说："黑丫头，有两下子，我收你了。""丫头"是西北人对女孩子的称呼，我猜教授的孩子也是个"丫头"。

我虽然将教授的材料研究了 N 遍，偏偏漏掉了最重要的一项，就是性格。这不能怪我，网上是不提供这方面的资料的。学校给研究生安排的课程是一边学习理论，一边到实验室实践，半年后就跟着导师做课题。我初到实验室听到的并不是关于教授学术上的消息，几乎全部都是最近谁又挨教授的骂了。学校的干细胞实验室是教授创建的，没有谁的资格比他老，三十年下来他少说也带了二十几拨的学生，据说没有一个能逃脱他的臭骂。师哥师姐警告我说，教授开始都会表扬新生几句，先让你美得上天，然后逮住机会再骂你个狗血喷头，所以千万不要被他一时的和蔼所迷惑。

师哥师姐说的没错，几个月下来新生没挨骂的就剩我了，于是整个实验室开始打赌预测我什么时候挨骂。我开始重视教授骂人的事情，我在想，堂堂的一个教授为什么喜欢骂人？大家为什么对教授骂人的事情这么感兴趣？

我分析了教授骂人的案例，几乎全部与学术和实验有关。比如李书勇是因为细胞培养皿清洗灭菌不合格挨了一通骂，一位师姐购买的细胞培养液牌子不对也挨了一通骂。开始时我觉得教授有点小题大做，但是仔细再想，教授骂得有道理。做细胞实验，细胞是基础，如果培养皿不干净，细胞在生长中受到了污染，那么所有的实验就全部完蛋。挨骂的师姐是个老手了，她在验证一个其他实验室做过的复杂实验，整个方案无懈可击，实验室的其他老师已经看过了好几遍，可是到了教授的手上，硬是被发现了一个破绽。教授说得对，不同厂家生产的培养液对实验结果有时就是有影响，理论上说不通，可是实际效果就是如此，大家不得不佩服教授的经验和细心。

教授的骂内涵太丰富了，怪不得大家津津乐道，甚至到了有点"变态"的地步。我不太喜欢这样，干吗非要挨骂才长记性和进步呢？我想吃一吃这条"带刺的鱼"，就是不要摊上教授的骂。

如果不骂人，教授还是个很可爱的"小老头"，他常说："不怕你不懂，就怕你不问。"我就抓住这句话，吃不准的问题就向他多请教，心想这不就可以少做错事了吗？谁知常在河边走，哪有不湿鞋的，这次是我自己找上门"讨骂"的。

那天是讨论一位师兄的博士毕业论文，教授对这篇论文期望很高，希望能投到一篇高分值的期刊上发表，因为前期实验做得充分，数据很靠谱，大家高度认真，所以很快就获得了通过。当主持人例行问谁还有问题时，大家说这篇论文在国际著名期刊发表的可能性很大，基本都是祝贺的话语，就在这时，我不知哪条神经搭错了，突然地冒出了一句话："有一处资料引用的不全面。"我声音很小，像是自言自语，但大部分人是听到了。

天呀，那是什么场合！参加会议的不是前辈就是师哥师姐，我们几个新生是被临时叫来旁听的，意思是让我们熟悉一下学术氛围，这个课题对于我们来说听都听不懂，竟然敢提出问题。大家相互望了一下，无人应答我的话语，意思是当我在说梦话，或者是在开玩笑吧，都是高知分子，大家很默契地打算用不予理睬的方式化解这种节外生枝。谁知教授却认真起来，"停一停，大家让穆兰讲一讲，哪个数据引用得不全面。"

教授的语气很严肃，我估摸着这就是教授骂人的前奏，会场瞬间安静得能听到蚊子的飞行声。这次不像上次面试，我还没有做好挨骂的准备，脑子出现了一片空白，"我是说，我是说，说……"

"大点声！"听到我的蚊子声，教授更加严厉起来。

大点声就大点声，我一下被教授震醒了，不就是挨顿骂吗？我又不是第一个，更不是最后一个，即使被骂也要体现出被骂的价值来。我立刻大声地回应道："是！论文第3页中第7行，有关T细胞在免疫耐受中的作用，最近又有了新发现，这里没有提到这个新发现。"

关于不同类型的T细胞在器官移植免疫耐受中的作用，是我在向阳医院实习时接触到的课题。那是毕业前的最后一次实习，学校要求我们要参加医院的科研活动，大多数同学都选了与临床有关的项目，我和芳芳准备考研，害怕参加科研活动过多地占用复习功课的时间，我俩想当然地认为基础研究的项目可能只需要帮老师查查文献，打一打论文就行了，于是就选择了一位叫辛天医生领导的小组，他们研究的课题属于基础研究，涉及的就是关于 T 细胞的免疫机能。

辛老师是向阳从法国招聘来的海归，目前是医院肝脏移植和细胞治疗方面的招牌专家。辛老师为人刻板，但大家都能感受到他处处为学生着想的好意。他知道我们不想过多地参加小组实验，但还是耐心地给我们讲解这个项目的意义。反倒是他帮我们下载了大量的相关论文，然后指导我们写了一篇关于 T 细胞免疫机能的综述，登载在国内一家期刊上。芳芳实在想不通，有一次她直接就问辛老师："您为什么对我们这么好？"辛老师想了好一会儿，"没有人问过我这个问题，我也没有研究过，我现在能想起的就是，我的老师以前就是这样对待学生的，我也只能这样。"芳芳还是觉得不踏实，继续追问道："那，我们怎样才能回报您对我们的帮助？"辛老师马上回答说："你以后当老师了，也这样对待学生就行了。"

我和芳芳要结束实习时，辛老师特意叫了几个年轻医生给我们送行，为了照顾我们两个女生，他又从办公室带了两瓶法国进口的葡萄酒。喝酒前询问我们以前是否喝过酒，我们摇头否定后，他认真地嘱咐说："一定量的酒精进入血液后，会有心跳加速，血压升高的现象，此时就要停止饮用。"我是说了假话的，芳芳显然也是为了女生的面子才做摇头状的，后来的进程证明还没有等到心跳加速和血压升高，两瓶酒就见了底，倒是辛老师一开始就不断地自己给自己号脉，惹得大家捂嘴偷笑。

辛老师解释他在临床工作很忙的情况下从事基础科研的原因时说，基础研究的突破能够拯救无数的病人。他的观点深深地影响了我，研究生阶段我选择了基础研究方向，芳芳也放弃了她最向往的妇产科，转而报考了辛老师的研究生。前段时间与芳芳通电话时，她说辛老师的小组在 T 细胞免疫机能方面有新的发现，论文很快就会发表，文章的署名里将她也挂上了。没想这段经历和这条消息此时此地派上了用场。

费教授是多认真的人，他立刻让我打电话查明辛老师论文的期刊名称，然后立即检索查询，阿弥陀佛，上天保佑，这篇论文刚刚在最新的一期上刊登出来，我终于逃过了挨骂的一劫！

"穆兰提供的信息不影响论文的整体结论，但是，这条信息补充到论文里，提高了论文的质量和水平，也体现了我们实验室一贯严谨的科研作风。"费教授的结论一出，会场气氛立刻轻松了下来，大家向我投来赞许的笑脸。会议结束时刚好到了午餐时间，教授直接叫我跟他去教授餐厅吃饭。

我稀里糊涂地就随教授上了二楼自助餐厅，教授刷了二次自己的就餐卡，我发现第二次的金额显示的是第一次的双倍。满餐厅几乎都是"老头老太"，就我一个小姑娘。我和教授坐好后，周围的人开始打趣了，问教授我是谁，教授说"这是我的二丫头"，大家都笑教授老想要第二个女孩，我也跟着傻笑。吃完饭回到实验室有人才告诉我，跟教授到二楼就餐是很高的荣誉，尽管教授每年都会请大家聚餐，但很少带人去那个餐厅，因为那里毕竟是给教授们专门设置的地方。

我并不满足跟教授吃了顿饭，找了个机会我向他抱怨说，二楼餐厅的饭一点都不好吃，菜和饭都煮得太烂，肉和油也没有我们学员餐厅的多，而且带个人还要多付一倍的饭钱。教授急了，"你这个不识好歹的黑丫头，你以为我是带你去吃饭，我是带你去见见那些大教授，为你毕业留院早打基础。"我才不买他的账，"那有什么好处？所有的学生都让您给骂过来了，我才不愿留下来呢。"教授中计了，"你说什么？我骂谁了？我骂过你吗？"我继续激将，"您可不能骂我，我现在是唯一没挨骂的学生了，你要骂了我，1 就会变成 0 了。"教授要发火了，"你这个黑丫头，竟敢要挟我，看我抓住机会怎么教训你。"他已经开始回避"骂"这个字了。

我吃饱穿暖后心情特好，于是口若悬河、添油加醋、绘声绘色地把这个故事讲了一遍，这次让剑听得比较过瘾，他竖起大拇指夸我说："你真黑！"

"什么？你敢说我黑？"见我扬起了眉毛，他又忙不迭地摆手求饶，"我是说你的手腕真黑，不，不，不，是你说服教授的手段真黑，不，不，不，是真高明。"

"哎，你这么聪明的丫头，干吗在微信里称自己'狗熊'呢？"剑不解地问。我说："真笨！狗爹狗娘的熊孩子简称叫什么？"这个回答让剑整个人都晕了。我自己也被他问来问去的问晕了，忘记了我今天约他出来的真正目的，但是，时间来不及了，我下午还有实验要做，我可不想让费老头抓住任何骂人的机会，我们只能又匆忙道别。

晚上，剑的微信响了，他的昵称从"木兰·剑"改成了"穆兰剑"，我将自己原来只有一头黑熊的微信头像，改成一黑一白趴在地上的两只熊，然后把昵称改为"俩熊孩"，用飞奔的骏马动画传了过去，算是结束了今天这场漫长的谈判。

锦 绣 年 华

说到温度我得八卦几句。每当天气预报播放高温酷暑预警时，新疆多少会有几片红色出现在屏幕上。没在新疆生活过的人总认为那里也处在"水深火热"之中，只有新疆人知道这种"红色"只是一种象征，与真实的体验和感受相差十万八千里呢。

人体对热的感受除了由温度决定外，还有一个湿度。新疆远离海洋，气候干燥，酷暑时温度越高湿度越低，人的身体很容易通过出汗排出体内的多余热量，因此不会产生热得难受的感觉。如果天一下雨，湿度上来了不是？可是新疆的戈壁滩不能储存白天太阳照射的热量，昼夜温差大，等雨水提高了湿度时，温度立刻又降了下来，所以根本难以形成又潮又热、又湿又闷的桑拿天。

今年京城酷热难耐的日子特别长，又加上出了个"长春长生疫苗事件"，所以我无法忍受这个"长"字，逃离般地从京城回到了首府。刚下飞机打开手机，柳莺的微信就响了起来，我懒得再回复，直接到停车场找到了她。

"我交代的事考虑得怎样啦？"柳莺见面就来了这么一句话。

"你也得让我喘口气！两三年不见，见面先问别人的事！"我恨恨地把箱包摔进后备厢，实际上我在飞机上睡了一路。

柳莺马上嬉皮笑脸起来，"哟哟哟，我的大小姐，不是微信天天见吗？马上要当丈母娘了，还耍小孩子脾气呀。来来来，让我这个奶奶抱抱你。"

即便没有柳莺的拥抱，乌鲁木齐微热干爽的气温也会让人身心舒适。飞机上预报中午的地面温度是 30℃，这个温度感觉像京城的初秋，其实在整个新疆，夏天只要不上35℃，就不会有暑燥的感觉。可是乌鲁木齐人很矫情，"这两天热死人了，一到周末人都往山上挤。"柳莺知道我是靠谱的人，所以不再提要办的事，而是转到天气上来了，我这才发现车子行驶在一条新路上。

"我好像没走过这条路呀？"

"这是专门为冬运会修的高速路，从地窝堡机场直达南山，我早上已经把刘琼和淑娟送上去等着啦，你姐那儿也打过电话了。"

看样子柳莺一辈子都难改变了，我们小时候搭伴玩游戏她就这样，急性子，自作主张，遇事动了嘴、动了手后再动脑子。碰到这么个"热情的好心人"还能说什么呢？反正爹妈不在家就散了，我姐也当奶奶忙孙子，弟妹的事也没有以前那么上心了，先见后见不再迫切，就由着柳莺摆布吧。

路上看见新修的运动场馆，柳莺给我介绍说，"都是国际标准的设施。南山早晚会成为滑雪、冰上运动的胜地，当地百姓吃着玩着就能把钱挣了。怎么样？回来开个度假村？舍不得你的'京窝窝'？"

见我东张西望地只顾看景，柳莺又说："今年雨水少，草和树不绿，等办完了事，我带你到山里新开发的天山大峡谷去看看。"

说话间就来到了水西沟一片疑似农家乐的区域，在其中一家独栋建筑前停车后，进入院内一眼就看到刘琼、淑娟两人在一张桌子前喝茶，彼此一见立刻跳起来相互拉手拥抱。

我们之间的关系是这样的，她们三人是中专的同班同学，我丈夫曾存和刘琼的丈夫董志杰又和这三人是同班同学。我和柳莺不但是发小，而且曾存是她介绍给我的，后来我到银行工作也是她给我办的，现在我俩又在同一家银行工作，我和刘琼在京城又成了同事，只是她一年前退了休。

柳莺给我讲过财经学校79（1）班"三棵柳"的故事。学校一考试，刘淑娟稳稳是班里第一名，刘琼和柳莺不相上下，第二第三轮着来。男生开始还不服气，比赛进行了一学年，"三棵柳"还排在前面，气的他们编了个顺口溜，"再热热不过三伏天，再考考不过刘淑娟。"而且"三柳"各具风流，刘琼长得漂亮，柳莺性格活跃，刘淑娟温柔沉静，班里同学都认她为"知心大姐"。

"男生中嘛，曾存有才爱写还说得过去，可那个不显山不露水的老董拔地而起就让人想不到了。"柳莺嘴里的老董就是老成稳重的董志杰。毕业分配时，这五个人留在了首府，刘淑娟当了商业系统的会计，董志杰到了市里的财政局，其余三人则进了银行系统。以当初的眼光衡量，刘淑娟的去向最好，为什么？因为那时的企业地位高，福利奖金都比政府和银行好。谁知没过几年，商业关门工厂倒闭，下岗失业成了家常便饭，此时以前由财政系统拨款的技术改造资金转手给银行变成了信贷资金，金融一下子强壮起来，财大气粗，钱多权大，随之就是招兵买马扩地盘。就在那个时候，柳莺托人把我从濒临破产的纺织厂调入了银行。当时得有多大的能量才能办成这件事呀，可是柳莺就这样给办成了。

曾存那个时候干什么去了？吓，他除了会写文章还是写文章，一点力都出不上。可是啥人有啥福，有时候最没用的东西反倒最有用。中国是世界上最讲文化的国家，不论是国家、家庭，还是各类组织，发达后的第一件事是大兴土木，接着会做的一定是大兴文化，其中的道理不必再说，知识分子聚集之地的金融业更不例外。总行盖完了大楼，为填充门面又创办了一个银行文化杂志社，曾存走了狗屎运，第一个调入京城当了编辑。我那时其实还是个没有转正的储蓄代办员，随曾存进京后，夫贵妻荣，不但转正了，而且当上了管纺织行业的信贷员。这阵势引来柳莺更多的话："我就说曾存那个闷葫芦早晚成大事，姐不会坑你的。"一会儿又说，"早知道曾存有这么大的能量，我凭什么帮他老婆的忙，让我四处落人情？现在夫妻双双逛京城，我这个红娘谁理会呀？"

接着是董志杰开始发力。在这之前他就做了件让全班师生都跌眼镜的大事，他不知道用什么手段把"班花"（当时不时兴这种叫法）刘琼给追到了手。刘琼不但是首府人，父亲还是一位老革命。两人成亲时还流行闹洞房，男同学借机把老董一顿好打。可能是他被"打发"了，此后一骑绝尘，副局长、局长、处长、副厅长，平均两三年就上一个台阶，不到四十岁的年龄，已经做到了厅长的位子。好运并没有到此为止，没几年老董也进了京城。但他和曾存不同，曾存是昙花一现，在编辑的位子上一站到底，老董却是芝麻开花，没过几年又跻身副部级行列。

　　至于刘琼怎么说呢？那才是真正的夫贵妻荣！她先开始调到京城时和我一样，在一家银行基层当普通职员。我所在银行总部提前打探到董志杰可能要高升的消息后，闪电般地通过曾存动员刘琼调动到了总行，当然我也跟着沾光进来了，这是书呆子曾存唯一主动为我办的大事。刘琼调来后直接晋升为正处级，至于具体工作嘛，就是跑跑老董管的业务口子，任务指标就"唰唰"地直线上升，绩效奖金自然也"唰唰"地落入她的口袋。唉，啥时候都是干得好比不过嫁得好呀。

　　虽不能和刘琼比，但我已经很知足了。我到总行的公司部后，直接跑大项目的调查营销，利用我在企业技术岗上积累的经验，尚能叱咤决伐一阵。我心里很清楚，所有的这一切都拜曾存的这帮同学所赐，就算柳莺不"咒"我，我也得回报一下。我和刘琼联手运作，先把她从市行调入省行，然后又弄了个公司业务的高级经理头衔。可是地位发生了巨大的反差，我现在实际是她的顶头上司。

　　喏，这就是我们之间的关系，像没完没了的生活一般，不死就无法结束。

　　就在我们大呼小叫、放肆大笑那阵儿，柳莺不知什么时候领来了一个老年妇女，我忽然产生了呼吸中断的感觉。这不是柳莺的大姐柳敏吗？虽然三十多年过去了，我一眼还是能够认出她来，头发白了她那对丹凤眼还没有垂下来！"是……是敏敏姐吗？"我感觉嗓音有点发紧。

　　"哎呀，真是佩玉呀，我以为莺莺骗我呢。"她紧紧地拉住我的手上上下下看了个遍，"孩子多大了？儿子还是女儿呀？"她旁若无人地和我拉起家常来。

　　柳莺赶紧插话说："姐，我还有两个同学没给你介绍呢，佩玉不走，有你们聊天的机会。"柳莺催她准备给我们开饭时，敏敏姐还回头跟我说："把你姐也接来住，我现在时间可多了。"

　　我五点多从家里出发，七点半登机，中间只吃了一小份米饭，到一点多正是饥肠辘辘的时刻，柳莺把时间安排得恰到好处。这个时段刚好是新疆人的饭点，徒步爬山的人找吃的来了，院子里的几张桌子已经开始坐人，我们被安排到室内一个单独的小房间，桌子上的水果已经摆好，我估计这是主人家的饭厅。果然，等大家坐好后，柳莺正式介绍这次见面的流程计划前，说这个农家乐就是她姐家开的，所以大家今晚就在这里过夜，好好叙旧拉呱。她年底就要退休，刚好我和刘琼又从京城回来，所以她要最后以职业妇女的身份招待"三柳"会面。噢，理由还蛮充分合理的。

虽然坐在室内席上，但上来的菜肴和外面是一样的。在南山农家乐的菜单上，大盘鸡、大盘牛肉、大盘羊肉等"大盘系列"几乎是标配。这些菜内地人一般会配米饭吃，新疆人则会选择扯面，或者花卷、馕饼，往散发浓郁香气的大盘汤汁里一放，连饭带菜就可以一起下肚了。从新疆到外面发展的人如果想吃"回头草"，根本不需要做过多的辩解，你只需要装出一副馋鬼的样子，大言不惭地说："哎呀，没办法，一想起新疆饭人都睡不下。"结果亲朋好友一听，立刻无比同感地回答："谁说不是呢？走，走，走，叫上几个人下馆子去。"顺顺当当地就可以免费解顿馋。

一见菜上来了，我和刘琼根本不顾柳莺喊叫，管它后面是什么山珍海味，先把眼前的大盘塞进嘴里再说。一阵连肉带汤带面的扫荡之后，我俩这才心满意足地从狼变回了羊。淑娟不紧不慢地边吃边笑，"部长夫人也这副吃相，怎么在大场面亮相？"

好了，压住了馋虫，我能接着前面讲讲淑娟了。她的命运坏在了婚姻上。进校前淑娟是下乡青年，在村里的小学当唯一的老师。她的对象是初中同学，下乡时分在了相邻的生产队。恢复高考后他们相约一起考个中专学校，第一年俩人双双落榜，第二年她对象不考了，他父亲单位招工，他进工厂当了工人。淑娟没有这个运气，只好继续待在农村等待招工。这段时间男方家则要求儿子切断与淑娟的恋爱关系，重新在城里找一个对象成家，这个男青年不同意。事情拖了一年，情况发生反转，淑娟考上中专了，毕业后就是干部的身份。一个女干部找一个工人结婚，这在当时并不被认可，门当户对一直是婚姻关系中的金科玉律，即便在那个特殊时期依然屹立不倒，只不过是换个形式而已。可是淑娟以一己之力抗拒了这个规律，在上学期间继续保持和这个男生的交往，并在毕业分配后立即与他结了婚。

婚后淑娟费了九牛二虎之力，把自己的丈夫从哈密调到了市商业系统一个浴池烧锅炉，然后又有了儿子，算是过上了安稳的日子。那时候大家基本靠工资生活，奖金多个十元钱都会招来红眼病，所以同学之间差距不大，还能经常交往。我跟着柳莺瞎玩时曾经见过淑娟，即使后来再没见过面，但从柳莺嘴里还能听到她的消息，大部分都是坏消息，就是浴池破产了，淑娟丈夫失业了；淑娟丈夫不愿意自己干，跟别人合伙跑生意被骗了；然后又是他喝酒太多得了肝硬化。每当我听到这些消息，心里总要感叹，女人呀，说什么都不如嫁个好丈夫。

眼前的淑娟年龄本来就比刘琼和柳莺大，生活磨砺刻在脸上看得见的和刻在心里看不见的又使她们有了云泥之别。我不忍心去描述她和另外"两棵柳"的差别，估计她们也感觉到了什么，所以不像别的同学见面，总要相互恭维几句："你还是老样子呀！""你也没有什么变化呀，越活越年轻了。"大家的话题就先从打听同学的情况开始。同学聚会嘛，特别是退休后的聚会，只不过是打着友谊的旗号探听相互混得咋样，然后给自己的位置定个坐标，回头安慰自己说："比上不足比下有余，行了。""三柳"的聚会也不例外。

然而昔日的"三棵柳"已经无法并排而立了。她们总不能老谈别人，也得讲讲自己的情况吧。可是面对淑娟，另外二人不知道该说什么好。柳莺给我使了个眼色，我只好以"第三者"的身份，想方设法把话题往"正确的方向"上引。

"我听曾存说，你们这个班的同学绝大部分在银行工作，而且非常重视子女的培养，基本都送孩子出国了，这在其他行业难以见到。可是淑娟姐不但把儿子送去留学，还把博士帽戴回来了，这在你们班是第一个吧？真不愧是当年学霸的儿子呀。你是怎么教育孩子的，得给我们谈谈经验，以后也好让我们的孙子出出风头。"

刘琼的脸上立刻掠过一丝惊异，果然她不知道这个信息，"咦？你儿子什么时候去留学的？花了多少钱？现在在哪儿？"刘琼把目光移到了淑娟的脸上，像审视一个不认识的陌生人那样问道。

淑娟欠了欠身刚要回答，柳莺抢过了话头："怎么？留学是你们有钱人的专利？没钱就不能出国？淑娟的儿子是公派留学，美国哈佛大学，不但不花钱还挣钱呢！"

"我问人家淑娟，你插什么嘴？"刘琼反击道，同学间说话没有分寸，越熟悉越放肆。

"留学有什么用？博士值几个钱？买不起房还是买不起房。三十五六的人了，连对象都谈不起。"转到这个话题上来，淑娟虽然嘴上说着忧愁，脸上泛起的却是骄傲、喜悦的表情。

显然，刘琼多年没有和淑娟联系，刚才她俩单独喝茶时也没有交流各自家庭的情况。这一点我能理解，刘琼和老董属于低调之人，从不在外面显摆他们的条件，如果不是偶尔一次非要到他们家里，我是参观不上他们三口之家所住的复式豪宅，也不会知道他们享用的是全职保姆服务的。柳莺也没有被邀请做过客，对此她愤愤不平，可是又说不出来，因为每次到京城，刘琼对她都是费用全包，高接远送，你非要到人家家里去干什么？现在谁会没事把人往家里引呀！由此推断，刘琼也不会把自己女儿雯雯的情况说给同学听。

刘琼更不是是非之人，当然懂得尊重别人的隐私，我估计她是想调查一下困难家庭的经济状况，并非柳莺指责的看不起没钱人。倒是淑娟能理解刘琼的关心，谈了谈她的现状。淑娟丈夫病逝后，家里反倒没有了负担，她有一份不多的退休工资，又兼了数十家小微企业的会计，每月能增加三、四千的额外收入，如果不是要给儿子在京城买房，她算熬出了头，已经很知足了。

"别想那些憋屈的事了，人生如白驹过隙，很快就过去了，向前看吧。"刘琼安慰着淑娟。

"三十多年呀，别人的一瞬间对我却是一辈子呀！"

说完这句话，淑娟发出了一声长叹，似乎要将这辈子的逆运吐露完毕。她主动端起了酒杯，"但愿还有一个三十年！来，干杯！"

淑娟的话也多了起来，这是酒精的作用，要在平时，这种场合只有刘琼有资格主导话题，大家听她讲和回答她的提问就是了。今天没有外人，加上对淑娟的同情，所以都有说话的机会。实际上淑娟谈的有些内容我们并不了解，比如公派留学。"许多公派的到期后并不回来，以前国家还追究，要赔偿培养费，现在基本放开了。我儿子完全可以继续在美国读博后，可是我们商量后，觉得既然与留学委员会签了协议，就应该严格遵守合同条款。

我儿子也不放心我，就按时回来了。"

"做得对，忠孝兼顾。你儿子叫什么名字？回来后在什么单位工作？"刘琼罕见地关心起别人来了。

"叫高尚，在基础科学院做研究。有人要留学可以向他咨询。"淑娟的这句话带有打探别人家孩子的意思。

看到刘琼若有所思的样子，我心里"咯噔"了一下，难道雯雯说漏了嘴，让她妈知道了高尚这个名字？

柳莺似乎也觉察出了点什么，她赶紧抓住机会，推销起高尚来了，"那孩子像淑娟，心细，知道为别人着想，我要养个女儿就嫁高尚这样的男孩。"好像她经常见高尚来着。实际上柳莺也是不久前才和淑娟取得联系的，这也难怪，女人家嘛，结婚后家庭、孩子、工作一大堆，谁顾得上谁呀，只有临到退休才有时间打听八卦别人的境况，然后接着又像柳莺一样，操起了淑娟儿子的闲心。

刘琼的眼里掠过了一丝不悦，我知道她最不愿谈及婚嫁话题，于是故意打岔说："高尚从上大学就独自在外了吧？人生的一半都在口里闯荡，太不容易了。"把内地叫"口里"，这种说法只有新疆人能听懂。"我现在越来越感到孤单。刚到京城那会儿也想和口里人打成一片，可是时间久了才发现知人知面不知心的道理，你和当地的人交往，只能是表面的泛泛之交，人家很难把你当成能交心的朋友。"

柳莺马上接过了这个话题，"别说我们大人了，新疆的娃娃到内地找对象都愿意找新疆圈的，原因很简单，有相似的生活环境和经历，交流起来共同语言多一点。你们三家的孩子都在新疆生的，最好找个新疆娃娃结婚。现在城市越大剩男剩女就越多，我看还是男女之间家庭所在地不同，造成的沟通障碍是一个原因吧。"柳莺又把话题引了回来。

刘琼又听不下去了，"柳莺你不要妄猜好不好？什么剩男剩女？人家不是剩下的，而是不愿意结婚成家！老用自己的想法给别人贴标签，说起话来没一点长进！"

"你俩说的都有点道理。我们家高尚也不是找不到对象，而是没有遇到合适的。但是从心底里说，他的确想找一个新疆丫头。也不是自夸，咱们新疆女孩质朴大方，不娇气作态。这也是我盼望的，能有个本地亲家，我也多个说话的去处。"

我怕柳莺太急，把刘琼惹毛了后面的事情不好办，就接过淑娟的话继续打岔道："是呀，不是一个地方的人连说话都成问题。原来以为新疆话除了语调有点直，就是乌鲁木齐人自嘲的'布拉条子话'，别的和普通话差不多，后来才知道有些话只有新疆人才懂。总行有一个家是新疆的尕媳妇，有一次到我那层找我问事，实际是借口聊两句，我旁边一个同事刚好洗了盘葡萄走过来，好心让我和她尝尝。这个尕媳妇连忙推让说，'别客气，你们吃吧，我们新疆人从来不吃口里的葡萄。'我那同事立刻呆在那儿了，半天才冒出了一句话："您说我这是口里吐出来的葡萄？'"

柳莺非但不笑，反而像个斗鸡一样，追着刘琼死啄不放，"好，好，好，算我信口开河。可我说的是愿意结婚的男女，到了男大当婚女大当嫁的年龄，由于各种原因造成的不婚不嫁，这是我们讨论问题的前提，对不对？"

"柳莺呀，看看都什么年龄了，怎么还像上学时那样抓住问题争到底呢？谈谈你的孙子孙女吧，这才是你的正事。"淑娟也看出柳莺在往牛角尖里钻。

柳莺没被拉回来，她平时就这副脾性，"我不是替你们急吗？我都第二次当奶奶了，可你们还是个阿姨，连个婆婆丈母娘的级都没升。"

"哈哈哈，真是皇上不急太监急。柳莺呀，你当奶奶当老啦，就辈分上说我们比你年轻，羡慕嫉妒恨我们了不是？要不是看你好心，我们三个非把你这个奶奶修理散架。"可能刘琼觉得和柳莺这个"死杠子"硬杠没什么意义，所以我和她左右夹击咯吱起柳莺来了，淑娟看着吃吃直笑。

一番"修理"后柳莺说话中听多了，"我不是替你们着想嘛。我在市支行当信贷员时，管过一些集体所有制企业，里面是一些下乡回城的知青，大学落榜的高中生，都属于临时安置的，社会并不认为这是正式工作，因为不是铁饭碗，没有编制名额和工资指标，大家都在等待招工招干和参军。那些大龄青年，不管有没有对象都不敢结婚，有些人连恋爱都不敢谈。"

"恋爱结婚和工作有什么关系？"我突然问了一句。

"难道你不知道？不管招工还是招干参军，第一个条件就是未婚！"

柳莺一下子又把嗓音提高了八度，转而又说了句："噢，你们家没有待业青年。"语调又恢复平缓，"还有一点你可能也不了解，那时候还有一个规定，许多单位招工只招本单位的子女，招人时要的男多女少，女待业青年自然成了'剩余群体'，有人嫁人的唯一条件就是男方帮忙解决工作。有一次我到一个铁路知青点去做贷前调查，一看几乎全是女的，问到她们的婚姻情况时，当场就有人号啕大哭。为了得到一个正式工作，她们硬从水灵灵的小姑娘熬成了老姑娘，最后还是没有结果！"

"后来怎么解决这个问题呢？"我真的不太了解这些情况，我哥姐不是参军就是上学走的，我们家没有经历过这些事情，现在想想，"事不关己高高挂起"还真是常事。

"改革呗。一点一点改，一点一点放，改观念，放权利；改体制，放市场；现在的股份制企业都是那个时候逼出来的。当时有些事情你想都想不到，比如有些街道办、知青点这样集体所有制企业赚了钱，但是工资奖金分配要得到有关部门的批准，就是不让你比全民所有制的人拿的多，现在还有这些稀奇古怪的现象吗？我老柳不是说大话，市里几家从集体所有制出身的上市企业，当初的贷款哪笔不是我力主发放的？不是我有什么远见，而是我看不惯就要说，就要管！"

"你是成精的老柳，谁能堵住你的嘴？"刘琼也得认可柳莺的能力，有时能干不能干，能干多少事，和地位高低并没有多大的关系。"现在回头看有些事情就是逼出来的。"刘琼又加了一句，算是对柳莺的肯定，毕竟是领导嘛，最后都得评价总结几句。

柳莺乘机扩大自己的战果，"呵呵，我可不只管放贷款，我还兼职做红娘呢。你们知道我用的什么办法？就是信息不对称的办法，介绍不同单位的大龄青年认识，含含糊糊地说成是有编制的职工，只是在集体单位当负责人等等。你别说还真搞成了几对，现在个个不是过得好好的？有些还拿年薪呢，不比待在国企挣死工资的强？"

大家集体声讨柳莺是个"女骗子，人贩子"。

"我不骗？我要不骗佩玉这个本科生怎么甘心嫁给曾存那个闷葫芦？歌里是咋唱的？"柳莺当场就唱了起来，"太阳下山明早依旧爬上来，花儿谢了明天还是一样的开,我的青春一去无影踪,我的青春小鸟一去不回来,我的青春小鸟一去不回来。"大家一起跟着唱了起来,原本是对自己青春的怀念,柳莺却在最后篡改歌曲的意思,"耽误青春的人才是大骗子!"

"来,为我们受骗的青春,为我们一去不复返的青春干杯!"

接下来的事情证明柳莺是个成熟稳重的奶奶,她不再提堵心的话题,拉了个服务员开车带我们去兜风。

镇子的规模不大,离山有个一公里多路,与前些年相比,道路好像拓宽了许多,街面整饬一新,往山上望去,是一片片的各色建筑,错落有致地随形分布,一派度假地的景象,而实际上南山就是乌鲁木齐和昌吉两地的后花园。整个南山区主要有板房沟和水西沟两个镇子组成,属于乌鲁木齐县所辖,第十三届全国冬运会选择在此地举办的理由之一,就是这片地方是离城市最近的滑雪胜地。柳莺先带我们到冬运会场馆外拍照留念,然后驱车下山来到徒步大道消化一肚子的大盘肉。

维吾尔族的朋友聚会一般男女分开,各聚各的。其实这是有好处的,同性朋友在一起放得开,少点顾忌,毕竟男女有别嘛。下午徒步道上的人不多,我们四个女人乘着酒劲,嘻嘻哈哈,又喊又叫,又打又闹,疯疯癫癫地不知走了多少公里,全部的忧虑烦恼都被这片空气洁净、阳光灿烂、温度舒适的戈壁滩吸收干净了。

晚餐是小米粥和山上的野菜,虽然肚子不饿,嘴巴却没有经住诱惑,大家以"不浪费"为借口,把野菜和粥一扫而光。饭后我想去见一见敏敏姐,柳莺说她下山看柳妈去了。为了照顾我当天的旅途辛劳,刘琼不让柳莺再安排新的活动。客房给我们留了两个单间和一个双人间,淑娟抢先要住双人间,并拉我和她搭伴,其他的也不用再分配了。

淑娟和我住一个房间显然是有目的的。她说尽管儿子在京城待了十多年,她还一次都没有到那里看过他,她想多了解一下京城的情况。可是说着说着,她拐弯抹角地问起刘琼女儿的情况来了,看样子她对我和刘琼家的情况一点都不了解。我告诉她我和刘琼生的都是女儿,刘琼的女儿今年三十二了,没有结婚,有没有男朋友不知道。我女儿二十八了,在大学时谈了一个朋友,可是这个男孩家是农村的,靠助学贷款完成的学业,现在在政府部门工作，工资不高，买不起房，而我女儿都从国外留学回来了，和这个男生的关系还没断开。曾存不管这事，可我坚决反对，事情到现在还拖着没结果。

淑娟说话小心翼翼。她说刘琼的女儿条件太好无人敢娶，而我女儿有人想娶却娶不走也是条件过好。她说的是实话，这两个女孩没有婚嫁的原因就是条件太好了，"白富美"配"高富帅"是天经地义的，两个女孩目前是"富"字不匹配而得不到父母的祝福。奇怪的是从淑娟说话的口气里，她似乎也认为刘琼女儿并没有男朋友。

"唉，"淑娟长叹一声，"哪个父母不为自己的子女着想？别说你们富人，就我这穷婆子也还有计较的东西呢。你说高尚如果找个没钱的，会不会一辈子过得像我一样紧紧巴巴？可是找个有钱人家吧，房子、车子都是人家的，那你人也是人家的了不是？麻秆打狼两头怕呀，富有富的考虑，可穷也有穷的顾虑，条件不对等呀。"

淑娟的话让我大吃一惊，我以前总以为有钱人怕被穷人沾着，没想到没钱的还怕被富人控制。俗话说的"贫不与富交，民不与官交"不是没有道理。

我嘴上敷衍着："是呀，有钱的和有钱的比，没钱的和没钱的比，如果抛开了这些攀比，世界上就没有烦恼了。"心里却更加坚定了柳莺要办的事办不成。别说刘琼那一关了，从淑娟的话里听得出来，她还不想高攀呢！我真想告诉淑娟今天聚会的真相，可是想了想还是忍住了。

在时差和舟车劳顿的双重作用下，说着说着我就睡着了。一觉醒来发现一束白光射入房间，原来院里没住外人，我们连窗帘都没有遮拉就睡了。往窗外望去，发现有个人站在月光中，有点像刘琼的样子，我披了件外衣蹑手蹑脚地走出了房间。毕竟是山里的气候，一出门我就打了个冷战，这一激灵让外面的人感觉到了一点动静，于是转过了身子，一看果然是刘琼。

白天柳莺的一通乱谈，无形中把我们这两个未来的丈母娘拉得近乎起来。说句实话，虽然我们两家有诸多理由能够走得更加接近，但是地位的差距将彼此划定在了不同的圈子，所以我对刘琼一家的生活状况知道的还不如柳莺多。但是，在今晚皎洁的月光下，刘琼却向我敞开了心扉。不，如果旁边站着另一个人，她也会这样倾诉一番的。

雯雯的婚恋状况果然如柳莺分析的一样，是因为刘琼的干预而造成的。故事对刘琼来说是独一无二、刻骨铭心的，然而放在古今中外的"套路"中，无非是穷小子爱上富家女，最后以棒打鸳鸯散作为大结局。对此我并没有多少兴趣，因为我自己就正在导演这样的"套路戏"，我关心的是刘琼今后有什么打算和选择，雯雯毕竟是三十多岁的"大姑娘"了。

"能有什么打算？我和老董看上的她看不上，她看上的我们看不上，我看她还是没有把她的初恋忘掉！她现在过得越来越自在，根本没有要找对象结婚的意思。柳莺今天话糙理不糙，什么年龄就该干什么年龄的事，错过了最佳时间窗口，就没有那个兴趣了，雯雯现在就是这么个状态。"

"雯雯的现状又不是一个人，不想嫁人在咱们金融行业都快成了时尚。远的不说，总行就有两位领导的女儿过了四十还不成家，部门老总和省行领导有多少还都没统计呢，我反正听说了不少。"我并不是给刘琼说宽慰的话，我说的是事实。这些年金融行业发展迅速，许多高管子女也都是子承父业，所以这个群体的生活信息互通很快。

"况且现在不像过去，结不结婚、成不成家都是个人的自由选择，没人干涉议论这些私生活，所以雯雯没有压力也很正常。"我说的这些话也是给自己的行为找点借口和理由罢了。

谁知刘琼与白天比较判若两人，"不，我们不能再自己骗自己啦！我现在越想越后悔，你说我们缺钱吗？为什么要把婚姻中的经济条件看得那么重要？老董说的没错，我被钱给圈了一个无法逃脱的圈里，只有别人也有钱了，才有人能将我从这个圈里拽出来。可是女人的青春就那么几年，时间能等人吗？我这是在耗费雯雯的青春呀！"如水的月光下，我竟能看到她眼里闪动的泪光。

难道刘琼回心转意了？我把目光转向四周的景致，但见山形被勾画得清晰如丝，房屋的轮廓像被线条切割了一样，一动不动的树木置身在仙山琼阁之中，仿佛都是随手就能移动的积木。我觉得眼前一热，莫名其妙的流泪也涌了上来。哦，我忽然明白这些感动不过是月亮惹的祸。

第二天吃过早餐柳莺驾车带我们去了大峡谷，果然刘琼昨晚的情绪已不见一丝一毫，她完全被天山深处的美景吸引了。反倒是淑娟接着晚上的话题继续追问京城的一切，那里的一切与她儿子有关，她的儿子又是她的一切，我能理解她的想法。我当然还得关注另外两人的谈话，事关下一步柳莺和我该怎样行动的问题。她俩今天的话题却是两个男人，而且还是他们的工作内容，就是与我们八竿子打不着的扶贫，老董在部里负责这项工作，柳莺在省政府工作的丈夫目前也正带队在南疆扶贫。

我们又是赶着饭点回到了农家乐。午餐是抓饭，一上来先是一大盘纯羊肉，这种肉叫抓饭肉，是放在大米和胡萝卜中一同焖煮而熟的肉，其特色是连骨头带肉，集合了清炖、红烧的做法，混合了米、菜、油的香味。新疆人有句俗语，叫"吃肉不如啃骨头，啃骨头不如嚗指头"。这个"嚗"字，即是"吮吸"的意思。这本来就是哄小孩玩的动作，我们几个吃高兴的老女人也表演起"嚗指头"的儿戏来，这说明大家已经吃得心满意足了。

"吃好了吗？吃好了抓紧时间办正事，肉可不能白吃！"原定两天聚会时间，因为刘琼和淑娟下午都有事，柳莺不得不发出督促令。

"你们这儿还流行酒场规矩？都什么年代啦？"新疆人的规矩是先吃饭再喝酒，这样不伤胃，刘琼以为柳莺发的是喝酒的信号。

"刘琼你一天天的在想什么？我是酒拉拉吗？我做业务从来不靠猫屎猫尿的，以前不会，现在更不可能！我今天要办的是大事，头等大事！"柳莺把手挥向天空，似乎又要惹事，可是"发飙"完毕，她居然拣了一根只有筋皮的骨头棒子，装模作样地认真啃起来。

我们三人面面相觑，淑娟这次憋不住了，"你这个妖精，当奶奶了都不让我们省心。你这一乍一乍地到底要办什么事？"

柳莺又学起刚才的动作，舔了舔手指头，一副慢悠悠的样子，"你们家的头等大事是什么？高尚吧？"然后把头转向刘琼，"你们家的头等大事是什么？董尚雯吧？"董尚雯是雯雯的大名。

看着她俩一脸茫然的样子，柳莺忽地站起来，又开始急吼吼地喊叫："高尚尚未娶妻，雯雯还未婚配，一个白富美，一个高大上；一个是从事基础研究的高科技，一个是日赚斗金的金融女；科技＋金融，金融＋科技，新疆的儿子娃娃，乌鲁木齐的攒劲丫头；金童玉女，天设地造，此时不配对还等什么？啊？你们这些不负责任的婆婆妈妈！"

一时间鸦雀无声。

柳莺逐一扫过我们仨的脸，眼光转到我时，我知道该我"加柴烧火"了。

"拉郎配？拉倒吧柳莺。雯雯是做什么的你又不是不知道，最赚钱的投行业务！一年少说也得收入上百万，她自己就有房有车。高尚有什么？月薪多少？年薪几何？能买得起房吗？能养得起车吗？他俩根本不在一个量级上！乱弹琴。刘琼，我说的对吧？"我假装忘记昨晚的那场谈话，故意把球踢给了她。

刘琼没有吭声，显然她不适应柳莺的战术风格，在她的层次和圈子里，不可能遇到这种说话办事方式的。

"你说呢，淑娟姐？"我把脸从刘琼脸上转开，得给她一些思考的时间。

"我们可高攀不起，也不可能动这种心思的，都是柳莺这个妖精放出的幺蛾子。"淑娟赶紧撇清自己。

"好吧，你们怎么说我都行。什么是乱弹琴？乱了节律才叫乱弹琴。就像节气，该冷不冷，该热不热，连种出来的庄稼都长不整齐，那才叫乱！"

柳莺缓了口气接着说："都什么时候了？奶奶们，多好的青春年华呀！我再告诉你们一个消息，我儿媳妇前段时间考上公务员了，准备到南疆去支教。她二十五岁生一胎，二十七岁要二胎，全职当太太，二十九岁了又要工作，想干什么就干什么，想怎么规划就怎么规划，多自由的人生呀。我这一退休马上接替她看孩子，一天都不浪费，这节奏小心闪了你们的眼！"

沉默。该轮到刘琼发言了。

刘琼是我唯一见过的不傲慢的官太太，在金融系统中有多少高官的亲属，他们依靠手中掌握的资源，要么颐指气使，飞扬跋扈，要么人都不露面只管拿高薪。刘琼从不炫耀老董的职务背景，虽然不可能带我们结识高层圈子，偶尔老乡聚会也拿捏个架子，可是从不会在老百姓面前耀武扬威，不然，她不会参加今天的这次聚会，柳莺也不会这样放肆地"干预"刘琼家的"私生活"。

刘琼终于发话了，她故意忽略了柳莺，而是直接瞄准了目标对象，"淑娟，不要说高攀不高攀，我父亲从小就告诉我们，看人看品德，看事看道理。

当初老董家的条件有多好？小县城的普通工人，连首府都没来过，火车都没有坐过，婚后我们不是照样越过越好吗？可是现在有钱了，大家又兴起门第观念了。雯雯到现在还没有对象，不是她有多挑剔，而是别人总以为我们家的条件好，不敢高攀吧。"她只字没提她干预雯雯恋爱的事。一番对婚恋的长篇大论后，刘琼停顿了一下，沉吟半天才说道，"只要雯雯和高尚愿意见面谈谈，我不会说什么的。"

柳莺一蹦子跳了起来，"好啊，刘琼，半天就等你这句话呢！佩玉，还等什么，和雯雯通话呀。"

手机视频连接刚发出信号，对方的语音和图像就出来了，"雯雯呀，我们正和你妈在一起吃饭呢，我把高尚的情况跟她说了，她同意你们见面谈谈。我把电话给你妈，你和她说。"我急忙把手机往刘琼手里塞，她不太想接，"你们和她说得了，我又不是介绍人。"

"妈，你在新疆怎么样呀？我给你看个人，他也是乌鲁木齐的。"画面里闪出一个男人的头像，他挥了挥手，"阿姨好，我是高尚。"手机声音是免提的，一听到这句话，我们三人一下子把刘琼围了起来，头一起往镜头里靠。

"高尚怎么和雯雯在一起？"

"高尚怎么认识刘琼的女儿？"

淑娟确认对方的确就是自己的儿子，激动地喊道："高尚，你这是在什么地方？"

对方也发出惊讶的叫声："妈，怎么是你？你在什么地方？"

"雯雯，这是怎么回事呀？"视频电话搞乱了时空，两边的人都糊涂了，我急忙让雯雯解释。

事情的安排完全不是这样的。前段时间柳莺与淑娟恢复联系，了解到高尚的一些情况后，要了他的电话，自告奋勇地要帮他找一个合适的对象。她让我打听一下雯雯的信息，有意要给两个年轻人牵个线。我一听就感觉不靠谱，劈头盖脸地数落了她一番，"你又不是不知道刘琼，表面随和，那是给我们面子，她的自尊心能接受吗？我看淑娟也是一样的人，办事从来不求人，两家差距又那么大，都是同学朋友的，撮合不到一起以后见面不尴尬吗？"

另外，我真的不知道雯雯有没有男朋友，刘琼最反感打听别人的隐私，我女儿和雯雯有来往，可我们之间正在"冷战"，我也不可能让曾存找老董去问这些犯忌讳的消息，这本来就是我们女人之间的事。可是柳莺坚持雯雯被"落单"了，她把高尚的电话给我，并命令我直接找雯雯去谈。

结果柳莺还真的猜对了。自从初恋被刘琼打散后，雯雯对恋爱持拒斥态度，全身心扑在事业当中，并以工作忙为借口，拒绝了家里家外的一切相亲安排。雯雯算是给我这个长辈一些面子，耐心听完了高尚的情况，最后勉强同意我把他的电话留下。我当然不会给雯雯讲高尚是她爸妈同学的儿子，我也坚决反对让高尚知道这层关系，目的就是随时准备不留痕迹的"撤退"。

根据柳莺的策划，我们这次利用刘琼回来看她哥的机会，把淑娟叫在一起，让双方家长先有点意思，然后再创造两个年轻人见面的机会。可是到了柳莺的地盘，所有的一切都失了控，任凭她乱捅娄子乱闯祸，谁知她用的什么招数，居然让庙堂的刘琼伤心吐真言，让谦卑的淑娟张口夸儿子，最终硬把天上的柳树和地下的柳树"捆绑"在了一起！

"……高尚帮我做的这家药企分析论证超级棒，已经报到公司上审批会了。我今天请高尚吃新疆饭，这还是小 case，等项目做下来有一大笔提成，到时候我请高尚回波士顿旧地重游去。"

也就是说雯雯自己和高尚取得了联系！我忘了她的研究生就是在波士顿读的，人家的姻缘早在 N 年前就有了苗头！

接下来手机这边一会儿是刘琼，一会儿是淑娟，手机那边一会儿是雯雯，一会儿是高尚，人家聊得不亦乐乎，我和柳莺反倒成了旁观者。视频会见终于结束，四个人忽然相互打量看望，好像要确认一下刚才发生的事情是否真实。

柳莺知道她计划的下半场戏没戏了，"就这样结束了？我这红娘还没出场就没用了？"

"你这个'骗子'还想干什么？说，把你和佩玉的'阴谋'全都说出来！"

"你这个妖精呀，早给我和刘琼挖好了坑，被你卖了还帮你数钱！"

　　刘琼和淑娟要找事，可是柳莺这次根本没有心思迎战，她围着桌子边转边自言自语地说："问题出在哪儿了？怎么戏没开场就演完了呢？"她停下来盯着我问，"你不会已经安排雯雯和高尚见过面吧？"我"扑哧"一声笑了出来，"行了行了，柳莺，别说我们把电话号码给了双方，你只要说个姓名，他们相互都能找到对方。现在的年轻人只要有需求，什么信息查不到？别想了，我俩的事已经办完了，下一个节目是什么？人家两个亲家还等着下山办自己的事呢。"

　　"我们什么时候成亲家啦？"刘琼和淑娟异口同声地喊道。

　　"装什么蒜呀？人家小的都要双宿双飞了，你俩老的还不认亲家？有仇吗？好，下个节目就喝亲家酒，折腾不了小的就折腾老的，拿酒来！"柳莺终于找到当下的角色了。

　　我们大口喝着葡萄酒，争论是才子配佳人还是金女配玉童，然后设计婚礼形式，规划升级奶奶外婆的时间表，最后甚至讨论到淑娟的去处了。我兴致勃勃地给她描述正确的进圈流程，"让刘琼带你先绕金融街核心区转一圈，再到金购中心（金融街购物中心）买几件标价几个 W 的衣服，然后登上人寿大厦楼顶的观光平台，顺手'拽'一位金融大佬摆个 pose 照张相，傲然扫视一遍证监银保、北京银行、社保中心、光大集团、进出口保险公司那些摩天大楼，顺手把它们'拿'来拼个九宫格，往朋友圈里一发，嘿，瞬时你就变身为金融精英了，以后谁还敢再叫你刘会计呀。"

　　"然后呢？"淑娟的脸上泛着红光，细密的皱纹笑成了花纹。

　　"然后'咕咚'一声，我和老董身陷囹圄。"刘琼心里的大石头终于落地，外加酒精的刺激，放开享受着普通人的嬉笑怒骂，"我告诉你淑娟，一入金融深似海，这俩人可是银行的老'白骨精'了，黑烟囱里绕手，把你往黑路上引呢。走，咱俩下山办事，明天晚上我请你做头染发。"

　　"唉，我怎么就不长记性呢，上次把佩玉'卖'到了京城，这次又把淑娟给'卖'了，最后就把我这个奶奶扔这了。"

　　"活该！"

　　送刘琼和淑娟下山的依然是农家乐的服务员，柳莺提醒他返程时别忘了把她姐接回，这段空挡刚好是我俩总结"战果"的时间。

"你怎么判断雯雯还没有男朋友呢？"

"这还用判断吗？雯雯多大了？三十多了没结婚已经说明问题了。她缺什么？家庭，人品，长相，工作，学历，哪一样不优越不优秀呢？事情耽搁到现在，不是父母干预就是自己挑挑拣拣。我断定是刘琼太强势，你们不说我也能猜到！"

"你可别把我俩往一块拉扯！我和她的关系隔着几层呢，与咱俩不一样，刘琼不说我从来不问。可是她也没给你说呀，你怎么就有把握促成这件好事呢？"

"我有什么把握？刘琼高高在上惯了，没有我这个妖精激她下来，她不得继续死要面子活受罪？再说了，淑娟的忙谁帮？那个高尚考虑太多，找个条件差的，怕一辈子当房奴，连自己都顾不了还能管谁？找个条件好的，在家没地位，想把自己的老妈接过去得看人家的脸色。找刘琼就没这些问题了，她只是当仙女当惯了，好心是不会变的，就是没有亲家关系，让她帮淑娟一把她也不会推辞的。我思前想后觉得这是给两家解决问题，成不成她们背地里总不会骂我吧？只是……只是我根本没有预料到两个年轻人的想法和做派，早知这么利索，我俩费这么大的周折干吗？"

"是呀，我们老了，跟不上时代的发展了。当初说到金融脱媒我还不服气，金融本来出身媒介，脱光了我们干什么？可现在区块链出来了，人家在网上就可以互联互通，我们给谁当媒介？谁需要我们当媒介？今天的事情说明连最古老的媒婆都失业了……"柳莺一声："叫红娘！"我只好改口说："对，过去只有人能当的'红娘'，现在一个视频电话就能开一场相亲会，还有什么不被机器替代呢？"

"别扯远了，世事难料，命运无常，还是多想想眼前你丫头的事吧。既然知道自己跟不上形势了，还干预年轻人干什么？你能管得住谁？代代都是如此，别做老了后悔的事。待会儿我妈来了，让她给你讲一讲我姐的事吧。"

院子里的孩子把柳莺的母亲叫柳妈，她一辈子接连生了五个女儿，这让重男轻女的丈夫抬不起头来。我不记得怎么称呼柳莺的父亲，他见了我们女孩眼都不抬一下，我们背后叫他"老倔头"。那时候都是先公后私，先生产后生活，建筑公司的人反倒住的更节约，一排平房两边开门，一家一间半，但每家可以有一个占两间房宽的院子，我们家和柳莺家是背靠背的邻居。

我父亲是技术员，母亲是统计员，而柳莺的父亲是工人，柳妈是家属，我们家的条件当然比她们家好许多。但是我有事没事总爱往柳莺家跑，不只是要找她玩，而是她们家总有吃的，夏天有一大篮子蒸的黄澄澄的苞谷面发糕，冬天火炉上有一口总是冒着热气的大锅，里面煮着洋芋、胡萝卜、甜菜根，有时还有闻起来很怪，吃起来甜香的蔓菁，这些都是最便宜的食材。柳妈一见我来就会停下手里的针线活，从锅里挑一个煮熟的东西给我吃。

大约是我上高中的时候，上山下乡的知青开始陆续返城，柳莺的大姐柳敏也回来了，可是回来后找不到工作，"老倔头"想自己退下来，让她顶替接班，可是单位不让女的接班。隔着一堵墙我都经常能听到"老倔头"骂人的声音。柳莺从那时不和我玩了，而是玩了命地疯学，总算考了个中专学校。就在那个夏天的一个晚上，柳家爆发了一场"战争"，前后几排房子都能听到"老倔头"摔盆砸碗，吼天叫地的震动。第二天全院的人都知道了，柳敏跟人私奔了，柳家从此再不认这个闺女了！

我和柳莺关系再好都不问这件事的始末，那个时候私奔是很丢人的，谁都不会去揭这块伤疤。没几年建筑公司破了产，老人们随儿女各奔西东，我再也没有见过柳妈，偶尔从京城带点礼物，也是托柳莺送她，我怕见到"老倔头"后不知道叫他什么。

听到车喇叭声响，我和柳莺急忙走到了院门口，只见柳敏已经扶着柳妈进来了。我能认出她来毫不为怪，她那张慈眉善目的脸就是标志，可是她能一口叫出我的名字还是让我感到吃惊。当我拉起她的手扶她坐下时，我能感到她整个身子在微微颤抖，毕竟是一位九十挂零的老人呀。

柳敏把柳妈交代给我们又去帮儿子张罗农家乐的事去了。柳敏有两个儿子和四个孙辈，大儿子承包土地，二儿子经营农家乐，孙子孙女在城里上学，所以都在乌鲁木齐买了房。这两天她丈夫正陪孩子在俄罗斯旅游，她是因为腿不好没有同去。

柳莺总是记得要办的事，她哄着老人讲过去的事，可是柳妈一个劲儿地摇头，她不知道自己的女儿今天怎么了，为什么要提那件伤心的往事。最后柳莺只好告诉我，当年她姐就在现在的这个村子下乡，因为年龄大了自然就谈了对象，可她偏偏看上的是一个回乡青年，"老倔头"当然不同意，没有儿子已经让他颜面不全，再把城里长大的丫头嫁回农村，不是更打自己的老脸吗？于是乘知青大批返城的机会就把她的户口迁了回来，接下来就是毫无希望的待业，把柳敏几乎等疯了。而那个回乡青年也一直在等她。就这么耗了两三年，眼看女儿要奔三十了，柳妈一急，不顾"老倔头"的尊严，背地里把大女儿的户口又迁回农村，并让她和那个回乡青年"私奔"了！

"你不知道我们家那几年有多难过，我爸的那个脾气！算是老天有眼，我们姐妹五个全是儿子，最后证明是他自己命里无儿。快咽气时总算同意我姐和他见了面。"

柳妈默默地听着女儿诉说往昔的日子，不知是伤心还是思念起那个"老倔头"，眼角里渗出些微的水分，我拿纸巾给她拭擦时，自己的泪水却不争气地奔涌而下。

只有柳莺知道我的眼泪从何而来，"多好的年代呀，流泪也要流幸福的泪，千万别流后悔的泪。来来来，老大不小了，还要我这个奶奶给你搽鼻子。"

"扑哧"一声，我破涕而笑。新疆就是这个地方，温度和湿度随时相互转换，所以哭和笑这么随便转换也就不足为奇了。

"木 塞 来 思" 之 计

今天是我和洁领证的日子。选择这个日子办理终身大事没有别的理由，就是洁说她是在玉兰花开的季节出生的，我说我娶到了真正的"校花"，洁才知道玉兰花是我母校的校花。

我们是第一对办理手续的新人。遇到的那个工作人员可能是天天办喜事，见的大都是美女帅哥，所以走起路来神采奕奕，说起话来喜气洋洋，一系列有趣的流程很快就给我们搞定，最后我俩是嘴里含着喜糖，手里拿着红本，背肩包里装着羞羞的计生用品走出民政楼的。

这是京城难见的好天气，我们舍不得浪费它，因此掂着飞舞的脚步，正步走，倒步走，横步走，如果不是在大街上，估计我们还会倒立着走几步才会尽兴。徒步来到校园里时，光线正好适宜照相，但见盛开的玉兰花瓣展向四方，白光耀眼，洁有意穿了一款纯白的衬衣，配一件嫩粉的外套，时而灿烂一笑，灵动惊艳如花绚，时而端庄玉立，优雅饱满似蓓蕾，人在花海，芳郁阵阵，我手眼并用，恨不能把所有的一切录入到相机和脑海之中。

我们贪玩过度，来到大学附近订好的餐厅时，吃饭的高峰已过，我突然决定利用这个安静的环境向洁"坦白"今天正果的前因，以下就是我在餐前酒后给她讲述的详细内容。

那是整整两年前发生的事情。时间这么准确是因为有玉兰花为证。洁说她的生日是三月的，恰是我们上海老家玉兰花开的季节，而京城的玉兰花要比江南晚开个把月。那年当接机的车把我带到阿克苏地区宾馆后排的那幢楼前时，我惊讶地看见一株玉兰花树正在盛开，暖洋洋的太阳下蜂飞蝶舞，我感觉这里的春天比乌鲁木齐来得早，和京城的季节差不多。

那株玉兰离楼门口很近，我下车后顾不得拿箱子，几步来到花下先拍了两张照片。陪我到基层"调研"的省分行监察室主任皮维祥打趣说："给朋友圈准备素材？"我还没有顾得上回答，司机肉孜冒出了一句话："乌马克。"一看我愣了神，阿克苏行的纪委书记丁盛江解释道："维语就是小的意思。"我还是一脸茫然，皮维祥补充说，"肉孜师傅和你开玩笑，夸奖你可爱得像个小孩子。"然后又纠正丁盛江的翻译，"'尅及尅'才是'小'的意思。"我猜"乌马克"与"尅及尅"的区别，就像英语里"pretty boy"与"young man"的区别。

我这周在省分行工作时就知道皮维祥是从喀什上调来的，他是和巴郎子（维吾尔语指小男孩）玩耍长大的，不但能说一口流利的维语，而且维吾尔族人一张口，他还能听出来是哪个地方的口音。无论是肉孜的维语还是丁盛江和皮维祥的联袂翻译，我知道实质都是我那张无法改变的娃娃脸引起的。有人说我长得像某个电视烹饪节目的男主持，有人说我说话像一个收藏节目的女主持，总之我像的这俩男女都是没个"正形"的主持人。如果我要加入娱乐行业，说不定会和他们一样受到观众的喜爱，可是我学的是法律，从事的是非常严肃的工作，这张脸不但没有优势，反而会带来意想不到的麻烦。肉孜的一句话提醒了我，自己言行举止都得稳重一点，在这个边远的小地方，你可是高层来的人物哦，别让人"小"看了。

我不但说话要注意，听话更得注意。新疆人的话除了带点"布拉条子"（即含有南腔北调）味道外，还混杂着维吾尔语、哈萨克语以及西北回族的方言，形成了独特有趣的新疆话，特别是在南疆地区。即便是同一句话，用同样的词语，可从新疆人嘴里说出来，意思却全然不一样。比如在机场丁盛江给我介绍"这是我们行的司机肉孜师傅"时，肉孜把右手抬到胸前，说完"你好"后，再和我握手，然后进一步自我介绍说："我是羊肉的肉，不是大肉的肉。"

肉孜师傅长得目深鼻隆，肤浅貌白，精心修刮的络腮胡脸愈显轮廓分明，外加他一本正经的样子，已经让我难以估摸他的实际年龄，听完他的话我更加糊涂，难道羊肉的"肉"和大肉的"肉"不是一个"肉"字？皮维祥看样子和肉孜很熟，拍拍他的肩膀说："肉孜，你放心，没人把你当大肉吃掉。"

我曾听说少数民族都有禁忌，维吾尔族人不食猪肉（新疆话叫大肉），所以在他们面前不能提"大肉"二字，可是我却从肉孜口里听到了这两个字。我慢慢体会到有些说法就是传说，随着时代的发展，不要说国内各民族与各区域之间相互融合，整个地球最终都会走向一体化，一些风土习俗就是文化现象，既不再是忌讳，更不会成为隔阂的借口，相反却是各民族之间相互欣赏分享的理由。传说是刻板的，现实却充满了喜剧。

阿克苏就是一座有民族融合传统的城市，西域历史就不谈了，就现在的城市而言，在新华西路附近有一个本地人都知道的"王三街"。丁盛江说这个名称来自一件真事，大概在清末民初年间，一户维吾尔族人家收养了一个名叫王三的汉族孤儿，这个孤儿长大后做生意发了财，就把挣的钱全部回报给了这里的维吾尔族人民。当地人为了纪念他，就把这条街区叫成了"王三街"。

肉孜对这个故事很淡定，"新疆嘛，谁都离不开谁，什么这个民族那个民族的，都是新疆人。"

"新疆有个'三个离不开'，就是'少数民族离不开汉族，汉族离不开少数民族，少数民族之间相互离不开。'这个说法就是阿克苏人最先提出的。"丁盛江对肉孜的话做了进一步的解释。

"是喀什人民先提出来的好不好？"皮维祥一直以喀什人自居，只要是好事就使劲往喀什身上扯。

丁盛江寸步不让，"哎，哎，哎，你可是监察室主任，说话要有证据。从喀什往阿克苏走，一进城的那座民族团结大鼎上刻的什么？三个离不开！你们喀什有吗？光嘴上说没有用，要拿证据来，我的皮主任。"

皮维祥"哼哼"了几声说不出话来，估计心里还是承认了丁盛江的说法。放下行李我们在宾馆吃了个拌面后，丁盛江和肉孜回行里去了。新疆的家常饭太好吃，每顿我都难以控制，所以饭后我拉皮维祥一起在院子里散了会儿步。这次从总行到新疆出差，基本都是由皮维祥陪我同吃同住同工作的，我们算是老熟人了。这次到基层调研，他竭力推荐我到喀什看看，那里不仅是他的老家，也是因为喀什的名气，一句"不到喀什不算到新疆"，让旅游、出差的人都将此地作为首选目的地。可我却鬼使神差地认定了就去阿克苏。

"那棵名贵的玉兰花肯定是上海人移来的，新疆原来就没有这类品种。你看，这棵沙枣树，这些胡杨才是新疆原生树木。"又走了几步我们来到了宾馆的后院，这里不仅有更多的南方和当地混杂的植物，而且还有个小水池，一块小坡地，上面修了一座小亭阁。"这个袖珍园林一看也是上海人的品位。阿拉就是牛，走到哪里就把上海搬到哪里。这里到处都有民族融合的事例，好好体会吧。"

咦？难道皮维祥知道我是上海人？我并没有向任何人提起过这件事，我的京腔撇得连肉孜都叫我"小北京"。

其实皮维祥说的是一个事实，就是20世纪60年代，国家动员了十万上海知识青年支援新疆建设，将近五万人就分配到了农一师所在地阿克苏。至此开始，阿克苏与上海已经无法分开，阿克苏成了新疆的"小上海"，并有了"塞外江南"的美名。上海不仅向新疆输送了大批的知识青年，在那个时代还向全国各地需要的地方输出了数不清的技术人才。我大姑一家就是从阿克苏返沪的支边青年，我从小就听他们给我讲述新疆的经历，这次出差由我自主选择调研地点，我当然要选阿克苏，因为我是有"阿克苏情结"的上海人。

"下次到新疆一定到我们喀什。夏天从市区到疏勒的大道两旁全是合欢树，淡红的花很香。秋天来更好，除了葡萄、伽师瓜、石榴外，还能买到别的地方没有的无花果，这个水果全疆就喀什的产量大，果子甜。"皮维祥看着人家的林子，脑子里却是家乡树姿优雅的合欢，黄灿芳香的无花果。

地区宾馆离行里不远，下午一上班我和皮维祥就来到了丁盛江的办公室，这才正式开始介绍我这次调研的任务。这类任务说简单很简单，走马观花地看一看问一问也算调研；说难也难，如果事后要拿出一份书面报告就不容易了。而我这次接受的任务并不明确，临来新疆时钟主任把我叫到他的办公室交代了几句，大意是说我没有基层工作的经验，下去出差不要办完事就回来，可以自己做些调研工作，总结一些经典案例，用于纪检监察人员交流借鉴，提高全行的案件防范水平。我一听心里暗喜，这不是给了我"游山玩水"体察人情的机会吗？所以出发前我就想好了，这次就选阿克苏，以后回上海可以和表哥多一点谈资了。

可是一旦到了基层行，我才发现这种没头没尾的"调研"比写一份有目标的报告还难。

"你是因为董疆是阿克苏人就选这儿了？这个可真不好说，他是这里出去的不假，但犯的事是在首府做的，你在我们这里拿不到什么有用的材料吧。"丁盛江听完我要调研的内容马上摇头否决。

可是我还有什么理由选阿克苏呢？

"再说用什么形式进行这项工作？开个座谈会？董疆的事还没定论吧？而且你让大家说什么，怎么说？找几个人个别交谈一下？咱们可是一条线上的同事，随便一个动作都可能引起地震海啸。老皮你别笑，你也是老纪检了。"

我知道皮维祥是幸灾乐祸，这些话他给我提过醒，而且他还说老丁这个人比较直，说话不看人，干工作还可以，接待人就不合适了。皮维祥肯定把我看透了，所以就自作主张说："书记同志，你能不能变通变通？把调研变成考察也行呀！明后两天不是周末休息日吗？咱们带着小贝看看周边的环境，我们两个的差费补贴全交出来，专挑便宜的特色小吃，花不了几个钱，保证你不超标。咱俩得为自己的退休着想，小贝也得为自己的前途着想，犯不了错，你就把心宽宽地放在肚子里吧。"

"那就按皮主任的方案办吧。中午吃过饭，行长带着机关的人下乡'结亲'去了，监察室的人也跟着走了，就留我一人陪你们。"

"结亲"是新疆扶贫的一种方式，就是政府和企事业单位的干部与少数民族贫困家庭结为亲戚，深入了解他们的所困所需，从而有针对性地进行精准帮扶。我心里产生了内疚，我的"调研"实际给基层的同事增加了额外负担。可是开弓的箭又怎么收回呢？唯一弥补的方法是我真得做点"调研"的事情，不然不仅上下无法交差，我自己的内心也不会安宁。

当场就决定"现场办公"。我开始向丁盛江介绍董疆的情况："小贷公司是他弟弟开的，手续合法完备，如果不是把钱放给借款人去搞矿，资金链就断不了，资金周转得开，行里把钱存到他弟弟那里的人就不会告状，董疆涉嫌参与借贷的事就不会暴露出来。"

"就是说法人是他弟弟董川对吧？那你绝对找不到董疆的半点毛病！"丁盛江不等我说完就先下了结论。

"可是行里的员工告发董疆私下为他弟弟拉存款，还有人揭发这个小贷公司实际控制人就是董疆，董川只是个稻草人。"

"证据？你们找到证据了吗？董疆承认了还是董川画供了？都没有吧？"丁盛江的语调不仅充满了怀疑，而且还带着嘲弄的味道，我这才体会到皮维祥先前话里的意思。

可是丁盛江两句话就把我和皮维祥的处境暴露了出来，更确切地说是总行和分行的尴尬境地。董疆的事是先有人向省分行纪检委写信反映，分行查无实据，只好把问题上报，同时举报的人又给总行写信，并威胁说如果得不到回应，就把这个问题向政府反映。后面的这句话有点威慑力，于是我就被派来调查这个"案件"。

小额贷款公司当初不属于金融监管部门管理，是由政府批准经营的，虽然规定不允许非法吸收公众存款，可是什么叫公众存款，如何界定公众存款，谁来监督管理这些业务，并不是丁卯分明的事情，一旦小贷公司出了问题，不好管、没人管就成了常事。皮维祥陪我转了政府几个相关部门后，结果自然是不了了之。回过头来我们只能从机构从业人员从事非法金融活动着手，直接找董疆谈话，单刀直入地告诉他被群众举报的事。

董疆一脸无辜地说，"董川是我弟弟不假，不管查出生证还是验DNA都不会有错。他经营小贷公司和最近经营困难我也知道，而且我们全家都在生活上帮助他，公司和他家里值钱的财产全被查封完了，债权人几乎把他软禁起来成了人质，可是我弟媳和侄儿还得吃饭吧？但是说我参与了他公司的经营纯属子虚乌有。我估计你们接到的是匿名举报，而且举报人肯定是与董川公司利益相关的人，如果这些人有确切的证据证明我有嫌疑，他们早就直接明打明地找我算账了，用不着躲躲闪闪地搞匿名的事。"

"我经常给手下的人讲，高于10%利息的项目基本就是骗局。我听说董川融资利率最低是 10%，高的给到百分之十几。这么好的收益他怎么不找自己的亲哥？因为我根本就反对他做这个生意！"董疆干脆继续把话挑明了，免得我们不断地找他"套词"，"话又说回来，告我状的肯定是行里的人，皮主任应该知道这些都是什么人，监察室三天两头下文件，做宣讲，就怕有人参与社会上的借贷活动，他们听了吗？他们坐在那儿拿高额利息时怎么不检举揭发？现在出事了就到处告状？这些人举报我的目的是什么？不就是想让我替董川把钱还了吗？简直可笑到家了，一帮癞呱子！"

我知道"癞呱子"是什么。我眼前出现了一堆臃肿笨拙的癞蛤蟆，嘴角流着哈喇子，眼巴巴地仰望着高处降下的一条昆虫，希望落入自己的口中。我和皮维祥听着董疆义正词严的痛骂，好像自己也成了"癞呱子"，而对手却成了身材苗条、善于跳跃的青蛙。董疆的职务是省行信贷部的总经理，行长面前的左右手，我们还能问他什么？

现在丁盛江又来了一串嘲弄般的发问，语气和董疆一个模样，好像他们穿着一条裤子。

"丁书记莫非和董疆很，很那个？"我得问问清楚。

"我们不止当过同事，穿开裆裤时我们就在一起，他撅起屁股放什么屁我还不知道？"然后又小声嘟囔了一句，"他娘的，小时候可被那小子骗惨了。"

哇！我一下子兴奋起来了。想起董疆那副趾高气扬的模样我就窝着一肚子气，好赖我是总行的人，可他似乎从没有面对我说一句话，好像我是看不见的空气。

"这么说董疆的话不可信？可您也得有证据吧。"我抓住机会激将丁盛江，生怕他情绪一过恢复理智，谁还替我回骂一句董疆呀。

"哼哼，这还需要什么证据？他的人品就是最好的证据！连捉奸捉到床上都不认账的人，就是铁证如山他也能抵赖得一清二白！"

接着丁盛江给我们讲了董疆的一件往事。"那时候董疆还是个信贷员，做业务时把一个女老板给做到了床上。哪有不透风的墙，就这么个小地方，他老婆悄悄跟踪，有天发现两人进了一家旅馆，马上叫来自己的弟妹捉奸。谁知房间的门打开后，三个勺子（傻子）先去捉那个女老板，让董疆趁乱跑了。那个女老板也不是吃素的，一看自己的相好跑了，立刻大喊有歹徒抢劫，旅馆的人差点报警。然后他老婆打他的手机，手机一直关机。第二天他老婆到行里找人，行里说他昨天在温宿县出差，好像住在那里了。电话打过去董疆果然在行里开会。他老婆追问他昨晚的事，董疆矢口否认，说他老婆肯定看错人啦，他本人先和一帮朋友喝酒，然后打了一宿的麻将，他们看到的那个人不可能是他董疆！"

"结果呢？"我迫不及待地追问。

"这种事能有什么结果？只要自己的老婆不追究谁还追究？而他老婆的目的又不是离婚，只不过是打打草，惊惊蛇，把那个女老板吓跑完事。"

"这才是赖到家的癫呱子！"我终于逮住了回骂的机会。

"董疆赖还有点本事，他弟弟才是个大混混，初中都毕不了业就能干银行？还把公司开到了首府，只能说明董疆是百分之百的后台老板。小时候我们两家住一个院子，可是工作后发生的一些事其实我也不知道，都是交班时老书记告诉我的，他知道董疆的不少情况，可惜仍然阻止不了他的飞黄腾达。"

"是呀，这样的人凭什么得到重用，靠什么爬到了高层？"我也正想了解董疆的发家史。

"会来事呗，这人的眼睛时刻盯着有权管事的，没事来事也要和有用的人套近乎，想不发迹都难。"

"没事来事？"我把目光转向了皮维祥，我搞不懂这个词用在这里是什么意思，期望得到他的"翻译"。

"哈哈，老丁，你是不是想喝木塞来思了？如果董疆靠没事来事就能上去，我看你们阿克苏的人都能当官了。"皮维祥说出来的话更加让人云山雾罩。

"木塞来思？没事来事？您二位是在说绕口令还是说相声？"

"木塞来思是……"皮维祥这才准备给我做解释。

可是丁盛江却打断了皮维祥的话："行了行了，老皮，就你懂两句维语是不是？你非要把话说完吗？等明天尝完木塞来思再给小贝解释好不好？"

"哈哈哈哈，好，好，好。"皮维祥这次笑得很开心，他没有和丁盛江争长短。

看到两人故作神秘的样子我心里直发笑。我猜木塞莱思不过是吃喝类的东西，他们不知道阿拉是"上海北京"人，什么东西没见过？别说用木头塞的了，用金子塞的东西也不稀奇。我更感兴趣的是董疆如何用"没事来事"跻身官场的。

第二天一早我和皮维祥在宾馆院子里溜达时，丁盛江开着自己的车来了。我们在停车的地方说话时，肉孜也来了，只见他手里提了个五升左右的塑料桶，里面装着橙红色的液体，并顺手把它放进了汽车后备厢。丁盛江说："这个就是木塞来思，阿克苏著名的土产饮料。"我"哦"了一声没再说什么，以免暴露自己不屑一顾的心态。宾馆给一个房间提供两张免费的早餐票，我们四人享用了一顿丰盛的自助餐。

客随主便，我是第一次来阿克苏，什么对我都是新鲜的。皮维祥本身就是南疆人，阿克苏是他出差常来的地方，到哪儿都是"故地重游"，我们就任凭丁盛江自由"驾驶"。时间是十点钟，相当于北京的早八点，外加是周末，人们懒洋洋的才和城市一起苏醒。没几分钟车子开到了多浪广场，多浪河将广场分为东西两岸，岸边杨柳依依，鸟语花香，沿岸建筑高低错落，时隐时现，晨练的人开始回家，空旷的广场人影稀疏。除了拥挤和嘈杂，这座城市和内地的城市没有两样。

临时导游被皮维祥抢去了，但他却向我们介绍起全疆其他城市的广场公园，什么库尔勒的孔雀河，克拉玛依河公园，这些景区都是依河而建。说着说着又回到了喀什，他夸赞喀什的东湖是最气派的开放式公园，丁盛江又开始和他争论。肉孜摇了摇头说："没有办法，谁家都说谁家的好。"

丁盛江不是皮维祥的对手，一生气一脚油门把车开到了阿瓦提县境内的刀郎部落景区。景区大门左侧矗立着一座雕像，走过去一看，是林则徐的纪念碑，当年他被流放新疆时，走遍了南疆。站在先行者的面前，崇敬之情油然而生，我们谁都没有说话。这是一个3A级景区，门票只要二十元。一进大门，又一个雕像出现了，雕像按真实比例，是一头小毛驴载着一个笑脸相迎的维吾尔族男人。我脱口而出："阿凡提！哈哈。"

丁盛江朝皮维祥扬了扬头，"维吾尔族的智慧传奇人物，喀什有吗？"

见皮维祥不吭声，丁盛江接着说："别小看这个不出名的小地方，去年这儿又出了个天才记忆大师，一个十五岁的少年，在新加坡举行的世界脑力锦标赛全球总决赛中，打败了 200 多名参赛选手，获得世界冠军，拿到了'世界记忆大师'称号！厉害不厉害？"

刀郎人虽然属于维吾尔族，但有自己独特的部落文化，我们在园区内随处可见刀郎人从生产到生活的场景展览，还有刀郎人的歌舞表演。皮维祥看得更加不吭声了，看样子他没来过这个小地方，丁盛江引他"到此一游"是有目的的。果然我们走进胡杨林时发现了几只圈在圈里的羊，肉孜一看来了精神，跑过去逗它们玩。皮维祥终于找到发言的机会，"刚才的非洲鸵鸟还有点稀罕，放几只羊也来哄人？谁没见过羊呀。"

"哎，皮主任你过来好好看一看，这可是世界上最漂亮的羊！"

我跟着丁盛江朝肉孜走去，皮维祥极不情愿地跟了过来。这些羊被单独圈在隔离的圈中，从外表看，它们属于绵羊种类，但个头高大，体型健壮，隆鼻炯目，威武着一对弯曲的羊角，见有人过来立刻向后退步，摆出一副格斗的架势。谁知皮维祥一见它们也是格外欢喜，"刀郎羊！"

"这是你自己说的，不叫喀什羊吧？"丁盛江又开始炫耀了。

"刀郎羊咋来的知不知道？是喀什麦盖提的土种羊和阿富汗的瓦格吉尔羊杂交出来的！一只羊 1200 万元的价格也是喀什的英吉沙人开出来的！"

"可是你现在在刀郎人的故乡，阿克苏的阿瓦提县，眼前的羊又叫刀郎羊，一只羊最高价 1600 万元也是阿瓦提人标出来的。你说刀郎羊应该属于哪个地方？"丁盛江继续将皮维祥的军。

"价格都是炒作出来的，乱喊出来的，就是只金羊也没有这么高的价。"

"哎，皮主任，一个花，一个猫，一个狗，一个马，一个人好看的脸，它们都可以和金子一样，这么漂亮的羊为什么不能当成金子？小北京，你说！"肉孜汉语并不标准，但是表达的意思谁都能听懂。

我突然想起刚才参观刀郎人历史展览时，介绍木塞来思有一个有趣的外号，"我明白了，你们这就叫'没事来事'，还没喝木塞来思就开始'没事来事'啦？"

"那就开喝！"原来大家的肚子里都是同样的想法。

丁盛江带我们在景区里面找了一家刀郎人特色的餐馆，点好菜肴后就让肉孜去拿木塞来思。这个空当他开始认真起来，继续昨天的话题，爆料董疆是如何通过"没事来事"往上爬的。

"我们两个当时是平级，他在阿克苏当信贷业务部的经理，我在库车县当行长。有一年就怪了，董疆隔三差五、有事没事地往我这儿跑，一会儿是调研，一会儿是帮扶，一会儿是到政府协调，而且专挑周末来，经常耽误我回不了家。"

听到这里我有点挂不住脸，丁盛江显然没有觉察，"有一次我急了，当面问他，你是不是没事找事？你们猜他咋回答？他说是为了躲老婆，嫌弃那个絮絮叨叨、天天数落他的老婆。我说那你到温宿找个地方钓个鱼什么的不就躲了吗？跑几百公里到库车累不累？可他说他愿意。这真是没事来事，你们说我能怎么办？人家到底是上级行呀。"

阿克苏机场实际在温宿县境内，一条十几公里的高速路将两地连成了一片。阿克苏维吾尔语是"白水"，温宿维吾尔语是"十个水"，总之就是形容这里水多，水好。"莫不是到库车会相好？阿克苏和温宿太近，怕又被老婆跟踪了吧。"我当然愿意听男女之间的八卦。

"我起初也是往这方面怀疑的。没过两年董疆忽然调到了省行，许多人问我他是如何跑关系的，我怎么能知道他的事呢？人家说董疆不是每周都到你那儿活动去了吗？你怎么能不知道？"丁盛江啜了口茶。新疆虽然不产茶，但大部分餐馆却提供免费的茶水，然后他继续说道，"后来是老书记告诉我的，董疆拿工作当幌子，他到库车住一晚上，然后第二天早早就赶到了巴州的轮台县。这个县紧挨库车，那里有一个省行新提拔的副处长，被派到地方挂职锻炼，董疆不知从哪里探听到这个副处长是有来头的，于是千方百计地和他拉上了关系。这位副处长就是省行现任一把手，剩下的事情就不需要我说了吧？"

我把目光移到了皮维祥的脸上，他却假装端茶喝水，低头避开了。

"那么，董疆当初是怎样认识吴行长的？"吴行长就是现任一把手，我要打破砂锅问到底。

"没事来事呗，这个也不是我说的。前段时间巴州行的老白到阿克苏办事，吴行长在轮台那段时间他刚好是县支行的行长，我请他喝木塞来思，喝完后他才说，怪不得董疆进步飞快，原来是喝木塞来思喝的。我问何以见得，老白说州上的领导交代过要照顾好吴处长，可是老白只会例行公事，吴处长说没事他就以为人家真没什么事。后来轮台行里的司机遇到了董疆的司机，两人聊天后才知道，董疆早把吴处长要办的事给包圆啦！我们原以为董疆认识吴处长，后来一打听才知道，他认识个鬼，他是找各种理由，用'没事来事'的方法，三天两头探望吴处长，最后从压根不认识变成了铁哥们。"

我心里忽然有点小激动，我能否用"没事来事"作篇文章呢？

"老丁，人与人之间有多少正经的事，平时不都是靠'没事来事'认识接触嘛，董疆也没有什么例外的。再说了他是搞营销的，营销靠什么？不就是千方百计地，'没事来事'地，想办法和客户建立关系吗？"皮维祥认为丁盛江夸大了"没事来事"的作用，他的话打消了我刚才的念头。

丁盛江当然不服气，"董疆的做法与平常的'没事来事'是一回事吗？他做哪件事目的不明确？你没见过董疆读书吧？可我见过。有一次我到他办公室，看见他居然在专心看书，我一把夺过来一翻，原来是那本著名的《厚黑学》。"

"这能说明什么问题？官场上谁不读这本书，你敢保证你没读过？"

"读了！人家作者原来是讽刺官场不正之风的，谁知被董疆他们当作向上爬的教科书！就像'没事来事'一样，本来是生活中司空见惯的事，可到了董疆这里就变成向领导靠拢的法器。"

"这又能说明什么问题？你不向领导靠拢向谁靠拢？这恰好说明人家董疆有原则，有方向，有创新意识，能够与时俱进！"

"我承认，老皮，我说不过你，可是我提醒你，有一茬人就是靠这种手段起来的，以后有你查不完的案子！"

就在两人"战火熊熊"之际，"没事来事"及时赶来，两人立即调转枪口，把目标对准了肉孜手里的那桶东西。

肉孜打开那桶饮料，给我们每人倒满一茶杯，自己却端起了茶水。丁盛江说木塞来思是肉孜家自酿的，正宗传统的手工工艺，今天的午饭算他和肉孜两个人合起来请首都和首府的客人，"无酒不成宴，所以这个不算宴请，只是表达一下心意。"

"欢迎新朋友小北京，欢迎老朋友皮主任。"肉孜以主人的身份邀请我们品尝芬芳四溢的饮料。

南疆的气温明显比乌鲁木齐温暖，中午的阳光已经让人有燥热的感觉。刚才在看刀郎人历史展览时，我特意在介绍木塞来思的说明标牌前仔细读了一遍，上面第一句话就说，"木塞来思"是南疆群众普遍喜欢的一种饮料，而且是消暑解渴的上等饮料，同时也是营养丰富的上等补品。有这些正式的文字解说兜底，我一点没有顾虑地喝了一大口。

"好爽呀！"随着冰凉酸甜的液体顺喉而下，一种舒适松泰的感觉传遍全身。

"一百家的木塞来思有一百家的味道，你永远喝不完。"肉孜的老家就在阿瓦提县东南的沙漠边缘。

随后服务员端上了阿瓦提的美食，什么凉粉、凉皮、牛筋面，上面配些黄瓜丝、鹰嘴豆，再浇上红油辣子、醋等调味品，青红黄绿的一份能当菜也当饭的东西就做成了。然后是我从没尝过的米肠子与面肺子，糯鲜软嫩，香喷可口。

"好吃吧？每份菜超不过二十元。老皮肯定不敢带总行的人吃这些羊杂碎。"这些菜都是丁盛江点的。

"多吃点，这些东西就南疆的正宗，乌鲁木齐的味道差远了，关键是材料不行。"皮维祥指着唯一的一盘"硬菜"大盘鸡说。只有说起吃喝，他似乎才不与丁盛江抬杠。

"公鸡中的战斗机？"我们刚才还在景区看过斗鸡表演，我立即下筷夹起一块肉放进了口中，浓鲜的香味妙不可言。

"谁舍得把战斗的公鸡当菜？这盘鸡其实就是普通散养的土鸡，你让它自由自在地长够年龄，怎么做怎么吃都香。"丁盛江更加得意自己所点的菜品。

"鸡是散养的香，人就不能放养了，不然就会'没事来事'。我给小贝讲个故事。"皮维祥美滋滋地吃了块鸡肉后才开始他的故事，"从前在戈壁深处有一所监狱，监狱的看守都是些老兵，这些人很有经验，为了不让犯人闲着，他们故意经常找点事给犯人做，比如夏天找块空地让犯人挖，说要给他们修一个游泳池；游泳池还没有修好，又让他们给填起来，解释成冬天快到了，这块地准备修成滑冰场；滑冰场没修好，马上又把它改造成菜园子，菜没长成又改成种果树，果子没结又让种粮食，几年过去了啥事都没办成。后来这所监狱换了个领导，新领导一看这块地翻熟了，就决定专门种菜，没几个月蔬菜获得丰收，看管人员忙着分菜卖菜，犯人却闲下来放羊了，没多久这所监狱就发生了越狱事件。这个故事是我当兵时的班长讲的，他曾在那所监狱站过岗。"

我不能光顾吃喝，也得掺合掺合，"您这故事里的逻辑是，因为无事生非，所以要没事来事。就是说，没事来事是对付无事生非的一种方法，对吧？"

"我就说没事来事厉害的呢，可老皮不承认，让小贝这么一总结，没事来事好像真的能成什么计谋。"丁盛江乘机扩大"没事来事"的战果。

"我的意思是人不能闲着，闲了就会无事生非，就要没事来事，所以没事来事到处都是，并不是什么计谋。就比如老丁，别看现在是纪委书记，等退休后不找点事干，早晚也会堕落成没事找事的老赖，成为社会公害！"皮维祥又开始和丁盛江对着干。

"老皮，你现在已经开始处处没事来事了，只是你自己还没有感觉到。"丁盛江马上开始接招。

"哈哈哈哈，我也加入你们的队伍，咱们一起'没事来事'一下？"我们三人共同把茶杯里的木塞来思喝完，肉孜马上就又把桶里的东西给我们倒满。

不知不觉中我们已经快把那桶木塞来思喝见底了，我忽然觉得头有点发晕，"肉孜，这个不会是葡萄酒吧？"

"维吾尔语中把白酒叫阿拉克，葡萄叫克孜，有人就把葡萄酒叫成克孜阿拉克，这和汉语里的直译是一个方法，但实际意思并不正确，葡萄酒维语的真正叫法是夏勒普。从木塞来思的名字中，没有一点'酒'的意思，不管是白酒还是葡萄酒。"皮维祥不会放过他懂维语的表现机会，就是肉孜的话题，他也要抢去卖弄一番。

"皮主任说的对，木塞来思就是木塞来思，不是阿拉克，不是夏勒普，也不是克孜阿拉克，更不是你们说的'没事来事'！"肉孜不但赞成皮维祥的解释，而且还会用双关语来"回击"我们。

其实，木塞来思的简介最后是这样说的，"木塞来思制作好以后，含有微量的酒精，具有舒筋活血的功能。当地群众有在木塞来思中泡一些热性药材，作为强身健体的药酒饮用的习俗。"这和江南一带饮用黄酒的方法差不多，我从小就爱喝黄酒，所以根本没把木塞来思里的微量酒精当回事。当然交通规则会把这点酒精视作大敌，这就是今天肉孜为何只倒不喝的原因。

"肉孜说的好，木塞来思就是木塞来思，喝了它谁敢'没事来事'？喝！"我一仰头又灌下了半茶杯"饮料"。

"嗯？我刚才喝的是茶水还是木塞来思？"肉孜家的木塞来思在熬制时加了茯茶，出来的颜色和茶水并无二致。

"肉孜，把木塞来思盖好，小贝也开始'没事来事'了。"丁盛江认为我喝多了，不让肉孜再给我们倒上了。

"谁说我'没事来事'？肉孜帮我倒满！"我想站起来要木塞来思，可是起了半截"咕咚"一声坐了回去，腿发软了。

"哈哈哈哈！倒也，倒也，谁能挡住木塞来思？"皮维祥拊掌大笑，好像我是《水浒传》里中了蒙汗药的官兵。

"小贝第一次'中计'，点到为止。肉孜，收拾收拾走人，我好像也'中招'了。"丁盛江说着自己还站了起来，我却不得不接受皮维祥的帮扶。

这像什么话？我推开皮维祥架在我胳膊上的手，坚定地迈出了自己的步伐。谁说我"倒也"，我只是脚下踩上了棉花，可是忽然棉花变成了云彩，我一脚踩空"忽地"坠落，一个大手把我拉了回来。

可是我的头脑还很清醒呀！我能听到他们在商量去不去柯柯亚看人造林的事，我想说话可舌头不听指挥。我也能看见桃红柳绿的风景，想喊肉孜停车，可是没人理我。然后我又看见了那株白玉兰，我向它走去，但被人拉住了。有人架住了我的胳膊，好像一边一个，这个形象多不好呀，我努力试着提醒，"小心宾馆里有监控！我们喝的是饮料！"我究竟喊出来了没有也不知道，反正到此就"断片"了。

我好像在抚摸着那株玉兰树，在使劲地闻那花的奇香，忽然那树变成了洁，我的手吓得一哆嗦，我睁开了眼睛。我躺在床上，窗外有灯光，房间里也有微弱的灯光，我努力想了半天，终于明白我醉酒了。我看到手机微信在提示，打开一看时间，已是晚上十点钟了。虽然头还发晕，腿还发软，但还能走到卫生间。

我在洗手时听到房门打开的声音，一看是皮维祥进来了，他把插电处的一个临时卡片拿掉，又把我的房卡插上。原来他把我扶到床上后，过一两个小时就过来看看我醒了没有，"走吧，出去吃个鸽子汤汤饭解解酒吧？"我感觉到肚子有点饿，并且腿也越来越有劲了，于是就随他出了门。

我们一人吃了一碗热汤饭，出了点小汗，然后回到宾馆的院子里转了两圈，这才感觉浑身轻松起来。走路时皮维祥问："一口气睡了六个小时，能够体会到为什么把木塞来思叫成'没事来事'了吧？"

"可是木塞来思的酒精度并不高啊，为什么醉劲这么大呢？"

"酒精度是不高，如果酒精含量超过8.5%，它就叫葡萄酒了。可是当地人就叫它木塞来思，只承认它是一种饮料，但是几杯下肚后几乎人人都会醉倒。你说为什么？"

"这么说按酒精含量算，几杯木塞来思和几杯啤酒差不多，把我喝倒是不可能的。我感觉才喝的时候就跟喝饮料一样，并没什么反应，只是到快走的时候才有反应。"

"这说明什么？这说明那玩意是到了肚子里面才开始做事的！"皮维祥一语中的，"我以前也不服气，不就是低度酒精饮料吗？和啤酒米酒有多大区别，喝它几大碗能把我咋样。被放翻几次后再也不敢骚情了，我体会到这家伙到了肚子里面还会继续发酵，继续产生酒精。真正发力整人的实际还是酒精，可是木塞来思装在瓶子里时酒精很低，它是进到人肚子里再慢慢生产。你以为你喝的是饮料，实际是到胃里生产酒精的原料。隐瞒，假装，欺骗，后发制人，这些就是木塞来思的精妙之处，没人不中招的。"

"噢，您分析得有道理，我看丁盛江走路也摇摆起来了，他应该是经常喝这玩意的呀。"

"别说老丁招架不了，肉孜喝多了一样摇摆，别听他口口声声说这个是饮料。而且每家还有每家的秘方，你还不知道谁家会放什么'黑料'哩。"

"既然酒劲这么大，叫个葡萄酒不就得了，干吗说是饮料呢？"

"这个问题如果探究起来真的是一部大著作。简单地说，维吾尔族是一个乐观幽默的民族，非常热爱生活，他们有句俗语，就是除了生死，其余都是'塔玛霞'，翻译过来就是玩乐的意思。而西域酿造葡萄酒的历史也很长，我估计和中原酿造白酒的历史一样长。"

皮维祥从精通维吾尔语的翻译，变成了一位历史学家，并沉浸其中无法自拔。"在古代，由于宗教原因维吾尔族老百姓是不能随意饮酒的，那好吧，我们不喝酒，喝饮料总不违戒吧？好，以后不许喝'夏勒普'和'阿拉克'啦，我们只喝'木塞来思'饮料，对不对？问题不就解决了！"

"哈哈哈哈，这不是董疆用的方法嘛，你看见的董疆不是我这个董疆，谁知道是哪个董疆。"我忽然想起了董疆的故事。

"世俗政权要想主宰、统治民众，就发明出了清规戒律，关于这些把戏老百姓看得很清楚，所以就会变相反对。为什么木塞来思在阿瓦提一带产量最大，就是因为他们找到了应对的办法。你看阿凡提的故事，里面都是一些变着法子嘲弄伯克（官员）、阿訇（宗教职位）、巴依（地主）的传说，这些内容记录的实际是民间的心声。"皮维祥的长篇大论终于结束。

"明天丁书记会安排我们去哪儿？"

"如果不出所料，应该是阿拉尔，上海知青的'老家'，农一师的师部搬到了那里。老丁是个疆二代，父母都是上海人。"

第二天丁盛江果然按皮维祥的预料指向阿拉尔市。我想弥补对基层行的歉疚，主动要求当驾驶员，但是丁盛江不同意。他说木塞来思后劲很大，有人第一天喝醉第二天还醒不过来，为保险起见，车还是由肉孜驾驶，我们三人继续昨天的"没事来事"。

"来阿克苏旅游的人只知道库车大峡谷，温宿大峡谷，神木园、千佛洞，就不知道沙漠深处藏着一个阿拉尔市，一座凭空出世的现代化的城市。"

"小贝你知道老丁为什么要带我们到阿拉尔吗？他妈最早就是这儿的人。"

"你不是说他父母都是上海人吗？"

"对呀，他父亲是上海银行学校毕业的，50年代就来阿克苏了，后来大批的上海知青来这，组织上派他去迎接他们，因为老乡好沟通嘛，人家老先生很会利用这个机会，一眼瞄上了一位女生，然后主动要求到这个女生所在的团场去办业务，一来二去就把人家娶回来了。我没说错吧，老丁？"

"不管咋说，我爸我妈是自愿到新疆的，哪像你妈，是被你爸骗到新疆的。"丁盛江立刻揭起了皮维祥家的老底。

"噢？难道皮主任父母也是上海人？"

"我父亲比老丁父亲的资格更老，是上海金融援疆工作队的。那个时代的人都是这样，哪里需要哪里去。我父亲被分到喀什后写信让我妈来，把新疆夸得像朵花，我妈背着我姐，走了一个月才走到喀什，一见面就给了我父亲一个耳光，吓得行长赶忙拉架，然后又找行署领导出面，劝我妈留在行署当打字员。她在上海时是新华银行的打字员，后来全地区的打字员都是她的徒弟。"皮维祥不但不遮掩，还很骄傲地讲述他妈打他爸的故事。

"萨依玛洪（怕老婆的代名词，与阿拉代表上海人是相同用法）。"肉孜发了句话。

"打是亲骂是爱，'没事来事'是夫妻。懂不懂，肉孜？"

"皮主任，你的舌头会拐弯，胡同（老婆）一定喜欢你。"

肉孜和皮维祥只要一对话，不是相声就是段子，但我关心的却不一样，"二位领导为何这么了解对方的家世？"

"我父亲是阿克苏的行长，老皮父亲是喀什的行长，两个老乡到乌鲁木齐开会，不是同路就是同住，谁不知道谁的底细呀。"

"怪不得皮主任说阿拉就是厉害，原来是自己在夸自己呀！"

"这个老皮倒没有夸大，阿拉走到哪里，都会留下讲不完的故事。当年大批知青到阿克苏，一群弱不禁风的洋学生，叽里咕噜地讲着别人听不懂的上海话，当地人就把他们叫成'上海鸭子'。后来一看这群人不但能吃苦，会开垦荒地，建设工厂，而且脑袋灵光，很会生活。上海流行什么吃穿用，阿克苏很快就会流行起来，全是这些知青白手创造的。"说到上海，丁盛江和皮维祥口径立刻一致起来。

"当地人开始佩服这些年轻人，可还是叫他们是'上海鸭子'，不过后面加了三个字。"

"哪三个字？"

"鸭子咋叫？呱，呱，呱。"丁盛江在前排座位学着鸭子的样子，"就是'上海鸭子呱呱叫'。话和原来的差不多，意思却完全相反了。"

连不苟言笑的肉孜都被丁盛江学鸭子的样子逗乐了。

"把木塞来思葡萄酒说成饮料，再把木塞来思翻译成'没事来事'，又把'上海鸭子'演变为'上海鸭子呱呱叫'，阿克苏人太聪明了。"我真的佩服当地人驾驭语言的天赋。

"木塞来思是阿克苏人的发明，可'没事来事'绝对是'上海鸭子'叫出来的。"皮维祥就是不想让阿克苏全占上风，"金砖五国的名称是咋拼出来的？是五个国家英语名字的第一个字母组成的。你把木塞来思和没事来事的第一个拼音字母写一下，是不是都是 MSLS？"

"这和上海有什么关系？"

"上海是海派代表，最喜欢与世界接轨，所以上海人才用拼音的第一个字母将'木塞来思'和'没事来事'等同起来。"

"哈哈哈，没想到'上海鸭子'还是语言大师。"

"没事来事"与"木塞来思"最大的相似之处并不在于第一个拼音字母一样，而在于它们都属于"不知不觉"间的东西，木塞来思让你不知不觉喝醉躺倒了，没事来事让你不知不觉把时间打发了。谈笑间我们已经驱车一百多公里路，来到了美丽的阿拉尔市。

我们走了走广场，看了看塔里木大学，参观了军垦博物馆。丁盛江又给我们介绍了正在建设中的高速公路、铁路和飞机场。置身于这样一座现代化的城市中，你无法将其与六十年前的戈壁荒漠联系在一起。

"北有石河子，南有阿拉尔，这是兵团城市的两颗明珠。石河子城也是上海人规划的，一直在和阿克苏争'小上海'呢。"丁盛江还没有介绍完上海人与兵团，皮维祥就开始讲上海人与新疆银行，"上海人在新疆建了两个'小上海'，可是许多人不知道上海人对新疆金融的影响。新疆银行业的上海人主要分两批，一部分是上海金融援疆工作队的，后来又从上海银行学校招来了一批学生，再往前还有毛泽民创建新疆银行时，也培养了一批金融人才。所以新疆金融是'红色金融＋上海金融'，一直处在全国一流行列之中。和田银行以前有一个理论研究很厉害的人，他的文章当时都上了《中国金融》的头条。"

我真的没有想到上海与新疆的渊源这么深厚！这两个"阿拉"在宣传上海方面终于达成了一致，他们完全不知道我这个小"阿拉"也想了解这些历史。大多数到新疆旅游的人只感兴趣它的自然风光，实际上新疆历史人文方面的内容比这些风景更加久远博大。

阿拉尔也不乏自然景致，随便一处都会让久居都市的人大呼小叫，比如市区就与中国第一大沙漠——塔克拉玛干大沙漠是亲密邻居，被誉为"沙漠之门"。接下来丁盛江又带我们步行通过塔里木河大桥，然后驱车驶进"和田—阿拉尔"沙漠公路，感受了一下沙海的壮阔后，我们才决定结束今天的"上海之行"。

早晨出发前就商量今天只吃两顿饭，早餐四个人吃得很扎实，于是决定走到哪儿就在哪儿吃饭，并且把选择权交给了肉孜。谁知肉孜一脚油门就把车蹬到了临近阿克苏郊区的一个乡的巴扎。集市上人很多，甚至公路上也穿梭着毛驴车，摩托车以及羊群。肉孜一边开车一边四处张望，我问他找什么，他根本顾不上回答我的问话。丁盛江代替他回答说："他在找人多的地方。"我心里直发笑，这里已经是人挤人了，还要找人更多的地方去凑热闹，肉孜的爱好真奇怪。

好不容易肉孜把车挤进路边一个地方停了下来，下车发现旁边有一家饭馆，肉孜这才擦把汗说："人多的地方说明饭好吃。"噢，原来他是找人多的饭馆。

这家饭馆的门面很普通，但进去后才感觉生意非常红火，十几张长桌子、方桌子都坐满了人。巴扎上没有汉族人，吃饭的自然都是维吾尔族人，刚好有几个人吃完站了起来，我们立即占据了这张方桌。丁盛江和皮维祥见惯了南疆的乡村饭馆，淡定地坐着喝茶，肉孜又开始东张西望，似乎是在找老板。我见到四周的墙上贴着花花绿绿的广告画，觉得好玩就拿出手机开始拍照。

照完相后我注意到吃完饭的人到门口结账，收钱的是个年轻小伙子，进人和走人时他似乎都要喊一声，饭馆里没有吧台，他是站在门口办业务，结账只收现金。皮维祥见我一脸懵的样子主动给我上课，"咋收的钱是吧？你进门时他就喊了一声：'乌马克四个人。'我们点完菜后跑堂的会喊：'乌马克四个人，薄皮包子二十个，抓饭四个，烤肉二十串。'走人结账时收钱的小伙再喊一遍，从来没见他们出过错。"

"咋记住的是吧？你要懂维语就知道了，他们抓特征，比如刚才进来那个穿格子衬衣的就是'花衣服'，还有戴眼镜的，八叉胡子的，皮衣服皮帽子的，没有他们形容不出来的特征。"

我粗略估计了一下，吃饭的少说有几十号人，并且是进进出出不停变动的，见我一脸不相信的样子，丁盛江补充了一句："最关键的是这里民风淳朴，你在巴扎上见不到缺斤短两的事情，一是一，二是二，维吾尔族人做生意就讲诚信，没人会偷奸耍赖，大家凭本事吃饭。"

正在这时肉孜拉过来了一个人，年龄与他相仿，看样子是饭馆的老板。肉孜指了指我们三个人，又指着一张广告画说着维语，皮维祥一听捂嘴就笑，他戳了戳我，然后也指了指墙上的广告画。画上有油汪汪的烤肉，香喷喷的抓饭，还有几乎能看到内馅儿的包子，每样东西似乎都在诱惑人，"吃我吧，吃我吧。"

见我没看出什么名堂，皮维祥才一本正经地说："肉孜在和老板要没有皮的包子呢。"

我转头再仔细一看，包子广告上大大的汉字写的是"包皮包子"！

老板把手放在额头上，一脸犯了错后痛惜的表情。皮维祥旁若无人地继续他的解释："维吾尔族的包子分两种，一种是普通的发面包子，另外一种是用鸡蛋和的死面做皮，包出来的包子皮薄馅多，所以叫薄皮包子。'包皮包子'一看就是不懂维吾尔族美食的汉族人翻译的，而且没有文化。哪个包子不包皮啊？"

老板走后，肉孜坐回到凳子上，"这些人一点汉语也不懂，微信收款都没有，咋做生意呢？"

"哎，肉孜我就奇怪了，你上的是民族学校，我们都没有看出'包皮包子'的问题，你怎么就发现了？"丁盛江发现了新问题。

"我现在利用双语教育的机会，跟我女儿、儿子一起在学汉语，我一见汉字就想读，没有办法。"

丁盛江当然要表扬肉孜，肉孜也毫不谦虚，"丁书记，我要是汉语学校毕业的，行长的帽子早戴在我头上了。你是个好领导，就是舌头像钢板一样直，要是像皮主任那样会拐弯就好了。"

"要我的舌头拐弯？1马上就变成2了，休想！"

就在大家"取笑"肉孜的成就时，老板拿着几只茶杯和一个小桶过来了，然后又和肉孜用维语交流起来，照例由皮维祥给我翻译，"刚才肉孜是打着我们的旗号要没有皮的包子的，老板很感谢我们给他指出的错误，所以请我们喝一点他们家酿的木塞来思。"

说完话老板用维吾尔礼节与我们一一握手后才离开。肉孜给我们倒好酒后我怕再上当，他又用"一百家有一百家的味道"来诱惑我。店家的木塞来思颜色是淡粉的，味道可能不一样，我见另外两人很享受地开喝了，没忍住也品了一大口。我感觉酒精的度数比昨天的高，再喝一口我更肯定了这个判断。

"肉孜，你和老板打听一下，这桶木塞来思是不是用鸽子血酿的？"皮维祥若无其事地说。

我的胃和头皮"嚓"地揪了起来！小时候见大人们喝蛇血酒我曾被吓哭过，如今我也饮了"嗜血"之酒？

皮维祥肯定发现了我的异样，"放心，小贝，鸽子血比鸽子汤还补。"

"放，放的是鲜血吗？"我战战兢兢地问。

"鬼知道放的什么血。我早跟你说了，每家有每家的酿造秘方，加了什么东西，怎么样加进去的，只有亲手酿造的人才知道。我在南疆几十年也没有打听出来鸽血酒是咋整出来的。"

"喝！不是贵客和好朋友，老板不会上珍贵的鸽血酒的，这种酒连肉孜都不会酿。"丁盛江也劝起我来。

"大补，没结婚的小公鸡喝最好。"肉孜认真地盯着我说。

我硬着头皮一口气把剩余的大半杯喝了下去，任谁再劝我都没有再加一滴"鸽子的血"。

见劝不进去，肉孜再次盯着我问："昨天晚上梦见丫头了没有？"

"什么？"我一下子又警惕起来，肉孜怎么知道我梦见过洁呢？"我喝醉了，什么都不知道。"

"昨天的木塞来思加了大芸，喝多了嘛，晚上自己的爱人就来了。"肉孜还是一本正经的。

"大芸？又是一种黑料理吗？"我更加紧张了。

皮维祥又忍不住坏笑起来，"大芸就是肉苁蓉，中医补肾益精用的。对我们老家伙是好东西，对你们血气方刚的童子鸡就是虎狼药了。"他用手指着肉孜，"肉孜呀，你的埋伏太深了。"

我也学着那位维吾尔族老板，把手放在额头上，用刚学的维语说："歪江江（哎呀呀）！木塞来思太厉害了。"

乡村饭馆的美食别具风味，薄皮包子的馅以一种维语叫"卡瓦"的葫芦为主，配少量的洋葱和羊肉，味道甜香鲜美，再撸两串烤肉与抓饭搭配，一顿美餐让你终生难忘。遗憾的是我没敢像老丁和老皮，继续加两杯"鸽血"木塞来思佐餐。

看见我们吃喝完毕，老板再次过来，似乎是答谢我们的惠顾。肉孜又开始他的"没事来事"，皮维祥的同声翻译是："肉孜让老板不要改'包皮包子'，而是把'包皮包子'做个大牌子挂在外面，在房子里面再贴一张广告，上面说：世界上的包子都是包皮的。"

"用维语还是用汉语？"我迫不及待地问。

"两种文字都用。"皮维祥解释说。

另外两人边留电话边继续讨论，老板的笑容越来越灿烂，最后朝收钱的小伙喊了一声，同声翻译出来的是："免单！"

老板自豪骄傲地带着我们走出饭馆，好像肉孜的策划已经给他带来了更多的生意似的。然后他亲自当"交通警察"，指挥我们把车从拥挤的市场开到了公路上。

等车开出拥挤的路段后，我们三人终于可以大笑起来："今天的便宜占大发了！肉孜才是制造'没事来事'的大师。"

肉孜却依旧淡定地回答："有什么办法，生活就是没事来事。"听他的话似乎是别人找了他的麻烦，而不是人家让我们免费大吃大喝了一顿。

"这事还没完，我听肉孜说还要和老板继续合作，给他办我们行的信用卡，装 POS 机。怪不得肉孜月月都能拿到绩效，原来他就是这样做营销的。"看样子丁盛江也才发现肉孜的秘密。

"在阿凡提的故乡，机智幽默还能当钱用。"皮维祥不得不赞叹。

肉孜信心满满地说："这个饭馆以后一定会出名的。"

我放松地呷了口"慕萨莱思"，就是工厂造出来的"木塞来思"，得意地对洁说："怎么样，我的经历够丰富吧？后面的故事不需要我讲了吧？"

"都是些什么乱七八糟的经历？你爱讲不讲！"

洁怎么跟钟主任一样，一点也不喜欢我的故事呢？

我猜她已经猜到我那天下午，或许是北京的晚上，我对她做了些什么，就是一点也不浪漫的"没事来事"。

那时我和洁刚在行里的一个培训班上认识不久，其实以前在总部机关是照过面的，但是，你懂的，就是苦于没有搭讪的机会。即便是在三两天的培训班上认识了，也只是得到了一个她的电话号码，连微信都不敢去加。我吃不准洁笑着跟我打招呼时，是对我有好感还是觉得我可笑。

那天，有"鸽血酒"给我壮胆，我是说丁盛江把我们送回宾馆后，那杯高酒精度的木塞来思开始发力了，我浑身燥热，心跳加速，根本无法平静，我必须得"没事来事"一番！目标？当然就是肉孜说的"自己的爱人"！

我借着酒劲先给洁发了条短信，意思是有专业上的知识要请教，她在总部的信贷管理岗工作。不知道过了多久，她回了"加微信"三个字，我大喜过望，一边发微信申请，一边开始编造董疆弟弟放贷的情节，申请一获批准，我的求助信息就发了过去。

交流结束时，我给洁发了张玉兰花的照片，她问我这是在什么地方照的，我告诉她是在新疆阿克苏照的，并且就是现在照的。过了很久她才回复："这不可能！"我乘机约她回北京见面再说。

生活是没事来事，爱情是没事来事，可是工作呢？虽然一遇到事皮维祥就要奚落我一句："谁让你选这个地方？要是在喀什，就不会有这些'没事来事'。"我不但不后悔，反而庆幸选对了地方。可是一想到回去给钟主任怎么汇报的事，心里还是有些惴惴不安。

星期一丁盛江和肉孜没来吃早餐，皮维祥告诉我，昨天晚上他和老丁商量了一下，决定还是召集一些机关人员开个小型的座谈会，不然我俩回去都不好交差。至于调研些什么内容，"随机应变吧，就是走走流程，然后争取下午闪人。"皮维祥建议说。

我们到行里后丁盛江已经安排好了一切，他先带我们与结亲回来的行长见了见面，然后又带我们到办公楼一层大厅看了看营业网点，再回到会议室时参加座谈会的人员刚好到齐。一进门皮维祥遇到了熟人，和他握了握手，落座后给我耳语了一句："管信贷的李副行长。"我往对面李行长方向瞄了一眼，他的眼光"嗖"的就转到了别处。接着丁盛江介绍完我和皮维祥，然后就把挑子撂给我了。我也毫不客气，反正皮维祥也是打酱油的，那就由我唱主角了。谁知我这几年修炼的"功夫"未显灵气，一番套话没见反响。皮维祥一看没人发言，不得不代表省行征求点对纪检监察工作的意见和建议，依然没人回应。丁盛江急了，"不会拐弯的舌头"甩了出来。

"大家没什么看法是吧？那就我来说说我的看法。我的工作本来就是得罪人的，多得罪一个和少得罪一个都无所谓。这两年我大会小会强调最多的是什么？就是看好自己的钱袋子！我们银行的收入如今是'隔着门缝吹喇叭——名（鸣）声在外'，但是我们是国有大银行，真实的收入究竟有多少只有我们自己知道，挣的几个血汗钱是要养家糊口的。可是社会上的不法分子却把我们视为高收入群体，用眼盯上了我们，把手伸向了我们，典当行、小贷公司以高息为诱饵，鼓动我们银行的人在他们那里存款，或者借银行的名义帮他们吸收公众存款。有没有这样的事？"

丁盛江究竟要做什么？我看到有些人已经流露出紧张的表情。

"今天总行和分行联合派领导到我们这里调研，难道是平白无故的吗？"丁盛江顿了顿，好像是给大家一点思考的时间。"想想看，董川，董川有人认识吧？他可是我们阿克苏的名人。那么董川的事听说了吧？上亿的资金呀，几乎把所有的存款都贷给了一家开矿的老板，然后矿开不下去，老板跑路了。"

会场有了动静，有人似乎在打听："董川是谁？"我的心提到了嗓子眼上，皮维祥的眼睛也紧盯丁盛江的嘴巴，下面老丁真的敢把董疆提溜出来吗？

"这种事情在我们大银行能发生吗？大家想想看，只要是一家正规的银行，谁能放出这样的贷款？这说明了什么？这说明不论董川的公司是谁批的，不论他号称有多么专业，就此一条就说明他完全是在骗人，他根本没有技术和能力开办一家金融企业，他没有资格！"

丁盛江很聪明，他不用提董疆的名字，只要把董川暴露了，董疆的原形能藏在哪里？可是他这样说的目的是什么呢？难道只是为了给员工敲敲警钟吗？

"现在大家该明白行里为什么三番五次、不厌其烦地让大家承诺不参加社会借贷活动的良苦用心了吧？借此机会我再给大家讲一些道理。许多人参与社会借贷，都是受了鼓动，最能打动人心的话是什么？就是给你举例说某个当官的家人也投钱了，所以大家就相信这些借贷是安全的。别人投钱的事是真的，不假，但是一旦发生风险，人家的钱能完璧归赵，你的钱就得血本无归！前两年贵金属期货的事知道吧？新疆是重灾区。当初有多少有权有势的人为这家交易所站台做广告？这些人受损失了吗？如果他们受损失了，问题早就解决了。可是现在解决了吗？只有赔钱的人知道！"

丁盛江缓了口气，语速放慢了一些，"所以说鸭子能过鹅不一定能过，人家能赚到的钱我们不一定能赚的到，这和打牌一样，想要多少分先得看看自己手上的牌如何。"然后又故意沉吟了一下，似乎是下了一定的决心，"我在这个座谈会上只能向大家透露一点，董川的事牵扯到了行里的人，我们这里是重灾区，情况行里已经掌握。从目前的形势看，董川投到矿上的钱基本铺到通往矿区的专用进山公路上了，而矿还没开就因环保问题被关闭，损失没有一点捞回来的可能。好在总行和分行竭力为大家着想，看能不能从我们这里找出点线索，挖出点董川隐匿和转移的财产，尽量减少参与者的损失。"

敲山震虎？假戏真做？丁盛江绝对是在"钓鱼"，因为我们根本没有掌握什么情况，事前更没有商量讲这些内容，我和皮维祥几乎是张着嘴在听他讲话，而他根本就不看我们一眼！

丁盛江总算把头转向了我们，"总行和分行领导还有什么指示吗？"我们能有什么指示，原来的计划全打乱了。"好吧，今天的座谈会到此结束，会议内容注意保密，有线索可以底下直接找我们反映，散会。"

一进丁盛江的办公室皮维祥就瞪个眼睛质问他："你是不是想没事来事？你还是个书记吗？情况没有搞清楚你就敢这样说？"

"我的皮主任，有枣没枣我得先打三杆子，只要董川的事是真的，我这儿就是危险区，我得借你们两个钟馗驱驱鬼，肉夹的木塞来思能让你们白喝？"丁盛江满不在乎，似乎很得意打我们的旗号办了自己的事。

"订票订票，吃了中午饭我们就闪，谁知道你这还会来点什么事？"

就在皮维祥嚷嚷着走人时，门口突然探进了一个人头，"丁书记……"

丁盛江赶紧说："进来进来，没事，都是自己人。"话音一落进来了两位女员工。

"我们，我们是来反映情况的。"年龄稍显年轻点的一位说。

"情况我们都掌握了，你们就直接说存了多少钱，谁找的你们？"丁盛江又开始"钓鱼"。

"是李行长给我们介绍的，说董川是董疆的弟弟，不会有事的。我不多，存了五万。她……"

"我存了十万，拉亲戚存了四十万。眼看就退休了，摊上这么个闹心事，以后咋做人？"年长的说着说着眼圈都红了。

"利息多少？拿了几次？"

"10%，分了一次，今年到期就一直拖，感觉不对就开始要本金，要着要着就出事了。唉，就是没听行里的话，怪谁？还不是自己心贪。"

"还有谁存的多？"

"丁书记你了解，行里的人手上没几个钱，大家都指望退休后能有一个稳定的收入就满足了，估计都是拉亲戚朋友的多。"

"我们就担心这个，你们回去先不要对外说董川的真实情况好吗？"

"我们这次一定听书记的话。就是，就是行里不会处分我们吧？我们给行里干了一辈子。"年长的那位大姐已经控制不住，开始低声啜泣起来。

"这个行里有规定，但是主动承认错误的，处分肯定要轻。以后别再犯傻，不说别的，干了一辈子银行最后被不懂银行的骗了，丢得起钱丢得起人吗？"

两人一走该丁盛江把手打在自己的额头上了，"完了完了，牵扯到外面事就变大了。董疆真是祸害了我一辈子，这以后我哪还有好日子过？他娘的，兔子还不吃窝边草呢！"他边说边拨电话。突然，门口又探出一个人头来，丁盛江一看，"啪"地扔下话筒，大吼一声，"进来！"

耷拉个脑袋的李行长走了进来。

"你还知道自己来？你还知道自己屙了什么屎？上任时我跟你咋谈的话？皮主任咋跟你谈的话？你都当尿喝了？"丁盛江已经顾不得自己的身份，气急败坏，连爆粗口。"董疆究竟给你灌了什么迷魂汤？给了你什么好处？"

我站起来拉不知所措的李行长坐了下来。他一脸痛悔地搓着手，"我，我不是还想再进步吗？每次到分行出差，董疆都要请客，介绍我认识各个部门的老总，他说要想进步，必须得有圈子，彼此都要相互抱团，光凭实干干死也就像你一样。"

"就凭他背后骂我，你就把我的再三警告当成耳旁风？"

"也不是，不管怎么说董疆是上级，职位也放在那儿，我不得不和他打交道。有一次吴行长夫人生病住院，他拉我到医院探望，一去才知道董疆的老婆在那里，一天二十四小时亲自陪护，说外面请来的陪护不可靠。我，我不得不相信他和吴行长的关系非同一般。"李行长还是不敢抬头。

"刚才会上当着大家的面有些话不能明说，现在当着上级行的面我可以告诉你，董疆这次把事弄大了，有可能把吴行长也拖了进去。刚才已经有人举报你的问题，你最好自己交代，性质不一样。"丁盛疆的"鱼"越钓越大。

"说吧，有什么全都说出来，当着总行领导的面还有减轻责任的机会，错过了这村就没这店了。"皮维祥与丁盛疆又开始高度一致，联手把我制成了"鱼饵"。可是有什么办法呢，我们现在就是一根线上的三个蚂蚱了。

李行长终于抬起了头，犹犹豫豫地拿出了一个 U 盘，对我说："我还是听了丁书记的忠告，后悔没有全听。董疆让我帮他弟弟筹资时我想起丁书记的话，悄悄地录了几次音。我的五十万他让我入股，我没同意，但他还是按每年百分之三十的分红给我的。董川的事出来后，他把本金还给了我，我知道这是让我替他挡驾，我以为是缓兵之计，侥幸指望钱还能收回来，谁知道董川彻底完蛋了。"

我接过了李行长交来的 U 盘，几乎听到皮维祥与丁盛疆悬着的心落回胸膛的声音。丁盛疆很清楚该谁"出牌"了，他稍微缓和了一下口气对李行长说："算你明智，还知道自己是阿克苏人，他董疆连只兔子都不如。你赶快回去把你知道的情况写个书面材料，争取提前起诉，先把董川在这里的资产冻结保全起来。"

李行长像兔子一样蹬腿就跑。我们三只"蚂蚱"明明知道这次是真的"没事来事"了，可是谁也开不起玩笑了。面面相觑了一会儿，皮维祥先开了口："看样子事情比我们想的严重，有可能牵涉到更多的人，甚至是分行领导层面。我们的经验和权限都不足，但是事情再往下拖，只会越来越被动。我的意见是下午的行程不变，咱们兵分三路，老丁不用说继续在这里摸情况，我回分行向秦书记汇报，小贝回总行向钟主任汇报。兵贵神速，我们上下联动，尽快拿出一个统一的行动方案，以防董疆、董川继续转移财产，大家看怎么样？"

我们立即订机票，退客房，然后吃了个拌面就直奔机场，肉孜一人陪我们出发，见我们像打仗一样严肃紧张，也一言不发地默默配合我们。直到在机场告别时，他才对皮维祥说："木塞来思喝少了？没事来事喝多了？"

"肉孜，我下次建议你们行长把你送到北京上大学，四年不让你见羊肉！"皮维祥再也没有心思和肉孜说相声了。

"小北京，喝了木塞来思，你的爱人很快就会来，你也还会来阿克苏的。"肉孜很肯定地对我说。

不到两个小时我们已经抵达地窝堡机场。办完我的转机手续后，皮维祥直接回了分行。等飞北京的航班快登机时，他给我来了一个电话，像个长辈叮嘱了我几句后，突然冒了句："再会，小赤佬！"然后挂断了电话。

"慕萨莱思"是我提前在网上订购的，专门为了领证时庆贺而备。当年我第一次喝木塞来思时，就建议当地政府统一申请一个地理保护标志，比如大家都叫"木塞来思"，只不过你是阿瓦提肉孜家的，我是麦盖提尼亚孜家的。不要你叫个木塞来思，他只能改个名字叫慕萨莱思，叫着叫着就会"没事来事"，最终把一个好端端的民间饮料叫没了。

"慕萨莱思"就是没有统一名称的产物，好像是一家上海企业在阿瓦提投资的葡萄酒厂生产的，价格不菲。我狠心买了一箱，今天只带了一瓶，谁也不想在这么重要的日子让自己喝多，所以控制好量，就是整瓶被我一个人干光，也保证不会"没事来事"。木塞来思属于全汁葡萄酒，就是没有用法国人发明的脱糖工艺，喝起来口感很好，尤其适合女性，所以今天洁也喝得很爽。我的故事快讲完时，那瓶木塞来思也见了底。

"这么说最后是你们三个'阿拉'导演了一场'没事来事'？"洁满脸狐疑地问。

"这还用问！皮维祥不是说了嘛，阿拉就是厉害。"

我的话音刚落，突然，洁的头向左侧一歪，"咯噔"一声倒在了餐桌上。我大惊失色，电击般地跳起来扶起她的头，"怎么了？洁，你怎么了？"

洁眼睛紧闭，身体发软，气若游丝地说："快，送我到医院，我的心脏病犯了。"

"服务员，快打120！我妻子心脏病犯了！"

"旁边就是医院，快背着去，比120快！"服务员边说边帮忙把洁扶到了我的背上。我使出吃奶的劲头，出门向着服务员指的方向奔去。

刚跑了两步，一辆出租车停在了路边，我听见洁在背上说"上车"，立即把她放下来扶进了后坐，然后对司机说："快，前面医院！"

"不对，往前继续开，五棵松体育馆附近。"洁突然大声地发布命令。我侧头一看，洁怎么跟个好人似的把头扬了起来？

"你？你好啦？"

"我不好也得好，不然早晚会被你折腾死！要真是心脏病犯了还能这样抢救？你有没有一点医疗常识？"

"你？你是假病？"

"你不是说喝了木塞来思就要没事来事吗？我不装病还能干什么？"

"你？你不怕把头摔坏？"

"傻帽，什么眼神？没发现是手敲桌子发出的响声？"

"歪江江！"我把手狠狠地拍向自己的脑门，发出响亮的"啪"声后，洁才快活地大笑起来！

"我说贝长海，以后别没事来事了，还是搞点正事吧。你知道本小姐家是哪的吗？"

"你难道不是上海人？"

"我爷爷就是从阿克苏回来的上海支边青年！"

我忽然想起钟主任看完我的调研报告《警惕，"没事来事"之计》后的表情，"贝长海你这是瞎胡闹！"他用手敲着桌子，"中国人的计谋还少吗？还想再发明一计来？年纪轻轻地就开始钻研权谋之术！你在出差期间涉嫌违规饮酒，小心我处分你！"

"我喝的是木塞来思饮料！"

洁的行为和态度看样子与钟主任如出一辙。可是我就想不通，为什么不能有一个第三十七计？三十六计走为上，走了之后不回来了？如果想回来用什么法子？就得没事来事嘛。想无中生有搞点事，不也得先没事来事找点借口嘛。没事来事本是司空见惯的现象，可是一旦被别有用心的人利用，它就会变成一种难以预防的阴谋诡计。我把没事来事总结成计谋，为的是向孙膑学习，把所有计谋昭告天下，让人人皆可识别识破，从而达到"以战止战"的目的，用阳光杀害灭毒，还世道一个河清海晏、乾坤朗朗，难道有什么错误吗？

"喂喂喂，没事来事先生，本宫到家下车了，劳驾您回饭馆把账结一下，这里可没有免单的好事！"

我一下子从梦中醒来，难道木塞来思又喝多了？我抖擞了一下精神，雄赳赳，气昂昂地回答洁说："阿拉还怕没事来事？"

出发，向着"没事来事"！

党 章 之 谜

●

1

他不是党员，保藏那么多本党章干什么？研究党史？他一个工人，虽识几个字，却一辈子没见他写过什么。搞收藏？从没见他跑过与收藏有关的地方，他也不属于那类人……

这些以红色和咖色为主的小本子摆放有序，封面是硬皮和塑料皮包的。我望了一眼大哥，他也怔怔地盯着半抽屉的小本本不吭一声。

今天是大年初三，一家人将父亲的骨灰盒护送到家后，大姐和二姐接了高丽姐妹的班，继续陪伴母亲，其余的人在附近订好的餐厅吃完饭后，又回来一起商量了一些事。最后，大哥从母亲枕头底下拿出一把钥匙，"这是写字台中间抽屉的，爸一直拿着，前段时间交给我，证明他早有预感。趁大家都在，我们把抽屉打开吧。"

"这几天大家都累了，先回去休息一下，晚上留两个人陪妈，值班时再翻吧，估计也没什么东西。"大姐发话后，挤了一屋子的人全都走了。

我肯定得留下来值班，又拉大哥陪我，尽管他该奔七十了，但有母亲在，就不能把他当老年人看待。实际上这几年他一直是照护父母的主力，自己的孙子都是亲家看大的，但我还得辛苦他，谁让他是老大、是长子呢？这次父亲突然去世后，我才发现我对他和母亲过去的事知道的太少，或许能从大哥嘴里知道点什么。我的想法还没说出口，眼前却突然出现了这么多的小本本，显然它们不是一种偶然的存在，难道父亲知道他走后我会产生的想法，并用它们给我指引一条线索？

父亲的身体除了腰椎和前列腺增生外，没有其他大碍。大哥说这两类毛病其实是职业病，汽车司机大多难免，他自己退休后才知道这些病的痛苦，特别是腰椎疼，"有时候疼得连死的心都有，真不知老爸是怎么忍下来的。"家里就大哥继承了父亲的职业，只是他在石油地调处开了一辈子车，而父亲的车是从西安开到新疆的。

我是大年三十从西安赶回首府的，一下飞机直接就到父母家，哥姐和前一天先回来的妻子，还有能回来的小辈，都在那里等我开宴。一进门就看见已坐在桌上的父亲眼睛直直地望着我，脸上没有任何表情，大姐告诉他是老小回来了，他似乎才回过神来，茫然地露出一个僵硬的笑。我再望母亲，她抬着的头似乎很费力，面部也是痴呆的表情。我坐在旁边搂着她，她才艰难地发了声："六呀，你终于回来了。"

虽然哥姐每次说家里一切都好，但是我在电话中听父母说话的语气就能判断，他们的身体大不如前了。前段时间我刚调到西安，还和他们视频了一次，谁知就两三个月的时间，他们的健康状况竟然急剧下滑成这个样子，我后悔回来得太晚了。

大家肯定能看出我的心情，坐在父亲身边的大哥故意岔开我的注意力，指着大姐和大嫂端上来的热气腾腾的饺子说："说一千道一万，老张家年三十的饺子必须吃。"然后他和我分别照顾父母吃下给他们包的小饺子。怪不得他们瘦得如仙风道骨，原来饭量不行了，被我们哄着吃了两三个饺子后，他们就再不愿张口了。小辈们挤在另一张桌上，听大哥的招呼，一个个过来给老人拜年敬酒，他们用饺子汤代酒，让老人又喝了几口汤。我见父母慢慢有点精神了，赶紧拨通在英国读研的女儿的电话，让她在视频里与爷爷奶奶一起过年。三姐一看也把在外地的儿子拉进屏幕，让他同时给姥姥姥爷拜年。

一番热闹之后，大家安顿父母躺回卧室，这才重新端酒拉呱。大姐说这几天母亲一日三遍地问我的归期，父亲安排二哥给他理发修面，昨天又洗了澡，他想让我看到他精精神神的样子。大哥则小声跟我说，要有思想准备，父亲这个把月已经出现精神恍惚的状况，有时甚至痴呆，坐在椅子上一个人傻笑，母亲心脏发生房颤的次数也越来越频繁，每天基本都是在床上休息，他俩怕是离最后的时刻不远了。

父母的爱情是汽车运输公司的一个笑话。当初新疆刚刚和平解放，父亲给解放军送给养，返程走到呼图壁时，路上遇到一个地里干活扭伤脚的农民，他一看二话没说就用车把农民送回了家，然后扭头就走。这个农民可不愿意，让自己的儿子儿媳把父亲拽住，非要留他吃顿饭不可。父亲急着赶路，还是把车发动着了，刚要启动，车前突然冒出了一个十七八岁的大姑娘，她双手一伸拦住了路。不用说，这个姑娘就是我的母亲。我无法知道父亲当时的表情与心情，但是从他俩的结婚照上可以看出，他惊喜的样子保留了一辈子。

等饭端到桌上父亲索性不走了。这并不是我母亲把他羁绊住了，而是当时土匪还未完全剿灭，每段路都要按时通过才能保证安全，错过了时辰只能下次再走。这顿饭应该上了酒，而且我那从没有喝过酒的父亲喝了酒，不然那个老农民也就是我的姥爷，不可能一下就把父亲的底细摸了个遍。第二天一早，父亲给车的水箱加水时（老式汽车是用水冷却发动机的），母亲已经包好了包裹，然后姥爷拉着她的手交给了父亲，"你要是愿意，我家大妮就跟你走了。"

尽管当时姥爷安排大舅将母亲送到了首府迪化（乌鲁木齐旧称），但车队还是传说母亲是父亲半道上捡回来的。我后来看了牛郎与织女的故事后才明白，这是因为父亲是个孤儿，大家希望有一个仙女下凡与他相伴。

人间的父母比天上的牛郎织女幸福多了，他们不仅终身厮守，而且养育了三儿三女，但再美好的光景也有终结的时候，看到他们如今油尽灯枯的样子，大家欷歔不已。

"生老病死，人生规律，只要活的时候做了该做的事，就没有什么遗憾的。过了今晚，爸就九十一，妈就八十七了。来，为爸妈又赚了一岁干杯。"大哥举起了手中的酒杯。

十二点的钟声敲过，年夜饭结束。我准备留下来值班，就在这时父亲叫我扶他起夜，这么大年纪了，他仍然坚持不在床上方便。他坐在马桶上很顺畅地解了小便，回到床上后似乎清醒了许多，一看几个儿女还在，摆摆手说："让小六回去，他累了一天了，我没事。"

大家决定听从父亲的意思，留下大哥、二哥，其余的各回各家。后来大哥和二哥说，我们走后父亲安安稳稳地睡着了，并且永远地睡着了，没有一点动静，没有一点声息，大约五点左右母亲摸到他冰凉的手，这才发现人早已没气了。我一下意识到父亲昨晚那次小便，实际是他最后的回光返照。

依照母亲老家的规矩，大姐她们早就做好了父母的老衣，我们兄弟三人用酒精给父亲擦洗了身体，给他穿好寿衣，再让母亲陪他坐了一会儿，母亲又亲手将一张纸条和一张照片放在他手里，然后才让我们给 120 和殡仪馆打了电话。

大哥发话说："爸在团聚之后，过了十二点才咽气，没有痛苦，无牵无挂地走了，这是寿终正寝，是喜丧。他生前每个人都用自己的方式尽了孝心，也没有留下什么遗憾，节哀顺变吧。"

是呀，九十多岁的老人，能这样无疾而终，还有什么所求？大家停止了啜泣，抹了抹不舍的眼泪，然后分工操办父亲的后事。

2

大哥和二哥分别到胡叔和戚叔家去报丧。这两人是父亲的大徒弟和二徒弟，如同他的异姓兄弟，亲自上门告诉他们这个消息，表示对长辈的尊重，同时也是去阻止他们参加告别仪式，毕竟都是八十多的老人了。我和大姐给家在首府的几个表亲打电话，大舅和二舅几年前已经去世，母亲的娘家人就是她的侄儿侄女了。

后事的方案很简单，就是不通知单位，不开追悼会，不收礼金，家里的亲戚和关系好的朋友举办一个告别仪式就行了。父亲工作的汽运司在 20 世纪 80 年代就破产了，他们这些退休老人被归并到客运司管理，也就是在有特殊需要时能找个开证明的地方。可是当大哥把这个方案讲给胡叔听时，却遭到了他的反对。

"你爸不是一个普通的工人，他是一个了不起的汽车司机，怎么能连个追悼会都不开呢？"

大哥解释说现在是春节，这个时候打扰别人休息，肯定违背父亲的意愿。胡叔想了想同意了，但他坚持当天到殡仪馆最后看了他师父一眼。戚叔也是坐轮椅提前去看了父亲，他们的身体状况都不宜参加告别仪式了。

还有两个必须通知的人，就是高丽姊妹。她们平时就是家里的常客，是每年初一雷打不动给父母拜年的人。高叔高婶去世后，父母更成了她们的亲人，所以没等她们来，大姐就先打电话通报了消息。

高丽姊妹是双胞胎，比我小几个月，母亲说月子里她们就抢过我的奶。高丽有四个哥哥，也是个个都很能吃。修理工没有差旅费，高叔的收入就比不上父亲，关键是两家老人也靠他一人抚养，日子过得很紧张。高婶又非常想要一个女儿，于是怀了第五胎，谁知生下来是双胞胎，真是喜忧交加。

我出生时三年困难时期刚刚过去，国民经济逐步走向正轨，企业开始有了涨工资的机会，但是名额非常少。那年汽运司分到三个调资名额，经过多轮评选父亲得票第一，全家人高兴坏了，一个月可以多拿二十元钱，这在当时可是一笔可观的收入，估计得抵现在同等面值的一百倍吧。

一家欢喜一家忧，评级时高叔排名第四，错失晋级的机会。高婶和母亲在一个家属队劳动，见她偷偷抹泪，母亲的喜顷刻变成了忧，她回来给父亲讲了，又把忧传给了父亲。一连几天两人唉声叹气，好像他们成了老高两口子。

母亲是个急性子，憋不住就先说出了最难说的话："要不，就把咱家的那份让出来？"

"那可是党员干的事。"父亲提醒说。

"党员能做到，群众也能做到。让！"母亲一下来了劲儿，全然忘了自己也有六个孩子，自己的身子也需要补，自己的爹也需要养。

父亲就等这句话呢！一方面，这次调资因为名额太少，公司做出全体党员干部不参加评比的决定，他总觉得这级工资拿得不踏实。另一方面，他知道老高家的境况，老高经常找他借钱，新近又添了两张嘴，涨工资就差一步没份儿，这些因素一起压来，差点让老高喘不过气来，父亲早就想伸手拉他了。

高叔拿到涨了的工资，买了一篮子鸡蛋来家里答谢，母亲只留了一半，另一半硬退回去给高婶养身子。这件事情大哥大姐记忆深刻，因为那天母亲给他们每人煮了两个鸡蛋。

"你妈觉悟高，都够入党条件了。"家里人说起这件事，父亲就用这句话表扬母亲。这也是我唯一能想起父亲与党员有点瓜葛的话。

"这么说爸是想入党？"

入党前要先学党章，大哥是党员肯定知道这一点，我只能从这个角度试探地问。

"他从来没和我说过这事。你看，有些还是从新华书店买的，我们都是单位发的。"

大哥似乎被这些小本子迷住了，不住地翻看。我接过这本党章一看，首页的空白有"书款两讫"的印章、"张新生"的签名和"1959年元月"的购书日期。虽然只有寥寥几字，但一丝不苟中透出一种灵性，一看就是父亲的笔体。这本党章是八大的，书是线装的，保管得相当精细，但还是留下了反复翻阅的旧痕。

"这里还有个老古董。"大哥又发现了一本宝贝，放在抽屉的最里面。这是一本1951年出版的七大党章，装帧非常精美，只是用红布包装的封皮颜色有点褪色，里面是繁体竖版印刷，最后一页信息标明是解放社出版的，北京印制，定价（精）3000元，应该是第一套人民币的价格。

突然从这本书里掉出一张纸来，是一张剪报的纸，一面是模糊的新闻内容，一面是一个人的照片，方方正正的标准照，没有任何文字信息。我和大哥更加迷惑：这个人是谁？父亲绝不会随便保存这张剪报，照片上的人一定与他有关！

此时卧室里有点动静，我们赶紧过去照顾。母亲用手指指杯子，我们扶她坐起，让她靠在我身上喝了两口水。然后她似乎不想躺下，大哥就趁机问她："妈，我爸还有什么近点的亲戚朋友吗？"

母亲反应了半天才说："他是孤儿，家里哪还有什么亲人。"

大哥返身把那张照片拿了过来，又把卧室的大灯打开，"这个人你认识吗？"

大哥为了让她看清楚，拿近再拿远，母亲的眼睛直直地跟着那张纸，半天才说："不知道。"

我觉得让她说点话比一直睡着要好，"那，我爸是不是想入党？"

"想！想了一辈子！"果然她这次回答得比刚才快多了，而且十分肯定。

"他写过入党申请书吗？"我继续问她。

"不知道。"

"这些本本是哪儿来的？"大哥返身又拿了几本党章来问她。

"不知道，你们去问你胡叔吧，他是党员。"

"你爸遇到过一个老师，姓王，是王老师救了他。"母亲努力想了想，又挤出几句话。

说完这些我感觉她又疲乏了，再扶她躺下，很快她又睡了过去。

我和大哥继续翻抽屉里的东西，有这间六十平方米房子的房产证，有两本父母领养老金的存折，医保卡，一张纸上记有密码。最底层是一张折叠的纸，打开一看还有一张小纸片。第一眼就让大哥笑出声来："哈哈，这下子证明老妈不是老爸半道上捡来的了。"

折叠的纸是一份结婚证书，四周用彩色花卉印刷，几个童子敲锣打鼓吹唢呐，手里高举红双喜的灯笼，没想到那个时代的印刷品如此精美。证书文字部分也是竖版的，上面有父母的名字，以及主婚人和发证人的印章，日期是 1950 年 6 月 15 日，这和他们结婚照片后面记录的日期是一致的。

过去一个单位的人都住在一起，看到大哥开心的样子，就知道院里的大人曾用父母的婚事逗过他。

那张小纸片是印制很粗的储蓄存单，上面写着"积极参加储蓄，支援国家建设"，存款金额是人民币一元。"咱家就你是干银行的，我做主，这份遗产给你，说不定可以当文物呢！"大哥当场就决定把这张纸片分给我。

存单日期是 1955 年的，可能是第二套人民币发行后的币值，一元新币抵旧币一万元。这张被父亲存了六十多年的存单说明了什么？那时大哥大姐都已经出生，再加上这张存单，不就是有家有房有儿有女有存款吗？呵呵，父亲的心思够深的。

当晚我陪护在母亲旁边，她也是没有一点声息，我几次用手放在她鼻子跟前测试，生怕她和父亲一样睡过去，好在一夜平安无事。

天不亮母亲就醒来了，大哥煮好牛奶，往里加了点伊犁产的麦胚芽和蜂蜜，母亲居然能自己吃了，似乎还很可口。

"妈吃东西从不挑剔，你只要说是新疆的她就很满足。你知道她和别人聊天时怎么说？人家说外地多好多好，她却唱反调，就说新疆才是世界上最好的地方。"大哥表扬母亲说。

母亲受的苦如黄河的水一样多。姥爷家原来在豫东种田，1938 年花园口被炸开后，洪水淹死了姥爷家四口人，姥爷带着死里逃生的三个孩子四处逃难，途中不知是在陕西还是甘肃，遇到了民国政府的难民救济所，稀里糊涂地被送到了新疆的呼图壁县，在那里落脚扎了根。当时国共合作抗日，西安、兰州、迪化都设有八路军办事处，毛泽民还出任新疆民政厅的厅长，在全疆各地建起了救济所。抗日战争胜利后，张治中兼新疆省政府主席，后来他又促成了新疆的和平解放。也就是姥爷一家在共产党和爱国人士的庇佑下，在新疆得到休养生息，进而开枝散叶，这个地方自然就成为母亲心中的天堂。

吃了点东西母亲似乎有点劲了，她想起了昨晚的事情，"你爸没入上党都是李崇德捣的鬼。"

"你不是一头把他顶翻了吗？"大哥笑着说，他故意引母亲说点开心的事。

"不解气！要不是抱着小六，我非扇那个王八羔子几耳光不可！"母亲的底气越来越足。

父亲让工资是一件让职工家属都很感动的事情，可是到了公司调度李崇德的嘴里不但变了味，而且变了质。他阴阳怪气地四处散布说，"张新生不是傻就是想收买人心。这个人来历不明，自己说自己是孤儿，谁能证明他的成分？一个孤儿怎么开的车？还识字！公司应该调查一下他的出身。"

李崇德和父亲都是老司机，他俩技术不差上下，工资级别在全公司最高，如果父亲不让出新涨的那一级，他甚至超过了李崇德。李崇德有文化，能说会写，出身工人阶级，车队有意培养他，很快被提拔为干部，担任了车队队长。他也干得很起劲。到了1958年，铁路修到了新疆，自治区认为火车运输成本低，大部分靠内地生产的生活用品价格必然会下降，决定在工资中取消物价补助性质的边疆津贴，为国家节约资金。不用想都知道这项政策肯定会遇到阻力，所以就拿干部开刀，让干部做表率，先把他们的边疆津贴减了一半。1962年兰新线通到了乌鲁木齐，另一半的边疆津贴也彻底不见了。但是工人的那一块津贴改叫"保留工资"，一直发了下去。

李崇德在第一次减边疆津贴时就出了事，他编了个顺口溜来发泄自己的不满，"干多吃得少，粮食减下来。升官不发财，工资降下来。"当时粮食定量，工人每月供应40斤，干部只有29斤。李崇德不是个只说不干的人，他的干劲儿随粮食和工资浮动，人人都能看出来。事情反映到了市工交局，局长是个叫王汉星的老革命，他拍桌子发火，"这样的觉悟还能当干部？必须严肃处理！"

李崇德受了处分丢了官，可他要的就是这个结果，车队还得恢复他的边疆津贴和粮食定量。后来车队改为公司，王汉星了解到李崇德有点本事，建议用以工代干的方式让他当了公司的调度。

我是很早以前听父亲和胡叔闲聊时知道这段历史的。我问胡叔："王汉星认识李崇德？"

"估计当时两人连面都没见过。王汉星是个组织性很强的领导，一切从实际出发，一心为公，从来不拉扯个人关系，可惜在'文革'中被整死了。"

"他的家人现在干什么？"我那时参加工作不久，搞贷款调查时经常听到一些官场信息，王汉星官至正厅级，所以我很感兴趣地继续打听。

"这个人一辈子没结婚，连家都没成，哪来的后人？"

"怪不得没听说过他。"知道这是一个过去的人物，我就不再追问下去。

但是了解了这段历史，就能理解当时李崇德诋毁父亲的原因，因为他没评上这级工资。尽管公司特批他可以以工人的身份参加评级，他也拼命地活动拉票，最后还是名落孙山。他把错失拿钱的机会怪罪到父亲身上，父亲不去跟他计较，母亲可不愿意了——她让出了拿钱的机会，难道还要背个被人怀疑的名声？绝对不可以！

"下午放学的路上我看见妈背着你到公司，就跟着去了。"大哥以前就给我讲过这段故事，"李崇德正在调度室门口晒太阳，妈和他吵了起来，许多人也出来看热闹，吵着吵着妈说不过他，就一头顶了过去，一下把李崇德顶了个仰八叉，看热闹的人哈哈大笑，他爬起来就跑了。当时你没见咱妈的那个利落劲儿，李崇德根本没防备，因为当时你还在咱妈背上哇哇大哭呢！"

不一会儿大姐她们过来了，看见母亲精神好转就劝我回自己家休息一下，我离开新疆后住房留了下来，于是就同意了大家的建议。出门后我直接拨通了胡叔家的电话，这个号码一直没变。

3

"胡叔吗？我是小六，可以到家里去看您吗？"新疆的丧葬习俗五花八门，有些家讲究不过头七不能乱串门，以免给别人家带来不吉利。

"是小六呀，你早该来一趟了！你叔从来不迷信，来吧！"

给我开门的是保姆。胡叔和父母一样自己单独过，胡婶前两年去世后，就雇了个保姆做帮手，子女有时间过来看一眼就行了。所以不需要和别人打招呼，爷俩坐下来就直入话题。

"你是官做大了还是嫌弃我那小子蹲了监狱？我告诉你小六，我是我，我儿子是我儿子，共产党从成立的那天起，父子、家庭走不同道路的就很多。有什么办法，共产党走的就是前无古人的路子，分歧、斗争是家常便饭。"胡叔的口音还保留一点豫西调，我曾专门到宜阳、洛宁一带考察过，我调到河南当省行行长时，父亲告诉我胡叔家就是宜阳县人。

"您怎么想怎么说都行，反正我现在在您家。"我回答不了他的问题，只好打起了哈哈。

"说吧，问你爸什么事情？"他已经猜到我来的目的。

"第一个是入党的事，我爸写过入党申请书吗？"我给胡叔讲了抽屉里发现党章的事后问。

"我是 1955 年抗美援朝不打了复员到新疆，我们也没进过朝鲜，只是准备参战。以前的事是听支部的其他人说的，就是 1951 年前后准备吸收你爸入党，征求意见时有人反映你妈说了反动话。"

"什么反动话？"

"就是家属之间闲聊时，你妈说如果不是民国政府救助，他们来不到新疆，也不会有地种，也不会有吃不完的粮食。我估计就是高兴时说的话，那时候有地种有饭吃就不得了了。你妈不知道全国农民土改后都翻了身，这个可不是民国政府干的事。"

"我妈没文化，可能是听我姥爷讲怎么来的新疆。"

"你妈说的也是事实。花园口当时宣传是日本飞机炸开的，一直到 20 世纪 80 年代国民党才承认是他们自己炸开的，目的是为了阻挡日本人进攻郑州。可是老百姓遭殃了呀，所以民国政府救助是应该的。但你妈这样说肯定要被批评，你爸受到了牵连，入党的事就放下了。"

"我妈知道这件事吗？"

"你爸嘴严，不会让她知道详情，但让你妈不要乱说肯定是讲过的。我就从来没听你妈说过来新疆的事情。"

胡叔是在部队学的文化入的党，他给父亲没当两年徒弟就提了干，后来又调到市工交局工作，最后是从交通局副局长的位置上退休的。尽管他当了干部，可是在身体好的时候，他经常来家里看父亲。

"一直到 1958 年你爸立了一次大功，支部又开始讨论你爸入党的事。"

"什么功？我们怎么没听说过？"

"1958 年库车发洪水的事知道吧？"

"听说过，这和我爸有什么关系？"我在新疆工作时不止一次去过库车，听当地人说过，那场洪水把整个老城都淹了，死了好几百人。

"那次出车是客运司的车不够用，工交局调我们的车去顶班。客运责任大，公司就把你爸的车调去了，一共去了三辆。"胡叔一听我对这件事一无所知，就把详细的始末讲了出来。

那是 1958 年 8 月，父亲同另外两名师傅驾驶三辆卡车从乌鲁木齐市出发前往喀什。那时旅客运输都是卡车承运，车厢里人和行李混坐，行李就是座位，一辆卡车载客 20 人，三辆车都是满十满载。当年从乌鲁木齐到喀什需要 8 天时间，8 月 28 日傍晚，父亲他们冒雨抵达了库车县城，三辆车的旅客都住在老县城的交通运输站。颠簸了一路的旅客很疲劳，在食堂吃完饭后很快就休息了。

母亲经常跟我们说，她最不喜欢阴雨天，她做不好的梦时，一定有在泥泞的地里跑不动的情节，父亲说她是被黄河水淹后留下的后遗症。父亲来新疆后从来没有见过这么大的雨，而且越下越大，他有点不放心，便走出运输站的院子去察看水情。库车县老城区沿库车河两岸而建，这段河道狭窄水深，一座公路大桥和行人便桥连接两岸，当地居民傍水而居。父亲来到河边，河水明显暴涨，询问当地老乡，都说没见过这种情况。

盯着汹涌湍急的河水，父亲有一种不祥的预感，恐怕要出大事。他急忙跑回运输站，找到同行的师傅。当时两人正趁雨天喝小酒解乏，父亲打断了他们的兴致，告诉他们自己看到的险情，并建议把旅客转移到新县城运输站，那里地势高，相对安全。两位师傅这时正喝在兴头上，大咧咧地反劝父亲："新生呀，这么干旱的地方下个雨就能发洪水？你太多虑了，还是趁着天气凉快喝口酒睡大觉吧！"

见说不动两位师傅，父亲又去找自己的乘客，想动员他们离开危险之地。这些人分散住在不同的房间，正呼呼大睡，谁都懒得起床。无奈之下，父亲也只好躺在了床上。

惊雷滚滚，雨如覆盆，惴惴不安的父亲越想越怕，怎么也睡不着，他又起身到河边去侦查水情。还没走到河边，就感觉洪水已经漫过河岸，他惊恐万分，跌跌撞撞跑回运输站，挨门狂敲，边敲边喊："洪水上来了！危险！危险！赶快撤离！去新城！"可是三更半夜，有谁愿意起床呀？父亲拼了命似的连拉带拖，总算把他的旅客都劝上了汽车。睡梦中被提溜起来的旅客，个个淋得像落汤鸡，有人嘟嘟囔囔，有人骂骂咧咧，父亲顾不得这些，驾车把他们送到了新城运输站，然后大家一起挤在一间大房子内，半躺半坐地度过了那个难熬的后半夜。

天刚放亮就有消息传来：老城被洪水淹没了！

被洪水冲荡过的现场太惨了！有人见状抱头大哭，父亲疯一样地去找同伴，却只找到了残酷的结果：两位师傅车毁人亡，40 名旅客仅幸存 5 人！

"我参加了善后处理，到库车后第一眼看到你爸都没认出来，又黑又瘦，差点脱了形！他一见面就大哭说：'我咋给他们两家人交代呀！'我就那一次见他掉过眼泪。"

我们沉默了好一会儿。

"也难怪你爸不提这事，一提这件事他饭都吃不下。不说了！"

胡叔身体不好脑子却很清楚，他没有忘记我问的问题，"大概是那年年底还是第二年年初，"我想起八大党章上父亲记录的日期，"是 1959 年元月吧？"

胡叔也确定了，"对，就是 1959 年年初，工交局办了一个半年期的干部培训班，车队支部一致同意推荐你爸参加。"

"不是干部培训吗，为什么要支部推荐？"

"这件事与李崇德有关，他提干时不是党员，要干部带头降工资时他就不干了，工交局只好撤了他的队长职务。那件事情发生后，王汉星局长认为提干要和培养党员一起考虑，党员和干部必须是先进分子才行，所以选拔你爸进干训班实际就是培养他入党。"

"是呀，党员干部接受的教育比非党员干部多，管起来容易多了。"我深有感触地附和了王汉星局长的观点。

"不管是党员干部还是非党员干部，学习和教育可不能放松呀！小六，论级别你属于高级干部啦，管理一个企业就像管一个家，出件事情最少影响三代人。我那小子的事你肯定知道，不是他你婶能走那么早？关键是毁了我那孙女呀！"

胡叔家的老二在公路上发展，升到处级后又转为工程上的项目总经理，因接受乙方的贿赂导致工程质量不合格被查，最终被判入狱十年，正在上大学的女儿因此抑郁而退学。我之所以回避见胡叔不能不说与此有关，我也知道今天让他把这股苦水吐出来是最好的疗伤之药。

果然，讲完这件事胡叔长吁一口气，这才开始正常的谈话："学习班在党校办的，不让回家，你爸进学习班不久，你妈找上门来了，拉着你爸要回去。学习班负责人是工交局的，叫你妈把事情讲清楚，你妈就用孩子小，粮食不够吃，钱不够花为理由，不让你爸入党当干部。这个人刚处理完李崇德的事情，一听这话不容分辩，马上就让你爸卷行李走人。"

怪不得母亲让我问胡叔，原来是她不让父亲入党的！

"你爸回来后跟你妈大吵一架，你没见过他们吵架吧？等你妈说出真相后你爸才慢慢消了气。"

"不是我妈拖的后腿？"

"是你妈上了李崇德的当！李崇德就是在你爸上培训班的前后被处理的，他能服气甘心？他找到你妈说，让新生赶快回来吧，听说党员干部的家属也要精简下放，哪来哪去。要你妈离开你爸，她能不急？跑到党校就拉你爸回家。"

"哦，"这下轮到我出了口长气，"我知道我妈顶李崇德的原因了，尽管方法不妥，但情有可原。"我打了个官腔。

"李崇德这个人怎么说呢？他不属于坏人，但是用这样的人带队伍，队伍早晚会垮。"胡叔总结说。

该问下一个问题了，我拿出那张剪报递给了胡叔，他神色一下变得凝重起来，过了半天才说："这个人就是王汉星，这是 1980 年给他平反开追悼会，党报发的消息。"

原来这个神态儒雅，目光如炯，一副知识分子风度的中年人就是王汉星！

"就是救了我爸的那位老师？"我低声问。

"按照你爸的说法，他老家在河北武清。"胡叔并没有回答我的猜测。

"现在是天津的一个区。"我只好插句话。

"你爷爷奶奶给人扛长工，有一天到一个镇上给东家卖粮食，碰到日本人打进来了，就再也没能回来。东家损失了粮食和马车，要你太爷赔，你太爷只好带着你爸和你大姑往陕西跑，准备投奔一个亲戚。半道上你太爷病倒，就把你姑卖了，最后他还是死在了路上。"

父亲断断续续讲过这些往事，我算了一下，在遭遇这些变故时他也就十一二岁，连自己的大名都不知道，其他事情就更说不清了。我利用到北京出差的机会专门去过一趟武清，也是什么都没打听到。后来在网上看到一篇慰问抗日老兵的志愿者写的材料，上面记载了日军侵略武清县崔黄口镇的事件，那次事件中有128名中国人倒在了日军的枪口下，时间是1937年10月25日。

"你爸一个人靠要饭走到了洛阳，一天天上响起了怪叫声，然后四处爆炸起火，他吓得四处乱跑，就在这时有个人把你爸按倒在地，等日本人的飞机炸完飞走，你爸才看清楚那个人，是他帮你爸捡回了一条命。后来你爸就跟着那个人走，那人一看他是孤儿，就把他带到一所学校安置了下来。"

"问题是谁能证明这些呢？我们子女也听他说过，总是半信半疑的。"因为大家笑话父亲在编小说，他很少再谈过去的事。

"武清县提供的材料不清楚，我什么也没有查到。你爸在洛阳的事我找到了一点线索。抗战期间豫西一带乱了套，到处是黄泛区的难民，啥势力都有，八路军也在赵堡建立了伊洛抗日根据地。当年王首道带八路军南下支队就在赵堡住过，王首道知道吧？中华人民共和国成立后，他是交通部部长。你爸说他上学的地方叫莲庄，刚好就在我们那个县的西边，离赵堡也不远。这个村的人大部分姓王，是明朝嘉靖年兵部尚书王邦瑞的后人。村子不算大，一边是莲花山，一边紧挨洛河，原来有个渡口，所以形成了交通要道。村里除了共产党和国民党的人，还有汉奸、土匪的眼线，甚至还有一个基督教堂，美国的传教士也在这里传教。村里办了一个新式小学学堂，那时候叫洋学堂，和私塾不一样。学堂规模很小，有两三个老师，几间房子，四周村的孩子都来这里读书。救你爸的那个人就是这所小学的老师，名叫王盛文。他安排你爸在学堂干点杂活，干完活就跟着别的学生旁听。"

"哦，原来不是王汉星。"我接着又问了一句，"您调查过我爸？"

"你妈一头把李崇德顶倒，她倒是解气了，可你爸又背了锅。李崇德不敢惹你妈就揪住你爸不放，他硬告你爸来历不明，公司没办法，刚好有几个人需要外调，就是到原籍调查，就派我去顺便把你爸一起调查了。"

"后来我爸又怎么到了西安？"我问话时嗓音有点发紧，生怕胡叔说我连自己父亲的历史都不清楚。

胡叔并没有说责怪的话："1944年日本攻打洛阳，学生都不来了，王老师也要出门，他给你爸留了个地址，说如果等不到他回来，就到西安去找他。王老师平时经常出去，但最长过个十天半月就又回来了，那次出去一个月都没回来。日军攻下洛阳后，又占领了宜阳、洛宁这些地方，村里人进山躲避，你爸就往西安方向逃跑。我那时都记事了，也随父母逃到了山里，没吃的就偷跑到山下拔点麦子生吃，村民为了逃命，地里的粮食都顾不上收割。你爸讲的情况和我记得的情况是一样的。"

胡叔说父亲在西安找到了那个地址，是一家汽车行，老板是王老师的朋友，他说王老师在洛阳被日本人打死了。他见父亲识几个字，就留他学开车跑运输。解放战争时车行的车经常被国民党军队征用，父亲没家没口，经常被派去跑长途，最后稀里糊涂地随部队到了新疆。新疆的国民党和平起义后，父亲就参加了人民政府成立的车队。

"这段经历也没有证明人，你爸说的车行没有了，车行老板跑到台湾去了。"

"就是说我爸的恩人死了，那他保存王汉星的像干什么？他和王汉星又是什么关系呢？"

胡叔想了想才说："这件事去问你戚叔，现在只有他知道详细情况。抽空去看看他吧，我们这些老人说没有就没有了。"

4

从胡叔家出来时间尚早，本来想直接到戚叔家就行了，但不知怎地犹豫了一下，决定先回家看看母亲再说。

开门一看，上午的阳光正照在母亲的座椅上，大姐她们和高丽姊妹正坐在她周围，大哥在给花浇水，二哥在给大家倒茶。我惊奇地问："妈能起床了？"

"你是到你胡叔家去了吧？"

"哟，妈成诸葛亮了，居然能算出来我到哪儿去了。"

大家这才知道我真的如母亲所说，跑了一趟胡叔家，于是七嘴八舌地问我情况。

母亲费力地摆了摆手让他们安静下来，"知道了就好，我这辈子就这件事对不起你爸。"

"妈，你对得起我爸，不要说我爸了，胡叔说连你都够入党的条件了。"虽然胡叔的原话是，如果你妈有点文化，也是入党的好苗子。

也许是我的错觉，我看到母亲脸上露出了一丝羞赧的笑容，"我性子急，比不上你爸。"说完这话她要起来，指了指卧室，大姐二姐赶紧扶她上床。

突然我们听到大姐喊："快拿吸痰器！"

我们全都跑到了卧室，但是已经晚了，只见母亲牙关紧闭，嘴唇失去了血色，大哥拿着吸痰器的管子却塞不进她嘴里，二哥又喊了声："打120！"边喊边开始拨电话。就在这时我看到母亲的脸色也开始变白，我一摸脉搏，心跳已经停止。

瞬间，所有的人都意识到，母亲走了！

"哇"的一声，大姐先受不了了，"你们刚才说了什么话，妈就这样走了？"

她这一哭，大家都掉了眼泪。

还是大哥经历的事情多，他先擦干了眼睛，"有件事我一直没跟你们说，爸和妈聊起他们的后事时说过，要走他们一起走，不给子女多找麻烦。"

这句话一下子提醒了大家，除了我和三姐，甚至连高丽姊妹都听他们说过类似的话，"当初以为是开玩笑，谁知道他们真的这样做了，他们是怎么做到的？"

家里就我在外地工作，父母一起走的想法肯定是不想给我添麻烦，"我尽孝最少，可是他们到死还想着尽量照顾我，唉……"我一时说不出话来。

"别这样想，老小，你是家里挣钱最多的，也是补贴家里最多的，大家这些年有钱的出钱，有力的出力，都尽了自己的孝心。别哭了，让爸妈去团聚吧，妈去了爸就不孤单了。"二哥搂着我的肩膀安抚说。

"是呀，你们谁能保证有他们这样的结局，夫妻一场，还能有比这更好的结果吗？"大哥用另一种眼光看待父母同走的现象。

一听这话，二姐她们也劝大姐别哭了，"你就想着是妈去看爸啦，先给爸烧炷香吧，通知他妈出发了，让他快去接她，别让妈走迷了路。"

只有亲身经历了这件事，才能体会什么是"不添麻烦"：所有的人都在，所用的东西是现成的，要办的事情顺顺当当，没有惊天动地，不用张皇失措，一切像上次一样没有什么特别的变化，直到事情办完，初七上班后许多人才知道春节期间我们父母双双离世的消息。

这次二哥被安排初五到胡叔家通报消息，我等把事情安排得差不多，当天晚上就到了戚叔家里。

戚叔也是一个人单过，今天是他大女儿陪他。他的身体状况比胡叔差多了，生活已经无法自理，时刻需要子女照顾，好在头脑还算清晰。

"你爸的事办利落了？"他以为我是来通告父亲后事办理情况的。

"戚叔，我是来告诉你，我妈今天也走了。"

半天，戚叔才慢慢叹了口气，"唉，我怎么就没有你爸你妈这样的福气呢？他们是怎么修来的？"

"他们早就商量好要一起走的，居然应验了，连我们都不敢相信。"

"你爸你妈这辈子，总是想着别人，最后是老天爷想着他俩了。"

"可是我们这些当子女的，连他们做了些什么事知道的都不多，愧对二老呀。"我故意试探戚叔能否主动说起父亲和王汉星的关系。

戚叔明显犹豫了一下，然后下定决心似的开了口："有件事情是该让你们知道了，其实早就该让你们知道了，可是师父不说我就不能说，他现在不在了，高师傅也不在了，我再不说也该走了。"

"是王汉星的事，对吗？"

"谁告诉你的？你爸？不可能。"

"是胡叔，早上找他，他让我来问你。"我拿出那张剪报递给了他。

他紧张的样子放松下来，接过照片端详了一会儿才发话，"要不是这个人，你爸估计不认我这徒弟了，你胡叔也不会再和我来往。这件事情就我们四个人知道，我要不承认，这件事就没有证人啦。"最后那句话说得很大声。

依照戚叔的说法，这是"文化大革命"中的一桩奇案，至今没有下文。当年王汉星被批斗是因为被查出他曾加入国民党军队，他因此被关押起来，还有专案组对此事进行调查。一天夜里，看守被人打昏，王汉星逃回了家里，在家往自己的心脏上开了一枪。有人说他是自杀，有人说是他杀，不管哪种说法，都认为这件事有国民党潜伏的特务幕后操纵。

"社会上传说的特务其实就是我，你爸，还有你高叔。"戚叔似乎有点得意。

我不需要听完整的故事，我要的是细节，只要细节可靠，事情的真假就不难辨别。

"我爸是怎么知道王汉星就是王盛文的？"

"从揭发王汉星是国民党的大字报上看到的。"

"他当面确认过吗？"

"我安排他在王汉星出来晒太阳时看了一眼。当时王汉星是被单独关押的，就在工交厅的小车库里，旁边就是看大门的门房。"

"您额头上的深沟就是那晚留下的？"

"你爸和高叔把人带走后，我估摸下半夜接班的人快来了，就拿了块半截砖，下狠手给自己来了一下。"他摸着额头上的疤说。

"我爸要把他带到哪儿去？"

"带到呼图壁你大舅那里藏起来。这些事是给王汉星平反后你爸才详细告诉我的。他当天晚上开车从昌吉赶回来，把车停在长江路附近，然后找到高师傅，大约在一点左右从我这儿接的人。你爸找高师傅是我告诉他，王汉星喘气走路都困难，所以一定要找一个帮手。在背着王汉星到停车的地方时，王汉星命令你爸先把他送回家里，早上六点再来接他。"

"王汉星怎么进的家？钥匙从哪儿来？"

"你爸说他在楼道里藏有一把钥匙。"

"枪是哪儿来的？"

"这个你爸就不知道了。你胡叔说王汉星当局长时就有一把枪，他当厅长时是不是把那把枪带过去了就不清楚了。"

戚叔说他当"造反派"是因为受了李崇德的挑唆。李崇德当时是汽运司"造反派"的头头，后来成了革委会主任，"文革"后期被判了三年刑，改革开放后带儿子到南方跑运输，发达后成立了一家物流公司。父亲的两个徒弟因为派性不同而反目，胡叔还因为是干部被下放到"五七干校"劳动过几年。为了缓和他俩的关系，父亲才把这件事告诉了胡叔。

"那晚你爸和高师傅就在车上待着，天快亮时他们提前出发去接人，还没走到跟前就遇到戒严的武斗队，这才知道人救不出来了。当时还不知道王汉星已经自杀，到晚上你爸才听到这个消息，然后大病一场。"

这场病我经常听母亲提起，说父亲平时就没害过病，那次从公司回来就趴到了床上，高烧三天，昏睡不醒，后来是戚叔给送了点药，吃下去才慢慢好转。

"是我把你妈支开，偷偷告诉你爸，王汉星早就诊断出癌症，肺癌，没法治他才选择了自杀。是我押他到二医院看的病，那个医生是全疆'一把刀'，当时也被打倒了，只允许给犯人看病。他看了看透视片，用听诊器一听，又问了问症状就下了结论，肺癌晚期，没救。"

"原来是这样，你们当时都是怎样想的？做的都是电视剧里的事。"

"还有许多事情没说呢，说了你们也不相信，也不理解。我们都快进火葬场了，没有必要再把过去的事情藏着掖着，对错也不说了，你们知道我们干过什么事就行了。"

5

我的机票并没有改签，大哥做主说："老六没跟单位说家里发生的事，这个有点不妥，应该按时回去向组织报告一下。爸妈不信鬼神，过不过头七、七七不重要，那是我们活人的纪念。现在全家老少三代二十六口人，有七名是党员，都可以成立一个支部了，所以大家应该守纪律，让老六按时回西安，其他上班的人也不要请假了，其余的事情由我们几个退休的来办。"

生死无常，我知道这几天的变故完全是巧合，但它们不正是按父母的意愿实现了吗？

初七早上十点半,航班准时抵达咸阳机场,我让办公室的党主任接的我。一见面他先问:"刚才新疆行的人给我打电话,说您父母去世了,这是哪儿来的消息?"

"是真的,到行里我再详细跟大家解释吧。我让你打听的事有眉目了吗?"我是初五才将剪报上的那张像以及胡叔提供的一些王汉星的资料一并用微信发给党主任的,明知道不可能有结果,还是忍不住问了一句。

"不是我夸口,行长,要说打听老长安县的人,我问不到五个人就能找到线索。我看您今天没有工作安排,不行咱们走环线,现在就去找人,行吗?"

我求之不得。党主任在路上顺便给我介绍了长安县,也就是现在的长安区的。其实,有些事如果我早点问父亲,或许他知道的比党主任还详细,可惜我调到陕西省当行长第一次回家就与他诀别。

过了常宁宫,一踩油门就来到了神禾塬上,党主任联系到知情人,然后放慢车速,七拐八拐地在一幢农家小二楼门前停了下来。

"你就是党主任吧?你好,跃进跟我说了,请到屋里坐吧。"给我们开门的人大约七十上下,但精神矍铄,一口乡音,对人很客气。

家里人给我们倒好茶后就退出了客厅,党主任按约定介绍我是新疆来的朋友,然后打开手机翻出那张剪报上的照片让主人辨认。

主人看了一眼就说:"这是我大伯,这张照片我们家有。"他喊人去拿相册,又问,"新疆来过人,是给我大伯平反来的,还带了份报纸,报纸我爷让我交给族长了。你们这次来有何贵干?"

党主任把目光投向了我,也只有我能回答这个问题:"是这样的,我应该称您为王大哥对吧?你大伯是我父亲的救命恩人,还教他认过字,连我父亲的名字都是他给起的。前两天我父亲去世了,留下了这张照片,希望我们能够找到他的家人,当面表达谢意。"

"不用谢我们,要谢就谢谢共产党吧。我爷爷说我大伯自从出了这个家门,他就成了公家的人,从来没指望他能给家里办些什么事情。"

从王大哥平静的叙述中,我们知道王汉星在学生时代就入了党,一直隐蔽在敌后做事,解放战争时期被派到新疆做策反,和平解放新疆后又留下来搞建设。家谱中他们这一支是属于西家院的，听说王汉星在新疆做了官，想当工人的族亲自然就去找他，谁知他公事公办，最多就提供一个招工的消息。好在当时新疆到处需要人手，不用他说情族亲也能找到工作。可是后来精简下放人时，族里的人也不能幸免，想找他帮忙说句话，他全部一口回绝。族亲回到老家后向族长告状，族长没办法，听了大家的意见，在修家谱时把他给开除了！

"新疆来人带来了补发的抚恤金，返还了我大伯的个人存款，我爷让我全部交给了族长。在当时，那笔钱可是不少啊。最新的家谱中把我大伯专门作为家族中有成就的人介绍，称他是抗日英雄，为国家做过事的人。"

王大哥说王汉星在洛阳保卫战中帮国民党的抗日部队打仗，在撤退时身负重伤，伤好后被派到了新疆。

这下子父亲说不清的历史全部对上了，我终于明白在他性格形成的成长阶段，王汉星实际上充当了一个父亲的角色。

我们在王大哥家吃了午饭，我知道任何感谢都是多余的。当晚我就给胡叔打电话讲了白天的调查经过，他没有任何惊奇，"过去的有些人有些事，由于历史的原因很难还原，讲出来很多人也选择不相信，因为这和他们的认知是不一致的，这些都不是问题。共产党讲究实事求是，不教条不僵化，用发展变化的眼光来看待客观世界，最重要的是把这些认识进行实践，而不是停留在理论和口头上。你爸形式上不是党员，可他一直把王汉星当榜样，在行动上用党员的标准要求自己。"

胡叔又检讨自己对子女管教不严的错误，"你提拔后你爸就不让家里的小辈找你办事，沾你的光，我在这方面比不上你爸，唉……"

胡叔的这句话突然提醒了我。是的，我当大小行长的这二十余年，子侄中没有一个在银行找工作的，根源居然在父亲这儿。

行里的科技部门给我开通了远程办公的权限，我打开笔记本电脑进到人力资源管理系统，将父母信息修改为"已故"，又将全部个人信息复制出来，用内部邮件群发给了中层干部，并在结尾郑重声明了一句：后辈亲戚无在银行工作者。

我在河南行工作时就想做这件事，但遭到了反对，因为这意味着其他干部也要公开自己的社会关系与职级待遇。我知道这次如果我要和大家商量，这件事还会以各种理由难以执行，我干脆趁修改信息的机会把自己的情况公开吧，制度中没有规定不可以这样做。

正月十五元宵节，大哥来电话说把父母的骨灰撒了。

晚年时节母亲常常提起过去的事情，父亲每次都是听着笑着，并不多发一言。一次母亲不知说了什么，父亲就说："我下辈子还娶你。"母亲说："你咋找到我？"父亲写了一张纸条，卷起来放到嘴里吃了！然后说："我把邵玉梅放到肚子里了。"原来他在纸条上写的是母亲的名字。

十天前在殡仪馆与母亲告别时，大哥除了在她手里放了写着父亲名字的纸条和他俩的结婚照片外，又拿了一本最新的党章放在了母亲胸前，"妈，把这个红本本也带给我爸。放心吧，他一定会在路上接到你的。"

父母的骨灰一部分撒在了呼图壁，一部分撒在了天山上。在维吾尔族语里，天山叫腾格里山，和蒙古语中的腾格里意思相近，不管哪种语言，都有通往天上的意思。大哥说等到山野披绿时，就是他们抵达天国的时节。

我相信父亲魂灵的第一站就是西安，白天他们手拉手游玩了常宁宫，在神禾塬漫步时又邂逅了王老师。今晚，他们三人会一起来到火树银花、叠彩堆绣的长安城，眼睛看累了，就坐下来放松地享受一碗羊肉泡馍……

恍恍惚惚之间，我觉得有人动了一下我的手，猛一睁眼，却已泪目朦胧。我知道是泪珠滴在了手上，但我宁愿相信这是父亲来过了。我小时候他爱抚我的动作很独特，常常是拍拍我的手，我记得很清楚。